小道をぬけて

小道をぬけて

ジョン・マクガハン

東川正彦訳

国書刊行会

ドネゴル湾
北アイルランド
リートリム
スライゴー
エニスキレン
スライゴー
バリナモア
クートホール
リートリム
キャリック・オン・シャノン
ビーモア
ドロモッド
キャヴァン
アイルランド
ダブリンへ
シャノン川
ベルファスト
ダブリン

まず私の編集者たちに感謝を捧げたい。ソニー・メータは長年にわたり私を励ましてくれ、ニール・ベルトンは原稿を念入りに下読みしてくれた。最初の大雑把な草稿の段階で読んでくれたイアン・ジャックの意見は計り知れないほど貴重なものだった。

また私の妹たち、ロザリーン、マーガレット、モニカ、ディンプナには特別な感謝を捧げたい。彼女たちは原稿を細かく読んでくれ、誤りを正し、手紙を提供してくれた。彼女たちがいなかったら、完全に私の記憶から抜け落ちていた二つの重要な場面に光が当たることもなかっただろう。

それに妻のマデリンは今までも多くの本で有益な助言と助力をしてくれた。大変ありがたいと思っている。

リートリムの土地は痩せていて、場所によっては地面の厚みが一インチもない。薄い土の下は、青灰色をした粘土のような泥か、固い砂利の溝である。どちらも激しい雨が降ると水を吸収できない。イグサや細くて固い草の繁みがあるので、粘土状の土はかろうじて洗い流されずにすんでいる。

湖の間に点在している畑はどれも狭く、その畑を区切るように、サンザシやトネリコ、リンボク、ハンノキ、ヤナギ、ナナカマド、野生のミザクラ、ブナやシカモアなどが分厚い生垣を作っている。アイアン山地の麓の畑を結んでいる道は狭く、そのほとんどは両脇が高い土手になっている。特に毎年五月や六月になってサンザシが見事な花の列を作るときには、狭い畑はまばゆいばかりに美しくなる。ヤナギの葉は緑になるのも一番早いが、枯れるのも最初である。毎年九月になると、湖からの光に照らされてナナカマドの実が素晴らしいオレンジ色に輝く。生垣には虫やネズミや小鳥がたくさんいて、小型のタカが一日中獲物を追っている姿が見られる。夏の夕方には木々の枝にからまる野生のスイカズラやノイバラから良い香りが放たれる。土手を這うイバラの間には、ジギタリスや野イチゴ、サクラソウ、シダやカラスノエンドウなどが生えている。これらの土手や生垣に沿ってカワウソが踏みしめて作った道を辿って行くことができる。湖のほとりの静かな空地にはカワウソが子供に食事のしつけをしたあとの魚の骨や青いザリガニの殻がぽつぽつと散らばっている。目が奪われるような深い緑色をした石灰岩の塊がそこかしこに顔を出している。イグサや細くて固い草の間には野生のランやさまざまな野草。ヨーロッパのあちこちで、このような古い生垣が壊され、大きな木も伐られ、大規模な機械化農場が作られていったが、ここの畑は私が子供時代に走ったり遊んだり働いたりした当時からずっと、ほとんど変わっていない。要するに、この土地の貧しさそのものが、これらの畑を守ってきたといえる。

こんな畑の間にまばらに散らばっている家々を、迷路のような小道が結んでいる。細い小道は川の流れのようにあちこちに延び、歩いて行くと最後にはどこか大きな道に出る。この細い小道は現在も使われている。小道に沿った高い土手の上の木々は雑然と絡まりあっていて、場所によっては屋根を作っているので、葉が生い繁る夏には、先に針の穴ほどの小さな光が見えるだけの緑のトンネルの中を歩いているような気がする。

今から三十年前、私は自分が生まれたこの土地に戻ってきて、細い道沿いの家で暮らし始めた。妻と私は二人で一緒に暮らし始めたばかりで、私たちはこの小さな畑でなら生活していけそうだし、ここでものを書いていこうと決めた。どこであろうと、定まった場所に落ち着くべきときだった。もし妻がここやここの人々が気に入っていなかったなら、私たちはどこか別の場所へ引越していただろう。私もこの土地が気に入っていた。もっとも私はもともとこの土地の人間だし、自分の好みを優先することなど重要ではなかったのだが。

この畑や小道について私の父は、また別の見方をしている。「わしの長男は『蔦の葉ダンスホール』の裏のシギの放牧場を買った」と、彼はある手紙に書いている。ある意味、彼の表現は正確である。二つの湖の間に挟まれた低い丘の上の畑は狭くて、土地も痩せている。私の父はそこを、自分が属していた階層、たとえば、公務員や教員、医師や看護婦、警察や農業指導者などが住む世界よりも一段低い場所であるかのように思っていたのだと思う。しかも、そこは私が母と暮らして大きくなった場所や、私の母の親戚が住んでいる場所とあまりに近かった。もしかしたら「蔦の葉ダンスホール」という名前こそが父の反対の一番の原因だったのかもしれない。

パッツィー・コンボイという地元の男が、アメリカで稼いできた金でダンスホールを作ったのだ。彼は初めそこを「夢村」と名付け、そのあと「空想郷」、「薔薇園」と名前を変えたが、結局「蔦の葉」という、その土地にいちばんふさわしい名前で呼ぶようになった。一九五〇年代からずっと、六〇年代に入っても、彼は有名なダンスバンドを雇い入れていた。教会からは何度も非難を浴びせられたが、ダンスホールは繁盛した。たくさんの人間が彼のおかげで職を得ることができ、彼は地元の英雄になった。人々は夜な夜なバスやトラック、貸し車や馬車や自転車で、またある者は歩いて踊りにやってきた。カップルたちは埃っぽい床に立ち、ピカピカ光る明かりの下でお互い見つめあい、月を眺めにとか、新鮮な空気を吸いになどと言っては誘い合って外に出て行った。「六月の初めになると、ここら辺のどの干草の山にも恋人たちがいたものだ」パッツィー・コンボイはダンスホールで稼いだ金の全てを、その後興した二つの事業で失った。どちらもここらではとても長続きしないようなものだった。一つはオートバイ走行場だったが、いざ使ってみると、すぐにただのぬかるみになってしまった。二つ目は屋外の冷水プールである。周りにはたくさんの小さな湖もあるし、しかもこのあたりの天候は不安定である。ダンスホールが大成功を収めたのと違って、それらは人々にとって必要のないものだったので、うまく行かなかったのだ。

パッツィーは教会に対してさえ、自分の土地を守るためならいくらでも言いたい事を言った。彼が冷水プールを作るために大金を使って土地を掘り起こしていたとき、その仕事を貰いに牧師の紹介状を持った男たちがやって来た。それには、この人たちにはたくさん家族がいるので、必ず雇ってやってくれと書いてあった。パッツィーは動ぜず、こう言った。「家族が多いだって、坊主が何を言っているんだか。それよりお前たちの大事なあそこを漏らさないように帽子を被せるんだな。アメリカじゃみんなあそこに帽子を被せてるぜ。だから家族も少ないし、みんな楽な暮らしをしてるんだ」

私たちが「シギの放牧場」を買ったとき、パッツィーはまだ近くに暮らしていた。しかし「蔦の葉」の丸みを帯びた屋根は錆付き、壁も塗装が剝げてぼろぼろになっていた。パッツィーは目が見えなくなっていた。パッツィーのことも、そのダンスホールも、シギがイグサの上をふらふら歩き回っているのも、どれもこれも父は気に入らなかったのだろう。しかし私たちはここに住み着き、楽しく暮らしている。ここの小道や畑と私の関係は、私の生涯の本当に最初の時期にまで遡るものなのだ。

一九三八年、三歳のとき、今と同じような小道を私は母と一緒にリサカーン小学校へ向かって歩いたものだった。私はバリナモアの町から一マイル離れた小さな平屋建ての家に、母と父方の祖母と一緒に住んでいた。父はそこから二十マイルも離れたクートホールにある警察署の建物に、巡査部長として私たちとは別に暮らしていた。学校が長い休みになると私たちは警察署に行き、みなで一緒に過ごした。父は祝日や、月に一日ある休みの日には、青いベビー・フォードを運転して家にやってきて、また帰っていった。私たちの家の裏は草の生い茂った険しい丘で、隣には鍛冶屋の工場があった。私たちが借りていた家は、もともとは鍛冶屋のために作られたものだったに違いなく、スワンリンバーやエニスキレン、そして北部へと続く大きな道路の奥まった場所にあった。大通りから続く短い道は、鍛冶屋から出る錆屑で覆われていた。一日中荷車が行き来していて、それを牽く馬の蹄《ひづめ》や車輪に踏まれると、道はまるで磨り減った歯で何か噛んだときのような、じゃりじゃりというきしんだ音を立てた。大通りの反対側の木や藪の陰にリサカーンに続く細い道があった。母はそこの学校でフォーラン先生と一緒に教えていたのだ。リサカーンの学校には教室が一つしかなかったので、二人の先生は向かい合わせになって授業をした。二組に分かれた生徒たちは、板張りの床に置かれた長椅子にお互い反対向きになって坐った。それぞれの最後の列の間には広いスペースが作られた。窓枠の上ではマーケイター社の青い地球儀が堂々と輝き、敷居や部屋のあちこちには野生の花を活けたジャムの空き瓶が置かれていた。奥さんもやはり先生をしていたフォーラン先生は、当時としては珍しく自家用車を持っていた。大きなT型フォードで、雨が降ると、母と私は小道の角の木の下で車を待ち、学校まで乗せて貰った。天気の良い日には私たちはいつも歩いた。途中には馬の水飲み場や、どこかの家々に続く門があり、土手はさまざまな種類の野生の花、それにソラマメや野イチゴで覆われていた。母は歩きながら私にそれらの花の名前を教えてくれ、時には立ち止まってジャムの瓶に活けるために摘んだりした。私は学校までの道を歩くのがとても嬉しかった。私が今住んでいる近所には至る所に同じような小道がたくさんあり、私は何年もの間、そうした小道を歩きながら、非常に希にではあるが、自分が十分に守られていて、とても安らかで、永久に生きることができるのだ、という気持ちになることがある。今歩いている道が、もう無くなってしまったかつて母と歩いた道と一つに重なり、一瞬そのような強烈な気持ちに襲われるだけではないのかと思うこともある。しかしそういうときにはいつもの辛い喪失感を覚えることはない。その瞬間は突然理由もなくやってきて、同じように消えて行ってしまうので、その気持ちがどんなものか具体的には分からないし、心の中に定着させることもできないのだ。

私はリサカーンの学校で何かを勉強したという気がしていない。もっともかなり自慢の習字帖を持ってはいたけれど。私は幼な過ぎ、甘やかされ過ぎていた。休み時間になると年上の女の子たちが競って私の世話を焼いてくれたので、ますます甘やかされてしまった。彼女たちに抱かれ、足をばたばたさせて泣きながら、がらんとした教室にいた母の元へ連れて行かれたときの恥ずかしさと怒りを今でもはっきり覚えている。誰もが笑っていた。私は外に出て土手に坐ったが、そこは蟻の巣の上だった。巣の中の蟻がみな私の半ズボンの中に這い上がって来たので教室に戻った。

母が学校に私を一緒に連れて行ったのは、もちろん彼女が私を可愛がっていたからだったと思うが、同時に私が家の厄介者になっていたからでもあった。私にはすでに双子のブリージとロザリーン、それに赤ん坊のマーガレットという三人の妹がいた。私たち四人の年齢の差は三つもなかった。私の祖母は昔婦人服の仕立をしていて、いつも黒い服を着て背筋を伸ばしていた。一人息子である私の父も男前で、歳をとるまで背筋がピンとしていた。祖母は若いころ村で評判の美人で、それを鼻にかけ自慢していた。彼女はリートリムの痩せた土地や、貧乏臭い顔つきをした住民のことなどをいつもこき下ろしていたが、それでも人気者だった。父親の親戚には背が高く、目鼻立ちの整っている者が多いのは事実である。私の叔母のマギーが、かつて笑いながら私に言ったことがある。「あんたの母さんの結婚式に行って、キャヴァンからやって来た、スミスとかレディーとかブレイディーとかマクガハンなんていう人たちの顔を見たときは、自分たちが随分な山出しみたいに思えたもんよ」マクガハン家の人々は容貌や男らしさ、それに地位というものに重きを置いていた。誰の中にも暴力的な傾向があったし、中には狂っていると言ってよい者もいた。如才ないものは一人としていなかった。トム・レディーという父の第一の従兄弟は素晴らしい容貌の持主だった。彼は父と同じように警官で、やはり同じように教師と結婚していた。彼はメルヴィン湖のほとりにあるグレンファーンに配属されていた。何年も音信がなかったのに、だしぬけに彼が家を訪れたことがあった。それは父が再婚してすぐの頃で、そのときは私の継母しかいなかった。彼女は聡明で地味な感じの女性で、私の父を崇拝し、父の奴隷でもあり主人でもあった。さてそのときのことだが、自己紹介を済ませると彼はずばり尋ねた。「あなたはどなたです？新しい家政婦さんか何か？」すると「私はフランクの家内ですけど」と彼女は答えた。「フランクの奥さんね」彼は驚いて彼女を見るや、突然たがが外れたような大笑いをして、思わず坐りこんでしまった。「フランクの奥さんとはね。いやあ、最近こんなにびっくりしたことはないよ。国中大騒ぎだな」彼は椅子から立ち上がると、こう繰り返した。「いや、フランクの奥さん、本当に楽しかった。まあ、あんたのことは誰でもいいや、とにかくフランクに言っといてくれ。従兄弟のトム・レディーが訪ねて来たってな。何年かしたらまた来るよって」そして来たときと同じように、唐突に去って行った。

私の祖母もやはり少しおかしいところがあったのかどうか、私には幼なすぎて分からなかった。彼女は私の父に大きな影響を与えていたのかもしれないが、もしかしたら二人の気質が良く似ていただけなのかもしれない。しかし気質というものは、自然に影響を与えたり受けたりするものなのだろうか？　二人とも暴力的でわがままだった。ある時私は小さな料理用レンジの格子の隙間から紙を入れ、それが燃え上がる炎を、子供なら誰でもそうだろうが、うっとりと眺めていた。その姿を見つけるや、祖母は私の身体を押さえつけ、私の指を赤々と熱せられた火格子の間に押し付けた。私の叫び声も、恐怖にかられた母の抗議も無視された。「この子はあんたに甘やかされて台無しになりかけているじゃないか。分からせるにはこれしかないのさ」彼女にも父にもユーモアのセンスなどかけらも無かった。二人とも笑ったり微笑《ほほえ》んだりすることはほとんどなく、他人が楽しそうにしているとそんなのは、彼らの無責任さの表れだと言っていた。二人とも娯楽は人間の注意力を殺《そ》ぐものであるとみなしていた。しかし二人の間には大きな違いもあった。父は知的で、魅力的であったし、そうしようと思えば親切にさえなれた。父は祖母と同じようにうぬぼれ屋で誇り高かったが、決して自慢することはなかった。「バカだけが自分を自分以上に見せようとしてほらを吹くもんだ。自分で偉そうにするのでなく、他人に自分のことを誉めさせるのだ」

双子ができてみなの注目が自然と彼女たちに移っていくと、それまで一家の輝ける星だった私は嫉妬心で気も狂わんばかりになった。からっとした天気の日には母が学校に行っている間、祖母は家と鍛冶屋の間の、大通りに向かう門に続く鋳屑で覆われた坂道の頂上で双子によく日光浴をさせていた。私はいつも鍛冶屋のあたりで遊んでいた。祖母は双子の大きな乳母車の車輪にストッパーをかけて家に戻り、私に彼女たちをちゃんと見ておくようにと言いつけた。私はずっとこの二人を自分から追い払うにはどうしたら良いかと考え続けていたに違いない。私はストッパーのはずし方を覚え、ある日、家にも鍛冶屋にも、また道路にも誰も見ている人がいないことを注意深く確かめてから、乳母車を押して、坂道を下らせた。坂はそれほど傾斜がきつくないので、せいぜい車輪がガタガタ揺れるくらいで、鋳屑の上でスピードが緩んでいくはずだった。しかし乳母車は止まらずに、道から逸《そ》れて転覆した。双子に怪我はなかったが、その間祖母はカーテンの陰から一部始終を見ていたのだ。窓を叩いたりして私に注意を与えれば双子を守ることができたのに何もせず、転覆した乳母車のそばで私がひどくうろたえているのを見てから、家を出て私を捕まえたのだ。

私は同じような恐ろしい冷淡さを父の中にも何度も見た。退職してグレヴィスクの小さな農場に暮らしていたとき、父は学校から帰る途中の二人の少年が、道端に自転車を置き、畑を横切って父の果樹園に向かって行くのを見た。普通の人間なら、出て行ってそこで止めるか、あるいはリンゴのいくつかでも与えて帰すところだろうが、父は道に出て行って少年たちの自転車を押して家の中に隠してしまった。果樹園から戻ってくると、少年たちは自転車がなくなっていることに気がついた。父が彼らの親に電話をしたのはその晩になってからのことだった。

家の中でと同様、私は鍛冶屋でも厄介者になりはじめていた。仕事場の周りをうろつきまわっては職人にあれこれ尋ねたり、ふいごにぶら下がりたがったりしていたのだ。私は洞窟のような暗がりの中で行われている仕事の全てや、大きな馬や小馬、ロバやラバに牽かれた荷車が仕事場にやって来ることなどに夢中になっていた。仕事場の奥まった場所に一段高くなった火床があり、そこで石炭が燃えていた。石炭が一定の間隔を置いて投げ入れられると、炎が白く輝き出す。赤く燃えたぎる鉄が火挟みで火の中から取り出される。鉄が金床の上で打たれて形になっていくときには、火花が弧を描いて飛んで行く。持ち上げられた蹄に熱い蹄鉄が音を立てて付けられるとき、つんとする焦げた匂いが立ち上る。鍛冶屋の外には石でできた大きな囲いがあって、そこでは鉄の車輪が作られていた。職人がトンテンと鉄を叩くのを眺めていると、私は矢もたてても堪らず真似をしたくなった。私は小さくなって使い物にならなくなった赤い小さな自動車を持っていた。それにはハンドルも座席もペダルも付いていて、ペダルを踏むとその大きなおもちゃの車輪がゆっくりと回り出し、きつい坂道を下りるときには速度も増してちょっとしたスリルが味わえた。私はどこからか、多分鍛冶屋からだったと思うが、金槌を借りてきて、午前中一杯その車と格闘した。結果はさんざんだった。私の心積もりでは、車体は大きくなり、スピードも今まで以上に出ることになるはずだったが、結局全く動かなくなってしまった。私は泣きながらその残骸を鍛冶屋に持って行った。職人たちはさぞやおかしかったに違いない。彼らは車を静かに叩き出して、何とか元の形に戻してくれた。しかし私には、その車はもう以前と同じものではないかにしか見えなかった。それから少したってからのことだが、鍛冶屋が削った馬の蹄に蹄鉄の踏み面を焼き付けているのを、馬の下に潜り込んで真剣な眼ざしで眺めているところを見つかった。私は祖母の元に連れられて行った。私は叱られ、殴られ、当分家から出てはいけないと言われた。しばらくしてやっと外出はさせて貰えるようになったが、鍛冶屋に行くことは禁じられた。職人たちは私に話しかけたり、質問に答えてくれたりしていつも親切にしてくれたが、私は鍛冶屋の中へは入らなかった。私は自分が危険なことをしたので自分の父の母親を怒らせたのだということが分かった。私はまだ学校へ通う年齢になっていなかったが、母は私を危険なことから、また祖母の支配から逃れさせることに決めたのだった。

私たちが歩く花の咲いた土手や高い生垣に沿って、牧場があり、そこで暗い事件が起こることになる。この牧場での出来事が原因で、ジョン・ギルクリストがバーニー・マクメイナスを生垣手入れ用のナイフで殺害したのだ。「キリストの僕《しもべ》」という意味のギルクリストは渡りの労働者で、ガリガン家に住み込んでいた。ギルクリストの仕事の一つにバーニー・マクメイナスの牧場の隅にある泉から水を汲んでくるというのがあった。牧場には泉に通じる公道があったが、マクメイナスは牧場の入口を閉じて、公道の真ん中に立ち、通行の邪魔をした。雨の後など、ギルクリストは牧場の背の高い草の間を濡れながらかき分けて行かねばならなかった。人々はずっと面白がってその様子をながめていたが、ささいなこととは言えそれは一種の虐待だった。ついにある晩ギルクリストは生垣手入れ用のナイフを手にマクメイナスの家に行き、牛小屋の中で彼の頭や首を何度も切りつけて殺したのだ。警察に逮捕されたとき、ギルクリストはとてもおとなしかったということだ。ただ「奴は俺を追い出そうとしたんだ。奴は俺の生活を生きる価値の無いものにしてしまったんだ」と言っただけだった。裁判のときに、彼が精神異常であることが分かった。父親が殺されるのを見てしまったヴィンシー・マクメイナスは、大柄で穏やかな少年で、この道をリサカーンまで私たちと一緒によく歩いて行ったものだった。

学校では野蛮な鞭打ちが普通に行われていたが、母は他の先生たちと違ってどんな体罰も嫌っていたので、自分のクラスの生徒に対するしつけが甘い、と視察官に指摘され問題になっていた。都会から離れたこのような学校では、視察官は教師たちから昼ごはんを貰うことになっていて、私は今でも母が前の晩に、めったに買わないハムやトマトのようなご馳走を前にして、視察官に出す昼ごはんの準備に頭を悩ませていたことを覚えている。州の全ての子供たちがゲール語を話したり書いたりすることができるように、という通知が出て、それができなければ応報の罰が科せられることになった。あるクラスの生徒たちがゲール語に熟練していないということが分かると、その教師の昇給は止まるのだった。この結果、視察というと過度に神経質になり、授業時間の大部分がゲール語の勉強に費やされ、他の科目の勉強がおろそかになった。当時はほとんどの生徒が卒業後はイギリスやアメリカに渡り、工場や、建築現場、また召使などの仕事を探さなくてはならなかったのに、である。しかし持前の性格から、母は全てのことに平静を装い、私たちには心配事を隠すように務めていた。

父親は自分の青いベビー・フォードに乗って何度も家にやって来ていたに違いないのだが、私には家の中での父の記憶が一つもない。小さな車のダッシュボードの上にはセロファンに包まれた長いスティックシュガーが一杯入ったガラスの瓶があった。ほとんどは黄色だったが、中には緑や赤や黒いのもあった。とてもきれいなので欲しかったが、その包みが開かれたり、配られたりすることは決してなく、造花と同じような役割を持つものとしてそこに置かれているだけのようだった。

家の中での父親の記憶が全くないこと、母と一緒のときにしかリサカーンへの道を歩かなかった、ということは、いわゆる父親と息子の間にまず見られる傾向なのだろう。この頃の父に対しての私の最初の記憶は、この説を更に裏づけるものになると思われる。それはクートホールの警察署での、ある夏の思い出である。祖母と母、双子の妹と私は長い学校の休みの間にそこへ出かけて行ったのだと思う。

当時私の髪は女の子のようにカールしていた。父はそれを切りたがった。私は恐くていやだと言った。母や祖母も明らかに反対していたが、それがかえって火に油を注ぐことになり、父の決心をますます強める結果になった。袖に階級を示す三本の銀の印がついた青い制服を着て、彼は執務室に向かう階段へ続く長い廊下に私を連れ出した。彼は椅子と新聞紙、それに緑色の箱から小さな銀の鋏をとり出し、鍵をかけて二人の女性を居間に閉じ込めてしまった。

この廊下はいつも薄暗かったが、階段の下の小さな窓からは作業するには十分な光が入ってきていたのだろう。床の新聞紙の上に椅子が置かれた。巻毛を切るのには大した時間はかからなかった。勝ち誇った様子で父は私を居間に連れ戻した。居間にいた二人の女性は私の泣き叫ぶ声を聞いてますます心を痛めていたが、父は巻毛を包んだ新聞紙を持ち、「エルサレムの娘よ、わが為に泣くな、ただ己がため、己が子のために泣け」〔新約「ルカによる福音書」23章28節〕と勝ち誇った調子で、彼女たちに聖書の言葉を引用して聞かせた。

関係が一番うまく行っていたときでさえ、いつも私たちの間にあった、目に見える、あるいは見えない対立感を妹たちに説明しようとすると、彼女たちは父に懐《なつ》いていたので私にこう言うのだ。私が生まれたあと、父は母親の愛情が自分から私に移ったと感じ、それを許すことも、その痛みに慣れることもできなかったのだろう。しかし、そういう痛みがあったとしても、それとはまた別の理由もあったに違いないと私は思っている。で、新聞紙に包まれた私の茶色の巻毛が、私には銀の皿の上に乗せられ部屋に運ばれた、洗礼者ヨハネの切られた首〔新約「マタイによる福音書」13章1節～12節〕に似て見えたのである。そんなことを思い浮かべられるほどに宗教や宗教的なイメージというものが、私たちの呼吸している空気の一部になっていたのだ。

お祈りは毎朝捧げられた。毎日正午には教会でアンジェラスの鐘[1]が鳴らされ、最初の音が聞こえると、家の中でも、学校でも、店の中でも、人通りの多い通りにいても、話を止め、仕事の手も休めて祈りを始めるのだった。そして毎晩のロザリオの祈り[2]で一日が終わるのだった。天国や地獄、煉獄や辺土はアメリカやオーストラリアなどよりも近くにあり、しかもより現実的なものだった。私たちは将来必ずそのどこかに行くことになる、という話を毎日のように聞かされた。

天国は空の上にある。母は天国を実在のものであると言い、野生の花の名前を教えてくれるときと同じような愛情を込めて私に話してくれた。天国の光が私たちの頭上で輝いているのだ。太陽の彼方には天国へ至る門がある。門をくぐると立派な建物があり玉座には三位一体の神と、聖母マリア、天使や聖人たちがいて、建物の向こうには楽園があって、そこでは時は進まず、全てのものは神の御心と共にその永久に続く喜びの瞬間の中に入っていくのだ。そこでいつまでも神と共に私たちみんなが一緒に幸せに暮らすことができますように、というのが母の祈りであり強い希望だった。

天国は空の上にある。地獄は地面の奥深くにある。そこでは永遠の劫火が燃えている。断罪された者たちの魂は、神の顔を見ることもできず、永久に地獄に留まらなくてはならない。地獄の入口には大きな川が流れている。断罪された者たちは審判の席から、その手には劫火の中へ進んで行くための渡し舟の船頭にやる小銭しか持たずに、広い荒れ野を越えて裸で泣きながらやって来るのだ。

天国と地獄の間には、煉獄というのが置かれている。煉獄は曖昧にしか描写されていない。恐らく私たちはみなそこで過ごすことになると思われているからではないだろうか。聖人だけが一直線に天国へ行けるのだ。私たちは、祝福された天国で聖人たちの中に加わるためには、その前に煉獄の炎で雪のように白く浄化されねばならないのだ。

静寂な一角の遥か遠くに辺土がある。そこでは洗礼を受けなかった暗い顔をした子供たちが、痛みも意識もないまま永遠に眠っている。私たちは洗礼を受けているから辺土に行くことはない。幼ない頃自分は、将来地獄に行くことになるか、あるいはせいぜい煉獄で長い浄化の時間を過ごすのだろうと考えていたが、辺土が恐ろしい場所だとは全く思っていなかった。だから私は自分が洗礼を受けたとき、何か非常に重要な儀式が抜け落ちてしまっていたのなら辺土に行けたのに、と思うことが何度もあった。しかし母にそんなことは言えなかった。

イースターにはいつも母は私たちに太陽を見せた。「ごらん、あのぎらぎら輝く太陽から光線が出て踊っているのを！　イエス様が昇って行かれたから、天国中が喜んで踊りを踊っているの」ある年、イースターが曇り空だったときがあって、私たちは、お日様はどうしたの、と母に尋ねた。すると彼女はお日様は雲の後ろで踊っているのよ、と確信を持って言ったのである。見ずして信ずる者は幸福《さいわい》なり〔新約「ヨハネによる福音書」20章29節〕。

夕方になると太陽は家の後ろの丘の頂上に見えるサンザシの繁みの中に入って沈んで行く。時には手を伸ばせば届くように見えることがある。私は以前鍛冶屋で鉄を打つまぶしい光を見たときのように、太陽の光を眺め始めた。太陽がまだ繁みの中にあるうちに丘の上にたどり着ければ、私は太陽の中を歩いて天国の門まで行くことができるかもしれない。しかし一旦丘を登り始めてみると、ひどく急な階段を上るようで、藪の中を引っかき傷を作りながら足を引きずって歩かねばならなかった。一歩進めばそれだけ太陽も近づいて見えるのだが、私が頂上のサンザシの繁みにたどり着いても、太陽はやはり最初と同じ場所に見えるのだった。さらに生垣の隙間を押し進んで行くと、つまずいて転がってしまい、水の涸れた排水溝に落ちた。排水溝から起き上がって再び私は太陽の中に歩いて入って行こうとした。しかし私の目の前にあるのは、私をあざけり笑っているような蜃気楼だった。太陽ははるか遠くの別の丘の上に見えた。小麦色をしたスゲの広い平らな原が二つの丘の間にあって、そこを歩き越そうとすれば何時間も何日もかかってしまうだろう。私は排水溝に這いずって倒れこみ、完全に疲れ果てて眠ってしまったのに違いない。

目が覚めると私の名前を呼ぶ声が聞こえ、外は暗くなって空に星が輝いているのが見えた。私は叱られて、家まで連れ戻された。私の話を聞くと、心配していた彼らは面白がって笑い、そして不思議な顔つきをした。この子は天国の門に行くために太陽まで登って行こうとしたんだって。

1—朝・昼・晩に鳴らして、聖母への信心とキリスト降誕への感謝の祈りの時刻を告げるもの。
2—数珠の玉を数えながら主禱十五回、天使祝詞百五十回、栄唱十五回を唱える祈り。

私はその門にたどり着くには、自分が死んでいなくてはならない、ということが分かっていなかったのだ。

祖母は年齢を重ねてとても支配欲が強くなっていた。それが母が就学前の私を一緒にリサカーンまで歩いて学校まで連れて行った理由の一つに違いない。私が百日咳で倒れたとき、祖母は復讐をした。祖母は私を自分の部屋に閉じ込め、部屋を出るときには鍵をかけた。母は私の姿を何週間も見ることができなかった。彼女は学校へ行かねばならなかったし、祖母は彼女と双子の妹それに赤ん坊のマーガレットに病気がうつったら大変という風に話を持っていったのだ。病気の最初の山をこえたのに、私は母に近づけないし、母も私に近づいてこられないので、本当にがっかりした。私は鍵のかかった部屋から叫び声をあげて祖母に文句を言った。ロザリオの祈りさえも鍵がかかったままで捧げなくてはならなかった。母は、我慢しなさい、そして早く治って学校までの道を歩いて行くことができるようになるよう祈りなさいと言って慰めてくれた。病気だった数週間の間に、私は一度だけ部屋の外に出された。

当時ラバだか小馬だかロバだかを使う百日咳の治療法があった。私たちの家の近所にトミー・クィンという男がいた。入ってくる金は大体飲み代に使ってしまうような男で、頭も少し弱いと思われていた。道の向こうのたくさんの木に囲まれた黒い家にジムという兄と暮らしていた。彼がある晩とても遅く、ある動物を連れて家の裏口へやって来た。私はその治療法を思いついたのは祖母だったと信じている。トミーがそんなに遅くやって来たのも、その儀式を人に見せないようにするためだったのだろうと思う。とても寒い晩だった。私は毛布に包まれて外に出され、父と子と聖霊の名において三回、ラバだか小馬だかロバだかの腹の下をくぐらされた。私は自分が抱えられてあちこち動かされているときに、硬い地面の上で霜が光っていたことや、空一杯に星が輝いていたことを覚えている。母の元に戻されて、二人で一緒にまたリサカーンまでの道を歩いて行くことができるようになったときの私の喜びは強烈だった。

祖母とのいざこざが止むことはなかった。しかし私は明らかに祖母のお気に入りでもあった。私はそれが気に入らなかったし、うれしくもなかった。彼女はキャヴァン州や、そこ出身の誰彼、たとえばマクガハン家とか、ブレイディー家とか、スミスやレディー家の人々を誉めるときのように私のことを自慢し始めた。私は器量も良くないし、背も高くはないのだが、彼女は私のことを「ショーンは世界一頭が良くて、何だってできるんだから」と言った。母はそういう自慢話が嫌いで、それをさせないためならどんなことでもやったと思う。

ある土曜日のこと、祖母は私をはるばる町のマギー叔母さんの店までコーンフレークの袋を買いにやらせようとした。母は私がまだまだ小さくて、そんな遠い距離を歩かせるのは無理だと言って反対し、自分もついて行くと言い出した。祖母はそんな話を聞くような人ではない。「この子は大丈夫。腰抜けなんかじゃ全然ない。もう何でも自分でやることを覚える時期だよ」

家から町までは一マイル弱あった。マギー叔母さんの店は列車の駅のそばにあった。彼女の兄のパット伯父さんが一緒に住んでいて、駅前に列車から下りる客目当てに自分の貸し馬車を置いていた。叔母さんのところでは下宿屋もやっていて、鉄道工夫や、運転士、保線作業員などが住んでいた。彼らのほとんどはダブリンから働きに来ていた。店では飴やチョコレート、果物、タバコ、おもちゃ、雑貨、教科書や文房具などが売られていた。私は一人で町まで出て行けると思うと、それだけでわくわくした。

雨も降っていなかった。私はお金と母からのメモを手にして店に到着した。このお使いが祖母の指示によるものだと分かると、みなはすぐ笑って私をからかった。私は随分丁重に扱われ、気持ちよく温まった台所でビスケットやプラムケーキ、おいしいご馳走やお茶を頂き、そのあとでコーンフレークの袋をお土産に貰って家に帰された。リサカーンの土手から、私は以前から年上の少年たちがサッカーをしているのをうらやましく眺めていた。サッカーを覚えるのが私の夢だった。ひとたび町を出れば、何もない道が広がっている。馬車や荷車、車も自転車の姿も見えず、ほんの少しの人が歩いていただけだった。彼らが通り過ぎたあと、私はお土産の袋を道に下ろし、家に帰るまでの間それを蹴り続けた。フリーキック、ゴールキーパーになって手に持った袋をキック、ゴールめがけてキック。家に着くまでに、荷物は原型を失っていた。それを見るや、祖母は逆上した。母が仲裁に入らなかったなら、さらにひどく殴られていたに違いない。

突然祖母の姿が見えなくなった。この間までいたのに、ある日消えていたのだ。どんな説明があったのか、とにかく私はそれを受け入れた。祖母はそこにいて、それからどこかへ消えたのだ。祖母が姿を消しても私たちの日常は何の変化もなく続いた。

最後に祖母に会うことになったときのことだ。それは日曜日で、父は造花のようにきれいに包んだスティックシュガーが入った瓶をダッシュボードに乗せたフォードでやって来た。結婚式のときに仕立ててから何年もずっと着ていた茶色のスーツに身を包んでいた。母は丈の長いウールのプリーツのついたワンピースを着ていた。日曜に外出することも普段なかったし、二人がこんなに気を使った服装をしていたというのもまた普通のことではなかった。双子の妹と私はキャリック・オン・シャノンまで祖母に会いに行くのだと聞かされた。ロザリーンとブリージは同じ花模様の綿のワンピースを着ていた。おまけに髪の毛も同じ所で櫛を入れられて分けられ、同じ色のリボンまで結んでいた。こんな格好をしていると、家の者以外は誰にも二人の見分けはつかなかった。私は、ワイシャツに青いズボン、くるぶしまでの白いソックスに磨かれた黒靴という夏のミサ用の格好だった。車はマギー叔母さんの店の前で停まり、母がブドウと菓子を買いに出た。父は母が妹と長話をして時間を無駄にしていると思っていたに違いない。彼はすぐに私たちにぶつぶつと文句を言い始め、クラクションを鳴らした。母は店から出てくると一生懸命謝ったが、父はまだぶつぶつ独り言を言い、そのうちむっとして黙り込み、そのまま運転を続けた。その頃もその後も、父がマギー叔母さんと口をきかなくなったことが何度もあったが、このときもそういう時だったのだろう。そうでなければ叔母さんは私たちに挨拶をしに車のそばまでやって来ていたに違いなかったのだから。

私たちは黙ったまま町を通り過ぎた。アイルランド内戦が終わろうとする頃、父が若き巡査として配属された橋の近くの大きな石造りの警察署の建物の前も通り過ぎた。町外れの運河沿いには、青と白の聖母マリアの岩屋のある女子修道院があって、そこが母が最初に勤めた学校だった。キャリックの町に入り、家々の低い屋根の間に教会の尖塔が見えてきたとき、やっと苦行のような沈黙が破られた。ぽつんとした高い丘の上に、きのこのような形をしたコンクリート製の巨大な貯水塔が見えた。その横に灰色の石の建物があった。かつては救貧院だったが今は病院になっていて、これから私たちはそこに向かって行くのだった。

私たちは長い廊下を歩き、番号のついた扉の前で立ち止まった。父と母は小声で囁きあっていた。二人とも祖母に会うのが怖かったのだろう。父はブドウを私の手に置いた。「ショーン、お前が最初におばあちゃんに会いに行くのだ」

扉が開いた。枕の上の祖母の頭が見え、私は黒いブドウを持って彼女の方へ近づいた。彼女は私を見て喜び、私たちはキスをした。次に双子の妹がチョコレートを持って入ってきた。それからかなり長い時間が経ってから、父と母がやって来た。私が他に覚えていることといったら、みなが自分を救貧院に閉じ込めて、死ぬまで放っておくのだ、と恨みがましく祖母が不平を言ったことだけだ。ここが病院であること、治療が必要だということを彼女は決して認めようとしなかった。私たちが帰るとき彼女はブドウとチョコレートを返したいと言ったが、これはおばあちゃんのために特別に持ってきたものだからと、父が言い聞かせた。十分な面倒を見て貰っているのだから、ここを気に入るようにもっと努力しなければいかんと言って父は彼女を叱った。祖母が泣くのを見たのはこのときだけである。母が私たちを廊下に出した。父は母と一緒に長い間部屋に残っていた。

それから少しして毎晩のロザリオの祈りに、マリア様おばあさんを安らかに、という言葉が加わった。私たちはどのお祈りのときもそうだったが、言葉を機械的に口にしていただけで、その意味を考えたりしてはいなかった。

あんなに自慢話が好きだったのに、祖母が自分の夫の話をしたことは一度もなかった。また父が祖父のことを口にするのも聞いたことがなかった。そのくせ父はあとになって、息子は父親に対していつも尊敬の気持ちを持っているべきだと、偉そうに言った。父は私生児だという噂もあった。それによると、彼の父親はニューヨークでバーを経営し、アイルランドに戻って村の美人と結婚してから、そのバーを売りにまたニューヨークへ行ってしまったのだということである。またもっと信頼できる話では、彼の父親は小さな農場主かあるいは小作人のどちらかで、どちらにせよ私の祖母と結婚したあとすぐに亡くなったのだということだ。私の父は確かにこの世に生まれてはいただろうが、その頃はまだ生きていたとは言えないようなものだったのだろう。

大きな変化があった。リサカーンの生徒の数が減り、政府の厳しい切り詰め政策のため、新しい教員の雇用がなくなったのだ。母も「登録員」ということになった。教員の空きはこの「登録員」の中から埋められて、言われたところに転勤するしかなかった。母の新しい学校は十マイル以上離れたキャリガレン近くのビーモアだった。当時としては珍しく、そこの校長は女性だった。大柄で朗らかな人で、学校の隣にある豊かな農場主の妻であった。私たちはクルーンの近くの湿地を見渡すことのできる、がらんとした二階建ての家に引越した。

当時は水道がなく、川の水を使っていたし、電気がきている家もほとんどなかった。テレビはもちろんラジオすら珍しく、新聞が手に入ると何軒かの家でまわし読みされていた。どの地方もその地方だけで完結した小さな営みをしていたので、湿地が見渡せる家に引越すということは、違う国へ移住して来たようなものだった。当時ヨーロッパ中で起こっていた戦争も遠い噂話に過ぎなかった。私は一人の男が家にやってきて、興奮して腕をぶんぶん振り回しながら「ドイツの飛行機がイングランドに爆弾を落としているぞ！」と叫んでいたのをはっきりと覚えている。

母は毎日双子の妹と一緒にどんな天気のときにも、家からビーモアまでの二マイルを歩いて通った。妹のマーガレットと、赤ん坊の妹モニカは新しいお手伝いさんの世話になっていた。私は母たちとは逆方向の、ニュータウンゴアへ向かう通りにあったオーガラン校まで、半マイルほどの道を歩いて通った。そこが通えないくらい遠くにあればいいのにと、毎日朝になると願った。

母が私を、いや全ての子供たちを甘やかしていると、父はかねてから文句を言っていた。私が近くのオーガラン学校に通っているのを利用して父は私を鍛え直そうとした。私はそれまでの母の暖かい庇護から引き裂かれ、世間の普通の厳しさの中で男として作り直されるのだろう。オーガラン校で、父は自分の思惑を実現しようとしたのだ。

オーガラン校で下級生の担任はマッキャン先生だった。彼女はキャリガレンの仕立屋と結婚し、毎日自転車で町から学校まで往復していた。彼女は明るい黄色い色の竹の鞭を戸棚の中にたくさんしまっていた。それがぼろぼろになると、生垣からトネリコや、ヤナギ、ハシバミなどの枝を伐ってきて鞭として使った。先生は一日中それを持って、私たちが読み書きでちょっと間違えたり、少しぼんやりしたり、ほんの僅かの規律違反などをすると、やっきになって使った。しかし最悪の罰は教室から出されて、廊下で立たされることだった。

私は他の生徒たちほどひんぱんに鞭で打たれはしなかったと思うが、それでも鞭打ちそのものに慣れていなかったし、ずっと母に優しくされていたので、それは地獄への急転直下とでも言うべきものであった。私はオーガランに行くのを止めて、双子の妹と一緒に母のいるビーモアへ行きたいと一生懸命に訴えたが、無駄だった。

その決断の背後には父がいた。私たちも大きくなっていろいろなことに気がつくようになっていたからか、父は以前よりもひんぱんに家に戻って来るようになっていたようだ。イギリスやヨーロッパでの戦争の話題が良く出たが、私は毎晩のロザリオの祈りのあと心の中で強く願ったものだ。神様お願いです、私たちが寝ている間にイングランドの上空を飛んでいるドイツの飛行隊の航路を狂わせて、オーガラン校の上に爆弾を落とさせて下さい。

マッキャン先生が当時として特別に暴力的だったかどうかは良く分からない。私は自分と同年代の人間が、学校時代のことを話していてだんだん興奮してくるのを何度も見てきている。「夜になると鞭で打たれた両手が黒く腫《は》れあがって、物も持てなくなったもんさ。先生たちは俺たちの足や腕や肩をぐいぐい引っ張ったりもしたな。そんな中で、よくまあいろんなことを覚えられたもんだよ。毎日学校へ行くのは本当に苦痛だったな」

どこでもそうだったとは思っていないが、一旦許されてしまうと、体罰はどんどんひどくなって行き、しまいには誰も気にしなくなってしまう。親ができることといったら、学校に文句を言いに行くか、神父のところに行くか、法律に訴えるかだったが、そんな親はめったにいなかった。神から下された権威は絶対で、疑問をさしはさむことなどできなかった。暴力は家庭の中でもしばしば威力をふるった。その原因の一つに性的欲求不満があった。性というものは公式には不潔で罪深いものとみなされていて、それが許されるのは結婚においてのみだ。教義では肉体と魂は別のものと考えられている。魂は永遠で神に属し、魂を運んでいる肉体は不潔で、罪を犯しやすく、そして最後には死に至る。しかし私にはマッキャン先生が鞭やハシバミの枝を振ったとき、肉体と魂が別のものであると考えていたとは到底思えない。

私は彼女の叱責から逃れようといろいろな試みをしたが、全て無駄だったので、方針を変え、何か品物で先生を自分の側につけることができないかと考えた。学校へ行く途中にある無人の小屋の隣に小さな庭があった。誰かが昔耕作をして、きちんと整備されていたが、今は放置されていて、アザミやイラクサ、イバラ、ギシギシなどが繁茂していた。前にリサカーンへ行く道沿いで、母と一緒に立ち止まっては花の名前を唱えたように、私は野生の花を眺めながら学校へ行く習慣を持つようになっていた。そうすることによって、オーガランに到着する時間をなるべく遅らせようとしていたのだが、もちろん紫色をしたバラのようなアザミの花の美しさに魅了されていたからでもある。開いている小さな木の門をくぐって庭に入り、背の高い雑草を押し分けて進んで行けば、きれいな紫色のアザミを摘んでマッキャン先生に花束を渡すことができるだろう。小さな花束を作り終える頃には、イラクサで引っかき傷を作り、足や手からは地を這うイバラの棘で血が出ていた。最初それがアザミだとは思わずに、マッキャン先生は喜んで紫色の花束を受け取ってくれた。しかし中の棘を見つけ、それがつまらない雑草だということがわかると、怒り出した。学校にイバラを持ってくるなんて何を考えているの？　私を誰だと思っているの？　私や学校をからかうつもり？　今までこんな目にあったことなんかない。彼女は自分が抑えられなくなる前にこのイバラを捨ててきなさいと私に命じた。

私は自分のご機嫌取りの行動がかえって立場を悪くしてしまっただけだったのだ、という思いに傷つきながら教室に戻った。自分は評判を落としたのだ、と痛いほど分かっていたので、他の生徒たちが陰険な表情をした訳知り顔で私に向かって笑いかけても、ただ黙って眺めているしかなかった。

母にそのことを話すと、私の屈辱感は更に深まった。私は彼女に傷ついた足や腕、イラクサで刺された痕などを見せたが、私が話し終わると母は笑いを止めることができず、妹たちに呼ばれて行ってしまった。そのあと母が私を呼んだときには、私は家出しようかと思った。あと一か月で最初の聖体拝領なのよ、母は言った。もし最初の教理問答がうまくでき、最初の告解のあとで拝領が済めば、オーガランではなく双子の妹と一緒にお母さんとビーモアに行く事ができるのよ。そう言われても私は自分に明るい将来があるとは全く思えなかった。

マッキャン先生の旦那さんが私の聖体拝領式のための青い服を誂《あつら》えてくれた。母は前の晩に私が初めて告解をすることになる陰鬱なオーガヴァス教会へ私を連れて行った。その晩マッキャン氏が、オートバイで湿地を越えて私たちの家に私の青い服を届けにやって来た。次の日の朝、私は白いシャツの上にその青い服を着、白いくるぶしまでのソックスを履いて、新しい靴に足を入れた。私たちが牛乳を買っているお隣の農家には、大きなサイドカー付きのオートバイがあった。母が坐る場所はなかったが、私は運転手の前に坐る場所を作ってもらった。母は自転車で教会まで行った。私は今までになく背が高くなったような気がした。生垣が飛ぶように過ぎていく間は怖くて下を向けず、道路や馬の蹄も見ることができなかった。教会の中にはマッキャン先生がいて、私たち生徒を席まで導いてから聖体拝領台まで連れて行った。そこで私たちは目を閉じてキリストの肉である白い聖餅を神父様から頂くのだった。そのあとで私は随分優しく扱われた。人々は私に硬貨をくれた。それはずっしり重く、新しい青い服のポケットの中でチャリチャリと音を立てた。サイドカーに乗っての帰り道は、行きのように怖くはなく、先ほど授けられた恩寵に包まれて、高い場所からの広い眺望を楽しみ始めていた。もし今ここから落ちて死んだとしても、そのまま真っ直ぐに天国へ行けるだろう。前の晩から断食していたのでとてもお腹がすいていた。家の中には素晴らしいご馳走が待っていた。紅茶のポットは湯気をたて、皿にはバターを塗ったトースト、卵焼き、ソーセージ、焼いたベーコン二枚とブラックプディング〔豚の血で作ったソーセージ〕一つ。「自分も今日は何とかしてここに一緒にいたいのだが、仕事があってどうしても来られない、とお父さんが書いてきたわ」と母は言った。

　次の日の朝、道に出たとき私だけ別の方角を向いてオーガランへ行かなくても良かったので、本当に嬉しくてほっとし、私は手を広げて母の手を取った。このようにして母と私、そして双子の妹はビーモアへ向かった。

　ずっと泥道だった。道の片側は、トネリコやカシやシカモアなどの大きな木がまばらにある荒れた土手で、反対には背の高い草が生えていた。家からの道はキャリガレンへ行く広い道に繋がっていた。石の橋を渡り、学校へ向かう短い上り道へ入って行くのだった。

　ビーモアの学校には玄関がなかったが教室は二つあり、建物は道に面していた。運動場もなく、敷地の境界線になっている背の高い生垣の下には、剥き出しになった二つの便所があった。運動をする場所は道路をはさんだ向こう側にあり、私たちは無心に草を食《は》んでいる牛の間で、ボール遊びをしたり走ったり跳んだりした。

　女性の校長先生は私の母ととても親しかった。不思議なことにマッキャン先生の名前は忘れずにいるのに、その校長先生のことは優しい人だったということ以外、名前も覚えていない。彼女の家は学校のすぐ近くにあり、私たちはよくお呼ばれした。金曜日の夜にはお茶を頂いて遅くまでよくお邪魔した。帰るときにはジャムや卵、新鮮な野菜や私たちの服を作るための布地などをくれた。二人の女性は坐って話をしていた。私たちは話を聞いても理解できなかったので、その間外の農場にぶらぶら出て行ったりした。外にはたくさんの豚や牛がいる小屋や、大きな鳥舎、三頭の馬と一緒に鋤や鍬、砕土機、刈取り機、圧搾機、干草機や熊手などいろいろな農具がしまってある厩舎があった。家に帰ると、いつも自分たちの借家ががらんとしているので、それと比べて先生の家には物が豊富にあり、温かく、気楽で、安心でき、そして贅沢な感じがあった、という思いを抱いた。私はこれと同じ感じを、私たちが訪ねたほとんどの家から受け取った。そう思うと何だか恥ずかしい気持ちになり、自分が小さくなったような何か落ち着かない気持ちになるのだった。

「ねえ、どうしてぼくたちはああいうおうちを持つことができないの、お母さん？」

「きっといつかは持てるわよ。でもお金や豊かさだけが大事じゃないのよ。お金持ちになると、この世からお別れし辛くなるものなのよ」

「お金持ちが天国に行くのは難しいってこと？」

「贅沢な生活を大事に思い過ぎると、難しくなるでしょうね。この世よりも神様の方が大事なのよ。神様は全てを見ておられるわ」

たまの日曜日には、キャリガレンに向かう大通りに店を持ち、他に移動販売店も持っているクーニー家を訪れた。クーニー氏は荷車を馬に牽かせて、毎週決まった日に決まった場所に行っては、雑貨や食料品を売り、鶏肉や兎肉、卵やバターなどを買い入れていた。クーニーの家の息子と娘はビーモアの学校で母のクラスにいた。私は空にたくさん燕が現れて、それらが低く飛びながら店の窓に向かって来たある日曜日のことを覚えている。クーニー氏は、もし燕の尾に一つまみの塩を置くことができれば、その燕は空中で凍りつき、手で捕まえることができる、と言った。私たちは何時間も奮闘して丸々一袋の塩を無駄にしてしまった。しまいにはクーニー氏は悲しげな笑いを浮かべ、自分の言葉の償いをするように、私たちにポケット一杯のお菓子をくれたものだ。クーニー夫人は、他の多くの人たちと同じように、母のことが好きだったが、クーニー家の人々は決して私たちの家にはやって来なかった。どんな風に行けない理由を説明したのか、あるいはどんな不都合を申し立てたのか、私には全く分からない。当時の女性がたいていそうだったように、クーニー夫人は自分の家の外に出るのがただ単に嫌だったのだ、という単純な理由だったのかもしれないが。

めったになかったが、土曜日にキング夫妻が自転車で湿地を越えてやって来ることもあった。二人とも先生をしていて、母とお喋りをしにくるのだ。彼らは私たちに親切だったが、少し距離を置いていた。自分たちのクラスや仕事に向ける気持ちは私の母よりも大きかった。何年もあとになって、彼らの娘が私に話してくれたことだが、キング夫人と私の母はキャリック・オン・シャノンのマリスト女子修道学校で五年間を共に過ごし、二人ともその学年で抜きん出た成績でトリニティ・カレッジの奨学生の資格を手に入れたそうだ。が、トリニティに対する弾圧があって、卒業後国民学校に就職することができなかった。しかし彼女たちは修道院の学校を出ていたので、修道女たちが教会の布告を無視して弾圧を避ける道を見つけてくれた。彼女たちは奨学生だったので、修道女たちの学校に就職することができたのだ。一旦そういうことになれば、その後は司祭の経営する学校に移ることもできた。

近所の人たちがしょっちゅう私たちの家にやって来た。その頃人々は当たり前のように、一日中どんな時間にも訪れて来るのだった。家の前を通りかかったからというだけで立派な訪問の理由になった。また夜になって暖炉の周りに集まりに来ることもあった。天気が良い水曜日にはマギー叔母さんが自転車に乗ってやって来た。水曜日には町の店は半日で閉まるからだ。私たちは水曜日になるのをわくわくして待った。というのは叔母さんは店からたくさんお菓子やらビスケットやらを持ってきてくれるからだ。だから水曜日に雨が降ると我々はがっかりしたものだ。貸し馬車の仕事でキャリガレンの近くまで来ると、パット伯父さんがひょっこりたち寄ることもあった。

私たちの家を訪れる客は、他は全て父親の親戚だった。ゴウナの近くにある父の生まれ故郷はキャリガレンからそれほど離れてはなかった。父は、実際に来られたら嫌なくせに、みなに家に来るようにと言っていた。父は母方の親戚には好意を持っていなかったので、単にその対抗勢力とみなしていただけだったのではないかと今の私は疑っているのだが。父親の親戚は大抵若い女性で、ゴウナから夕方自転車で来て一晩泊まり、朝私たちが学校に行くとき一緒に出て行くのだった。内心では母はこういう訪問を歓迎していないようだったが、別に邪険にするわけでもなく、喜んで迎えて寛《くつろ》いで貰っていた。お手伝いさんが何人も代わっていて、その頃はブリッジー・マクガヴァンという、凛として個性の強い娘がしばらく前から家に住み込んでいた。

ゴウナから自転車でやって来た若い娘や女性の中で、父親のごく近い親戚の若い女性を覚えている。彼女がとても白い肌と美しい黒髪の持主だったからかもしれないが、恐らく学校へ行くときに起こったある出来事のせいで、彼女に対する記憶がはっきりと残っているのだと思う。前の晩に家に泊まったその娘が、自転車を押して家に帰る道すがら私たちと一緒に学校に向かっていたとき、母がちょっとごめんなさいと言って、そっと横を向いた。母の口から何か灰色をしたものが噴出して、道の端の背の高い草やイラクサの茂みの中に流れて行った。

「朝早いからちょっと具合が悪くなっただけ」母は息を整えてまた歩き始め、彼女に説明した。娘はうなずき、更に質問をした。そして歩きながらまるで何事もなかったかのように普通に会話が続いて行った。私は何か不吉な感じに捕らわれたが、怖くて何も聞くことができなかった。

父が家の中にいたときにも同じような恐れを感じた。父は私がオーガランの学校とマッキャン先生から離れたことで機嫌を損ねていたのだ。金を使いすぎるとか、家がきれいになっていないとか、あるいは母の親戚に対して怒るので、父が家にいるときには、いつもぴりぴりした空気がたちこめていた。とりたてて不平を言うような理由が見つからないときには、黙って怒りを溜めていた。子供というのはこうした不幸な気分に感染してしまうものだ。そんなときには、警察署の廊下の階段の下で巻毛を切られたときの光景が思い出されて、ますます気分が悪くなった。ある夜遅くのことだったが、青いベビー・フォードに乗って最悪の機嫌の父親が到着した。彼の視線が真っ先に私の顔に向けられた。そのとき私の顔にはトビヒによると思われるかさぶたができていた。朝になると父は私に学校を休ませ、キャリガレンの病院に車で連れて行った。彼は医者というものに対して愛憎半ばした気持ちを持っていた。診療所で長くて十分な診察を受けたにもかかわらず、私は恐ろしく混乱していたので、何が起きているのかわけが分からなかった。診療所から真っ直ぐに薬局に行って、恐らくはかさぶた治療用の軟膏か塗り薬のようなものを買った。家に帰ると彼はブリッジー・マクガヴァンにお湯を沸かさせて、盥と鏡、それに鋭いナイフを持ってこさせ、湯で消毒した。それから父は私の顔のかさぶたをナイフでそぎ落とし始めた。処刑されるようにしっかり身体を固定されたまま行われたナイフによるこの儀式はとても恐ろしいものだった。

その治療が功を奏し、かさぶたは治った。ナイフの傷もついていなかったが、次に青いベビー・フォードが家に向かって来るのを見たとき、私は走って逃げ出し家の近くにあったその頃いつも登っていた栗の木に姿を隠した。私はそこから車や家の様子を覗《うかが》い知ることができ、自分の名前が呼ばれるのも聞こえたが、木の上に登ったままでいた。夕方になり車が出て行った。私を探す声が続き、だんだん心配そうな声になっていつまでも続くので、私はやっと家に戻ることにした。

次に父が家に来たときには物凄く機嫌が良かった。機嫌が良いときの父は肉体的な魅力を輝くように発散させていた。しかし上機嫌を長続きさせることがほとんどできなかったのだ。彼は自分の周りのみなが、自分の気分を完璧に反映することを要求していた。その鏡がちょっとでも曇ったりすると、気分が変わってしまう。湿地の上のがらんとした家の中で、私たちは昼間中、そして夜も、次の朝までも家の中に安心と平和が満ちているように、彼の気分をそのまま受け入れて反映させていなければならないのだ。そして朝になると帰って行く父の車に向かって、みな家の外に集まって手を振って見送るのだった。

父が一緒に家にいたあるとき、私はビーモアに通っている私より少し年上の男の子と女の子のいる家の人に彼を紹介するという特別の任務を与えられた。彼らの両親はどちらも口がきけなかったのだ。学校で不思議だったことの一つが、父親も母親も一言も喋れないのに、二人の子供たちはどちらも完璧に喋ることができ、また成績も良かったということだった。父親は高い技術を持つ時計屋で、腕時計や掛け時計を直したり、ちょっとした機械物の修理もしていた。機械で動くものなら何でも修理できるということだった。高い生垣の裏にある鉄屋根の家に住んでいた。土地はとても狭かったが、一頭の牛の世話をし、庭ではいろいろな野菜を育て、家はきれいに整えられていた。彼らはそのような真面目な生活をしていたので、いわゆる普通の人々がお喋りなどでいかに無駄な時間を費やしているかということが良く人々の話題になっていた。父が彼らに関心を持ったのは、その父親が照明用の背の高い風力発電機を建てたからである。

背の高い生垣にある門を通って、私たちは家の入口で女の子に会った。彼女の肩越しに彼女の父親がいつもの作業台に向かって眼鏡をかけて仕事をしている姿が見えた。私は得意になって自分の父親を紹介し、訪ねてきた理由を説明した。彼女は家の中に戻って行き、父親を外に連れてきた。すばやく手を動かしながら二人は何かを伝えあっていた。彼女は腕を回転させて風車の羽根の動きを真似、その腕を私の父に向けた。父親は理解したしるしにうなずき、父に自分のあとについて来いと身振りで示し、風車に向かった。小さい家の土台の部分には湿電池が収められていた。二人は随分長い時間を過ごしていた。いつのまにか男の子も出てきて、二人は私に庭や漆喰塗りの牛小屋とぶちの牛、それに彼らが飼っているアヒルやガチョウ、雌鳥などを見せてくれた。彼らの母親が家の中にいるのがちらっと見えた気がしたが、彼女は出て来なかった。私たちが車で帰るときにも父の上機嫌は続いていた。彼は自分も同じような風力発電機を家のシカモアの木のそばに建てるのだと話した。そうすれば家の中の明かりだけでなく、覆いのついた薬棚の隣の棚に置いてあるコッソー社製の大きなラジオを聴くこともできるのだ、ということだった。

数週間後ビーモアの世界が終わった。母が突然家を出て行かねばならなくなったのだ。どうしてなのか理由は教えられなかった。「みんな良い子でいるのよ、喧嘩しないで、お母さんのためにお祈りして頂戴ね」そんなことを言われて、みなの顔は心配で暗くなり、ものも言えなかった。湿地の上の家はそれでお終いになった。私たち五人とブリッジー・マクガヴァンはクートホールの警察署へ移った。警察署の住居棟にはずっと父とお手伝いさんしか住んでいなかったので、私たちが大声をあげて叫ぶと、こだまが返ってくるほどがらんとしていた。父はこの叫び声にすぐにいらついた。彼は執務室の扉を開け、行儀よくして静かにしろ、もう野原に住んでいるのではない、と大声で私たちを叱った。

クートホールの村はヘンリーズ・フィールドという大きな三角形の原に点在してあった。気まぐれな風に乗って運ばれてきたかのように、建物はあちこちに適当に散らばっていて、互いに隣接している家や店はなかった。教会、郵便局、警察署、司祭館、二軒の店、三つのバー、それに何軒かの家。教会の壁から延びる細い道の向こうの馬小屋、牛小屋、穀物倉庫、バー、住宅、雑貨屋などの建物が並んだ通りは全てマイケル・ヘンリーの所有物だった。

マイケル・ヘンリーはアメリカに行って稼いだ金で、まず食料品店と農場を買った。その後、別の食料品店が入っていた二階建ての建物に、背の低い店を建て増しした。その建物は教会の入口の向かいにあり、バーに出入りするのを見られたくない敬虔な人たちが入りやすいように作られていた。その道を少し下ったマクダーモット・クロスにはキャシディーの店があった。キャシディー家の人々は、マクダーモットのおばあちゃんが、今でも庭に残っている木造のホールでダンスやコンサートを開いた昔に稼いだお金を持っているのだと言われていた。そのホールは今は使われていなかった。というのは司祭たちが村の向こうに小さな聖堂を建て、人々をできるだけバーに行かせまいとして、そこでダンスやコンサートなどの催しを始めたからだ。マクダーモットばあちゃんの娘であるキャシディー夫人は、二枚目で物悲しい様子の男、キャシディー警官と結婚し、みな器量よしの二人の娘と一人の息子をもうけた。子供たちは祖母と母親それに手伝いの娘さんと一緒に店で暮らしていた。私たちがいた間、彼らの父親の姿を見たのは年に数週間の休みにモナハンの警察署から戻ってきているときだけだった。教会の正面扉のちょうど向かいにヘンリーのバーがあった。マイケル・ヘンリーは閉店後に飲み物を出しながらよく客に説教していた。「ランガンさん、私はあんたが注文したから一杯お出ししますがね、でも本当のところあんたにゃ酒よりもパンの方がぴったりなんじゃないかね」かなり離れた所にドイルの店の建物があった。かつてこのあたりはとても繁盛していて、たくさんの店ができ、外の通りは人々や車で賑わっていたが、ウイスキーと瓶入りのスタウトを出すだけのバーしか残っていなかった。ジョン・ドイルは地元の看護婦と結婚した。彼女のおかげで彼は放浪生活を送らなくて済んだと言われていた。

ラヴィンズ・クロスにはジョン・ラヴィンの草葺き屋根の小屋があった。一つの屋根が抜け落ち、残った二つの部屋の屋根からは緑色のオート麦などが芽を出していた。天気の良いときには外に出て材木で馬車の車輪や椅子などを作る姿が見られた。小屋の裏の肥えた土地はかつては彼のものだったが、郵便局の向かいにバーと食料品店を持っていたチャーリー・レーガンのものになっていた。彼のバーと小屋の裏はサッカー場になっていて、牛がゴールポストに体を擦りつけている姿が見られた。橋の下流には警察署と警察署の庭があった。シカモアが一列に植わっている小道が通りから警察署に向かって延びていて、高い石のアーチ道に続き、両側に月桂樹が植わった上り坂になってレニハンの草地に続いていた。チドリー・クートの古城で残っているのは角にある塔だけだった。キャノン一家がファイナン一家とレニハン一家に挟まれてそこに住んでいた。かつてクートホール一帯を所有していたクート家の人々に関してはたくさんの話が残っている。「私はあなたの所にうちの二人の息子を働きに出すことはできません」とチドリー・クートのある小作人が訴えたが、「クートの人たちは私の言うことなんか何も聞いてくれませんでした」

「とにかく息子たちを連れて来い、そうしたらわしが分からせてやる」

朝になって、男は息子たちを連れて草地に行き、彼らをクートの下に残した。夜になっても二人が戻らないので、男は草地に出かけて行った。

「お前は闇にまぎれて息子たちの前を通り過ぎてしまったんだ。今はおとなしくしているよ」とチドリー・クートは彼に言った。

息子たちは二人とも警察署の横のアーチ道で首をくくられていた。私たちは警察署の裏口から住居棟へ行くのに毎日のようにその下をくぐっていた。

門は全てなくなり、コトネアスターの小さくてつやつやした葉や赤い実に覆われて土台の石もほとんど見えなくなっていた。クートホール湖のほとりにモランの井戸があり、乾燥した夏の日に私たちはその水を汲みに舟で出かけて行ったものだ。その井戸の脇には、別のクート一族の人間が鳩狩をしているときに落馬して死んだ場所を示す小さな石があった。この石の周りの草は夏になると赤くなるということだった。

背の高いレニハンの果樹園の壁に沿って、ギリガン家の農場があった。彼らはそこで牝牛や、彼らの移動売店を牽く小さな馬に草を食ませていた。彼らの小さな草葺きの小屋はヘンリー・ストリートに面していて、ジミー・シヴァンの鍛冶屋の裏にあった。キャシディーの家やヘンリーの家と同じくギリガンの家にも三人の子供がいて、私たちはよく彼らと一緒にクートホールの学校へ歩いて通った。

学校はちょうど村を出たところにある比較的新しい建物で、運動場にはコンクリートでできた避難所もついていた。

ファイナン先生とマラニー先生の二人が下級生を担当していた。彼女たちはそれなりに厳しかったが、どちらもマッキャン先生のように暴力的ではなかった。ただファイナン先生がこぶしで私たちを殴るときに当たる婚約指輪と結婚指輪は恐ろしいものだった。二人は立派な顔立ちをした女性だった。ファイナン先生の方がいくつか若かった。マラニー先生は正式な教員としての教育を受けていなかったので、助手だった。彼女はやはり教員と結婚していたが、二人の兄弟がどちらも神父をしていたファイナン先生のようには仕事の上でも社会的にも高く見られていなかった。マラニー先生は鉄の意志でこの境遇の違いをうめようとした。最初の夫との間に男の子と女の子が一人ずついた。彼女の厳しい監督の下、二人とも奨学金を貰って大学に通っていた。二度目の夫のマラニー氏は歳をとっていたが、かつて騎手として名声が高かった。若い頃は、跳び越すことなどほとんど不可能と思われていた危険な溝や障害物を楽々とこなしたということだ。結婚すると彼は農場を売り払い、教会の隣に彼女のために家を建ててやった。毎日彼は学校に暖かいお弁当を届け、学校と家の間をゆっくりと、かつての騎士時代の名残《なごり》を示すような歩き方で帰って行くのだった。マラニー先生は教会に関すること全てに精通していた。息子も娘も、当然神父と修道女への道を真っ直ぐに進んで行くものと思われていた。

校長はグリン先生という穏やかな優しい酒飲みだった。二人の女先生たちは彼を守りながら同時にうまく操っていた。彼はイギリス式教育制度のときに助教として教育界に入ったが、郵便箱でさえも緑色に塗り替えられた一九四九年の独立後も、ゲール語をまるで勉強しようとしなかった。だからゲール語の授業をやらねばならぬときには、彼はファイナン先生とクラスを取り替えた。校長が来ると教室は楽しくなった。ファイナン先生のクラスの生徒にはたいてい書き取り帳を渡すだけで、その間自分はマラニー先生と話をして過ごしていたからだ。ほとんどの教員は試験制度についての知識を持っているので、自分の子供たちにはそれを生かして良い教育を与え、聖職や専門職または公務員にすることを考えているものだが、グリン先生の家のたくさんの子供たちは、耕されない土地が荒地に戻ってしまうように、全員が畑に戻って来たのである。社会的基盤もほとんどなかったので、子供に対する希望や期待は、自分が教えている子供たちの親とほとんど変わらないほどのものしか持っていなかった。穏やかな性質が過度の飲酒と結びつき、無能力な人間を作っていた。抑制がきかず、やりたい放題だった上級生の少年の一団が、あるとき彼を便所に閉じ込めてしまった。女先生たちによって解放されたのだが、彼女たちが首謀者を鞭打って、危うく命まで奪いそうになったとき、彼は愚かにも警察に行って何とかしてくれと頼んだ。私の父はこんな弱い男には軽蔑の気持ちしか抱いていなかった。父は川岸の林に向かって行き、トネリコの枝を伐り、皮肉っぽい調子で細かい使用法を書いた紙を添えて校長に送った。

グリン先生は毎晩のようにヘンリーのバーへ行った。そこに行くと昔の教え子たちがたくさんいて、なかなかの人気者だったのだ。グリン先生はそう大したことを教えてもいなかったし、まして鞭を手に無理矢理覚えさせるようなこともしなかったのに、生徒たちの多くはいまだに彼に習ったゴールドスミスの文章などを暗誦することができた。バーで酒が一渡り回ると彼は、君たちには素晴らしい知性が備わっていると誉め、お返しに教え子たちは、先生こそは誰にも劣らぬ素晴らしい教師であったと持ち上げ、先生が教えてくれたことならまるで昨日のことのように全て覚えていると言ったりした。彼らの声は激しい感動にうち震え、酒がまた一回りし、さらに「先生にブランデーを大きなグラスで!」という叫び声が上がるのだった。

クートホールの学校は私が四年の間で通うことになった四つ目の学校だった。私たちは新入りで目立っていた。しかし私たちは警察署から通って来ていたのだ。当時のアイルランドでは、人々は法というものにまだ慣れておらず、畏れ、避け、できるだけ敬し遠ざけておくべきものと思われていた。そういうわけで、私たちは紙のように薄いものではあったが、何となく保護を受けているような気になった。

今までは家でも学校でも、いつも母が私たちと一緒だった。彼女がいなくなると、私たちは父にぶつぶつ言われたり、急に怒られたり殴られたり、彼のなすがままになってしまった。私の手元に現在残っている母に宛てた手紙の中で父は、子供たちが自分に対立するようになったのは、自分がそうさせた覚えもないので、きっとお前のせいだ、としばしば不平を述べている。拳固の合間には、私たちを喜ばせたり、私たちを外に誘い出すこともあった。しかしそんなとき私たちがあまり懐くとすぐにうんざりしてしまい、自分がやろうと思っていたことを、最後までしたためしはなかった。母が私たちに与えてくれていた保護は、いつも安全であるというわけではなかったのだ。

住居棟に行くには二通りの方法があった。階段と執務室に続く長い廊下を通って行くか、食器洗い場を抜けて裏の扉から入るかである。裏の扉は小さなコンクリートの庭に面していた。その庭の向こうには父が仕事場として使っているスレート葺きの建物があった。雨樋の下には水を溜める桶があり、向かいには泥炭置場。泥炭置場を過ぎるとスレート葺きの便所があった。便所の中は暗くて、私たちは殴られたあとには無意識のうちにその暗闇に向かって走って行ったものだ。泥炭置場と便所の間には真ん中にルバーブが植えられている、刈り揃えられていない芝地があった。夏になると蝶、特に白い蝶がこのルバーブの上でいつまでも、ひらひらと舞い飛んでいた。大きな葉の上に舞い降りたかと思うと、すぐに飛び去って行くこともあった。私たちはこのひらひら動くものを両手で捕まえようとしたものだ。

マーガレットは妹たちの中で一番元気で、わがままで中々強情なところがあった。当時もその後も父と一番衝突していたのは彼女だった。彼女が家から飛び出してきて、その後ろからきちんと制服を着た父が追いかけていた。それはじとじととして、暑い空気がそよとも動かない日だった。金網の向こう、タールを塗った舟が繋がれていた警察署の裏手にあった川も、全く動いていないように見えた。建物の扉は全部開いていた。私たちは裏庭で母と一緒にいた。マーガレットはそのとき三つにもなっていなかったに違いない。彼女が逃げて行くとき、母は父の行く手を阻むように少しも動かずにいた。父はものすごい剣幕で、そこで立ち止まりもせずマーガレットにぶつかり、彼女をルバーブの植え込みに突き飛ばした。彼女はルバーブの茎に手を伸ばして身体を支え、かろうじて倒れずに済んだ。それからまた走った。父は彼女が便所に到着する前に彼女を捕まえ、抱えあげ、身体を激しく揺すった。彼女は痙攣したように足を振り回し、大声で泣き叫んだので、ついに父は彼女を下ろし、それ以上の罰を与えなかった。

「ああ、なんてこと、なんてこと、なんてこと」と彼は始めた。「お前はこいつらを野生児にでもするつもりか！」

彼は自分がやったことや、母が傷つくのではないかなどということは何ひとつ考えてはいないようだった。

「あの子たちはまだほんの子供じゃないですか」彼女は答えた。

「あいつらが来てから、わしには平和な時間というものがなくなった。ボイルでならあいつらの騒ぐ声を聞くのもいいかもしれんが、この警察署では駄目だ。あいつらがいつまでも騒ぐから、ちっとも落ち着いて仕事もできん」

しかし今は、そんな母もおらず、ブリッジー・マクガヴァンしかいない。彼女は父と私たちのために料理や洗濯、裁縫をやってくれ、私たちが学校へ行っている間にはモニカの世話をしてくれていた。私たちは他のどのお手伝いさんよりも長い期間を彼女と過ごしていた。彼女は若くて魅力的な女性だったが、ちょっと浮わついた感じで自己中心的なところもあった。妹たちは彼女が父によくべたべたしていたと言っている。二人は絶対にうまくやっていたに違いないと思う。

警察署にはグィダーとマレーそれにキャノンという三人の警官がいた。彼らはみな結婚していてそれぞれ借家に住んでいた。グィダー一家はティペラリー出身の十人か十二人も子供がいる大家族で、波止場の近くにある治水公団所有のスレート葺きの大きな家に住んでいた。子供たちの一人、トムという子は心臓を患っていて、学校にロバに乗って通っていた。彼の父は、キリスト様だってロバに乗ってエルサレムに入ったのだから〔新約「マタイによる福音書」21章5節～11節〕、グィダー家の子供が同じ動物に乗って学校に行くことを恥じる必要などない、というのが口癖だった。後にグィダーは転属になり、そのあとには新婚のウォルシュ夫妻が越してきた。彼らにもたくさんの子供ができた。マレー一家はかつてイギリス軍の警察署だった大きな石造りの家に住んでいた。そこは後に壊されて石やスレートや鉛などが剝ぎ取られた。マレーはカヴァン州のヴァージニアの出身だった。彼は穏やかでユーモアがあり、いつも人を喜ばせていた。メイヨー州出身のきびきびした覇気のある妻が、彼と五人の子供の面倒を見ていた。最近結婚したばかりのキャノン夫妻は二人ともドネゴル出身で、夫はゲール語を使う地方の出だった。妻のテリーザ・キャノンは良く警察署の中にいた。彼女は背が高く、りりしい顔つきをしており、うちの父に気があるようだった。キャノン夫妻はレニハン草地に住まいを持ち、いまだに残っているクート城の角の塔を住まいにしていた。そこには幽霊が、とりわけ拍車をつけたトルコ人のコックの幽霊が出ると言われていた。キャノン夫人は夫が警察署の当直のとき自分一人で寝るのを怖がり、そんな晩には私の妹たちがレニハンまで彼女と一緒に一晩過ごすために行かねばならなかった。彼女には偽善的なところがあり、特に女性たちから嫌われていた。「私は二か国語に堪能で、どっちの言葉でだって喋ることはわけもないが、家内ときたら、自国の言葉さえ良く知らないくせに、六人もの人間相手に話ができるのだからね」と彼女の夫はよくそう言って喜々として彼女の自慢をした。彼は警察に入る前は、スコットランドのグラスゴーで靴職人やバスの車掌をやっていた。彼は妻よりも年上で、禿げており、とても優しかったが、たまに激怒することがあった。父がおらず、彼が警察署の当直だったときには、良く執務室の扉を開け放しにして、私たちと一緒に居間に坐って、まるで自分と私たち子供が全く同じ世界に住んでいるかのように、お喋りをするのだった。BBCでサッカーの試合があるときはいつでも、何時間もコッソーのラジオの前に釘付けになって、スコットランドやイングランドからの、か細くてしかも割れるような音の放送を一生懸命に聞き取ろうとしていた。

警察署そのものが、当時のアイルランドにあったほとんどの組織と同じように、かなり変わった場所だった。警察組織もアイルランド自由国がイギリスから武力でねじりとったものだったが、その内実も、もちろん運営の仕方も分からずにただ遺産相続されたようなものだった。当時はカトリック教会が主導権を持ち、直接間接にほとんど国の全てを支配していた。貧困、抑圧、恐怖に支配されている社会状態の下では、どんな犯罪も起こりようがなく、クートホールのような場所では、警察署の必要性などほとんどなく、お飾り以上のものではなかったのである。

実際に方針というものがあったとしても、実情とはもはや全く関わりの無い方針の下で警察署は運営されていた。父は毎晩警察署の中で寝泊まりしていたが、他の警官たちは当直の日になると自分たちの家からやって来て、昼間でさえもほとんど鳴ることがない電話機のそばで夜を過ごさねばならなかった。私は夜に誰かが警察署にやって来たという記憶がない。急な死人や病人が出たときには、人々は神父のところへ行き、金に困っていなければ医者へ行くのだった。


毎晩聞こえてくるおなじみの音といえば、当直の警官が電話の近くのベッドで寝るために、上の部屋から布団を運んで階段を降りてくるときの重い靴音だった。朝になると、暖炉の灰を掻き出し、火を熾《おこ》す音が聞こえてくる。そのあとには裏口の扉の鍵を開けて溲瓶と灰入れを持って川のほとりのごみ捨て場に行く音が続いた。私たちはそれらの音や足音がどの警官のものかが分かるようになった。彼らは起きぬけに鼻歌を歌ったり口笛を吹いたりすることもあり、そうすると必ず父の小言が始まった。

父はシャツを着てズボンを履き、靴には紐をかけないまま階段を下りてきたものだった。それまでに暖炉の火は熾され、薬缶の湯も沸いていた。私たちはこんな朝は、忍び足でこっそり過ごさねばならなかった。父が壁にかけてある皮砥《かわと》で剃刀を砥いでいる間、私たちは洗い場の窓の前にある背の高い錆びた鉄の棚に置かれていたバケツに髭剃り用のお湯を注いだ。彼は小さなブラシで顔に泡を塗り、茶色の木製の台に立てかけてある鏡を見ながら髭をあたった。窓の外にはルバーブの植込みが見え、外の低い壁の向こうにはレニハン草地が見えた。

父が髭を剃っている間、家の中では物音一つしなかった。剃刀傷を作ってしまうと、私たちが血を押さえるための細かく切った新聞紙を持って行った。顔を洗い終わったらすぐに乾いたきれいなタオルが父の手の上に置かれていなくてはならなかった。それから彼は居間で靴を磨き、紐を結び、上着の銀のボタンを平らに並べて、真鍮の櫛を時々何か白い液体に浸しながら、それを使って光り輝くまで磨く。上着のボタンをかけるとすぐに、大きな食器棚の鏡を見ながら髪の毛を梳《と》かす。テーブルの上の新しいハンカチをつまみ上げて、階級を示す三本の銀の線がついた袖口に入れれば、仕度が完全に終わったということになる。それから朝食のために大きな食器棚の鏡に向かって坐った。その頃はブリッジー・マクガヴァンが食事の世話をしていたが、後には妹たちの仕事になった。彼は世話をする人や、その仕方などには無頓着だったが、ナイフやフォークや皿などがなくなったり、何かがこぼれたり落ちたりするといった粗相があると、怒りを爆発させた。皿に向かっていないときには、口の中の食べ物を非常にゆっくりと嚙みながら、大きな鏡をしっかりと見つめていた。九時きっかりに、執務室に下りて行き、執務室のドアが閉まる音がすると、居間にいた全員がほっとするのだった。

朝の点検は執務室で行われた。三人の警官は長い木製のテーブルを挟んで父の前に並んだ。時たま大きな声が聞こえてくると、私たちは何を言っているのかと静かに聞き耳を立てたものだ。昼間の巡回の割当表がテーブルの上の大きな帳面に書かれていた。前日の当直は新しい当直に引き継ぎを済ませれば、自分の家に帰って食事ができる。

新しい当直の最初の仕事は、庭にある銅製の雨量計から瓶を取り出し、長いガラス容器に入れ替えて雨量を測り、毎月末にダブリンの気象台に送る表に書き込むことだった。郵便局の緑色をした車が橋を渡って来るのが見えると、もしあればだが、郵便物を取りに警官は出て行く。それからチャーリー・レーガンの店に『アイリッシュ・インディペンデント』紙を買いに行く。その頃、新聞は一面に死亡記事を載せていた。彼らはそれを声に出して読む。警官たちはこの小さな国のあちこちからやって来ており、ほとんど毎日、新聞に書かれた死者の一人や二人と、誰かしらが何らかの関係があった。そして誰彼のこと、彼らの出身地のことなどが話題になって会話が進んでいく。それから新聞が回されて、見出しや興味のある記事などが繰り返し読まれる。それらが全て終わると、昼間の当番だけを警察署に残して、それぞれの巡回に散っていく。風交じりの雨や、強い雨が降ったときには外を眺めながら居間でぶらぶらしていた。数時間そうしたあと、彼らはため息をつきながら部屋に戻って、執務室から一歩も出ていなかったのに、巡回記録をでっちあげるのだった。

天気が良い日も悪い日も、巡回記録の大きな帳面に書かれたことのほとんどがでっちあげだった。みな笑いながら「頭の中の巡回」などと呼んでいた。しかし父は決してそんなことは言わなかった。彼らは自転車で巡回に出かけて行くと言っては、自分たちの庭や借りている農地、あるいはグロリア泥炭地にある自分たちの泥炭掘場で働いていたのだった。本部からの月に一度の査察や、抜き打ちの査察などの時にだけ、巡回が行われ、正確に報告されるのだった。しかし査察のときでさえも、でこぼこ道の周りではほとんど何も事件が起こらないので、恐らくいくらかのもっともらしいでっちあげが必要だっただろう。

私もいくらか大きくなって、父の不在中執務室でぶらぶらしているときに、この報告書を書く手伝いをしたことがある。

「ショーン、外に頭を出して、風がどっちから吹いているか調べてくれないか」

「キャノンさん、神父様の舟小屋の方からです。少し雨が降っています」

「南東の風、雨近し。全ては穏やか、と」キャノンは大きな帳面に復唱しながら書き込んでいった。「本官がノックヴィカーへ到着するまでは事もなし」と続けた。「クートホール方面に戻らんとしたとき、道の脇で草を食んでいる牛を発見。そこで本官が尋問すると、件《くだん》の牛はパトリック・マクローリンの所有せしものと判明。所有者はその牛に関して全くあずかり知らぬと言い、もし自分の所有せし牛ならばフェンスを破って脱出したものに相違なしと言えり。本官は公道に牛が進入する事態の危険について彼に警告し、もし再び同様のことあらば、更に厳しい処置をとるものとす、と言えり。どんどん書けるねえ、ショーン」キャノンは飾り文字で文章を終わらせながら叫んだものだ。「傑作だよな、ショーン。傑作というのはちゃんとした白い紙の上にインクでちゃんと書かれたものだよな」

一体彼らはどんな仕事をしていたのだろう。夜間無灯火の自転車に乗っていたとか、閉店後に酒を飲ませたとか、言葉による中傷、不法侵入、鑑札のない犬を飼っていたとか、アザミやサワギクやギシギシの原を所有しているからなどという理由で時々人々を召喚していた。最後のものは「有害雑草法」に基づいてのことで、そのポスターを入れた額が、天気の良い日には玄関の外に出ていたこともあった。警察に狐を持って行くと少しの賞金が貰えた。警官たちは警察署に持ち込まれた死んだ狐が使い回しされないように舌を切った。時には年老いて飢えたロバや馬などが道に打ち捨てられていることもあった。死にかけて震えているそんな動物たちは、警察署の芝の中にある三つの丸い花壇の間に運び込まれるが、結局は焼却場行きになるのだった。貨車が到着すると動物たちは貨車まで押されながら連れて行かれ、そこで人道的な処置として射殺された。銃声と同時に馬は大きな音を立てて崩れ落ちたが、ロバは軽いので木の葉のように静かに貨車の床に落ちて行った。

このように長い時間を警察署の中で初めて過ごしたとき、私は七歳だったが、それまでの子供っぽい世界が全部ひっくり返ってしまったのだった。私たちには母がどこにいるのか分からなかったし、彼女に起きていることも知らなかった。私たちは初めて完全なる父の直接支配化に置かれたのだ。母のことを尋ねると、そんなことは聞かずにただ神に祈れと言われた。全てのことを暗い秘密で覆ってしまうのが父の自然なやり方だった。が、実は母はそうして隠しごとをするのを少しも喜んでいなかったのだ。彼女はメイター病院から父に手紙を書いていた。「ショーンは感じやすくなり始めています。私がどこにいるのかを他の子のように簡単には隠しておけないと思います。幸い私はもうじきみんなの所に戻ることができそうです。そう思うと具合も良くなるようです」

母は乳癌と診断され、検査と治療で何週間か入院させられていたのだ。ほどなくして母は出産のために警察の建物に戻ってきた。母が家に戻って来られたのでほっとしたに違いないが、私にはその短い再会の記憶がほとんど残っていない。ただ嬉しくて無我夢中だったことをぼんやりと覚えているだけだ。父と一緒にパッキー・マッケイブの車でボイルの産院まで母を迎えに行き、女の子の赤ん坊を家に連れて帰ったことが唯一鮮明な記憶として残っている。母が私を来させるように頼んだに違いない。戦争のせいで全ての自家用車は使用を禁じられ、父のベビー・フォードも警察署の物置の台座の上にずっと置かれたままになっていた。帰り道、母が白いショールに包まれた赤ん坊のディンプナを抱いていたのをはっきりと覚えている。赤ん坊もパッキー・マッケイブもどちらも赤毛で、家に帰る間、そのことでなにやら笑いが起こったが、私にはその意味が分からなかった。パッキーは当時結婚しておらず、そんな冗談に彼の頰は髪の毛よりも赤く染まっていた。母は一週間程警察の建物にいたはずだ。それから赤ん坊をブリッジー・マクガヴァンに預けて再び家を出て行った。彼女がどこへ行ったのか、またしても私たちには知らされなかった。

私たちは闇から光の中にやって来て、死んで再びもとの闇に戻るまでの間その光の中で育つのだ。幼ない頃は光の世界の中にいても、私たちには肉体的な力も理解力もなく、どうして良いか分からぬまま世の中に向かって行かねばならないので、半分は闇の世界にいるようなものだ。これが子供の大きな不幸の一つである。しかし幸いなことに、子供はいつも変化し続けているので、そのうちに無限の勇気や活力が沸いてくるものだ。どんなにひどい不幸であっても、人生の全ての時間まるまる続くわけではない。

私たちは成長して徐々に世の中のことが分かってくる。分かってみればその多くは心の慰めになるようなものではまるでない。結局私たちは一日一日再びやって来る避けられない闇の時間に近づくだけなのだ。しかしそうであっても、知識は力であり、恐れに直面している時でさえ、全てを理解することは喜びである。全てのものが存在している限り私たちはそれらを奪われることはないのだ。私たちは成長して愛の世界に入って行くのだ。その愛は、私たち一人一人の愛が集まって一つの輝きになったとたんに失われてしまうものだから、いっそう貴重で感動的なのだ。

私たちはマラニー先生の教室と、教会と警察署を行き来するだけで、何年もそういう知識から離れた場所にいた。私たちは力も知識も持っていなかった。私たちが数えられないほどの日々を暮らしている間にも、この世界がまた姿を変えつつあるということなど私たちには分かっていなかった。マギーとパットは母の助けになればという思いで、彼女のためにもっと町に近い学校を探し始めていた。ビーモアも、クルーンの湿地もキャリガンも遠すぎた。母と彼らはうまく行っていて、よく連絡を取りあっていた。しかも深刻な病気がさし迫っていたし、いつもはぐずぐずしている彼らも、自分たちの事はさて置き、行動をおこしたのだ。母がまだ入院中、二人を通してオーガウィランにある学校から先生をやらないかという話があった。そこはバリナモアから三マイル離れた丘の上にある、二人しか先生のいない学校だった。またその学校から歩いて十分と離れていないコラマホンに家と畑が売りに出されていた。コラマホンと学校の間にはギャラダイス・ホルトという鉄道の駅があり、バリナモア行きの列車も出ていた。司祭も彼女が退院する前に、その職に就くことに賛成していた。パットとマギー、それに彼らに協力してくれた人々が母のために力を尽くしてくれたので、以前と同じリサカーンからも、また働かないかという申し出があった。しかし母はオーガウィランの学校を選んだ。「来る時には来るものですね」彼女は二番目の学校から誘いを受けたときに、そう手紙に書いた。

母が病院から父に宛てて出した、この件や夫婦間の他の事柄についてあれこれ書かれた手紙の多くが今でも残っている。父は母がビーモアに居続けた方が良いと思っていたようだ。彼女の親戚たちがビーモアからは遠い場所に住んでいたからだ。母は父をなだめたり、彼におとなしく従う調子でずっと手紙を書いていたが、仕事の件に関してだけは驚くほどはっきりした調子で自説を述べている。「だめです」彼女は下線を引いていた。「ビーモアに私の代理をしてくれる先生など必要ありません。今私が関心のあるのはオーガウィランなのです」病院から外出許可が出るとすぐに彼女は、職を確保するために一日だけオーガウィランで教え、代理の先生に会い、それからメイター病院に戻って続きの治療を受けた。しかし、彼女はコラマホンの家と農場を買うかどうかに関しては、父に対して実に控えめで用心深い調子で進めた。

始めは自分にも大きな出費がかかるのではないかと恐れて家の購入に反対していた父は、母の両親に金があるということを知ると、投資のためにそれを買っても良いかもしれないと思うようになった。さらに言えば、病気が原因で彼女は退職を余儀なくされるだろう、そうすれば僅かな年金も入ってくるし、また警察署の建物で家族一緒に暮らせるだろうという考えも浮かんだのだ。母もこのことについては考えていたようだ。そうすれば、母がずっと願ってきたように、私たちは初めて普通の家族のように、みなで一緒に暮らせるようになる。しかしそうなったらなったで一体母はどんな風に家庭を切り盛りして行くのだろう。母は両親が引越しには絶対反対であるということを隠していた。母は大変な思いをして教育を受け、教員になることができたのだ。母の両親は父の性格も良く分かっていた。彼女はきっと独立心を引っ込めてしまい、自分や子供たちを、気まぐれで激しやすい父の支配下に置くことになってしまうだろう。母は家と畑の購入に関しては、自分ではほとんど関与せず、父にまかせきりにしているようだった。しかし病院に戻ってからほんの数週間のうちに、急に心配になってきたに違いない。「いいえ、私はコラマホンの家を見ていないのですよ。全く知らない土地ですもの。もっと良く分かるまで、あれにお金を使わないで下さいね」彼女は病院からそう手紙を書いた。

父はゴウナから一マイル離れたマクガハン・クロスにある、今は人に貸してある家と小さな農場を売りに出そうかと手紙に書いている。しかし所有権のある借家人と競り合う人間など誰もいないだろうし、あまり金にならないのではないかとも心配している。母はもし良い値で売れなければ、売るのはやめなさいと忠告している。母は自分の意見を主張するよりも、むしろ父の希望を見抜いてそれに合わせようとしていることが見て取れる。彼女はまた自分の治療費のことを父が気にしていることも知り、より値段の安い普通病棟に移ったからと言って彼を安心させていた。

母は全てにとても慎重でなくてはならなかった。父はいつも冷静に計算していたが、気が変わりやすい性格で、急にそれまでと全く反対の方向に情熱を傾けることがあって、そうなると自分でも一寸先のことが分からなくなってしまう。全ての決定が彼によるものであるように見えなくてはならなかったし、さもないと反撃を始めてくるのだ。また彼には全く無害な動きであっても、裏があって何か陰謀が企てられているのではと疑うのだった。たとえ自分一人で下した決断であっても、その具合が一旦悪くなり始めると、誰か人のせいにしようとするのである。

手術が終わると母はダン・レアリーの下宿屋に移って回復を待った。そこからはトラムで病院に通った。入院するよりその方が安上がりだったし、気持ちも楽になるようだった。彼女は手紙で、自分は父に大変な出費をさせたことは承知しているし、トラムの代金以外は町でお金を使っていないと書いて彼を安心させている。町で時間があるときには、店のショーウィンドウを眺めたりもしたが、すぐに退屈した。一度映画館に行って『風と共に去りぬ』を見たが、画面の鮮やかさには感心したものの、そこに描かれた生活の有様は好きになれなかった。深みの無いものに思えたのだ。

父が金のことをいつも気にしたり心配しているのを知っていたので、教壇に立つことを辞めない、という母の決断はますます強くなったようだ。医者にかかる費用について説明したあとで、彼女はこう書いている。

ここの普通病棟の費用は一週間で二ギニーだと思います。私はこれ以上費用がかさむのを望んでいません。ここにいれば何があっても万全なのでしょうが、私たちにはこれ以上ここの支払いを続けることはできません。私は前の手紙で教員を辞めることを考えていると書きました。でも、もしかしたら続けるのが一番良いのかもしれません。お医者様が仕事をしても大丈夫という保障をして下さるかどうか分かりませんが、やってみれば分かると思います。私はあなたが不幸になるのを見たくないだけなのです。私たちは一緒にいた方が幸せになれると思います。だから私はそうすると言ったのです。

父はより強い調子で母に要求したに違いない。次の手紙で母は自分の気持ちをはっきりと定めている。母は教えることを辞めない。オーガウィランで教えることになるだろう。そうして母は父と立場を変えるのだ。しかし果たして父が警察を辞めて私たちと一緒に住むという決断をするだろうか？

今日あなたのお手紙を受け取りました。どう言ってよいのか分かりません。神様、私をお導きください。神様のお助けがあれば大丈夫です。私は学校の仕事よりも家事をする方が得意ですって？　学校を辞めたら家の中で役に立つ仕事が私にできるでしょうか、一人で家のことをうまくやっていけるでしょうか？　とうていできるとは思えないのです。神の名において、私たちはマホンズ（オーガウィランの家と畑）を買うべきです。そして、もし必要になればいつでも売りに出せばいいのです。あなたの年金を少し出してくだされば、警察の建物で暮らすより良い生活ができるはずです。これは安全確実な投資だと思います。私はこれ以上うまく考えられません。あなたが一番と思うことをおやりください。

しかし母が教職を続け、自分は引退して私たちと一緒に畑で働きながら暮らすなどというのは、父にはとても考えられないことに思われたので、この話題が上ることは二度となかった。

同じ頃父はメイター病院の母の担当医に手紙を送っている。普段と違って、その手紙はタイプライターで書かれている。署の備品や当直が毎番運び出して行く寝具などがしまわれていた二階の大きな部屋に二つ並べたテーブルの真ん中に置かれたタイプライターを使ったのに違いない。

ロスコモン州
ボイル
クートホール
シオカナ警察署
四二年十一月二十一日

ダブリン
ハーコート・ストリート六十四番地
医学士　ジョン・コーコラン殿

拝啓
　私はダブリン滞在中貴殿にお目にかかりたく思っておりましたが、休暇中ということで叶いませんでした。貴殿にお話を伺うことで、さらなるご迷惑をおかけする必要などないと以前は思っておりましたが、家内の状態について医学的見地から説明を伺い、理解することは家族にとって大事なことですので、以下についてお答え頂けないでしょうか？

一　家内は教職を辞めるべきでしょうか？

二　家内が回復する見込みについてのあなたのご意見は？

三　家内が手術をしたときの病状から見て回復する確率はおよそどれくらいですか？

良く考えれば、私がなぜこんなことを知りたがっているのか、もっとはっきり述べるべきなのかもしれません。実は私は家内の状態についてかなり悲観的なのです。家内の親類たちは彼女が教職を続けるべきだと切望しています。私は彼女が現在の状態で仕事を続けるべきかどうかを問題にしているわけではありません。現在の病後の状態で最善を尽くして欲しいと思っているのです。親類たちは、彼女が仕事を続け、それなりの健康を維持できるのか、また回復の見込みは果たしてあるのか、彼女と家族にとっての利益になるのか、あるいは最悪の結果がすぐにやって来るのか、またその場合の経済的な責任について、私に強く答を迫ってきています。決して無理なことをお願いしているとは思っておりません。よろしくお願いします。

敬具

（警察署長）フランシス・マクガハン

父は母が病気になったその初めから、医師に手紙を書き、細かい報告を受け取っていた。それらは少々ぶっきらぼうで弁解じみたものだったかもしれないが、いかにも医者らしいものだったのだろう。返事は数週間のうちに届いた。

ダブリン

フィッツウィリアム・スクエア三十番地

四二年十二月八日

マクガハン様

二十一日付の貴殿のお手紙への返事をさしあげます。奥様が健康な状態である限りは、教職をお辞めになる必要はない、というのが医学的な見地からの助言であります。奥様は他の何よりもお仕事をされているのが一番の幸せであると存じます。

奥様の腫瘍は大変悪性のもので、一般的に申してその前途はなかなか大変なものになると思われます。治療がなされなかったら、最初の診察から一年も生き延びられる見込みもなかったと存じます。悪い所は全部取ってしまいましたし、その後のX線治療によって、かなり大きな回復の見込みが出てきました。完全に治癒する可能性は三割という所です。奥様の完治のためにあなたが引き受けるべき経済的責任についてあれこれお話しする立場に私はありません。奥様にはいつまた悪くなるか分からないという危険が明らかにあります。奥様のためにできることをあなたは全てされました。あとはただ最上の結果を待つだけです。

敬具

ジョン・コーコラン

父はこの手紙もあるいはその前の手紙も、母や他の誰にも見せずに、一人でことをどんどん進め、コラマホンの家と畑を購入した。ゴウナの不動産を売った金のほとんどは、新しい家と畑の支払いに消えた。その年の九月に数日間の退院許可が出て、母はそのとき初めて新しい家を目にした。彼女は一人で列車に乗ってドロモッドへ向かった。パットが駅まで迎えに行き、彼女はバリナモアのパットとマギーの店にずっと滞在した。彼女は警察の建物に出かけて行く時間がなかった。一旦警察に行ったら、帰るのが辛くなると分かっていたからだということだった。驚くべきことに、母がバリナモアにいた間、たとえ短い時間にせよ父は一度も母に会いに行かなかった。父のいたクートホールとバリナモアとはたった十八マイルしか離れていない。彼女はダブリンの病院に戻ってから、バリナモアにいたときの出来事を報告した長い手紙を父に送った。

夏休みが終わり、朝八時にまた学校が始まった。パットは母を車に乗せてオーガウィランの神父の家に連れて行った。マッケンティー神父は母に会えて喜んでいた。母が教職に就けるかどうか、ここがマギーとパットの出番だった。で、「パットは彼（マッケンティー神父）に五ポンド渡すことがどうしても必要だと言い張った」のだ。それは彼女が手術代として支払った金額と同じだった。信心深かったけれど父だったらそんな金は絶対に払わなかっただろう。当時教師は学校に世話して貰うと、神父にそのお礼として毎年クリスマスとイースターに決まった額の金を支払っていたのだ。この礼金は、公認されたものではなかったが、実際は決まりのようなものだった。マギーもパットも母もそれは分かっていた。母は必要な書類に記入を終えると、もし、マクマーローさんが、時間を知らせる鐘を鳴らす仕事を続けるなら、遅刻してしまうかもしれないので、私は学校を辞めた方がいいかもしれないわ、と冗談を言った。「スーザンさん、あなたには十分な時間がありますよ。ご心配には及びませんよ」こういう神父の答に、彼の善意を垣間見ることができる。「マクマーローは少し変わり者だが、遅くも早くも時を知らせはしませんよ。マクマーロー時間を知らせるだけですよ。自分がやってきた時にね、スーザンさん」

「学校で子供たちは私をチラッと眺め、それからマクマーローさんがやって来て私に挨拶しました」彼女は学校での初日のことをこう書いている。

母は一日だけ教えた。彼女が治って出てこられるまでの代わりの教員の手配がすでにされていた。療休を取る教員には自分の代わりの臨任教師の給料分を引かれた額が支払われるという仕組になっていた。学校の時間が終わると、彼女はコラマホンに家を見に行った。彼女はそれを見て失望した。小さなスレート葺きの二階建ての家は、がらんとした土地に最近になって急ごしらえされたもので、すでにあちこちが傷み始めていた。アスベストの屋根のついた同じような感じの牛小屋が同じ土地の塀のそばに建っていた。門も庭も歩道もなかった。それどころか家の前の通りさえなかったのだ。「まず第一に、学校の近くに家を持てたのは嬉しいことです」母はこう書いている。「私はその外観に失望したことを認めなくてはなりませんが、漆喰やペンキでちょっと手を入れれば良くなるとは思います。来年になってそんなことをやっても仕方ないので、今年中にできることはやらなくてはいけませんね。そのうちにいろいろな箇所を改良していくことができるでしょう。ここを手に入れられたのは幸運だったと思います。ですから、やっと自分たちの家が持てたということを神様に感謝しなければ」

父はこの長い手紙を受け取ってさぞや激昂したことだろう。費用のことだけでなく、家の修理に関しても陰で母の親戚が手をひいているのではと思ったのかもしれない。「私はあなたが思っておられるほどマホンズに失望したわけではありません」彼女はすぐにむきになって弁解するような返事を書いている。「それどころか本当にあれを手に入れたことを喜んでいるのです。私たちに他にどのような家を手に入れることができたでしょう。私を悩ませているのは配管の緩みなどから来る部屋の湿気だけです。私が覚えている限りではあなたはこの点に関してご自分の意見を述べられていたし、それはとても好ましいものでした。多分あなたはもう管を取り替えたと思いますが」治療のためにまた病院に戻ってから出した次の手紙の中では、お互いの論争点がはっきりとしている。その中で母は完全に降伏したわけではないが、いくらか後退しているようだ。「私はあなたの助言なしに家の修理をしたいという気持ちは持っていません。ただ冬が来る前に漆喰塗りが終わっていれば壁が良く乾くのではないかと言いたいだけです。私の見解では一番重要な修理箇所は壁と窓、それに外の扉です。もちろん私はこれらのことに関して、どうしてもと大きな声で主張しているわけではありません。あなたが一番良くご存知ですもの」

父が疑惑や恨みを持っていた母の親戚たちは、実は知的で良く働き、親切でユーモアもあり、社交的で規律正しい人々だった。彼らはとりわけ自分たちの生活をしっかりと根を張ったものにし、どんな親しい親類の中にも必ず入り込んでくる利己主義や、個性の違いからくる競い合い、悪意や、いらだちなどもなく、お互いに助け合っていた。コーリーハン教会の向こうに見えるアイアン山地での暮らしは、貧乏という言葉では言い表せないほど過酷なものだった。家の裏には小さな水溜まりやイワナの住む小川があり、裏の丘のイグサの間には岩や剝き出しの砂礫が見えていた。家の下方の狭い湿地でジャガイモやカブ、キャベツや冬の飼葉などを作っていた。この山地に住む家は全て北方独特の、マクメイナスとか、マクガハンとか、マッガール、マグワイアといった名前を持っていて、たいていの家同士関係があった。昔の世代の者たちの中に北方の織物職人がいて、それまでいたプロテスタントの織物職人よりも安い値段で商売をして販路を広げた。そのせいで組織的な暴動が起き、彼らの機織機は壊され、家は焼かれ、西や南の方に逃れて行った。彼らが山に居を構える以前は、この斜面は、何代にも亘って僅かな石炭や鉄が細々と掘られてはいたが、あまりにも痩せた土地だから、とても人は住めないと思われていた。彼らは臨機応変で機知に富み、つましくて慎重な人間たちだった。というより、そうでなければ生きて行けなかったのだ。私の叔母や伯父たちの暮らしが楽になり、かなり裕福になってからでさえ、彼らはどんなことであれ、浪費や放埒さを嫌っていた。たった一つそれから逸脱していたのは、娘の夫選びだけだったようだ。マクメイナス家の三人の娘たちは本質的には子供のような、うぬぼれやで、放埒な男を夫にしていた。まるで彼女たちの性的本能が肌理《きめ》の粗い、がさつな布を身にまといたがっているようだった。

コーリーハンから山へ向かって登っていく道は洪水のためにしばしば断ち切られた。この道から両側に低いサンザシが生い茂る狭い小道が私の祖母の家まで続いていた。その道は本当に小さくてつつましく美しかった。土手にはサクラソウ、オオカラスノエンドウ、それにブルーベリーやたくさんの野イチゴなどが育っていた。山のこの道が母の小道好きの源だったに違いない。道の右側にはマグワイア一家のスレート葺きの二階建ての大きな家があった。彼らは砂利採取とその売買契約で金を作り、家族の中には聖職者もいた。そして道の突き当たりには三つ部屋のある小屋があった。私の伯父のジミーは毎年草葺きの屋根の七分の一ずつを新しくしていた。だから屋根は黒い所や茶色い所、また黄金色に輝く新しい所などが混ざっていた。屋根の下の分厚い壁は漆喰塗りで、建物の四隅からはツルバラが伸びていた。家の向かいの壁石にも漆喰が塗られていて、形の整えられたサンザシの枝で出来たアーチの下の小さな鉄門をくぐると、狭いハーブ畑と花壇があった。家の先には漆喰で塗られたやはり草葺き屋根の牛小屋や小さな厩、鳥小屋、泥炭小屋、それに荷車置場があった。牧場の隅には白いミツバチの巣箱が並んでいた。ヘザーの花の蜂蜜がダブリンの、今で言う健康食品店に売られていた。具合良く沢山取れた年には結構な収入源となり、おかげでめったにない贅沢をすることができた。彼らが所有していた泥炭地は山のかなり上にあったので、泥炭を家に運ぶときには、ジミー伯父さんは、夜になるまでに二度往復するために、朝五時に馬と荷馬車を牽いて家を出なくてはならなかった。

　家の中はとても清潔できちんとしていて、まるで小さな舟や汽船の中のようだった。奥行きのある窓の下には、壁に取り付けた鍛冶屋のレールから、折りたたみ式のテーブルが下がっていた。食事時になるとそれが引き出され、食事が終わると元に戻されるのだった。囲いのない暖炉の上では鉄のレールにぶら下げられた薬缶がふらふらと揺れていた。壁際には粉を入れる茶色の大きな箱と、扉のないすっきりした衣装箱が置かれていた。椅子や踏み台、それにバケツがいくつかある他には物はほとんどなかった。漆喰塗りの壁には宗教画が数枚と貰いもののカレンダーがかかり、暖炉の上の狭い炉棚に置かれた聖心[1]の絵には赤い小さな灯りが点《とも》されていた。部屋の上の空間は屋根裏部屋のようになっていて、梯子で上れるようになっていた。私が子供の頃見たときには、馬の手綱がぶら下がっていた。伯父たちは若い頃そこで寝ていた。三人の妹たちは屋根裏の下の部屋で寝た。上の部屋に行く扉はいつも閉まっていた。

　ジミー伯父さんと私の母は特別利口な子供だった。彼らは第一次世界大戦が始まった頃の別々の年にそれぞれ奨学金を貰った。この山岳地方出身者では初めてのことだった。これは一家の誇りだったので、私は何度もこの話を聞かされた。そしていつも最後はスーよりもジミーの方が優れていた、という話になった。

「考えてみると、俺は一生愚かな人間たちの中で暮らしてきたんだよな」素敵な人間だったが、時に厳しく辛辣になるジミーが、年をとってから私にこぼしたことがある。

「自分たちの身内が埋められている場所も分からないよう

なのがほとんどだったからな。自分の家の墓の場所を知りたくなると、俺の所に聞きに来なくちゃならない始末さ」

この家は父が決して足を踏み入れることのなかった場所である。祖母が亡くなる前、私が見舞いに行くのを送ってくれたとき、父は道の突き当たりに車を止め、中にいたまずっと出て来なかった。見舞いが終わると、ジミー伯父さんが道の途中まで私を送ってくれたが、車や父の姿が視界に入ってこないうちに私にさよならを言って戻って行った。

奨学金を受ける資格が取れても、ジミーがそれで学校へ行けるという可能性はなかった。彼は長男だったし、父親は病弱だった。母は奨学金を貰ってキャリック・オン・シャノンにあるマリスト女子修道学校に寄宿したが、一家にとってそれが生易しいことではなかったということを、私はあとになって聞いた。奨学金だけでは足りない金を苦労して捻出せねばならなかったが、彼らは決して不平を言ったり、犠牲を払っているということを表に出さなかった。彼らは彼女を誇りに思い、できるだけのことをしただけだった。母は仕事を始めると、それまでのお返しにパットとマギーがバリナモアで一人立ちするのを助けてやり、結婚するまでハイ・ストリートにある線路際の店で三人一緒に暮らした。オーガウィランにいたときも母がずっと彼らに送金していたのではないかという父の疑惑は事実無根だった。助け合いがあったとしたら、パットとマギーがその頃の母を助けていたと言うべきだろう。

マギーの店の奥や二階の部屋は心地よく、やはり船室のようにきちんと整頓されていた。長いリノリウム貼りのテーブルが庭に面した窓の下に置かれていた。そのテーブルより小ぶりのテーブルには大抵明るい色のテーブルクロスがかけられていて、それは黒鉛塗りのレンジと、店の様子を覗うための布が下がった小さな覗き窓の間にあった。夜になると大抵店番はおらず、扉の上に付いた鈴が客が来たのを知らせた。叔母の嫌っている客が何人かいて、覗き窓から確かめて、そんなのが来たときにはいつもお手伝いの女の子を店に行かせていた。「ねえ、メアリ、行ってきて頂戴、ちゃんと相手をしてすぐに帰ってもらってね」部屋の奥には客が坐る大きなソファーがあった。階段には滑り止めのために自転車の古タイヤが丁寧に切って貼ってあった。ぴかぴかの風呂場のトイレの脇のフックには、店で売っているジャッファ・オレンジのピンク色の柔らかい包み紙が下がっていた。トイレット・ペーパーは贅沢品でとて

1――槍で貫かれたイエス・キリストの心臓。キリストの愛と犠牲の象徴として特別の信心が捧げられる。

も手の届くものではなかったのだ。

最初に山の中の家に、それからハイ・ストリートの気持ちの良い家に住んだ母にしてみれば、初めて自分のものになった家を最初に見たときの気持ちは「失望」という言葉だけで言い表すことのできないほどのものだったに違いない。野原の真ん中にあるこの家ほど、がらんとして、人気がなく見えたものはなかっただろう。オーガウィランの学校で一日だけ教えて帰ってきた夕方、一人でこの土地に立ったとき、彼女の心は幻滅で一杯になったに違いない。しかし母は実際的な考え方を持ち、また困難を切り抜けるためにはいつも神を信頼してきたので、それはそれとして現状をより良くしようと思った。その同じ思いを抱いて、次の日に母はまた一人で病気とその治療に立ち向かいに行ったのだ。パットはドロモッドの駅で母を列車に乗せた。

母の実際的な考え方、穏やかな機嫌の良さ、そして人々の気持ちを楽にさせる雰囲気といったたぐい希な才能の裏には深い信仰心があった。「神が私に四十年間ほぼ完全な健康を与えて下さったのです。」彼女は父に宛てて書いた。「そして今それを私からお取りあげになったのは、きっと神には私の信仰を試すための深遠なお考えがあるからに違いありません。私は神の中で、神のそばで、神のために生き、信心を置くのです。そして神のためにだけ私は祈ります」生きていく上で困ったとき、母が戻って来るのはここだったし、そこは父でさえ決して手が届かない場所だった。

ほとんどあらゆる点で二人は対照的だった。父は一人っ子として育てられた。彼も信心深かったが、彼にとっての宗教は、うわべだけの見せかけ、見た目の威厳と力、命令と厳格さ、強制と厳守とでもいうべきものでそれは教会から強要されたものだった。立派な制服を着て彼はいつもゆっくりと教会の奥に歩いて行き、最前列で跪《ひざまず》いた。母は黙って抜け出して後ろの席に移って行った。

父はまた異常なほどの秘密主義だった。当時もその後も、私は父が自分の若い頃のことや、現在の中等教育に相当する九年生か十年生まで在籍していたモインのラテン学校の話をするのを聞いたことがない。母親は彼が神父になることを楽しみに期待していたに違いないと思う。父の旧友の多くは聖職位を授かり、アメリカへ伝道に行った。そのうちの一人はオレゴン州で司教になったと言われている。父が死んだあと、警察博物館の学芸員が私に父の警察時代の全ての記録を送ってくれた。そこにはアイルランドに州ができて初めての採用者であった警察官としての栄誉や、あまりはっきりしない経歴が細かく書かれていた。父の昇進はとても早かった。私が最も興味を惹かれたのは、彼自身によって書かれた採用時の履歴書だった。「職歴」の欄に彼は「IRAに三年」[1]と書いていた。私は父が戦争で闘ったということは知っていたが、戦争のことも、そこでの役割についても何も話してくれなかったので、細かいことは何も知らなかった。しかしこれによれば父はモインのラテン学校を出てすぐにIRAに入り、内戦が始まったときIRAを出て新しくできた警察組織に入ったということになる。

若い頃に私は父の従兄弟の何人かから、その頃の話を聞いたことがある。父がIRAに所属していて敗走中だったとき、近所の人々が母親のために干草貯蔵の手伝いに集まったそうだ。家の近くで父の姿が発見されたりすると危険だったからだ。その日、暑い中、ゴウナ湖の先で彼らが干草集めをしている最中に、何の前触れもなく、新しい靴を履き、白いシャツにネクタイをしてあつらえのスーツ姿の父が干草場に現れた。彼は長い干草用の熊手を手にすると、暗くなるまで隣人たちと作業を続け、やって来たときのように突然姿を消した。とても暑い日だったのに、父が上着を脱ぐことはおろか、カラーやネクタイを緩めることすらしなかったのを、隣人たちは不思議がったり面白がったりした。彼らは「田舎のダンスに現れた若い領主」のような、父の威厳ある印象的な身なりを見て単純に満足したが、それより彼が見せた虚栄心や自分たちとの距離感の方により好奇心をそそられたそうだ。

採用時の履歴書でもう一つ興味を惹かれたのは、父の保証人が二人とも教区の神父だったということだ。イギリスがカトリック教会にアイルランド教会と平等の足場を与えたのは、そうすることで教会を社会秩序を守る道具にしようという目論みからであった。私が育った国は名目は聖職国家であった。私は国ができた頃には、一九一六年に出された階級や人種の差なく全ての市民に平等な権利を保障するという共和国布告の中に口先だけであってもその精神が受け入れられているはずだと素直に思っていた。しかしどうだろう、古い管理体制が新しいものに道を譲ったのにもかかわらず、そのとたんにやはりイギリスが管理を始めたのである。

父は過去を拒絶すると当時に、自分の周囲の人間は、過去の人でも若い人でもなく、いつも変わらぬ立派な押し出しをした自分だけに注目すべきだ、また彼らは自分の気まぐれにさえ合わせるべきだという欲求を持っていた。私たちは大きくなっても父のことは、そのいつも変わらぬ立派な押し出し以外にはほとんど何も知らなかった。父の親戚

1――アイルランド共和国軍。英国の統治からアイルランドを取り戻すことを目的に一九一九年に組織された。

たちはみな遠くにいた。自分からは決して彼らを訪ねには行かなかったし、彼らがやってきても大抵そっけなかった。父と同様何をやらかすかわからないトム・レディーのような従兄弟が時々来る以外、家に訪ねてくる人間は次第にいなくなった。一人で警察の建物に住んでいたときでさえ親戚が来るのを望んでいなかったくせに、母が自分の面倒を見るのがやっとで、客を上手にもてなすことなどできないというのに、父は母を尋ねに来てくれと彼らに意地悪く頼んだりした。私は父の育った背景や、若い頃の生活に好奇心を持った時期があった。父に対する恐怖心もなくなり、そんなことを尋ねられるような年齢になったときに聞いたことがあるが、父はうつむいて黙りこくり、両手の親指を合わせてゆっくりとくるくる回し、椅子から立ち上がって向こうへ行ってしまうだけだった。

ずっと後になって、遠い親戚が私を見つけ出したとき、父がずっと話すのを拒んでいたことを全て聞きだすこともできたのだが、しなかった。もはや興味も好奇心も失っていたからではなく(好奇心は人間が最後まで持っている情熱の一つだ)、そんな探求をしても無駄であり、父の人生のある部分については、彼が望んでいたようにそっとしておいてやろうと思ったからだ。人間の性格は実に不思議で、その環境や背景によって説明がつくことなど、せいぜいほんの部分的なものに過ぎない。

十分な世話をされ、穏やかで、機嫌がよく、規律正しい背景で育った三人のマクメイナス家の娘が、一体なぜみんな自己中心的で、子供っぽい男を選ぶようなことになってしまったのか? 長女のケイティーは最初に結婚し、バリナモアから一マイルほど離れた小さな湖のそばの運河沿いの農場に住んだ。近所に金持ちの農園主が持つウィローフィールドという農園があった。私たちの従兄弟であるマクガヴァン家のヒュー・マクガヴァンがアラスカで稼いだ金でそこを買っていた。ケイティーがフランシー・マクギャリーを知ったのは、五人の美しいマクガヴァン家の娘たちを通してだった。フランシーは背が高く男前で、子供たちといても目立ちたがった。そして彼は酒飲みだった。私の父と同じような心気症で、酒を飲んでいないときには元気がなかった。私の父も若い頃は過度な飲酒にふけり、酔って暴力的になったり、気が大きくなって当時持っていたオートバイで事故を起こしそうになったこともあり、仕事も危うくなる所だった。どんなこともいい加減にはやらないという人物だから、酒を止めなくてはいけないということになると、完全禁酒会に入った。それはパイオニアズという名の会で、父は生涯その会の目立った会員であり続けた。ケイティーは小柄で、活発でユーモアがあり、一生懸命働いた。フランシーは仕事が大好きだったが、仕事しながら酒を飲んで横になってしまうのだった。

フランシー・マクギャリーはケイティーが育ってきた農場より良い農場を持っていたので生活は楽にできるはずだった。あるとき原因不明の不調を訴えて長いことベッドで横になっていたことがあり、医者が呼びにやられた。医者は患者のことが良く分かっていて、まっすぐ顔を見て、別に悪い所はない、ほんのちょっとホット・ウイスキーをやればたちどころに治ると診断した。その医者は帰り道にもう一軒往診しなくてはならず、自分の車に戻って行くときに、砂埃を上げながら町に向かっていく自転車に追い抜かれた。それにはさきほど自分が診察した患者が乗っていた。

パットとマギーはフランシーを好んでいなかったので、ケイティーは夫の飲酒についてジミーと母親に助けを求めた。エニスキレン近くのグラン修道院にアルコール中毒患者を治すことで有名な神父がいた。慎重に話を持ちかけられ、フランシーはエニスキレンの途中にある山へ自転車で行き、一晩過ごした次の朝、ジミーと一緒にグラン修道院に向かうという案に同意した。これからの試練に対する準備ということで、フランシーは町で大量のアルコールを摂取し、ドラムダーグに着く頃にはいい加減よろよろになっていた。彼はドラムダーグでは酒を飲まずに楽しい一夜を過ごし、下の部屋で正体もなく眠りこけた。次の朝早く二人はグラン修道院に向けて発った。神父は彼らを暖かく迎えてくれた。奉納がなされ、そのあと神父はフランシーとだけ話をした。そのあと二人は一緒に祈った。フランシーは告解を聞いてもらった。彼は三か月後にまたグランに来るまでの毎日、酒を飲まずに過ごすという厳かな決心を述べ、神父はそのとき本当にそれができたかどうか調べると言った。それまで毎日何かしらの祈りを捧げなくてはならなかったが、神父も彼に誓いを守り抜く力が授けられるように祈ると言った。フランシーは大喜びだった。帰るときに、フランシーはこの目出度い決断を祝って、エニスキレンに行こうではないかとジミーに持ちかけた。彼は反対し、バリナモアのはずれの山の中の彼の家へ進路を戻すのに大変な苦労をした。帰り道に、彼が上機嫌だったのもつかの間で、ケイティーと子供たちに対しての悪口雑言を延々と始めた。自分の神経が落ち着かなくなり、飲酒に向かってしまうのは奴らのせいだ。前の晩のように、ぐっすり寝られたことなど家ではここ何か月もなかった。ジミーが何と言っても、彼はドラムダーグに戻るのだと言い張り、思い留まらせることは難しかった。自分はこれからずっと山の中で家族と暮らし、ストレスや心配事、そして飲酒から永遠におさらばしなくてはいけないのだ。さて、二人の男はその夜遅く一緒に家に戻ってきた。グランに出かけて行った成果やいかにと祖母が様子を見たとき、慈悲深くしっかり者の彼女もさすがに呆然としてしまったに違いない。次の日の朝、どんな理論を振りかざし、あるいはどんな風に威圧して、フランシーを苦労絶えない妻と子供の元に留まらせたのか、私には分からない。

　当時は、教会の持つ力と教会の教えによって、性に関する知識はおろか相手の人物に対する知識を全く持たずに結婚する夫婦も多かった。男たちは大抵セックスが目的で結婚した。結婚以外にその方法がなかったのだ。その結果、短期間に数多くの子供たちができてしまうのが普通だった。子供たちが可愛がられている家庭もあるにはあったが、多くの家では子供というのは自分たちの欲望の避けられなかった、望まれない不快な結果でしかなく、しかも食わしていかねばならぬので、憤りの対象であった。こういう現実を見ていた男や女たちの中には、結婚などしないと決めたものもいた。多くの人間はかなり年齢を重ねないと妻や家族を養う方策が見つからないという経済的な問題もあり、この傾向はますます強まった。そうなるとこの社会での理想は独身主義者である神父ということになる。それならば独身であることの価値も上がる。神の愛は男女の愛よりも強い。生殖器は罪に汚れた不潔なものと見なされた。私は赤と白の聖衣を着て、灯りのついた蠟燭を持ち、祭壇の上で神父の助手として産後感謝式の手伝いをしたことが何度もある。ミサが終わったあとのがらんとした教会で、最近出産を終えた女性たちが祭壇の手摺の近くにやって来て、清められ、再び貞節な身体にされるのだった。

　私の父も、やはり若者が結婚したがらないという、この時代の気分に染まっていたようだ。彼が一九二〇年代の初めに若い警官としてバリナモアに赴任したとき、母は最初の仕事場である修道学校を辞め、町から一マイルほど離れたリサカーンの小さな学校に移っていた。性に対して世間が持っていた当時の堅苦しい考え方といったら大変なもので、若い女先生とその求婚者が一緒にいるところなどを見られたら、何を言われるか分かったものではなかった。二人にとって安全な場所はリサカーンの近くにあったケリーの家だった。ケリーは母の従兄弟で、そこの子供たちは伝統的に神父になるといった堅い家だった。恋愛中の二人は日曜の夜はほとんどここで会っていた。父はいつもそういう夜を楽しみ、お茶やカードの時間の合間には、国や地方で起こった大きな事件などについて真面目に論じていた。

父は押し出しの良さで、その場の主導権を握っていた。ある日曜の晩、部屋でこんな議論をしている間に、入口に掛けておいた彼のクロンビー製の高価な黒いコートが盗まれた。夜、何者かが音もなく入口から入り、黒いクロンビーだけ盗《と》って出て行ったのだ。そのコートは着ているところを見られたり、金のために転売されたりしたらすぐに足がつくようなものだったので、盗まれた唯一の理由は、恐らく父に対する何らかの仕返しだった。「彼は誰に対しても、とても容赦なく厳しかった」と、トマス・ケリーは言っている。父は部下に広範囲な捜査を命じたが、黒いクロンビーのコートはついに見つからなかった。

この町の数少ない若者たちの中に二人先生がいた。マッジとトムのシャープリー姉弟で、彼らはハイ・ストリートにあるマギーの店の常連客だった。シャープリー姉弟は町の外れの裕福な農場の出身で、彼らの兄は馬に牽かせた車で町中に牛乳やクリームを売り歩いていた。馬車がゆっくりと町の中を走ってくると、人々は思い思いの容れ物を持って集まるのだ。大きな缶からそこに牛乳が入れられ、量り売りされる。トムはウィローフィールドに住む美しいキャスリーン・マクガヴァンに何年も心を寄せていたが、その恋は実らなかった。結局二人ともずっと独身を通した。彼は小さな車を持っていて、夏になると若い友人とストランドヒルやバンドーラン〔ドネゴルの海辺の保養地〕の海へ出かけた。後年、私は茶色の帽子を被った彼が二日酔いを醒まそうと、マギーの店のソファーに腰を下ろしている姿をよく見かけたものだ。

マッジ・シャープリーはひどく上流気取りの娘だった。彼女のもう一人の兄が、家禽や山羊、ウサギなどを扱って繁盛している店の娘ダラホイド嬢と結婚したとき、彼女は「シャープリー家の人間が鳥の羽根や家畜の毛に囲まれて上品に見えるものかしら」と言った。彼女自身は町でパン屋を営むマリガンと結婚した。彼は背が高く力強く、マッジと同じくらいお高くとまっていたが、時々酔って馬鹿騒ぎをした。そういった酒盛りをしていたあるとき、押さえがきかなくなり、警察署に向かってこんなことを叫んだ。「この町には俺を警察に引っぱって連れて行ける奴なんかいやしねえんだぞ」マリガンが偉そうに叫んでいると、父がやってきた。「私が連れて行こう」と父は答え、マリガンの言訳を聞こうともせずいきなり警棒を抜いた。父は彼を警察署に連れて行っただけでなく、警棒で打ったので、抗議行動の話が出たくらいだ。マッジはそれから父とは決して口をきかなくなったが、母やパットとマギーとは以前のように親しくしていた。それからしばらくして、マリガンはマッジをパン屋の店の向かいの大きな住まいに置き去りにしたまま、別の女とイギリスに駆落ちした。しかし彼女は、彼の駆落ちはむかし彼が受けた警棒による殴打によってもたらされた一時的な錯乱の結果であると言って、彼のことを悪くは言わなかった。

父の在職中、かつてIRAに所属し内戦の時にはアイルランド共和国側の闘士だったドハティー兄弟が銃を持ってバリナモアの銀行を襲い、金を奪って行くという事件があった。強盗は組織と関係はなかった。IRAが事件を調べにやって来たときには、ドハティー兄弟はアメリカへ姿を消し、一九三〇年代になるまで戻って来なかった。戻って来た後、彼らはダンスホールとバーを買い、さらに大きな農場にも金を注ぎ込んだ。パット・ドハティーは自分が追い出せないような人間は誰も自分のダンスホールには立ち入らせないと豪語した。弟のジミーは、幼なかったので強盗にもアメリカにも関係なかったが、保険金目当てに自宅に何回も火を放つようなことをしたが、最終的には政治家として成功を収めた。それは私の父が彼の過去の事件に対して、制裁を解いたすぐあとのことだった。父がドハティーたちのことを、もし自分が銀行強盗の日に銃を持っていたならば、どちらもバリナモアを生きて離れることなどできなかっただろうと、さりげなく話すのを聞いた。私は父の言葉を信じた。

社会が政治的に不安定だったので、若い警官は一つの警察署にそれほど長く留まることはできず、定期的に国のあちこちに異動させられた。父の次の任地はドネゴルのバートンポートだった。父と母はバリナモアを離れる前に婚約した。

婚約期間は何年も続くことになった。その何年もの間に父は国中のいろいろな場所に転勤し、かなりの数の女性と遊び半分で付き合っていた。その間ずっと母はバリナモアにいてリサカーンの学校で教え、マギーの店を手伝っていた。彼女に言い寄ってくる男もいたが、彼女は指にはめた婚約指輪を純金の拘束であるかのように思っていた。しかし聖体拝領会のあった一九三二年の五月に、彼女はその婚約指輪を父に返してしまった。彼女らしからぬ毅然とした行動を取った理由が、果たして父の他の女性との関係の噂話のせいか、彼女の元に興味をそそられる人間が現れたからなのか、みっともないくらい長い婚約期間に対する家族や友人たちからの重圧からなのか、私にははっきり分からない。どんな家にもいつかは忘れられてしまうような大きな出来事があるものだが、今となってはこれに関してもおぼろげな話しか残っておらず、それによればどうやらこれら三つの全てが少しずつ役割を演じていたようである。彼の女性関係の噂もあったし、彼女に恋していた若い教師もいたようだし、しかも婚約期間は七年に亘ろうとしていたのだ。しかしながら、指輪の返却は当初の目的を果たすことなく、その効果もほんの一瞬で終わってしまったのは確かなようだ。

今まで何年もさまざまな言訳を作っては訪問を先延ばしにしていた父は指輪が返されると、次の日にはバリナモアに出かけ、彼女が結婚を承諾する八月まで帰らなかった。彼らの関係を示す唯一の記録は、母がバリナモアから、ゴールウェイのシャナグリッシュに配属されていた父に宛てて、結婚式までの何か月かに亘って書いた手紙だけである。そこには、彼が貰わなくてはならない休暇について、結婚式の場所、新婚旅行、彼らの衣装、結婚式の招待客についてといった、ほとんど実際的なことしか書かれていない。

母がとても幸せであることがこれらの手紙の中に見て取れる。どの手紙の終わりにも書かれている *cupla focail*（二人の言葉）とか、***Mo gradh siorrai***（私の愛する隙間風）あるいは ***Mo gra go Daingin***（とこしえにわが愛する人）などのゲール語の表現に、当時の愛国主義的な雰囲気を垣間見ることができるだろう。彼女はある修道院でアスローン放送局の聖体拝領会の中継を一日中聞いて過ごしたと書いている。その手紙は彼女が結婚の祝福を受けるために巡礼の旅で出かけて行ったロッホ・ダーグにあるセント・パトリック修道院から出されたものだ。「ここには夕べ着きました。昨晩の夜の勤行のあと、何だか少し憂鬱な感じです。お茶もとっても濃いし、お水も茶色です。でもここに来た価値はありました。今はとても幸せです」

父は婚約指輪が返されてきたことに憤然とし、また動揺したのである。シャナグリッシュから出した手紙の中で、八月には絶対に結婚することを保障すると書いたあとで、すぐに指輪を彼女に戻したい旨を述べている。彼女はそれを断った。「指輪を戻すなどと言う必要はありません。神の助けによって、私たちは八月に結婚するのですから、そのときに私に下さればよいのです。飾りのない金の指輪を」

守勢にまわるといつもそうだったが、父はこの指輪返却問題に関しても即刻意趣返しをした。自分が優位に立っていそうだと思うと、全く関係のないものに対して当たり散らすのだ。その頃マギーと母はハイ・ストリートの家で寝室を共同で使っていた。父は母に対する愛情を一時は消してしまおうと思ったが、それができず、結局彼女の愛を取り戻そうとして、鏡台にあった瓶入りの高価な白粉《おしろい》をぶちまけた。シャナグリッシュに戻るとすぐ、母に贅沢をするなと非難する手紙を書いた。しかし彼は間違っていたのだ。

ああ、愛するフランク、私が白粉など使ってはいないということをお聞きになったらあなたはお喜びになるかしら。あなたが鏡台の上で見た白粉は去年の夏にアニー・レイノルズからマギーにプレゼントされたものだったの。手が汗ばまないようにたまに少しだけ使うことはあっても、それだけ。白粉っていうのはとても長持ちするのよ。だからご心配はご無用です。私はずっと昔にやはり同じことで言い合いをしてからは白粉を使っていませんし、あなたが私に必要だとおっしゃるまではこれからも決して使いません。適度に使えば全く無害ですけれど、私には買うこともできませんもの。私たちはどちらも悩むことはなし。これでおしまい。

この手紙にはマギーの嘲りの調子がかすかに含まれているようだ。もっと楽しい調子の手紙の中で彼女は、間近に迫った結婚について相談をしに、昔の教区神父に会いに行く途中で出会ったときのことを書いている。

「私はあなたにお目にかかりに行くところだったんです、神父様」

「私に何のご用だったのかな、スーザン」

「八月のはじめに結婚することになりました。そのことをお伝えしたくて、神父様」

「誰と結婚するのだね」

「ちょっと前に町に配属されていた警察のマクガハンです」

「今ここにいる警官？」彼は笑いながら言ったの。

「いいえ」と次は私が大きな声で叫びました。

「ああ、覚えているよ。その男がここにいたのは少し前のことだったな」

神父は母にいろいろ助言を与え、彼女が礼を言うと、彼女の手を取って祝福の言葉を与えた。

「ではさようなら。神があなたを祝福されますように。神の祝福があなたと共にあるように」

私が二三歩歩きかけると、神父様が後ろから私を呼びとめなさいました。

「あなたはその男と一緒に行くのかね、それともここに留まるのかね？」

「ここにいます」

「それは良い、留まりなさい」

これが私とマッキアナン神父との会話です。とてもつつましく、とてもよい老人です。私にいつも良くして下さいます。

私の父は結婚式をダブリンで挙げたがった。バリナモアで挙式すると彼女の友達がたくさんやって来るのでは、と恐れていたのだ。彼女の方はダブリンで挙げるとなると、マッキアナン神父の旅費やホテル代も払わなくてはいけないし、その他にもお金がかかりすぎると言って父を思い留まらせようとし、そんなにたくさんの人は招待しないから、と約束した。第一呼ぼうと思っても、学校の先生たちは八月になれば休暇でどこかに出かけて行ってしまうわ、と言葉を添えた。

彼女はマギーの店で夜遅くまで手伝いをするのは市《いち》の日だけだし、有難いことに市は月に一度しか開かれないのだ、とも書いている。またマギーが子猫ほどの大きさしかない子犬を手に入れたこと、そしてその犬と遊ぶ楽しさを書いている。マギーは週末の休みにはオーガウィラン・パイオニア・バス会社の旅遊割引切符を使ってバンドーランの海に出かけて行くので、一週間の学校の仕事が終わると母はリサカーンに戻ってそれまで働いていた女の子から店番を引き継いだ。

リサカーンと、夏になると野の花で一杯になるそこの小道を彼女がいかに愛しているかということが、別の手紙に書かれている。「特に目新しいことはありません。リサカーンで分を尽くし、平穏無事に時が過ぎています。何もかも神様に感謝しています。私は夏のリサカーンが大好きです、そして朝早く外に出るのを楽しんでいます。先生たちはみんなリサカーンに魔法をかけられてしまったように、ここが好きなようです。ギャノン先生はそれでも何だか淋しげにしていますけれど」

二人はその年の八月にバリナモアで結婚式を挙げた。家での披露宴を終えると、車を呼び、ベルターベットからダブリン行きの汽車に乗った。新婚旅行を終えると二人はゴールウェイのシャナグリッシュに戻った。彼女は長い学校の休みの残りをそこの警察宿舎で過ごした。休みが終わると、母はリサカーンの学校と、ハイ・ストリートの鉄道の駅のそばにある店へと戻った。そして父はシャナグリッシュに残った。

父の秘密主義はほとんど病気のようなものだったとはいえ、私は長いこと彼と一緒に暮らしたので、さすがの父もいつまでも心の扉を閉ざし、心の窓にブラインドをかけておくわけにはいかなくなった。私は父が誰かと気楽な話をしている中で、自分たちが子供だった頃オレンジがいかに高価なものだったかと言っていたのを聞いたことがある。

その頃父はオレンジが大好きだった。結婚が近づいていると気づいたあるとき、ゴールウェイで二ダースものオレンジを買い、公園のベンチに坐って全部食べてしまったそうだ。結婚してしまったら、そんなにたくさんのオレンジを買うことなどもうできないだろうと思ったのだ。しかし結婚してみればそれは杞憂にすぎなかった。最初の数年間は母の給料の方が父よりも多かったのである。

結婚して一年半で母は妊娠した。それから毎年のように子供が産まれたが、父は気楽なままだった。車を手放すこともなく、警察署で大きなコッソーのラジオと共に暮らし、料理や掃除は毎日お手伝いが来てやってくれていた。私たちは母の給料で育てられていたのだ。

夏の長い休みになると私たちは父の宿舎で過ごしたが、それ以外には、彼がたまたま青いフォードで私たちに会いに行こうと思ったときにしか、会えなかった。

母が入院したあと、ブリッジー・マクガヴァンと一緒に私たちが宿舎に到着した日、父は、二十四個のオレンジを買って公園のベンチで食べたときに感じた恐れが、ついに形になって自分に向かって大声をあげて襲って来たと感じていたに違いない。父は今まで自分がやりたいと思ってきた教育方針をここで一気に実行した。私たちは、父が部屋の真ん中で大きな食器棚の鏡に向かい一人で食事をしている間、黙ってクートのアーチ道に面した窓の脇に置かれたテーブルで食事をした。私たちがちょっと口喧嘩をしたり、物音を立てたりすると、黙ったまま睨まれた。父は学校へ向かう前の私たちを並ばせ、服装がきちんとしているか点検してから執務室に下りて行った。ほとんど毎朝耳の裏まで調べられた。そしてロザリオの祈りで一日は終わるのだ。彼は食事のときと同じ場所で跪いた。セメントの床の上に新聞紙を敷いてから、大きな食器棚の鏡に向かって、テーブルの上に肘を置く。私たちは部屋の周りの椅子に向かって跪く。連禱〔一人が唱える祈りに残りが唱和する祈りの形式〕のあとにはさまざまな祈り。その中には必ず「子の母への祈り」が含まれていたが、私たちには母がどこにいるのかも分からなかったし、何のために祈っているのかも分かっていなかった。祈りが全て終わると、私たちは一人ずつ父のところへ行き、椅子に坐った彼の唇に「おやすみなさい、お父さん」のキスをする。

一番楽しかったのは、父が私を川に連れて行きタールを塗った舟に乗せてくれたことだ。父が漕いでいる間、私は釣糸を持っていた。静けさの中で、止める者も無く自由気ままに遊んでいる妹たちの叫び声が宿舎から聞こえてくる。父は気分が良いと「大きなパイク〔尖った口を持つカワカマスに似た魚〕がオートバイに乗ってモランズ・ベイからやって来る音が聞こえるぞ」などと言った。川に出ると父は解放されたように見えた。しかしそのような平和な時間は長く続かない。釣糸がもつれたり、ちょっと余計なことを言ってしまったりで丸一日が台無しになってしまうこともある。時にはそのように不穏な空気になったけれど、こうした外出のおかげで私は川が大好きになった。後年川は私にとっての逃避場所であると共に、必要な聖地になった。

この頃病院から出した手紙の中で母は、治療は大変で辛いけれど文句は言いません、と書いている。「それが人生ですから」彼女は病棟の看護婦や他の患者と友達になった。とりわけフラナガン夫人という人と仲良くなっていた。パディーという息子さんがいて、最近神父に叙階されたことを聞き、母は彼女に、私への期待を話していたかもしれない。母は病院の支払いのために父から借金をしていて、自分が教職に戻ったらすぐにそれらの費用全てを清算すると約束していた。病院を出てダン・レアリーの下宿に移ったとき、彼女は自分の食事と、病院への往復のトラム運賃以外は余計なお金は使わないと書いてきて彼を安心させていた。ついに父は母を子供たちから遠く離れた場所に追いやってしまい、人は一人一人独自のものであるのに、そんなことには知らぬ振りをして、子供たちを独立した人間とは認めないような振舞いを再び始めたのだ。母は書いている。

「神様が私たちをお導き下さいます。神様は全てを知っておられます。神様は何でもおできになります。私は神様を信頼しています」こうして母は父を含め誰の権限も及ばぬ所にひとまず身を置いてから、自分が言うべきことの核心に触れるのだった。

そして子供たちのこと。私には一体何が言えるのでしょう？　私にできることといえばただ、神様にあの子たちをより良い子供にして下さい、そしてあの子たちが神様を畏れ愛すように育つよう神様の助けを私にお与え下さいとお願いすることだけです。だから私は一生懸命お祈りをしています。ここで私ができるのは一それだけなのです。あの子たちを私の病気のせいで責め立てるのは正しくありません。私は母親なら誰もがすることをあの子たちにしただけです。てそうしてきましたが、それでも私は自分の生き方をより良く正していかなくてはなりません。あの子たちの生き方をより良く正していかなくてはなりません。神様が私たちみんなをお助け下さいますように。

タールを塗った舟はとうに川から引き上げられ、シカモアの根元の材木の上に逆さまにされて置かれていた。父は伐ってきた木で風車を作り始めていた。じきにそのおかげで宿舎に電気が点るようになるだろう。あたりは黄金色に輝き始めていた。道沿いの畑ではトウモロコシが刈り取られ、束ねられ山積みされていた。泥炭はみな家の中に貯蔵されている。すぐにジャガイモが掘られ、貯蔵され始めるだろう。

私は七歳で、ジャガイモの貯蔵が始まる頃には八歳になる。私は居所も分からない母に手紙を書いて送ったのに違いない。自分で書いたという記憶もないが、大きな文字で書かれた母から私宛の手紙が残っている。彼女は私が良い子でいて、大きな魚を釣ってお父さんの手伝いをして欲しいと書いている。手紙の終わりを読むと私はこれが天国から来たに違いないと思った。「お母さんは早く家に帰ってみんなの顔が見たいです」

退院すると母は警察宿舎ではなく、ハイ・ストリートのお店に戻って行った。彼女はコラマホンの家がきちんと住めるように改装されるまでそこにいて、パットが毎朝オーガウィランの学校まで車で送って行った。三時に学校が終わると、彼女は工事の様子を見るために家まで歩き、気持ちを静めた。パットが夕方遅く、貸し馬車で家まで彼女を拾いに行き、店まで送った。当時父が母を尋ねに行ったかどうかはっきり分からないが、手紙から判断すると、行ってはいないようだ。コラマホンの家の準備ができたとき、他の子供たちとブリッジーがやってくる前に一週間ほど、母が私と一緒に暮らしたいと言った。医者たちは彼女に、徐々に学校や家の仕事に復帰するようにと助言していた。

母の姿を再び見ることができたとき、私は失われた世界が再び元に戻り完全なものになったような気がした。パット伯父が私を連れに車で警察署にやって来ていた。私たちはまっすぐオーガウィランに向かった。道沿いの小さな鉄の門のそばで車を降りたとき、私はこの日が来ることを待ち望んでいた気持ちがあまりにも大きかったので、ほとんど何も目に入ってこなかった。その日は半休日だったので、母は学校から帰ってからマギーと一緒に自転車で外に出かけて帰って来たところだった。二人は車の音を聞くと外に出て来た。私は嬉しくて目にしているものを信じることができないほどだったが、ちょっと進むと急に人目が気になって、母たちが立っているところまで伯父と一緒に燃え殻の敷かれた新しい道を歩いて行けないのではないかと思った。それでもだんだん近づいて行き、私はたまらなくなって走り出し、気がつくと母の腕の中にいた。マギーは私がいつもはお喋りなのに、黙っているのをからかって私にいろいろ質問を浴びせた。私は自分が泣いているのが恥ずかしかった。

部屋の囲いのない暖炉の中では木の枝が赤々と燃えていた。その上に渡してある黒い鉄棒には薬缶が掛けられていた。マギーが町から買ってきた甘いケーキがあって、お茶も淹れられた。

「みんな警察で元気にしているよ」パット伯父は私たちがお茶を飲み、ケーキをつまんでいるときに言った。「来週にはみんなここに揃うだろう」

私は母が再びそばにいて、手を伸ばせば袖に触れることもできるのだと思い、安心し、お茶の味もケーキの味も感じなかった。母はいつもの静かな様子で微笑み、幸福そうだった。安心して思いやりのある表情をしていたが、泣き出しそうになっているように見えるときもあった。

「いい子でいたって聞いているわ。お父さんと舟に乗って大きな魚を釣ったんですってね」

「パイクやパーチやウナギをね」

「で、新しい先生もいるんでしょ」

「みんな学校は好きじゃないんだ。先生たちが厳しすぎて。ぼくたちはお母さんがどこにいるかも知らなかったんだ。もう戻って来ないんじゃないかと心配していたんだよ」

「病院にいたの」彼女は静かに話した。「病気だったのよ。お医者様に治して頂くために入院していなくてはいけなかったの。お母さんのために祈ってくれたわよね」

マギーは外に出て行き、パットは寝室を見に短い木の階段を上っていった。

「毎晩ロザリオのお祈りのときにお母さんのことをお祈りしていたよ。ぼくは一人でお母さんのためにお祈りもしたよ。神様お願いですからお母さんをまた家に戻して下さいって」

「この家は立派なお屋敷じゃないけれど、私たちの家よ。いい土地だし、草もきれい」と彼女は言った。

「もう引越さなくてもいいんだね。生き物も飼えるんだね」

「もう引越しはおしまい。ずっとオーガウィランにいるわ」

マギーは戻って来ると、いつになく静かだった。寝室の床はとても薄くてパットが上で動いている音が筒抜けだった。

「部屋のペンキも乾いている」彼は下りて来ると言った。「裏の部屋は良いな」

「樋は直させるし、窓枠は乾燥した日に白いペンキを塗ればきれいになるわ」

私はマギーの自転車で燃え殻の敷かれた道を道路に止めてある車まで行った。パットは自転車の後輪をトランクに入れ、ロープを巻いて固定させた。二人の女性は固く抱き合い、そのあとでマギーは車に乗り込んだ。

「明日の晩もし列車から下りてくる人がそんなにいなければ、お前たち二人がどうしているか見にくるよ」とパットは車に乗る前に申し訳なさそうに言った。

「心配しないで」母は言った。「もう十分していただいたわ。もう本当に十分」

車が去って行くのを見ながら、私はうれしくて心も軽くなり、有頂天と言ってもいいくらいの気持ちになった。家には私の大好きな人がいて、しかも二人っきりなのだ。その日の夕方は晴れていて空気は乾燥していた。木の葉は黄色くなって落ち、地平線には赤い太陽が燃えているのが見えた。私たちは二階の部屋を見上げた。狭い踊り場の奥に二つの小さな寝室があり、その大きな方で私たちはその晩眠ることになっていた。窓枠は低くて坐れるほど奥行きがあった。天井板は垂木に固定され、スレート葺きの屋根との間にはほとんど隙間はなく、屋根の形そのままになっていた。風や雨の夜にこの部屋にいると、外の嵐があまりにも近くに感じられて恐くなってしまうかもしれないが、とにかく部屋の中は暖かく安全な避難所ではある。

私たちは一緒にまず牧場を通って家の周りを歩いて回った。森に続く牧場には泉があった。板を渡って、家の前の荒れた小さな丘に行った。道の反対側にはさらに荒れた丘があり、そこもやはり私たちの土地だった。ここらは長い間人の手が入っていなかったので、ハリエニシダやイバラで地面が半分も見えなくなっているところもあった。道の近くには屋根の落ちた廃屋の石の壁だけが残って立っていたし、その脇にはたくさんの草が生えた野生の菜園があった。「私たちの家はここに建てるべきだったわ。どうして野原の真ん中に家を建てたりしたんでしょう。不思議ね」母は言った。「人間って妙なことをするものなのね」

母は病院での話をしてくれた。入院していた二人の歌手が、夜になるとみんなに歌を歌ってくれたこと、息子さんのパディーが神父さんになったフラナガン夫人と、どのようにして知り合ったのかということ。母はフラナガンさんと強い友情で固い絆を作り上げていた。母は私に対しての夢を具体化していて、私は私でそれにもっと子供らしい形を与えていた。だからその夢が母のものなのか私のものなのか判断できなくなっていた。

いつの日か、私もパディー・フラナガンのように神父になるのだ。任職式のあとで私は油塗られたばかりの手を母の頭に触れて祝福する。私たちは神父の館で一緒に暮らし、母は毎朝ミサにあずかり、私の手から聖餐を受ける。母が死んだら、私たちが天国で祝福され神の心の中に一緒に結ばれて包み込まれるときまで安らかにと、母のためのミサを挙げて送ってやるのだ。父や妹たちのためになるようなことについては何も考えていない。これは利己的な私の夢なのだろうか、母の夢なのだろうか、それとも二人の異なった夢が混ざり合ったものなのだろうか。彼女はいつものように「あなたは誰が一番好きなの？」と私に聞く。私はすぐに正直に「お母さんだよ」と答える。彼女はそれを聞いて喜ぶが、その答を直したものだ。

「それを聞いてお母さんうれしいけど、そうじゃないって分かっているでしょう」

「神様のことを一番愛しているよ」

「神様の次は？」

「マリア様、天国のお母さんだよ」

「マリア様の次は？」

「お母さん」

「そうじゃないことも分かってるでしょ」

「お父さんとお母さんのことを、同じように愛してる」

父親の姿が見えない、という部分は、どうやら私の夢の中だけのことだったに違いない。

夜になって私たちはオラートンさんの店まで缶を持って歩いて牛乳を買いに行った。晴れて蒼い月が出ていたが、冷え込んでいたので、コートを着ていた。ブレイディーの池のそばを通るとき馬が水を飲んでいるのが見えた。池の向こうにブレイディーの家と、年をとったマホン兄弟が住んでいるそれよりも小さな家があった。ブレイディーの家の下の牧場の角には暗くて深い石切り場があった。鉄橋のところで私たちは曲がった。大きな木が植わった道がオラートンさんのところまで続いていた。その家の前には周囲に葦が植わった小さな湖があり、それは鏡のようにじっと動かずに白い月を映していた。私たちが家の裏の庭に入って行くと、乳搾りの音が聞こえてきた。入口で私たちが缶を持って待っているのを見ると、彼らは手を休めた。こういうときに咳払いをしたり声を出して注意を惹いたりしないのが母のやり方だ。カンテラの明かりの元、長い柄のついた金属の柄杓で牛乳は濾《こ》されて私たちの缶に注ぎ入れられた。月明かりの下を母と歩いていると、あまりにも幸せなので、軽い眩暈《めまい》を起こしてしまいそうだった。暗く見えた木々、小さな湖に映った月、その月が私たちが歩いている燃え殻を敷いた道を蒼白く照らし、その中で私の元に戻ってきた母が空いている方の手を私に預け、私はそれをブランブラン振り回しながら歩いていた。そんなその夜の全てのことが、私に自分たちはもう絶対に死なないのだという確信に満ちた気持ちをもたらし、私を安心させた。私は彼女の影の中で安全だった。私の喋り声が大きくなると、母は私の手を離して、とがめるように、しかし嬉しそうに愛を込めて、私の唇に彼女の指を置いた。

家に戻ると私たちは枝を集めて暖炉にくべた。天井や四方の壁にまで届かんばかりに炎が燃え上がった。小さなランプの火屋が赤く輝き、暖炉の上の聖心の絵を照らした。薬缶のお湯が沸き始め、私たちはジャムを塗ったパンを食べ、お茶を飲んだ。二階に行く前に、炎が舞っている部屋のランプの赤い光の中でロザリオの祈りを捧げた。

「神よ、私の口を開いてください」

「私の口はあなたへの賛美を捧げます」

「象牙の塔、救い主の尊い住まい、契約の櫃、明けの星、天の門」私たちは祈った。

野原の真ん中に大急ぎで建てられたスレート葺きの粗末な家は、吹きつける風や雨に対しての強固な守りにはならないが、その晩はまるで天国の邸宅のようだった。

朝になると私たちはブレイディーの池やブレイディーのスレート葺きの家のそばを通り、それから年をとったマホン兄弟の住む草葺きの家のそばを通り、暗くて深い石切り場のそばを通って学校まで歩いた。鉄橋の向こうの丘のふもとにはマホンの店が見えた。橋を少し下ったところに小さな石造りの鉄道の駅舎があった。橋を渡るとすぐ他の子供たちと合流した。学校は丘の天辺の道沿いに建っていた。教室が二つあり、前面には張り出し廊下があった。そこのフックには上着が掛けられ、箒や盥やバケツもしまってあった。学校の裏手の庭は下り坂になっていて、壁で二つの運動場に仕切られていた。壁の真ん中には仕切りのない剝き出しの便所があり、運動場は同じ壁で上級生男子用と、下級生と女子兼用に仕切られていた。敷地全体はサンザシの厚い垣根で囲われていたが、土手や深い排水溝の上に生えているトネリコやカシの木が所々顔を出していた。

私たちはマクマーロー先生に会った。小柄で神経質そうな人で、顔には雀斑があった。私の父より病的に不安定で、教務記録をつけないとか、授業をやる気がないというようなことで、視学官といつも問題を起こしていた。母は手紙で、この学校に初めて来たときに感じた教室の汚れや、生徒たちの怯えた視線について不安を述べていたが、教室は埃もなく綺麗に掃除されていた。窓はジャムの空き瓶に入れられた野の花で飾られていた。ほとんどの子供が何か小さな仕事を先生から与えられており、先生に喜ばれたり、自分を良く見せようと進んで一生懸命に仕事をしていた。私も当然それに加わったが、少し窮屈な感じがしてやりにくかった。先生はすなわち私の母でもあったからだ。生徒を打つことはなかったが、母はいつも鞭を持っていて、騒ぎや規則違反や競争が激しくなって手に負えそうもなくなると、それを使って机を叩き注意した。ごくまれに鞭を生徒に向けることもあったが、それでも軽く叩く以上のことをしなかったのは、殴打が目的というよりも警告のためだったからだ。「あなたにはがっかりしたわ。もっといい子かと思っていた」と彼女は言ったものだった。

わたしもやっと加わることのできた上級生男子用の運動場で遊ぶことといえば、キャッチ・アンド・ラン〔投げたボールをジャンプして捕りあう遊び〕が普通だった。チームは選抜されてはいたが、ボール代わりの膨らませたブタの膀胱は一つしかなく、それは遊んでいるうちにサンザシの繁みの中に飛んで行ってしまうことになり、そのたびに私たちはがっかりしたものだった。

私たちが一緒に暮らした数日間は毎日からっとした明るい天気で、夜になっても穏やかな暖かさが残っていた。毎晩学校から帰ると私たちはすぐに家の周りの垣から乾いた枝を拾い集めた。母が言うには、新鮮な空気と運動は彼女の身体には薬よりも良いとのことだった。外から帰ると、私たちは大きな火を熾し始める。まだ二人が家の下水の工事をしていて、溝からゴミを掻き出していた。一日の仕事を終えて彼らが家に戻ってしまってから、私たちは火の前に坐り、運動で心地よく疲れた顔を赤くし、積み上げた乾いた枝を動かしては大きな炎を作った。新しい木は炎の中でシュウシュウ音を立て、白い泡を作った。その間、話をしていたのは私で、母はそれを聞いているだけだったことは確かだが、実際は二人ともほとんど黙ったまま幸せな時間を過ごしていたのだろうと思う。夜になると、壁に炎の影が伸びてまるで会話をしているように見えた。そのあとで、私たちはコートを着て、蒼白い月明かりの下を歩いてオラートンさんのところへ牛乳を買いに行った。ブレイディーの池を過ぎ、鉄橋の所で曲がって、白く光った道を行くと、湖のそばの古い並木道に出る。

ある晩、そうして牛乳の入った缶を持って私たちが家に戻ると、小さな鉄の門の脇にパットの車が止まっているのが見えた。パットとマギーは家の中にいた。二人は私たちの様子を見に来たということで、その晩遅くまでいた。また別の晩には、ランプの元で私が勉強で困っているのを母が見てくれ、そのあとでロザリオの祈りをあげた。二人だけで過ごす日々はとても幸せなものだったので、夜、薄い屋根の下の部屋で布団に入ったあと、母がいい加減でお喋りは終わりにしないと、明日の朝気持ち良く起きて学校に行けなくなるわよと強い調子で言うのを聞くと、これで一日が終わってしまうのかと思って、とても悲しくなった。

母と私だけの短い日々は突然終わった。他の家族が全員警察署から赤い小さな泥炭運搬車に乗ってやって来たのだ。ブリッジー・マクガヴァンがディンプナを抱いて運転手の隣に坐っていた。ブリージとロザリーン、それにモニカとマーガレットが家具やベッド、ベッドカバーやマットレス、ポットや鍋などの荷物の入った木枠の間に小さくなっていた。釘が抜かれ、枠が外されると彼女たちは下ろされた。みなが周りに集まり、母は彼女たちに順番にキスをした。そのあとブリッジーからディンプナを受け取った。ブリージが父は仕事で一緒に来られないと言うと、母は少しがっかりしたように見えたが、そのあとすぐに妹たちが母の気を惹こうとして競争で叫びだしたので、その気持ちは収まったようだ。野原の中の今にも壊れてしまいそうな粗末な一軒家で、失われていた私たちの世界が再び揃ったのだ。

毎朝学校の日は、私たちは母と一緒に燃え殻の敷かれた細い小道を通って道路に面した小さな鉄の門まで歩く。廃棄処分になった警察の制服のズボンから母が作ってくれた濃い青色の布カバンには数冊の本とお弁当が入っている。私たちはブレイディーの池と家の前を通り、年をとったマホン兄弟の家の前を通り、暗くて深い石切り場と鉄橋を越して、マホンの店の前を通って丘の上まで行く。池のほとりに立っているブレイディーの家の子供たちと顔を合わせることが多い。丘のふもとでは子供たちがよく小さなかたまりを作って母を待っている。私たちはみんな一緒になってマホンの店の前を通り、学校までの坂を上る。マクマーロー先生は大概遅刻して来るので母が大きな鍵で学校の扉を開ける。お昼の弁当はバターとジャムを塗ったパン、それに小さな瓶に入った牛乳だ。運動場は上級生たちが仕切っていたので、マクマーロー先生と母はがらんとした教室でつかの間の平和な時間を過ごすことができたが、雨が降ると、全員が校舎の中にいるので大変だった。

学校からの帰り道、母はよくマホンの店で買物をした。マホンさんは白髪の未亡人で、うっすらと頰髯が生えているのが見えた。彼女は、ブレイディーの通りに住んでいる例の独身兄弟の義理の姉である。彼女は母と話をするのが好きで、私が待っている間、背の高い瓶からお菓子を出してくれることもあった。

私たちは二頭の牝牛、パット伯父さんのものになった二頭の去勢牛、一番《ひとつが》いの山羊、何羽かの茶色い雌鳥、小馬とそれが牽く車や引き綱などをすぐに手に入れて、アスベスト屋根の牛小屋に入れた記憶があるが、母の手紙を読むと、それらは何か月もかけて順番に手に入れたらしい。また母は家の修理や改修が必要かどうか、職人を入れるかどうか、またどんな買物をするときでも必ず手紙で父に相談し、彼に決定を下して貰っている。父の承諾なしに、ことを進めたり、いや、進めたように見えただけで、必ずいざこざが起きるからだった。

オーガヴィランでの一場面を覚えている。母が家の前の畑にほんの狭い花壇を作ろうとして、柵で丸く囲いを作ったことがあった。からっと晴れたある夕方、まだ外が明るいうちに父が自転車に乗って家にやって来た。戦争のために、自家用車は全て道路を走ることができず、父の青いフォードも警察署の小屋の中の台座に置かれたままだった。父が自転車に乗ってやって来るのは普通は夜になってからのことだった。そんなときには父は自転車用のケープを頭から被り、それを雨で光らせながら、ハンドルの中央にある銀色の大きなカーバイド灯をシューシューいわせていたものだ。さて、そのときドアを開けるや否や、父は怒りを爆発させた。お前はこの畑にいくら金を使えば気がすむのだ、お前の親戚はさぞかしたくさんの金をしまい込んでいるのだろう、お前らはわしの存在など全く無視して、何でもかんでも相談なしにやっているのだ。

　普段父が相手に攻撃を加えるときには、ゆっくりと計算してから始めるのだが、このときは自転車を漕ぎながら怒りがふつふつと煮えたぎり、家に入ったときには我慢ができなくなっていたのに違いない。だからその怒りには思慮も抑制もなかった。家中恐怖で静まり返った。母は自分を弁護するようなことは何も言わなかった。怒っている最中、父のお気に入りだった小さなモニカが、高い高いをして貰いたくて彼の方に向かって走って行った。もしそのとき母とブリッジーが急いで二人の間に割って入らなかったら、怒りのあまり父はモニカをテーブルか壁に向かって投げ飛ばしていただろう。

「外に出ましょう。外で話せばいいわ。子供たちに良くないわ」母は家計簿にしているノートを手にしてそう言った。

　父は怒ったまま彼女のあとをついて行った。二人は完成前の柵の脇に立った。垣から伐ってきた真っ直ぐなトネリコの枝で作られた丈の低い柵が地面に刺さっていた。彼女は家計簿の数字を示しながら静かに話をしていたが、父が文句を言う叫び声はその間もずっと続いた。

　父が家計簿を彼女の手から取り、彼女の顔の前で振り回してから投げ捨てたのが見え、私たちは恐怖のあまり呆然となり、黙りこくった。彼は怒った様子で畑に向かって一人でゆっくり歩いて行った。普段ならブリッジーがドアを閉めて、私たちを遠くにやっていたはずだが、彼女もまたその場面を見て唖然としてしまったのに違いない。畑を歩いて戻って来たあとも父はまだずっと文句を言い続けていた。それから父が疲れ果てて静かになると、母とブリッジーは父の気持ちを和らげるために話しかけた。父はすぐに着替えを済ませて二人の女性に給仕されて食事を始めた。その時には父の機嫌は治まっていて、周りの者たちを楽しませたりした。朝になってもまだ父の機嫌は良かったが、その日の夕方私たちが学校から帰ったときには、彼はもう家にいなかった。

パット伯父さんは貸し馬車を走らせている途中、ほとんど毎日オーガウィランにやって来た。彼はいつも家の中や、畑でのこまごました仕事をしてくれた。水曜日は半休日で、マギーが町から店のお菓子やパンや果物を荷物籠に入れて自転車でやって来た。また、自分の母親や妻、それに三人の子供たちの面倒を見ていて、うちの両親ほどお金を持っていなかったジミー伯父さんでさえ、その年の終わりに価格が下がるまでは自分の所には必要ないので、乳牛を貸してやろうという申し出を母にしてくれていた。しかし、そういう好意的な彼らが、父の金を奪い、父の金で利益を得ようとしているのではないかという疑惑で父の心は一杯になっていた。父は後年、自分の二人目の妻が家から物を盗んでは彼女の老いた母親や独身でいる兄弟たちに与えているのではないかという妄想にとりつかれるようになった。実際は、自分で作った焼き立てのパンや、果樹園からもいだプラムやリンゴ、それに瓶入りのジャムなどを彼らにあげて、田舎風とでもいうようなお返しをして貰っていただけだった。父が妄想していたようなものではさらさらなく、いずれにせよ微々たる取引であった。花の交換のような、そういう行為は人間関係を強くするためのちょっとした潤滑油のようなものに過ぎないのであるが、そういうことが父には分からなかったのだ。

オーガウィランに父がやって来ても私たちの幸せが脅かされずに、むしろ何かワクワクするようなことが起こって、とても嬉しい気持ちになることもあった。雨の降る暗い晩に、自転車用の黒いケープとセーター、それに黒い防水帽子を雨で光らせて家に到着する父の姿を良く覚えている。大きな銀色のカーバイド灯の立てるシューシューいう音を聞くとうっとりした。私たちは競ってランプの首に付いた銀色のネジをタイヤから離そうとした。そうすると音は静まり、硝子の中のきれいな青い光は消えて行くのだった。彼が、床の真ん中に溜まった雨水の中に濡れた雨具を落として脱いでいくやり方は、とても芝居がかっていた。母とブリッジーがそれらを拾って流し場に掛けに行く。セメントの床に濡れたものを落としながら、父は「連中の具合はどうだ？」と大声で聞いた。「連中は喧嘩などしていないか？　言うことを聞いているか？　いい子にしているか？　きちんと規律を守っているか？」

父は赤味を帯びた金髪の頭から顔、首とタオルで拭い、暖炉で暖められていた新しい靴下を履き、紐をかけないブーツに足を入れ、食事の載せられたテーブルの上席に坐り、母とブリッジーに給仕をして貰った。私たちはみなテーブルの周りにいて、父の注目を得ようとがやがやした。食事を済ませると父は出て行ってしまうのだった。「学校から帰ってあなたがいないと分かったとき、どんなに悲しくて寂しい気持ちになることでしょう」と母は書いている。父は休みのとき、時には数日、あるいは一週間近くも家にいることもあった。そういうときは父はいろいろな畑仕事をやったりし、「連中を組織する」のを好んだ。父は私たちに石を集めさせ、家から出たゴミをさらったあとの溝を埋めさせ、一番高く積み上げたものには褒美をやると言った。私たちは学校から飛んで帰ると、いつもなら暖炉にくべる小枝を伐りに垣に行くのだが、その時は石を集めた。私たちは下水溝の間にそれぞれがモーヴ姫[1]の墓のような石塔を作り上げた。私たちはお互いに誰かが自分の作った山から石をくすねて、自分の山に載せるのではないかと、監視しあった。うちには牝牛が一頭いて、ブリッジー・マクガヴァンが垣のそばの小さな牛小屋で乳搾りをした。他に二頭の若い山羊もいたし、毎朝私たちを起こす一羽の赤い大きな雄鳥もいた。雌鳥は餌をついばんでいるときに私たちが近寄りすぎると、羽根をばたばたさせて怒った。雌鳥もたくさん飼っていたし、車を牽くための小馬もいた。その荷車は伝統的な青と赤に塗られていて、大きな鉄の車輪がついていた。手紙の中でこの小馬は買ったときから「年寄り」で、茶色の毛に白や灰色の毛がたくさん混じっていたと書かれている。彼は静かでおとなしかったので、八歳の子供でも捕まえたり、装具をつけたり、手なずけることができた。十年近く一緒に暮らしたあと、吹雪の中で死んだ。うちに来る前には鋳掛け屋で飼われていたので、煙愛好家になっていた。外で雑草や木の枝の焚き火を始めるといつでも、キーキー声を立てて嬉しそうに火のそばまで走って行き、じっと立ったまま炎の上に鼻を伸ばしていた。雑草が燃えるのが一番好きで、白くて濃い煙がもくもく出ている間は何時間もじっとしていたものだ。またたくさんの牛乳缶を牽いてバター工場までさんざん行かされたこともあったに違いない。というのは彼が馬車を牽いているとき、道の脇に牛乳缶を見つけると、いつも立ち止まって動こうとしなくなったからだ。そういうときは私が車から降りて、缶を振って空であることを教えてやらないと動き出そうとしなかった。また装具を付けられるのが嫌いで、私が頭絡〔おもがい・くつわ・手綱の総称〕を持って近づくのに気付くと、

1――アイルランドの伝説中の女王。紀元前一世紀ごろスライゴーに住んだと言われている。スライゴー近くのノックナリーの山の頂上に石を積みあげて作られた小山のように大きな墓がある。

キーキー鳴き声を上げて、牧場の一番遠い隅まで逃げて行ってしまった。そうなると捕まえる方法は、缶に入れたカラスムギを撒きながら近づくことしかなかった。

私たちは番いの山羊が大好きだった。彼らのことをブリッジーは「ピョンピョンちゃん」と呼んでいた。彼らが跳ね回ると、家の周りの灌木や花壇の草花が駄目になってしまうと言って、母は二頭を丘の上に繋いでおくことにした。しかし彼らは逃げ出し、積み上げた石や、むき出しの排水溝を跳び越しながら、私たちを追いかけて家の周りを走り回った。私たちは大喜びで叫びまわった。

土曜日になると大抵私は母と列車に乗って町へ行った。学校へ行くときのようにマホンの家を過ぎて丘を登って行くのではなく、鉄橋の所で右に曲がって、短い待避線を少し上って行くと石造りの駅があった。駅舎にはライリー一家が住んでいて、そこのパディーという十五か十六の息子は、私たちの畑の仕事を良く手伝ってくれていた。小さな狭軌鉄道がバリーコネルとベルターベットへ走り、ドロモッドで、ダブリンとスライゴー間を結ぶ本線と連絡していた。バリナモアからドラムシャンボーやアリーニャの炭鉱とを結んでいる短い支線もあった。

戦争のせいで、列車はアリーニャ産の下級品の石炭を燃料にしていて、時にはオーガウィランからバリナモアまでの四マイルを枕木伝いに歩いた方が、列車に乗るより早いこともあった。列車は単なる輸送手段というよりも、めったになかったがお出かけの社交の場として使われていたのだと思う。砂利が敷かれた小さなプラットホームの上では人々が嬉しそうに話したり笑ったりしている姿が見られた。みなめかしこんでいた。母はよくキツネの襟巻きをしていた。それには小さな頭が付いていて、手が留め金になって喉の部分で噛み合わされていた。プラットホームでも列車の中でもたくさんの人が彼女に近づいて来て、中には私に小銭をくれる人もいた。

マギー叔母さんの家に下宿していた機関士たちのうちの誰かが列車から私たちを見つけると、石炭釜の前でシャベルを振り上げながら大声で合図をしてくれたものだ。きつい上り坂になると、私たちは列車から降りて頂上まで歩かされた。空になった列車は坂を滑って下り、エンジンが蒸気を吹き上げ、十分坂を上る力が蓄えられるまでそこで止まっていた。文句を言う人など誰もいなかった。列車が坂の頂上までたどり着くと、釜のそばにいた機関士が音を立てずに拍手し、シャベルを振っていたのを覚えている。それから私たちは、またよじ登って列車に乗り込むのだった。そヒューイ・マッキーオンという、当時にしては珍しく非常に太った車掌がいて、彼はアメリカから手に入れたという、金メッキの時計をとても自慢にしていた。黒い上着に時計の金鎖が通されていた。みんな彼の自慢を知っていたので、彼を捕まえれば必ず時間を聞いていた。パット伯父さんは列車が到着するといつでも、貸し馬車を駅前に回していたが、たまに列車から降りてくる客がいないときがあって、そういうときには数百ヤード離れたマギーの店まで空馬車を引いて戻らなくてはならなかった。

店の前の線路沿いの高い壁の裏には背の低いモミの木が三本立っていて、ドラムシャンボー行きの小さな列車がそこから出発していた。近くに踏切と駅舎の白い門があり、その上に背の高い白い信号機が立っていた。線路の反対側には暗くて洞穴のような列車の格納庫がぼんやりと見え、そこで機関車が修理されたり点検されたりしていた。象の鼻のように長いホースが水槽から一番高いアーチにまで伸びていた。パットは店の脇にある玄関のドアの鍵を開けて家に入っていた。鉄道に勤めていた下宿人たちもみなそうしていたが、私たちはいつも店から家に入った。マギーは私たちがやってくると喜んでキスをしてくれてから、カウンターの下の潜り戸を開けて台所に入れてくれた。パットも大概私たちを待ってくれていた。台所はいつもとても暖かかった。黒鉛塗りのレンジの上では薬缶や鍋がチンチンと沸いていて、熱せられた上板の端が赤やオレンジ色に輝いていたこともあった。

マギーは何年にもわたり大勢の娘たちをお手伝いとして使っていた。そのときにはメアリという娘が働いていた。彼女は午前中に寝室、便所、床、それに階段の掃除をし、日中はマギーの料理や掃除の手伝いや店番をした。パットと鉄道員たちは庭の窓際に置かれた大きなテーブルで食事をした。食事はパットの最大の楽しみだった。彼は他のときには見せない繊細な動きで、全く喋らずに食事に集中専念した。食事中に話しかけても、せいぜいうなり声で同意を表すくらいで、他のことは考えず完全に集中した目つきで一生懸命食べていた。食べ終わると皿を押しやってから、「神に祝福を」と言ったが、それは感謝の言葉であり、純粋な満足のため息でもあった。甘いケーキとお茶が出ると、やっとリラックスして話をした。時に長々と喋ることさえあった。マギーの家の食事は私の家よりもいつだってはるかに美味しかった。私が好きだった料理は、ニンジン、小タマネギ、小さなロースト・ポテトが添えられた、脂身の多いベーコン巻きの野ウサギ肉のオーブン焼きだった。母の知り合いの先生たちも大きな台所で私たちと一緒に食事に加わり、話や議論がはずんだ。

鉄道員たちは黒いつなぎを着て、頑丈な黒いブーツを履いていた。窓辺の大きなテーブルに坐る前に、彼らは流し場のお湯で煤で汚れた顔や手や腕を洗った。彼らはみなダブリンのブロードストーンの近くに住む鉄道一家の出だった。横柄で乱暴な言葉使いをするので、あまり好感を持たれていなかった。田舎の人間を見下しているようで、彼らにしてみればバリナモアなどシベリアよりも遠くの世界だったのだろう。マギーに部屋代を払ってしまうと、彼らには自由になる金などほとんど残らなかった。だから、家族と離れ、時には妻と離れて、どことも知らぬこんな小さなつまらない町で時間を過ごすのはとても辛かったに違いない。私は「ブラッキー」と呼ばれた背が高くて、力も強く、精力的で押しの強い機関車の釜焚きのことを覚えている。彼はあるとき機関車がバリナモアを出たあたりで急に仕事を放り出してダブリンに戻って行き結婚した。新婚旅行を終えてバリナモアに戻ってきて、また機関士を始めた。彼は妻を呼びよせて、一週間ほど一緒に暮らしても良いかとマギーに頼みこみ、なんとか承諾させた。彼の若い妻が列車でやって来てからの一週間、他の鉄道員たちはパットの部屋に移ることになった。次の日に母と私が町に行くと、すでにマギーは怒髪天を突く勢いで、もう二人を追い出したがっていた。しかし彼らはまだ丸々一週間は滞在するのだ。ブラッキーの若い妻は派手で、きつい性格の女性だったと記憶している。軽やかな服を着て、濃い化粧をし、大きな声で喋った。彼らは一日中ベッドでいちゃついていて、食事のときにだけ台所に下りて来た。

憤慨し攻撃したくてもそれを表に出せなかったマギーに対して、二人がかえってこれ見よがしの行動を取ったのも仕方がなかったかもしれない。メアリが毎朝モップを掛けて拭き掃除をし、きれいに磨き上げられた便器の脇の釘にはジャッファ・オレンジの桃色の包み紙が広げてかけられ、きちんと整理されていた便所を彼らが汚く使うと言ってマギーは怒りを爆発させた。彼女はまたタオルやベッドカバーの汚れ、それに彼らのバカ騒ぎの雑音などにも文句を言ったが、一番気に触る行為については黙っていた。みなが落ち着かなくなってきた。彼女は二人を追い出そうとしたが、前金を受け取っていたし、あと一週間は我慢せねばならなかった。ブラッキーの妻がダブリンに戻って行くとすぐにマギーは彼に退去通告をした。彼はマギーの商売敵である別の下宿屋へ移って行った。じきに彼の代わりの鉄道員がやって来た。ブラッキーのことは二度と話題に上らなかったが、彼はその後も私の姿を見つけると、入れ替えをしている機関車から手を振ってくれたりしたものだ。

下宿人の中に路線保全監督がいた。彼が作業員と一緒にペダルを漕いで速いスピードで線路脇を走らせていた幅広の鉄の車輪のついた二輪車に、私はすっかり心を奪われてしまった。しかし彼は自分の仕事について聞かれるのを好まなかった。彼には少し教育があり、母を感心させたがって、「油の上の埃は汚くないが、埃の上の油はとても汚い」といったような教訓的な言葉を引っ張り出してくるのを好んだ。自分の事を聞かれるのは嫌なくせに、私が学校で習ったことに関していろいろ質問してきた。マギーと母の前で私に不意打ちを食らわせようと試みたのだ。彼は寂しかったのに違いない。彼の家族はティペラリーにいて、毎月数日しか家に帰っていなかった。

土曜日にジミー伯父さんは山から自転車でやって来て、ソファーに坐って話をしている先生たちの輪に加わった。伯父は二人の妹たちに母親や故郷の知らせを運んで来ていたのだ。彼は店にやって来る前にあらかじめ町での自分の仕事を済ませていた。しかし山まで長い距離をまた自転車を漕いで帰らねばならぬので、決して長居はしなかった。

列車の発車時間までの間、母はマギーの店では扱っていない糸や布などを買いに私を連れて町に出て行ったものだ。どこでも人々は母を見ると呼び止めて、そのたびに母は微笑んで話を聞いて同情したり、お祝いや励ましの言葉をかけてやる。すると彼らは嬉しそうな顔で母の元を去っていく。私は軽い荷物を持って母の脇に影のように立ち、母がかもし出している愛情深い暖かさを心地良く感じていた。

買物が終わると、私たちは教会へ行ってお祈りをした。町のざわざわした喧騒のあと、小さな教会に入るとその静けさは格別で、誰かが道行の留[1]の間を動く足音さえも大きく響き、やかましく感じられる程だった。お祈りのあと、私たちは一緒に主祭壇の片側にある真鍮の蠟燭立てに向かう。私たちは数本の蠟燭を買い、一緒に火を点け、しっかりと立ててから黙って願い事をした。母は私に恩寵と救済を願いなさい、それに父や妹たちのためにも敬虔な願いをしなさいと言ったが、私の願い事はいつも同じだ。お母さんがもう決してどこへも行かないで、いつまでも私のそばにいますように。

教会を出ると、私たちはいつも高揚した気分になった。マギーの店でお茶を飲んだあと、パットが駅までの短い距離を馬車で送ってくれた。ドロモッド行きの列車から乗客が降りてきて、伯父さんの馬車の客になるのが見えると私たちは喜んで声を上げたが、誰も馬車に乗らずに散ってしまい、彼が私たちに手を振りながら一人で空馬車へ戻って

1—キリスト受難中の諸事件を順次に十四の絵などで表し、それぞれに木の十字架を付したもの。時には木の十字架だけのものもある。ふつう聖堂内の壁に掛けてあり、信者は順を追って各事件の前に止まって祈りを捧げ黙想する。

行くのを見るのはがっかりだった。

　列車を降りて歩けと一度も言われなかったから、帰り道の線路は下り坂だったに違いない。真冬には機関車から飛んでくる火の粉の明かりしか見えない真っ暗な中を列車は走って行く。踏切にさしかかると列車が速度を落とし、明かりを持って待っていた人たちに向かって新聞や他の荷物が投げ落とされることもある。夜の列車で家に帰るときにはまた別の楽しみもあった。人々は町で買ったものの値段を比べあい、その日の出来事を語り、たまに昼間町で酒を飲みすぎた人がいたりすると、ちょっとした余興も見られたからだ。ギャラダイス・ホルトという小さな停車場の明かりが私たちを待っている。暗闇に眼が慣れるまで最初のうち私たちは手探りで足場を見つけなくてはならないが、そのうち月や星のかすかな明かりが生垣や小道をぼうっと黄色に照らしてくれる。

　家の中ではみなが列車の警笛に聞き耳を立てていたのだろう。ブリッジーが止めるのもきかず、妹たちが家の外に出ていることもあった。家に近づくと、双子の妹や、マーガレット、それにモニカが小さな鉄の門の内側でワクワクして立っている姿が見えた。燃え殻を敷いた道を歩いて、ぼんやり明かりのついた家まで、私たちの荷物を運んでも良いという許しが出るのを待っているのだった。

　その頃私は小さな鋸を持っていて、それで生垣の木を伐って薪を作り、小馬が牽く車で家まで運んだ。薪は十分に乾燥させる間もなく暖炉の中に入れられたので、いつも枝の両端から白い煙を出して、時々シューッという音を立てたり、パチパチはぜたりした。ロザリオの祈りのあとで、私たちは暖炉の前に坐って炎の影が壁や天井にまで上がって行くのを見るのが好きだった。二階に行って早く寝なさいと言われたあとも、いつまでもそうしてぐずぐずしていたものだ。

　この頃父は私をかわいがり始めた。彼が購読していた新聞は『アイリッシュ・インディペンデント』で、それには『くるくる尻尾のブーブー伯爵とおめかしガチョウ』という漫画が連載されていた。ゲートルを履いて山高帽を被った上流階級の豚と、ガチョウの滑稽な冒険の話だった。毎年その漫画の一年分をまとめた本が出ていた。父はその年のクリスマスに私にその本と、子供用の小さな自転車を買ってくれた。手紙を見ると私はどうやらその年のクリスマスは警察宿舎で過ごしたらしい。オーガウィランでは冬が去り初春になっていて、学校へ行く途中のブレイディーの池の上の堤にはサクラソウやスミレが顔を出し始めていた。家のオート麦用の畑は耕され、種が蒔かれ、土がかけられ、均《なら》された。別の畑ではジャガイモ用の畝《うね》ができていた。道の向こうの小さな柵で囲まれたキャベツなどの野菜を作る畑にも耕された土に種が蒔かれ、肥料もかけられていた。家に来ている職人たちと同じ様に、パット伯父さんも家のことを良くやってくれた。その年の四月に私が父に出した手紙が残っている。

おとうさんへ
『くるくるしっぽのブーブーはくしゃくとおめかしガチョウ』の本をありがとう。とってもおもしろかったよ。おとうさんも元気でしょうね。ぼくたちにまたすぐ会いにきてください。うちにはやぎが二頭います。パットおじさんはやぎがきらいです。ぼくの自転車とゲームを持ってきてね、おねがい。ぼくたちはみんな元気です。もくよう日にぼくはパットおじさんがジャガイモをうえる手伝いをしました。
ショーンからおとうさんへ、さようなら

母は以前から考えていたように畑の周りに頑丈な柵を二人の職人に作って貰った。畑の真ん中まで行ける小さな道と木の門も作られた。周りには山羊避けのための高い金網がぐるりと張られた。春の夕方には私たちは母が金網の中でハーブの植え込みをするのを手伝った。母は職人たちが作ってくれた花壇に、キンセンカやビジョナデシコそれにユリやキンレンカなどの種を蒔き、バラを植えた。

私たちには知らされなかったけれど、新たなる危機が起こっていた。父に宛てた手紙で、母は淡々と「今月のお客さん」がまだ来ていないと告げている。イースターになると母が妊娠していることが確かになった。周りの者たちの反応はみな同じようなものだったはずだ。父は彼女のためにノヴィーナ〔九日間の祈りによる信心修行〕と断食を始めた、と警察宿舎から書いてきた。彼はまたメイター病院の癌専門医で母のかかりつけのコーコラン医師に手紙を書いている。医者の返事は専門的、かつ同情的なものだった。

ダブリン
フィッツウィリアム・スクエア三十番地
一九四三年四月十日

ロスコモン州
ボイル
クートホール
F・マクガハン様

マクガハン様
私は今月五日付のマクガハン夫人に関するあなたの

手紙を受け取りました。奥様がイースターにこちらに来られてもそれほどの利点があるとは思いません。イースターのあと一月くらいしてからお会いしたいと思っております。妊娠はあまり好ましくないとは言いましたが、ご心配には及びません。あなたたちを喜んで祝福いたします。お二人ともそんなにご心配される理由はないと思っています。

現在の状態で癌再発の可能性があるとすれば、もっと早く進行しているはずです。様子を見ることにしましょう。とにかく実際に診察するまでは、何とも言えません。診察すればもっとはっきりして、今後のことを考えることもできます。いずれにしても現在奥様が元気であるのは喜ばしいことで、奥様にあまり心配されないようお伝え下さい。

敬具　ジョン・コーコラン

母は父を安心させ、神に信頼を捧げている。

私はとても元気です。もちろん私は今自分がどのような状態にあるのか、よく分かっています。神様が一番良くご存知です。神様のお助けがあれば私は絶対に大丈夫です。それに関してはこれっぽっちも心配していません。あなたが断食されるのはとても嬉しいことですが、大変なことではないかと思います。ご自分が一番良く分かってらっしゃるわね。でもそうすることがあなたの宿命。全てがうまく行くとご存知である神様に、私は信頼を捧げています。

父は母にイグナチアス神父に会うようにと強く言った。神父はどこかの修道会、もしかしたら以前フランシー・マクギャリーが伯父のジミーと一緒に、飲酒癖を治すために行ったエニスキレン近くのグラン修道会に属していたのかもしれない。世間から遠く離れた修道院には様々な病を治す力があると広く信じられていた。母は父に丁寧に答え、慌てて大騒ぎをするようなことはなかった。

分かりました。私はできるだけ早くイグナチアス神父様にお会いしたいと思っています。でもまず手紙でご都合を聞かねばなりません。私には他に悪い所はありませんし、一番良く分かっておられる神様が絶対に私を守って下さると思っています。私にとってはそれが一番なのです。お医者様だって決して誤らないわけではありませんものね。

母はコーコラン医師に会うことになった。ある日曜日、ジミー伯父が家にやって来た。母が留守の間、祖母がやって来てブリッジーと一緒に家にいてくれる約束になっていた。今度はそんなに長い期間家を空けるわけではないと言って母は私を安心させた。私はお母さんがいない間は毎日お祈りをし、妹たちを学校に連れて行き、薪を伐り、ブリッジーに迷惑をかけないと約束をした。その数時間後に彼は母をダブリン行きの列車に乗せるためにドロモッド駅まで送って行った。

祖母は小柄だが、鋭いユーモアの感覚を持った元気な女性で、どっしりとした存在感があった。かつての赤毛が今ではすっかり白髪になっていて、たいてい黒い長い服を着て、肩に赤い毛のカーディガンを羽織っていた。彼女は親切で、怒りっぽくもなかったが、今まで馴染んでいた母のやり方と違うところがいろいろあった。しかしそれに対して文句を言ったり、疑問をさしはさむことはどうしてもできなかった。

一八六九年に建てられたオーガウィランの教会は小さくてつましいものだった。教会に続く砂利道があり、その周りには教区の人々の墓と墓標しかない。鐘楼の鐘はずっと昔に落ちてしまったままで、正門脇の草地に置かれている。教会はコラマホンから一マイルほどの所にあった。私たちは毎週日曜日と祝祭日には、ブレイディーの池を過ぎ、鉄橋を渡り、マホンの店を過ぎて丘を上り、学校を過ぎてからまた同じくらいの距離を歩いて教会に行き、ミサに出た。教会の中で、男と少年は右側へ、女と少女は左側へ進んだ。母がいない最初の日曜日に私は大人の男たちに挟まれてしまった。私は周りの男たちのように十字を切り、立ち上がり、跪き、坐り、祈り、男たちの隙間から祭壇の方を眺めた。母は私に大丈夫だからと勇気づけてくれていたけれど、私は母がいないので気が動顚していたに違いない。どうにもじっとしていられなくなった。その気持ちが、教会の中で数珠の玉を手で強く引っ張ってカタカタ音を立ててしまうという形になって表れた。私は確かに無意識のうちにそんなことをしていたのだ。周りの男たちからは何の注意もされなかった。神父が説教を始め、何度か中断した。しかし私は相変わらず数珠を引っ張って音を立て続けた。すると神父は長い沈黙の後、演台から「真ん中の席にいる少年、その音を止めてくれないかな」と言った。私は突然、周りが静まり返っていること、人々の視線が自分に注がれていることに気がついた。まるで神が天から語りかけてきたようだった。私は教会を汚し、永遠に追放され、今や世の中の注目の的になってしまったのだ。

ミサが終わるまで、私はどのようにして自分がその苦悶から逃れ、気持ちを抑えようとしたかを覚えていないが、ミサが終わるや否や私は男たちの足の間を押し分け、ブリッジーや妹たちをも待たず、扉付近の人々を掻き分けて外に出、門を抜けて逃げ出した。私は息を切らせて走りに走り、鉄橋に向かった。そこまで行けば大丈夫と思ったのだ。私はサッカー場への道を走り、教区の会堂を過ぎた。学校学校に到着する前に、近づいてくる蹄や二輪馬車の車輪の音が聞こえてきた。もし追いつかれたら、私の恥と不名誉はみんなに知られてしまう。脇腹が痛くなってきた。もうほとんど走ることができない。馬車の音は近づいてくる。やっと学校に着き、私は門を乗り越え、校舎の裏に隠れた。蹄や自転車や人々の足音や話し声が通り過ぎて行くのが聞こえる。そのあとしばらくして何も聞こえなくなったので、私は隠れていた場所から出て道路に誰もいないのを確かめると、門を乗り越えて道に戻った。さらし者になった恥ずかしさで一杯になり、私は丘を下り、マホンの店の前を過ぎ、鉄橋を渡った。ブレイディーの池と彼の家、それに年をとったマホン兄弟の住む家の前を急いで通り過ぎた。私は家に帰ってから何も食べていなかったので与えられた食事を黙って食べ、すぐに外に姿を消した。家族の誰も何も言わなかった。私は何時間も外をうろついたが、空腹になったので、仕方なく足を引きずって家に戻った。しかし家の中に入る勇気が無く、花壇に入って植えられたばかりのハーブや花に興味があるような振りをしていた。もう少し人目につかぬところに隠れることもできたのだろうに。

二階の窓の一つが突然開き、祖母が首を突き出した。

「聞いてるよ、ショーン、お前は今朝のミサで神父さんに一発食らわしたんだってね」彼女は笑いながら、まるで図らずも私が教会の束縛に対する一撃を喰らわしたかのように言った。私の恥と不名誉は取り除かれた。また世の中に戻れたのだ。天の神々に糾弾されていた私は思いやり深い赦しを得たのだ。

母はそれから一週間で戻って来た。彼女は元気で嬉しそうだった。母はすぐに学校の仕事に戻った。母と一緒に毎朝燃え殻を敷いた道を歩いて小さな鉄の門まで行き、ブレイディーの家と池を過ぎ、年をとったマホン兄弟の住む家の前を通り、深くて暗い石切り場を過ぎ、鉄橋を渡り、マホンの店のそばから丘を登って学校へ行き、同じ道を通って夕方家に戻った。穏やかな旅をするように日々を過ごすだけで他には何も起こらず、目に見える急激な変化も起こらない静かな生活がかけがえのない最高のものであるという信念を私が得たのは、この頃のことだったに違いない。

この頃もずっと父は私を可愛がり、私も父の好意に甘え喜んでいた。父が泊まりに来たときには、私はどこへでも一緒に出かけた。平らに均された畑では若いオート麦が豊かな緑色に輝いていた。畝の脇から突き出たジャガイモの芽には土がかけられていた。ギャラダイスから一マイルも離れていない所にコラマホンの泥炭地があった。職人たちが泥を掘り出して一面に広げてから父はそこへ行った。私たちは小馬や借りてきたロバのうしろについて裸足で泥炭地を耕しながら歩いた。その間職人たちは沼沢穴にロープでバケツを下ろして水を汲み出して泥の上に撒く。しまいにそこは黒いどろどろの糊のようになる。そのあとに平らなシャベルで形を整えられ、まるで食パンのように並べられ放置される。そうして雨にさらされ、風と太陽で乾かされるのだ。

家の前の花壇の花が咲き、夕方になると母はその世話をしながら番をした。父が花を食べる者などいやしないと笑いながら言うと、母は彼を見て微笑んだ。新しい牝牛が来て、ブリッジーが乳を搾った。彼女は乳搾りを終えると、私を椅子にかけさせて、牛のだらんとした乳房から残りを搾らせてくれた。また黒い子猫も飼っていた。天気の良い土曜日には列車に乗らず、私は母と一緒にバリナモアまで小さな自転車を漕いで行ったこともある。

父はサッカーのアルスター・ファイナルの大会に私を連れて行くと約束してくれた。父は毎年儀式のようにその試合を見に出かけていた。ファイナルがある日曜日の朝早く、父は借りた車に乗ってやって来た。彼はバリナモアでの二度目のミサに出て、そこからクローンズに向かい、途中で何か食べながら行くと決めていた。私はこの話を聞いて驚いた。バリナモア教区の神父は大柄で、精力的、しかも強情なライリー司祭だったからだ。彼はまた私が小さい頃母と通っていたリサカーンの学校の理事もしていた。

ライリー司祭はいつも茶色の小さなスーツケースを持って学校にやって来た。その中には臨終の聖餐と病人に塗るための聖油が入っているということだった。ある日の昼食の時間に、彼が激しく怒りながら学校にやって来た。学校中がたちどころに恐怖に襲われた。ウィローフィールド通りの貧しくて子沢山のキャニングス家の息子が、教会の慈善箱を壊し、その金を使い、町中でチョコレートや菓子の饗宴を繰り広げたのだ。少年を白状させると次に司祭は、警察に行くかこの場ですぐに罰を受けるのか、いずれかの選択を迫った。真っ青になった少年はべそをかきながらここで司祭から罰を受けることを選んだ。ライリー司祭は茶色の小さなスーツケースの鍵を開け、そこから電気コードを出した。教室の真ん中の背中合わせに並べられた長椅子の間で鞭打ちが行われた。学校にいた全員が呆然としてそれを眺めた。片手で少年の腕を持ち、もう片方の手にコードを持ってゆっくりと打った。少年は床に這いつくばった。逃れようとするとコードが裸足の足に食い込んで切り傷を作った。終わると少年は血を流して泣きながら自分の席に戻って腕の中に顔を埋めた。その間に司祭は電気コードをスーツケースに戻し、みなに今見たことを教訓にしろと短い説教をした。

　恐怖に打たれながら私は様子を眺め、ライリー司祭の我こそが法律である、という町での恐ろしい評判が本当であると、そのときに知った。また、彼に関してはこんな話もあった。病人を訪問に行く途中の踏切が閉まっていて、そこでしばらく待たねばならなくなった。すると彼は重い踏切を持ち上げて蝶番《ちょうつがい》をはずし、線路に入り、向かって来た列車の前を進んだ。危うく恐ろしい事故が起こるところで、人々はそれを見て震え上がったということだ。

　日曜日の二度目のミサのあと、教員による教理問答の教室が開かれる教区があった。私たちのキルモア教区とアーマー教区がそうだった。この教室は神父に強制されたもので、細かいクラスに分かれていた。オーガウィランには教理問答の教室は全く無かったので、数マイル四方に住むどの子供も日曜日のバリナモアの二度目のミサにだけは行ってはいけない、ということが分かっていた。ミサのあと、教会の門のそばに立ち、逃げようとする子供の耳を引っ張って教理問答の教室に戻すことがライリー司祭の喜びだった。彼は子供が文句を言うことには我慢できなかった。言訳など一切聞かず、その子供が自分の教区に住んでいるかいないかなど関係なかった。教会の周りの出入口は全て塞がれていたので、門のところで彼に捕まらないでいることなどほとんど不可能だった。

　私はこのことを父に話し、自分たちがもう少し早く家を出て、クローンズへ行く途中にあるどこか別の教会のミサに出た方が良いだろうと説明した。

「だってお前はあの人の教区じゃないだろう」

「そんなことは関係ないんだ。自分の教区の人間だろうとなかろうと誰でも捕まえて教理問答の教室に戻らせるんだ」

「で、お前も捕まえられるのだな」父はまるでその出会いをもう楽しんでいるかのように笑いながら言った。

「みんな、あの人から逃げるのは難しいって言ってるよ」

「まあ考えてみようじゃないか。何とかなるだろう」父は言った。私たちは礼拝堂へ向かう道の端にイチイの木が植えてある小さな教会のミサに出た。私たちが教会から出ると、ライリー司祭の巨大な身体が門の前で私たちを不安に陥れる様子で立っていた。「いいか、人がたくさんいるうちに先頭を走るんだ」父が言った。

　大人たちの群れに隠れて私は抜け出そうとした。そしてあと少しで門の外に出ようというときに、耳を摑まれた。彼は私の耳を引っ張りながら、誰か他に抜け出そうとする子供がいないかを見まわした。誰もいなかった。

　そこに父がやって来た。ミサに参加していた人たちはそのときにはもう、門の外で話をしている人たちを除いてはみな帰っていた。

「私たちはこれからアルスター・ファイナルに行く所で、その途中ミサにあずからせて貰いました」父はとても丁寧に説明した。

「あなた方が、ティンブクトゥーに行く途中だろうが、私には関係ないですな。ここにミサにやって来た子供は誰でも教理問答の教室に出なければいかんのです。例外なしにですよ」

「こんなことをしていたら遅刻してしまう」

「私には関係ないことです」

「息子の耳を離すんだ」父はすでに怒っていた。司祭は父を驚いた様子で眺めた。ライリー司祭は人に反抗されることに慣れていなかった。

「この子は教理問答の教室に戻るのです。それ以外のところに行ってはならない」司祭はそう言い、私の耳を引っ張りながら教会の方へ歩き出した。

「もし息子の耳を離さないなら、私があなたの耳を引っ張って拘引しますぞ。あなたは私たちが合法的に出かけることを邪魔しているのですからな」

　ライリー司祭はさらに驚いた様子で父を見たが、父の言葉に承諾した様子を見せなかったので、父は神父の耳を摑まえた。玄関から教会の中央通路を進み、高い祭壇の内陣灯[1]の脇までこの奇妙な諍《いさか》いは続いたが、その間にどんな言葉が交わされたのか、仮にあったとしても私には記憶がない。最後には教会の中央でライリー司祭が私の耳を摑み、ライリーほど大きくない父が彼の耳を摑んで立っていた。二つの教理問答の教室の他には教会の中には誰もいなかった。脇の礼拝堂では尼さんが女の子たちに教えていた。反対側の礼拝堂ではギャノン先生が少年たちの前に立っていた。

　赤い内陣灯の下で、二人の強情な男たち、すなわち父とライリーの間で交渉が行われた。私がギャノン先生の教室に出て、出された質問に全て答えられれば、私たちは二人とも出て行って良いという取り決めになった。もし私が質

1――内陣の特に目立つ位置に置かれた赤ランプ。これがともっているときは聖餐用のパンが用意されている。

問に答えられなければ、この件はさらに協議されねばならない。私は、今や私の宗教に関する知識に全てがかかっているので、震えながら教室に入った。いくら良く見積もっても、私の知識なんて不確かなものに過ぎなかった。

「この子に質問を一つして、もし答えられたら彼を帰しなさい。それに、もちろんこれは特例だ。この教会ではどんな例外も認められないのだからな。来週の日曜日、私は祭壇からそう宣言する」

　私はみなの注目の的となった。ギャノン先生はこの状況を面白がっていたが、それをおもてに出すわけにはいかなかった。

「世界をお創りになったのは誰かな？」彼はそう聞き、私はあまりの幸運に耳を疑った。こんな簡単な問いだとは考えてもいなかったからだ。

「神様が世界をお創りになりました」

「行くんだ！　お前たち二人とも私がまた怒り出さないうちに行くのだ」ライリーは吼えるように言った。

　私はそのときクローンズへ行く道の脇にサンザシの花が咲いていたことや、試合が終わって父が自分の育ったキャヴァンの人たちと町で話をしている間、通りで待っていたことなどについておぼろげに記憶しているが、もしかしたら別の年のファイナルの時の記憶かもしれない。しかし父がライリー司祭の耳を摑んで進んだこと、そのときに冒瀆的な行為や暴行のかけらも見せなかったことに対して、私が普通でないほどにとても誇らしく思っていたことは覚えている。私はこの出来事を母や、パットやマギーに何度も何度も話そうとしたが、いつも無視されてしまった。誰も口を開こうとしないのだ。大人同士でどんな風に話がされていたか私には分からない。みな教会の中央通路での耳摑みという妙な出来事については知っていただろうが、父が危険な境界線を越してしまったのだと感じていたのに違いなかった。


　暖かい陽気になり、私たちは靴を脱いで裸足で走り回ることを許された。初めて新鮮な草地を見つけた若い牛たちのように喜んで走り回ると、草の柔らかな感触が足にひんやりと気持ち良かった。今まで生垣の陰に繁茂しているだけだった草が、今は畑をすっかり覆っていた。生垣は分厚い緑の葉の塊のようで、土手には野生の花があちこちに咲いていた。ジャガイモの茎が土を押し上げて広がり、青や白の小さな花を咲かせて畝の上で絡み合っていた。私は小馬が牽く車に、水の入った鉄の桶を載せてから布を被せ、枕地《まくらち》[1]にある木製の桶まで運んだ。水が一杯になると、シャベルの壊れた柄にかけてあった硫酸銅の入った袋がそこに浸される。それが溶けたあと炭酸ソーダが加えられると、青い色が鮮やかな碧色に変わる。私は休んでいる小馬と一緒に桶のそばに立って、職人たちが背中に噴霧器を背負って筵《むしろ》で覆った畝を行ったり来たりするのを見ていた。噴霧が終わって、碧色の消毒液が葉の上で乾き始めると、私は彼らが桶や機械を洗い、家に持ち帰る手伝いをした。畑のオート麦は背が高くなっていて、その緑の壁の中に入り込むと何も見えなかったし、他の人に見つかることもなかった。昔は元気だった山羊がその子たちと一緒に丘の上で飼われていた。家に連れ戻そうとしても駄目で、私たちが近づこうものなら角を下げて脅す始末だった。パット伯父の去勢された白い二頭の牡牛は丘の上で草を食んでいた。伯父さんが牛たちの様子を見に行くとき、私はお供をして畑を越えてついて行った。伯父さんはとても忙しくなっていたので、彼が行けないときには、私が様子を見に行った。ヨーロッパでまだ激しく続いていた戦争のせいで、燃料という燃料は不足し、価格も高騰した。パットは昔買った古いトラックを解体し、修理工のビリー・キリガンと一緒にそれを移動製材鋸に作り変えた。シャーシの上の大きな鋼鉄の台の上に大きな回転鋸が据えつけられ、それが大きなエンジンの力で動くのだ。それが今までの製材鋸に勝る点は、売り物の材木が置かれている場所から場所へ簡単に移動ができ、また森のそばですぐに薪を作ることもできたことである。

　ビリー・キリガンはこの移動製材所を動かすのに三人の身体の大きな男を使っていたが、彼らはみなバリナモアの綱引き競技の選手だった。その当時はまだチェインソーはなく、樹木は横挽き鋸で伐り倒され、てこを使って何とか鉄製の台まで持ち上げられていた。移動製材所は私の父の創案だったのかもしれない。リートリムにはほとんど樹木はなかったが、ロスコモンの、特にロッキンガムやウッドブルック、それにオークポートの私有地の周りには、たくさんの植林地や小さな森があった。この独創的な製材所はほとんどその地で仕事をし、その短い生命を終えた。父は恐らく木の購入にも力を貸しただろうし、男たちの監督もしていた。父は機械で動くものが大好きだったし、まして自分の金を使うわけでもなし、この装置を大いに楽しんだはずだ。

　パット伯父はまだ貸し馬車業を続けていて、それが収入源の殆ど全てだったが、自分ではその仕事が気に入らず、

1―畑の畝の端や垣根、境界の近くの耕していない細長い地面。

製材所がうまく行ったら貸し馬車の看板を売るつもりだと話していた。しかし木の値段は更に上がるし、機械はよく故障するしで、作業員たちに対する監督もゆるくなってしまった。ビリー・キリガンは賢いが信頼できない男であるという悪評があったが、案の定彼は私の父が厳しく監視していたにもかかわらず、こっそり薪の横流しをしていたのである。戦争が終わったあと、この新規開発事業はそれほど長く続かなかった。どの道消え去る運命だったのだろう。バリナモア教会での例の耳事件がそれほど人々の共通の記憶として残らないものだったとしても、この移動製材所に関する一つの出来事はみなの記憶に残るものとなった。

ビリー・キリガンは賢くて、しかも好色だった。小柄で、見た目もぱっとしなかったが、女性には魅力的だったのだ。製材所を動かしているとき、彼は警察宿舎から二マイルほど離れたノックヴィカーの近くに住むある未亡人の家の部屋を借りていたが、そこで彼女といい仲になってしまった。私の父はその醜聞をパットに伝えた。父がビリーの雇い主はパットなのだから、どうにかした方が良いと強く言ったのだろう。というのは、パットは自分でこのような情事を処理しようとするような性格ではなかったからだ。ある土曜日の夜遅く、パットはビリーの妻のところに行って、前後の説明なしに、いきなり「明日最初のミサが終わったら一緒にビリーの所へ行きましょう」とだけ言った。次の日の朝、ミサが終わると、二人はすぐにパットの車で出かけた。二人がノックヴィカーの近くの家に着いたとき、ビリーと未亡人はまだベッドの中にいた。パットたちは臆せず扉をノックした。二階のブラインドかカーテンの隅が動いて見えた。未亡人が下りて来て、寝巻きのまま扉を開けた。パットは咳払いをして「こちらはビリーの奥さんです」と言った。私はその後何年もの間何度もこの話を聞いたが、そのたびに細部の描写が変化した。そんな風にこの話はこの後もずっと語り継がれることになるだろうが、移動製材所が失敗に終わり、パットは蓄えを失ってしまったという事実は、この話のどこにも出てこない。戦争のあと、彼は旅行に来たアメリカ人をシャノンで馬車に乗せ、彼らの親戚を回ったり、祖先の跡を見つけようとしたりしたあとシャノンまで送り返すという仕事でこつこつ稼いでいたが、実は何よりもこの仕事を嫌っていた。アメリカ人たちは、いばりん坊で、大声で喋り、酒を飲み過ぎる。しかも気前が良いという評判を聞いていたのに、彼らは金に細かかったし、アメリカ人が訪ねてくると、貧しい親類たちの中には無理をしていいところを見せようとしてウイスキーを大量に振舞って歓待するのもいて、帰りの車の中で気分が悪くなってしまう客もいたからだ。

次の新規開発事業がうまく行ったので、パット伯父は貸し馬車業の免許を売り、その仕事から解放された。彼はガソリンや軽油のスタンドを作り、自動車やトラクター、それに戦争が終わって田舎にも導入され始めた農機を売ったり、点検したりという仕事を始めたのだ。父も当初その事業に投資をして参加したいとパットに申し出をしたが、彼は父の申し出を驚くほどすぱっと却下した。「フランク、そりゃ良い話かもしれないが、あんたと一緒だと客が一人も来なくなっちまうからな」例の製材機が失敗したあと、彼はまたオーガウィランの近くに戻っていた。彼の二頭の去勢牛は丘の上にいたし、母にはできるだけの手助けをしてくれていた。

この時期母はとてもおとなしくして暮らしていた。「神様は私がほとんど一日も病むことなく四十年間私を導いてくださいました。だから今、神様が私をお選びになって試練を与えようとされていることに、何で不平が言えましょう」神に対するこの信頼と愛情がオーガウィランでの私たちの日々の幸せを維持させた隠れた力だったのだろう。彼女はもうほとんど本も読まなくなった。本も時間もなかったのだ。自由になる時間は、囲いもできて安全な花壇の中で費やされた。

たまには私もバラを植えたり、草むしりをして母の手伝いをしたが、花壇で母と過ごしていたのは主に妹たちの方だった。私は職人やパットと一緒に畑に出たり、生垣の枝を伐って小馬に乗せて家まで運んだりした。八歳の子供としては私にはあり余るほどの自由な時間があり、自分ではそれが当たり前なのだと思っていた。生垣から伐ったハシバミの枝を釣竿にして、パーチを釣りにギャラダイスまで行けたし、湖の岸で釣果が上がらなかったときには冒険をして運河の上流の方まで行くこともあった。路線保全係が大きな二輪車を使っているのを見たくて、線路の枕木の間の白い石を跳び越しながら自分一人でキーガンの家まで行ったことも何度もある。キーガンの叔母のブライディーがジミー伯父さんと結婚するためにアメリカからやって来ていた。ジムとクリスティーのキーガン兄妹は学校で私の数学年上だった。だからブライディーは十七か十八だったに違いない。彼女は母親が死んでから家事をしていた。ジムとクリスティーはボタンのような黒い目をした白いフェレットと、薄黄色のグレーハウンドを飼っていた。彼らは冬になったら私を一緒に狩に連れて行ってくれると約束した。その年の夏、私はジム・キーガンと一緒に小馬の馬車を使って泥炭地から全ての泥炭を運び出した。私は子供心にブライディー・キーガンが大好きだった。彼女が一人でいると分かると、何時間も話をするのだった。彼女は私にスコーンを焼いてくれ、温かい牛乳やお茶を出してくれたりしたものだった。

父は何週間かおきに、自転車でロスコモンから私たちのところに泊まりにやって来た。たった一晩のことも、数日間いたこともあるが、いずれにせよまた帰って行くのだった。夏のことで野原は緑で畑がみずみずしかったせいか、あるいはまだ父が私をひいきにしてくれていたせいか、彼の厳しさは以前に比べて恐ろしいものではなくなっていた。私は父がさまざまな仕事をするのについてまわった。父は私がキーガンの家のことや、彼らのグレーハウンドのことを話すのを聞いたのに違いない。というのは、ある雨の降る夏の夜、父はいつものように頭から被る自転車用のケープを雨で光らせ、大きな銀色のカーバイド灯をシューシューいわせながら雨の中から現れたとき、長いリードをつけられたトービーという名前の小さくて黒いホイペット犬〔グレーハウンドに似た小型の犬〕を一緒に連れて来てくれたからだ。犬は家に着いたときへとへとになっていた。私はこの犬がとても気に入り、犬も夕方になると私と一緒にどこへでもついて来た。

父のいつにないこうした静けさは母の妊娠と関係があったのかもしれない。母の具合は良くなかったが、それを私たちには隠そうとしていた。それに私たち子供の知らない世界での出来事もあったのだろう。ブリッジーに関するごたごたについても、私たちは何も知らなかった。ブリッジーは今まで一人で赤ん坊の世話を何から何までしてきたのだし、もうじき一人生まれてきたら、また同じ仕事をしなくてはならなくなると、不平を漏らしていた。そんなことを言うのは、給料を上げて欲しいための彼女の策略だと父は思った。母はある手紙で、それについてはそうはっきりとは言えないのでは、と書いている。学校の休みが終わりに近づいた頃、私たちみなでクートホールの警察宿舎へ一週間ほど出かけて行った。父はタールを塗った舟でオークポートの狭い水路を抜けてノックヴィカーまで釣に連れて行ってくれたりしたので、私はたいそう楽しいときを過ごした。父がパトロールに出ているときには、他の警官が舟を使うこともあったが、坐る余地のあるときには私も一緒に行った。

母は具合が悪くて、その一週間が終わるのを待てなかった。身体に痛みを感じていたのに、警官たちの妻との交流をしなくてはならなかったのだ。父は母が来たのでウォルシュ警官の家で正式な晩餐をしようと計画した。ウォルシュ夫人はそんなことに使うお金もなかったし、社交的な礼儀作法も良く知らなかったので、母を喜ばせるためには随分苦労をした。母は、彼らがどこか部屋の隅ででも自分たちと一緒にお茶や水の一杯でも飲みながら話をしてくれたなら、もっと素敵な晩になったことだろうと言っていた。その晩餐が終わる頃、ウォルシュ警官がパトロールを終えて帰ってきた。彼はおなかをすかせていたので、残っていた食べ物をがつがつとたいらげた。母はその様子を面白おかしく話してくれたが、父はそれを聞いて母のことを恩知らずだと言って怒った。父は外面だけでその人間を誤りなく伝えることはできないのだと言った。自分にとって大したことではない問題が起きたときいつもそうだったように、母は父に従い自分の言ったことを撤回し、ウォルシュ一家が抱え込まなくてはならなかった面倒を称え、その晩の雰囲気がぎくしゃくしたものになったとしたら、それは自分がそのとき少し具合が悪かったからだと言った。何年も後に、クートホールで私を教えてくれたことのあるファイナン先生の娘さんのメアリが、こんなことを話してくれた。その年の夏のある日の朝早く、彼女の母親が私の母が警察宿舎の近くの野原を寝巻姿のまま裸足で歩いているのを見かけたそうだ。母はファイナン夫人に、寝られないので外に出ているの、裸足の足に触れる冷たい草の露が自分の苦しみを和らげてくれるわ、と語ったという。メアリ・ファイナンは後にスライゴーにあるアースライン修道院の尼さんになったが、その頃はまだレニハン草地に住む子供だった。この話を私にしてくれたときには彼女は教会に属してはいたが、教会の方針に飽き足らぬ改革的な尼僧だったので、教育の現場からは下ろされていて、スライゴーのホームレスのための宿舎を運営していた。私はそのとき母が裸足でギリガンの野原やレニハンの果樹園を寝巻姿で歩いていたという姿やその頃の思い出ばかりが頭に浮かんできて、彼女の母親にしてからが、なぜそんな時間に外を出歩いていたのかを聞くのをすっかり失念していた。

警察宿舎から私たちがみなオーガウィランに戻ったあとすぐ、ブリッジー・マクガヴァンが泣きながら私たちにさよならを言い、パットの車で出て行った。その同じ晩にパットはケイティー・マクメイナスという新しいお手伝いを家に連れてきた。ブリッジーはあれからずっと不満を漏らし続けていたのだった。母は赤ん坊が生まれたとたんにブリッジーが自分の元を去ってしまうということになったらかえって困ると思い、今出て行きたいのならそうしても良いと彼女に言った。父への手紙の中で彼女はこの劇的事件の事実を淡々と描写している。

さて、ブリッジーは昨日涙ながらに家を出て行きました。彼女はとても困った風で、もし新しい女中がうまくやって行けないようだったら、いつでもまた戻ってくると言いました。一週間もすれば分かるから、そのときの様子を見てまた戻ってくれれば良いのです。もちろん私はあの子がずっと戻って来ないつもりだなんて思ってやしません。あなたのおっしゃっていたように、給料を増やしてもらいたいというような理由で出て行ったのに違いありません。パットの話では、途中ずっと泣いていたそうですが、そんな悲しみなどすぐに忘れてしまうでしょうし、最初からそんなに深いものではないはず。それはともかく、パットはケイティー・マクメイナスという娘を連れて戻ってきました。彼女は小柄で太っていて、ブリッジーほどの勢いはありませんが、冷静でおとなしそうな娘です。仕事はきちんとやっていけそうです。子供たちともうまくやっています。ブリッジーとは全く好対照。彼女はキング夫人のところに二年半、バリナーのスミス夫人のところに一年間奉公していたそうです。私が今までに知り得ているのはそんなところです。

母は落ち着いて慎重でいなくてはならなかった。母にブリッジーを去らせる決定をさせておきながら、父は彼女をかばうようなことを言い始めた。別の手紙の中で母は、ブリッジーが家を出て行く前に、父のために、あろうことか自転車のポンプの部品を買ってきたということを書いている。「私はブリッジーのことが分かりません」と母は丁寧に、しかしきっぱりと書いている。「とても良い娘のようですが、それだからと言ってまだあの娘を戻すことはできません。自分で出て行くことを選んだわけですし、あの娘はオーガウィランにきてからずっと辞めたいと言っていて、そんなことを聞くのもうんざりでしたし、今はあの娘の思うようになっているわけですからね」また、もっと後に書いた手紙の中では「ケイティーは子供たちととてもうまくやっていますし、ブリッジーと違って夜に騒ぎ出したりしません。それもまた彼女の美点の一つです」とつけ加えている。

牧草は刈り取られ、貯蔵された。母とケイティーは、干草の山を馬で運び、束にしてくれた五人の労働者のための食事作りに一日中追われていた。緑のオート麦の畑も刈り入れ時だった。鳥よけの案山子《かかし》が立てられた。九月の天気の良い日に、草刈鎌を手にした労働者たちが一日でオート畑を刈り取って、束にした。硬い穀物のしなやかな枝が集められて束になり、それが積み上げられ大きな山が作られるとき、こすれて音がする。「金の音だよ」と一人の労働者が笑って言った。この束はその後、小馬で運ばれ、積み藁のそばに置かれた。

十月になると、たくさんの男たちが、大きな赤い脱穀機を引いたファーグソン社製のトラクターのうしろについてやって来た。中には干草用の熊手を持っているものもいた。トラクターは広い道を通り、各家の前を過ぎて行く。脱穀機ががたがた音を立て、穀粒が落ちる音が毎朝ブレイディーの畑から聞こえてきた。機械が傾いて刈り取られた麦の束の天辺に届きそうになると、労働者たちはまた元の位置に直した。幅広の分厚いベルトが、機械とトラクターの間で廻っていた。脱穀をしているときと、ただエンジンが回っているだけのときでは違う音がする。束の上に乗った男が地上の男に熊手を使って束を渡すと、受け取った男はそれを高い脱穀機の上にいる男に渡す。束を結んでいた紐が切られ、音を立てている機械の中にいつも同じ量が入れられる。作業中に指や手が失われたというような話がいくつもあったので、私は男たちが刈り取られた束を黙って集中しながら機械に投げ込む作業を見ながらもビクビクしていた。機械の脇に輝くような色をした穀物の山ができていく。麦藁が出来ると、別の男がそれを投げて渡し、受け取った男たちはそれを束ねて麦藁の山を作る。刈り取った麦の束の中に隠れていたたくさんのネズミが逃げ出す。すると犬のトービーが捕まえて食べてしまう。その小さな生き物は、黒い犬の方へ走って行ったかと思うと、一瞬にして彼の歯の間に消えて行くのだ。トービーはたくさんのネズミを飲み込んで、お腹がはじけて死んでしまうのではないかと心配になるほどだった。

脱穀が全て終わると、機械が止まり、幅の広いベルトが外されて、掃除される。そしてそれが再びトラクターに据えつけられると、男たちは食事をしに一団となって家の中に入って行く。そのあと彼らは次の脱穀場まで、大きくてかさばる赤い機械を引いたトラクターを運転して向かう。何人かは残って、穀物や穂先の入った袋を貯蔵庫に入れ、ロープをかけた藁束を重ねて山にしていく。作業が終わると彼らも脱穀機のあとを追って行くのだ。

母はコーコラン先生に会って出産の手続きをするために何日かダブリンへ行かねばならなかった。下が女の子ばかりだったので、私は次は男の子が産まれれば良いなと思っていた。「神様がお決めになって私たちに下さるのに、どうして男の子がいいの?」「だって一緒にサッカーをしたり、小馬の世話の手伝いができた方がいいから」少し前、父が私たちのオーガウィランの家に、クートホールの友人メアリ・エレン・キルボイを招待したがったことがあった。そのとき母は父に、今は子供たちと働き手の男たちしかいなくて、お客をもてなすことなど出来ない、でもどうしてもそのメアリ・Eが来たいというのなら、自分は精一杯のことをしますけど、と手紙に書いていた。母は医者に診て貰う間に滞在していたゲストハウスから父を喜ばせるような手紙を書いた。自分はメアリ・Eに手紙を書き、その中で「あなたが家に来られるとしたら、私の出産の前か後ということになるはずです。でも事情を考えればどちらかと言えば出産後の方が良いのでは、と思います、と書いておきました。ですから、あなたの顔もメアリ・Eの顔も潰してはいませんよ」と言ったのだ。

父は母にボイルの産院で出産して欲しいと思っていた。そこはディンプナが産まれた所で、ダブリンの病院よりも費用がかからないからだ。彼女はそれを拒否した。マギーが彼女と一緒にダブリンまで行ったが、父が自分の意見を無視して、マギーを始め親戚の言うことに母が従ったのではないかという疑いを持たないように、注意深くことを進めなくてはならなかった。

木曜日

夕べは具合が良くありませんでした。もしも症状が悪化するようだったら、数日中に、いや、明日にでもダブリンに行かねばと思っています。

私はホレス・ストリートの病院に行くことはコーコラン先生とだけしか相談していませんでした。だからマギーは一緒について来てくれと言われるまで、私がそこに入院することを知りませんでした。クートホールで一週間休んでいる間、具合がとても悪くなったので、出産までそこにはいられないと思ったのです。ただそれだけの理由です。

診断結果が月曜日に出るはずで、そうすればもっとはっきりすると思います。

ジム・キーガンとショーンが土曜日に泥炭を三台分掘ってくれました。今週学校のあとで、あの子たちが残りも全部掘ってくれることになっています。

私がお知らせできることはこれで全部です。あなたは私のために祈って下さっていると思いますし、神様もできるだけのことをして下さると信じています。

ホレス・ストリートの病院に入るのを待っている間、彼女はウエストランド・ローにあるカンバーランドという小さなホテルに滞在していた。最初の子が産まれるのを待っている間、ダブリンのパーシー・プレイスにいたのは、かれこれ九年前のことだったということを思い起こしていた。母は出産が遅れて、月の半ば過ぎまでカンバーランドにいなくてはならなくなることを恐れていた。しかし一九四三年の十一月四日に、七番目になる「健康でがっしりした」

男の赤ん坊が生まれたのでほっとした。次なる問題は命名である。父は母が癌にかかっていたので、その子には、困難で絶望的な状況にある人間に対する守護聖人にちなんでジュード（ユダ）という洗礼名を授けたかった。母はそんな大袈裟な名前は他の子供たちの中で一人だけ悪目立ちしてしまうと言って、またしても父とは強い反対の立場に立つことになった。だが結局彼はフランシス・ジュード・アンソニーという洗礼名をつけられた。父は彼が子供の頃は頑固にジュードと呼び続けたが、結局フランクと呼ばれるようになった。

七月のそよ風の下ではあんなに青々とした葉を茂らせ、柔らかな花を咲かせていたジャガイモの茎が、いまや畝の上で萎《しお》れて白くなっていた。パットはエディー・マッキニフに芋を掘らせた。私は学校から帰るとエディーの芋拾いの手伝いをした。全ての仕事の中で芋拾いの手伝いが私は一番嫌いだった。夕方になると寒く、時には雨が降り、濡れた土で両手は青く汚れ、畝に沿って、あるいは窪みの上でバケツを動かさねばならない。靴は枯れたジャガイモの茎がべたべたした土と一緒にまとわりついて重くなり、バケツと同じように手に負えなくなってしまう。しかしエディー・マッキニフと一緒だとこんなことも楽しく感じられるのだ。そばにエディーがいるだけでみな楽しくなる。彼は縮れ髪の小柄な男で、体格の割にはサッカーがうまく、バリナモアのチームに入り、試合ではいつも近距離からのフリーキックを任されていたし、町の鼓笛隊では太鼓を担当し、短い一生をほとんど少年のように過ごしたのだった。

彼は戦争のあとイギリスに渡り、クリスマスのたびに故郷に戻って来たが、その歓迎ぶりといえばクリスマスの真夜中のミサよりも立派なものだった。友人たちの一軍と町の鼓笛隊が駅で彼の乗ってきた列車を迎えた。握手をしたり、肩をたたき合ったり、抱き合ったり、冗談を言ったり、笑ったりしたあと、彼は肩車をされてプラットホームを進んで行った。パットでさえも自分の貸し馬車の警笛を鳴らして歓迎したものだった。駅の外に出ると、エディーは人々の肩の上を乗って進み、太鼓を引き継いで叩いたこともあった。鼓笛隊は人々を先導して町を練り歩き、予約していたバーまで進んだ。沿道の店の主人たちや客たちが、何事かと戸口に集まって見物していたものだ。

エディーは酒も酒飲みも嫌いだったので、「ああ、エディーったら、かわいそうにハエも殺せない、エディーは本当にお子様さ」と自分がからかわれても、黙って体を揺すって笑うだけだった。クリスマスにはいつでも、エディーはみなに酒を振舞い、イギリスから携えてきたお金をすっかり使ってしまった。するとそのお返しに、友人たちはそれからのパーティーではずっと、みなに酒を振舞うのだった。エディーには知られぬようにひそかに募金が行われ、帰りの切符も用意され、旅の費用にとお金が封筒に入れられ、最後の派手なパーティーが行われ、次の日に、鼓笛隊が演奏する前でエディーは汽車に乗って帰って行くのだった。

子供だったその頃の私にとって、エディーは完全に自分と同じ仲間であり、サッカーを始めどんなことについても、子供を相手にしているという印象など与えず対等にいつでも話し相手になってくれる大人だった。暗くなって芋が全部拾い終えないときでも、平気で畝にそのままにしておき、夜の間霜にさらされることも気にしなかった。そして次の朝になると芋を掘り出す前に自分で拾うのだった。「俺たちが死んでしまったあとだって、この国には馬鹿とジャガイモだけはいくらでも出てくるだろうさ」

ある日の夕方、私が食用のジャガイモを全部拾い終わり、それとは別に貯蔵庫にしまっておくニワトリ用の小さな芋を集め始めると、エディーも暗くなってきたので掘るのを止め、私が拾うのを手伝ってくれた。サッカーの話になり、エディーはジャガイモをサッカーボールに、畑との境にあるサンザシの生垣をゴールとゴールポストに見立てて、フリーキックのやり方を見せてくれた。エディーはたくさんのジャガイモを苦もなくサンザシの生垣に送りながら、靴の側面を使ってボールをスライスさせる方法を教えてくれた。それから私の番になった。最初の何回かは失敗したが、エディーの助けを借りて、時々はジャガイモを生垣へ送ることができるようになった。

オーガウィランでは私たちは何週間も父の姿を見ていなかった。この頃カンバーランドから彼に出した手紙の中で母は、彼女としてはかなりはっきりとこう書いている。「あなたのリューマチも良くなっていることと思います。もう子供たちに会いに出てこられるのではありませんか」この催促状の結果かどうかは分からないが、エディーと私はその日とんでもない悪運に見舞われたのだった。というのは、父がその日クートホールから自転車でこちらに来ることになっていたのだ。私が生垣を高く越えるほどジャガイモを蹴ったのを見てエディーが拍手をしているときに、気がつくと父が黙って私たちの横に立っていた。私たちはすっかり慌ててしまった。

「もちろん家の坊主が悪いが、あんたときたら、一体何と言っていいことやら」と彼は始めた。

私たちは立ったままじっと聞いていたが、ついにエディーが小声で言った。「明るいうちにジャガイモを集めた方がいいな」私たちは黙って小さなジャガイモを拾い、貯蔵庫に入れてイグサで覆った。「また明日」とエディーは言った。

「あんたにゃ明日なんかないだろうよ」

エディーは答えずに、生垣に置いていた自分のシャベルを手にした。家ではすでに台所に明かりが点されていて、いつもなら彼も一緒にお茶を飲みに立ち寄るのだが、小さな鉄の門のそばで私たちと別れて行ってしまった。父はそれを止めようともしなかったので、私はひどく恥ずかしい思いをした。

「エディーはお給料をもらえるの?」ジャガイモ掘りの仕事を引き継ぐためにパディー・ライリーが駅からやってきたときに、私は心配してパットに尋ねた。

「ああ、エディーね。ああそれとあの警察官ね。お前たちは全くいいコンビだったよな」パットは笑った。「エディーは金が欲しくなれば、私のところに来るさ」と言って私を安心させた。

春にオーガウィランのチームがバリナモアのチームと教会を下ったところにあるサッカー場で試合をした。私は学校の男子全員と一緒に、オーガウィランの応援をしたが、バリナモアに負けてもそれほど落胆しなかった。というのはエディーがバリナモアのチームのスターの一人だったからだ。彼は試合でゴールを決め、フリーキックも全部決めた。試合のあとたくさんの人が彼の周りに集まって行ったので、私もためらいながら彼の方に向かった。彼が私を見た瞬間、サッカー場には私たちだけしかいないような感じがした。彼は私を空中に持ち上げてくれた。

「ショーン坊や!」

「すごかったね、エディー」私は泣いていた。

「この国には馬鹿とジャガイモだけはいくらでも出てくるだろうさ」彼は何も気にしないようにそう言って笑った。私は赦されたのだ。誇り高く、幸せな気分だった。

パットはドロモッドの駅でダブリンからの列車を降りた母と赤ん坊を待ち、オーガウィランまで車で送ってくれた。父は警察の仕事で忙しいということで、当然の如くまたもや会いに来なかった。私は母が家に帰って来たので本当に嬉しかったが、小さな弟の姿を初めて見たときにはがっかりしてしまった。こいつがサッカーをやったり、毎朝小馬を捕まえられるようになるまでには、とてつもない時間がかかることだろう。

次の日の午後、学校が終わると私たちは母と赤ん坊のいる家へと急いで帰った。私たちのかけがえのない日々の生活がやがて元に戻ってきた。こうして私たちはまた母と一緒に、ブレイディーの池やブレイディーのスレート葺きの家のそばを通り、年老いたマホン兄弟の住む草葺きの家のそばを通り、暗くて深い石切り場の近くを通り、橋を渡り、マホンの店を過ぎて丘を登り学校へと歩いて行くのだ。しかも今は母と一緒に歩いているのは、双子のブリージとロザリーン、マーガレットとモニカ、それに私の五人。赤ん坊とディンプナはケイティーと一緒に家にいた。

　私は、礼拝の時に神父の助手をする侍者になる訓練を受けていた。三人が選ばれていて、放課後教会の聖具室で神父が私たちを指導してくれた。ラテン語の唱和を意味も分からずに暗記させられたが、母が夕方ラテン語の練習を手伝ってくれていたので、私は他の少年たちよりかなり早く上達した。母はラテン語を勉強したことはなかったが、唱和については良く知っていたし、長年の信仰でその意味も分かっていたのだ。私は以前から小馬を牽きながら、また野原で枝を拾いながらラテン語の文章を暗誦することが好きだったし、だんだん単語の意味が分かってくると、もっと楽しくなってきた。私は、いつ片膝を折り、いつ跪き、立ち上がり、坐り、礼をし、葡萄酒と水を注ぎ、鐘を鳴らし、聖体拝領者が聖餅から落ちるかけらを受けるための皿を彼らの顎の下にあてがうように持ちながら、祭壇の手摺に沿っていつ神父と歩き始めるかなどを学んだ。私は世間に一歩足を踏み出したのだ。数か月前、数珠をカタカタ言わせたことを祭壇の上から注意し、私を脅した神父が、今は私に穏やかに天気のことなどを話しかけているのだ。法衣《スータン》とその上に着る白い上っ張り《サープリス》が私のために誂えられた。母と妹たちは、教会で私が初めてミサを挙げるのを、まるでそれが私の叙階式への第一歩であるかのように見ていた。

　父は以前より足繁くやって来るようになった。エディー・マッキニフとジャガイモでフリーキックをしたことなど話題に上らなかった。父が来ると楽しくはあったが、気が休まらなかった、という記憶がある。一度オート麦を巡って険悪な騒ぎが起きたが、幸い私はそれには無関係だった。ネズミが麦を入れた袋を齧るので、下のもう一つの部屋に運ばれて床に積み上げられていた。その部屋は最初居間か応接間用に作られていたが、当時のアイルランドではどこでもそうだったように、実際にはそのようには使われていなかった。家具も置かれておらず、どう考えても居間には見えなかった。妹たちはオート麦がこぼれたこの部屋で遊ぶのが好きだったし、母も彼女たちがゴミや泥を持ち込まない限り黙認していた。母は彼女たちのしていることは別に麦に被害を与えることではないと考えていたのだ。しかし父がきれいな麦の外皮に妹たちが遊んだときについた傷があるのを見つけ、すぐに怒り始めた。さらに袋におしっこの跡を見つけたとき、その怒りはほとんど制御不能になった。父は妹たちを並ばせる。彼女たちは彼女たちでお互いに非難を始める。父が妹たちにもう寝るんだと命令する。朝まで食べるものは無しだ。彼女たちはみな声をあげて泣き出したが、次第にすすり泣きになった。泣き声が聞こえなくなると、今度は母に向かって長々と文句を言い始めた。そのあとはいつものように、よどんだ不愉快な空気が部屋中に漂い始めるのだった。次の日、父と私はこぼれたオート麦を集めて袋に詰め、小馬に牽かせた車に乗せてテンプルポートの製粉所まで運んだ。製粉所の脇を流れる川の大きな水車が回っているのが見えた。父が袋を運び込んだ部屋は乾燥していて暑く、埃っぽかった。オート麦は乾燥室の床に広げられ、完全に乾かされた後で脱穀された。輝く殻を剥ぎ取られて無防備で艶の失せた小さな穀物はそのあと挽かれてオートミールにされた。私たちのように自分で穀物を持ち込んで脱穀してもらう人たちは、製粉所の人手は借りられず、自分たちで袋を運ばねばならなかった。製粉所へは現金か、あるいは穀物の何パーセントかを収めることで支払いをすることになっていたので、父はいくらかの麦を製粉所へ収めた。家に戻るとき父はいつになく上機嫌で、家に帰ってからもオートミールの袋を抱え、まるでそれが金貨ででもあるかのように指の間からさらさらと落とし、母やケイティーにどんなに上質なものであるかを見せた。その日の午後は夜までずっと父は妹たちの相手をして遊び、彼女たちを大いに楽しませ、まるで前の晩のことなどなかったかのように話をしてきかせるのだった。母はオートミールをこねてビスケットの生地を作り、砂糖を振りかけ、空き缶の縁で丸い形を作って焼いた。ビスケットには混ぜ物がなく、石のように堅かったが、表面に砂糖が溶けて輝き、とても美味しかった。父はそれをまるで神からのマンナ[1]のように褒め称えた。その冬の間、私たちは瓶に入れた牛乳と一緒にそのビスケットを学校に持って行き、お弁当にした。

　その年は厳冬で空気は乾燥していた。目が覚めると一面白い朝だ。バケツや樽の中、池や井戸にも氷が張っていて、まずそれらを割らなくてはならない。山羊たちが丘から下りて来る。母は山羊が家の周りのきれいな木の皮を剥いだり、花壇の中に入り込んだりするのを恐れていたので、連中が花壇に入れないように、パットに柵を作り足して貰った。そのせいで冬の畑に立つ柵は、まるで何もない原野の真ん中に立つ砦を囲む要塞のように見えた。学校から下っていく道は滑り台のようになっていたので、私たちはマホ

1―旧約「出エジプト記」16章14節～36節。イスラエル民族がモーセに率いられてエジプトから故郷に逃れる途中、荒野で神から与えられたという食物。

ンの店の前を競争して滑り降り、勢いで列車の鉄橋の方まで上って行った。ギャラダイスの氷はとても厚く、島にいる家畜用の飼葉を運ぶ馬車が、氷の上を走って行った。日曜になると、私は黒いホイペット犬のトービーを連れてキーガン一家と狩に行った。キーガンさんたちはトービーはノウサギやアナウサギたちを大鹿の通り道に追い込むのに役立つと言っていたが、実はウサギたちを追いかけるよりもネズミを捕まえて飲み込む方が得意だったのだ。二羽以上のウサギを捕まえた日曜日には、キーガンさんはそのうちの一羽を私にくれた。私は父が製粉所からオートミールを持って帰ってきたときのように上機嫌で家にそれを持って帰るのだ。狩には理想的な天気だったが、かちかちに硬くなった地面を走ってグレーハウンドもホイペットも両脚の爪が剝がれて出血してしまい、中止せざるを得なくなるような日もあった。キーガンさんは捕らえたウサギをフェレットと一緒にデラホイズの養兎場に売った。ウサギたちが恐怖に駆られてネットの中に逃げ走ったあと、口輪をされたフェレットがその中に滑り込んで行くと、養兎場の中は突然くぐもった雷鳴のような騒がしい音で一杯になるのだった。

木の枝を伐って集めるのにはもってこいの天気だった。小馬の牽く車は固い地面の上をどこにでも行くことができた。勉強が終わり、ロザリオの祈りも済み、明かりが落とされると、私たちは薪が燃える暖炉の前に集まって坐り、その明かりが壁から天井へ、そしてまた壁へと舐めるように動き、食器棚の中の白いカップや皿の上、さらに壁にかかった宗教画のガラスの上を照らすのを眺めた。燃えている木が崩れるときにあちこちに火花が散って躍って行くのを見て歓声を上げることもあった。火が熾っている背の高い暖炉の上にある聖心の絵の前に置かれた小さな銅製のランプの血のように赤い光は、このような光の乱舞と関係なく、静かに燃えていた。「もう少し、もう少し」と妹たちは寝るまでの時間を延ばして貰おうとしていた。私は彼女たちより少し遅くまで起きていることが許されていたので、ときには母やケイティーを手伝って、燃えている木の上に泥炭を乗せたり、暖炉の灰を掻き出したりした。

父は規則的に家に戻ってき続けた。劇的に厳しかったその冬の気候が彼の気分を変えたようだった。前よりも自分の病気や痛みについてこぼさなくなっていたし、何よりも畑仕事をしているときはほとんどいつも上機嫌だった。驚くべきことに二人は、母の身体の危険を顧みずに一緒に寝てさえいたようなのだ。妊娠したら、また以前のような断食やノヴィーナ、それにコーコラン医師の忠告が待っているのに。しかしその年の二月に書かれた手紙の中で母は、

「毎月のお客さん」が来たので、もう心配することはないと父を安心させている。

たまの土曜日、重くてかさばるものを持ち帰らねばならぬときには、私は小馬に車を牽かせて町まで行った。母も私と一緒に行きたいと思っていたのだろうが、教師が小馬の車に乗っているところを見られるのは具合が悪かったのだろう。そこで母は列車に乗り、マギーの店で落ち合った。私たちはまるで一緒にやって来たかのように振舞い、店で母に会いにやって来た教師仲間と話をしたり、町で買物をしたりして一日を過ごした。私はいつも母より早く町を出た。列車よりも早く家に帰り着くために、年老いた小馬を早足で歩かせたこともある。

母と私の間は以前よりももっと親密になっていた。私は祭壇の上で侍者として仕事を始めていたので、母が私に対して持っていた夢が一歩現実に近づいていた。「いつかぼくはお母さんのためにミサを挙げるのだ」母はレント[1]の間、私が祈禱式を勤める教会に毎日一緒についてきた。黒いスータンの上に白いサープリスを着て、私は火の点いた蠟燭を運んだ。母がオルガン席の下で他の信者の群れに混じって祈りを捧げている間、私は神父の横について十字架の道行の留から留へと進んでいた。風が吹き、雨が降って、軒から雨漏りがしていたという記憶があるが、実際には晴れて空気も乾き風もない日々だったに違いない。

こうしたレント期間のある晩、暗い道を母と一緒に歩いていたとき、私はこのオーガウィランの世界が、自分がそうあって欲しいと強く思っているようにはいつまでも安全なまま続かないのではないか、という漠然とした不安に襲われた。母はあの恐ろしい不在のあと家に戻ってきたのだから、もう決して私たちを置き去りにはしないだろうと、私は当たり前にそう思っていたのだが。教会を出たときには暗くて足取りもおぼつかなかったけれど、次第に目が慣れてきて、サッカー場の脇を過ぎ、教区の会館、学校、丘を下ってマホンの店を過ぎ、列車の鉄橋を渡る頃には、道の窪みや、草が生えている境界線などを簡単に見分けることができるようになっていた。「大きくなっても、神父さんになろうという気持ちは変わらないと思う？」

暗い道を歩きながらずっと私たちは楽しげに話をしていたが、ごく自然に母が私に質問した。「うん、その気持ちは変わらないよ」

「どうしてそうはっきり言えるの？」

私はこの会話の行きつく先が気に入らなかったし、私た

1―四旬節。イースター前の日曜を除く四十日間、イエスが荒野で断食修行したことにちなんで断食、ざんげ等を行う期間。

ち全てに待ち受けている死や、もしかしたら永遠の断罪を受けるかもしれないことなどを考えて、怖くなった。教会の中でする十字架の道行の留での祈りといっても、単なる動作と言葉に過ぎなかった。「神父さんでないと天国に入ることは難しいからね」と私は言った。

「お母さんは神父さんでも男でもないけれど、天国へ行けるという希望を持っているわよ」

「それとこれとは別だよ。お母さんは良い人だもの」

「自分ではちっとも良い人間なんかじゃないと思うこともあるわ。お父さんも天国へ行く希望を持つべきだわ。他のみんなもね」

私はいつになく黙り込んでしまった。そしてとうとう口を開いた。「もしお母さんが神父さんなら、もっともっと簡単に天国に行けるよ」

後になると、愛や性に対する幻想、また世俗的な幸福といった宗教生活とは反対の要素をいろいろと考えて自分なりの態度がはっきりしてくるのだが、それが当時私なりに組み立てた論理だった。神父としての生活を送るということは、俗世間での死を意味する。私たちの生命を神の手に委ね、神の奉仕に捧げることで、まだ生きている間に、死と最後の審判を巧みに回避できるのだ。

「神様が私の命を早くお召しになるようなことがあっても、あなたは神父さんになってお母さんにミサを挙げる気持ちを持ち続けられる？」

「どういう意味？」

「私たちは神様の手の中にあるということ。もし神様からお呼びがきたら、私たちにはどうしようもできないの」

「年寄りにならないと人は死なないよ」と私は言った。私は母が言おうとしていたことははっきりと理解できた。不公平だ、と思い私は腹がたってきた。神様は天国にたくさんの天使や聖人、それにたくさんの信者やご自身の聖なる母親さえおられるのに、私には愛する大切な人はたった一人しかいないのだ。母だけが私の持っている全てなのだ。

「神様はどんな年齢の人だってお呼びになれるのよ」彼女は言った。しかし私がとても不安そうにしているのを見て取って、ちょっと話し止め、また続けた。「私はもっと歳をとれるように神様にお祈りするわ。でもそれだって神様のお考え次第」

「お母さんはぼくの叙階式には大きな車に乗ってくればいい。ぼくが手の包帯を取ったら、お母さんが出来たての神父から祝福を受ける最初の人になるんだよ。教会のそばの古い司祭館でぼくたちは一緒に暮らすんだ。そしてお母さんが亡くなったら、ぼくがたくさんミサを挙げるから、煉獄で過ごすことなんかないよ」私は嫌な考えを全て振り払おうと、ひどく興奮して話した。お母さんはいつまでもぼくたちと一緒に暮らすのだ。もう二度とどこかへ行くことはないのだ。

「そうしたら私たちは天国で神様と一緒にずっといられるわね」彼女は言った。

「そう、もうずっとずっといつまでもね」私は半分は機械的に、半分は畏怖にかられてそう言った。ぼくたちの天国はここオーガウィランにあるのだ。お母さんがいればぼくたちの世界には終わりはないのだ。


その年の春、マクマーロー先生は病気で何日も学校を休んだ。そういうときには、折りたたみ式の重い仕切りをはずして、教室を一つにし、母が全員の勉強を見た。母は私たちのクラスにはいろいろな課題を与えたり、静かに書き方をさせるくらいしか手が廻らなかったが、私たちはよく規律を守って彼女を煩わせることはほとんどなかったと思う。ほとんどの生徒は母を喜ばせたがっていた。高学年の男の子や女の子が喧嘩や馬鹿騒ぎをしているのを見つけると、自分の部屋に連れてきて、静かにすると約束できるまで、低学年用の小さな机の前に坐らせた。父へ出した手紙の中で母は、マクマーロー先生のお休みのせいで仕事が増えたことをこぼしているが、口に出して文句を言っているのを聞いたことは一度もない。

父と私の関係は、まだ驚くほどうまく行っていた。彼は私たち男性二人が、与党である家の女たちに対する小さな野党のように見せることさえあった。もちろん冗談半分だったが、父のそういう素振りの中には棘もあった。三月には父は新しいオート麦の畑を耕し、ジャガイモ畑の畝を鋤き返し、と畑仕事にかかりきりだった。私は通りの向かいの小さな野菜畑を作る手伝いをした。私たちは小馬を使って肥料を蒔き、父は柔らかい土をシャベルですくって苗床を作っていた。私たちは肥料の残りをジャガイモ畑に蒔いたが、そこは父が鋤き返された畝を平らにする前に肥料を広げていたところだった。彼はてきぱきと短い時間で仕事をしたが、他の農夫のように一日中同じような単調な仕事を続けられるような人間ではない。少しすると、彼は息抜きや、何か別のことをしたくなってくる。しかしそれが無理だとわかると、無気力状態に陥ってしまうか、怒り出すか、文句を言い始めるかだった。しかしそうなっても別に直接被害を受けるわけでもなし、私は学校から急いで帰り、父と一緒に仕事を始めるのだった。彼は種芋を切り、それに石灰をまぶして私を待っていたものだ。そして私は父が自分で作った「穴掘り器」を使って掘った穴の中に、それらを落としていくのだった。この「穴掘り器」は父のご自慢の手作りで、生垣から真っ直ぐなヤナギの枝を伐り、皮を剝ぎ、端を削って尖らせ、自分の足に取り付けられるような細工がしてあった。私たちが仕事をしている間、ホイペット犬は傾いた荷車の下にある空の袋の上で休んでいた。山羊にはそれぞれ二頭の子供が生まれ、みんな家から遠くへは行かなかった。夕方になると妹たちが山羊たちと遊んでいたが、私はもうそれに加わることはなかった。多分男の子らしい遊びではないと思ったか、自分は忙しくもあり、また重要な人間なのだと考えていたのかもしれない。私が木の枝を集めたり材木を鋸で挽いたりしていると、家の周りで妹たちと山羊がお互いに追いかけっこをしながらたてる金切り声が聞こえてきた。私はある晩、父が私たちに何か大事なことを説明しようとして、夢中になっていたときのある出来事を覚えている。そのとき、いつも家の周りをぐるぐる走り回っていた一頭の母山羊が、父の姿を見て何だろうと思い、後ろから父を攻撃しようと角を何度か上げ下げしたのだ。私たちは一言も口をきくことが出来なかった。もし山羊が突撃し父を倒したら、父はそれを自分へのあてつけだと思うだろうし、私たちは私たちでそれを見たら笑わずにはおれないだろうし、しかもそんなことになれば、そのあとただでは済まないことになる。しかしそのとき山羊は急に何かに気を取られて離れて行ったので、私たちはまた安心して呼吸することができたのである。

戻る前に、父は今度の週末は私が警察署に来て泊まるのだ、と言った。考えただけで本当にワクワクし、待ち遠しくてならなかった。私は自分の小さな自転車を持ってドラムシャンボーまで列車に乗る。父が駅で待っていてくれて、二人は一緒に自転車でクートホールまで行くのだ。後に母の手紙を読んだとき、私は母がこの訪問をどんなにか心配していたのかを知り驚いた。父は私が何日か学校を欠席することは全く気にかけていなかったが、母は一日なら休んでも良いが、それ以上一日でも休むのは駄目だと言って譲らなかった。

母はプラットホームで私を見送ってくれた。自転車は車掌車に乗せられ、小さなスーツケースは手押し車に括《くく》りつけられた。私はお土産に焼きたてのケーキと編んだばかりの厚手の靴下を持っていた。バリナモアの駅に着くとパットが列車の到着を待っていた。列車から降りた客は一人も彼の車に乗らなかった。パットは馬車に乗せて行ってやるから、私の自転車など荷物入れに入れろと言って、それほど離れていないマギーの店まで連れて行ってくれた。私はビスケットを食べお茶を飲みながら、山羊や牝牛やホイペット犬、それに白い牡牛の話をして楽しい時間を過ごした。ドラムシャンボーへ行く列車は、店の向かいに見える小さな三本のモミの木の脇にあるホームの端から出た。私は機関車が線路に入って来て、貨車を連結するのを眺めた。石炭貨車はどれも空っぽだった。他には一両の客車と車掌車がついていただけだった。

ドラムシャンボーの駅で私は一生懸命父の姿を探した。どこにも姿が見えなかった。もしかして早く来すぎたので町へ出てしまったのかもしれないと思い、制服を着た警察官が駅に来ていなかったか尋ねた。駅には制服姿の人間は誰も来ていなかったということだった。私はクートホールまでの道を聞いた。列車の進行方向に進み、一マイルほど行ったところで左折すればよいらしい。道路標識がないので、よくよく気をつけること。左折したら、あとはほとんど平坦な道になる。新しい石橋があるからそれを渡ってシャノン川を越し、デリーノーガンのティンカーズ・クロスという交差点を過ぎ、半マイルも行けばクートホールへの曲がり角に着くだろう。「そこに行くまでにお父さんに出会えるかもしれません」と私は言った。ドラムシャンボーからの道を走っていると、ランプのついたヘルメットをかぶり、顔や手、それに着ているものまで真っ黒な炭鉱夫たちが、自転車で炭鉱から家に戻るのに出会った。ヘルメットの下の真っ黒な顔の目が光って見えるのが、見慣れない姿で恐ろしかった。

近所の家で聞いたので左折する場所は見つかった。その道は石ころだらけのでこぼこで、おまけに狭かった。高くなった路肩の部分は平坦だったが、そこに乗りあげるとすぐに滑ってしまう。馬車や歩行者が少し、自転車が二三台と、畑から外に出た牛が何頭かいるくらいで、道は全くすいていた。シャノン川に出たとき、橋の上で休んだ。川上にはシャノン川水力発電計画のために爆破されて深く広くえぐられた川沿いに、大きな石が積み上げられているのが見えた。私はこの仕事にフランス人の技師がたくさんやって来たという話を聞いたことがある。彼らの多くは音楽好きだということだった。土地の娘と結婚し、仕事を終えるとフランスに連れて帰り生活するものもいたようだ。橋を渡ると、ティンカーズ・クロスまでは真っ直ぐな長い道だ。遠くの方まで目をやっても父の姿が見えないので気がもめた。ティンカーズ・クロスのそばに、ジプシーたちの小さな野営地があり生垣の下には草葺きのテントがたくさんあったが、火を熾している様子はなかった。ドラムボイランでクートホールへの曲がり角を見落としたらしい。疲れきって、しかも道に迷ったのではと思ったそのときに、いつかタール舟での釣の帰りに見たノックヴィカーの橋と郵便局の建物が見えてきた。私は曲がり角を見落とし、随分大回りをしてしまったのだ。でこぼこ道を漕ぎ続けたので疲れきってしまい、身体のあちこちが痛くなっていたが、自分一人でここまで来られたと思うと元気が沸いてきた。もう父の姿が見えなくても構わない。それからさらに三十分、教区会館を過ぎ、ジェラルド・フリンの店の前を過ぎ、学校の前を過ぎると、やがて壁に囲まれた三角形の土地に見慣れた教会や店や家がぽつぽつと姿を現した。

当直警官のキャノンが私を迎えてくれて、笑い出した。

「ああ、ああ、ショーン坊やったら、お父さんに気がつかなかったんだな。ぐるっと遠回りして来たのだね。お父さんは君が角を曲がるまでには会えるだろうと言ってたんだけどね。出てったのはそれほど前じゃない。それにしても、そんなに小さな自転車でここまで来るのはさぞかし大変だっただろうね」

彼は私を居住区に連れて行ってくれた。年寄りで耳の不自由なビディーがそこで料理と掃除をしていた。彼女は朝遅くやって来て夕方早く帰るという半日勤務だった。その日は私が来るというので遅くまでいたのだ。私は死ぬほど空腹だった。すぐに食卓に料理が並べられた。玉子焼き、ベーコンの切り身、ブラックプディング一つ、揚げパンと熱いお茶。まさに至福の食事。彼女は読唇術が出来たが、私は耳の聞こえない彼女に答えることができず、キャノン警部に通訳して貰った。言っていることが分かると彼女は両手を叩いて嬉しそうに何か叫び声を挙げた。私たち三人が広い居間でそうしていると、父が戻ってきた。

「囚人はここですよ」キャノン警部が大きな声で言った。

「随分早かったんだな。わしを負かしたじゃないか。お前より先にティンカーズ・クロスに着けるはずだったのだが」父はキスをしながら楽しそうにそう言った。

「ノックヴィカーに着いたあたりで、自分がどこにいるか分かったよ」と私はもごもご言って、スーツケースからケーキと編んだソックスを出した。私には父が私を迎えに行くための努力をほとんどしなかったことが分かった。子供は自分ではめったに公平であることはないが、他人には公平さを強く求めるものだ。子供はぼんやりと不安な世界にいて何か頼りになるものが必要なので、約束は絶対に守って欲しいと思うものである。

「ぐるっと遠回りをしてね」とキャノンは執務室に降りて行く準備をしながら繰り返した。

ビディーは私たちの朝食用に作っておいてくれた粥と自分で焼いたパンを父に指し示し、脇に玉子を二つ置いた。朝になったら火を熾して粥を暖め、卵を茹でてお茶を淹れればいいだけですよ。父は彼女の指示をうるさがり、早く帰れと扉まで連れて行こうとしたが、彼女はどうしても私にキスをしてから帰るのだと言った。

父は精一杯私を歓迎してくれたのだと思うが、舟にまだタールが塗ってなかったので川へ行けないのにはがっかりした。ビディーはあくる日またやって来た。私が思うに彼女は子供の世話ができて嬉しかったのだ。以前家族がみなここで暮らしていたときと違い、材料を惜しむこともなく、彼女の作る料理は美味しかった。

日曜日、父が制服の銀のボタンやバッジ、それに銀の階級章を磨いてから、お祈りをしに教会まで一緒に歩いて行くときには、父の姿は何と格好いいのだろうと誇らしく思った。私たちはずっと一緒に教会まで歩き、一番前の列で跪いた。

オーガウィランに戻る前日の夕方、父は二十二口径のライフルを持ってオークポートまでウサギ狩に連れて行ってくれた。弾丸は乏しかったが、父は残っていた三発を私に持たせた。かつてはオークポート・ハウスまで馬車が走っていた湖岸の砂利道の脇を歩いた。大きな鉄門も今や壊れ、割れた石の上に崩れ落ちていた。私たちの頭の上や湖の向こうでカモメがうるさく鳴きながら輪を描いて飛んでいた。馬車が走っていた時代にも湖の島の上を同じように鳴きながら輪を描いて飛んでいたのに違いない。大きな赤い太陽がナットリーの舟小屋を越えオークポートの暗い森のかなたに向かって沈みかけていた。私たちは静かに黙ったまま高い壁に沿って移動した。やがて崩れた壁が現れた。父はここで待とうと、手振りで示した。私は彼に三発の弾丸のうち一発を渡した。壁の遥か向こうには背の高い木々の林と、背の低い草の生えた広い野原が見える。ライフルを手にして父は辛抱強く何時間も待ったが、興奮していたので、そんなに長い時間とは思えなかった。光が弱まるとウサギたちは草を食べに外に出て来るのだ。父が壁の破れ目の間から二羽のウサギを一発でしとめようと銃を向けているのが見えた。銃声が聞こえ、彼は叫んだ。「走るんだ！　奴を捕まえろ！」私が傷ついたウサギを手に戻ると、父は首を一ひねりして息の根を止めた。

家に歩いて戻って行くときには私がウサギを運んだ。太陽はオークポートの一番高い木の後ろに沈んでしまい、湖の表面は赤とオレンジ色の輝く影に染まっていた。大きな石の桟橋と壊れた門の近くまで来ると、父は今までずっと考えてきていたに違いないある計画について話し始めた。

「お前、警察署でわしと一緒に暮らす気はないか？」

私はどう答えていいか分からなかった。「他のみんなはどうなるの？」

「オーガウィランにいればいい。あそこは今までと全く同じでいい」

「でもぼくオーガウィランの学校に行かなくちゃ」

「このクートホールにだって、いい学校はある。そんな心配をすることはない」

「木の枝も集めなくちゃいけないし、小馬やトービーもいるし」

「小馬とトービーはここに連れてくればいい。今年はオーガウィランで泥炭を掘る必要はない。あの古い泥炭場での仕事は時間と金の無駄遣いだからな。泥炭はここで掘って荷車でオーガウィランに運べばいい。お前は泥炭を貯蔵したり、小馬に車を牽かせて道まで運ぶ手伝いをすればいい」

「おかあさんはどうするの?」私はもはや自分にされた提案をうやむやなままにしておくわけにはいかなかった。

「お母さんだって賛成しているんだ。お母さんにとっては一人子供が減ることになるが、お前だって女ばかりの家で暮らすのは大変だろう」

「どう大変なの?」

「くそ、とか、しょんべんなんて言葉を女の前で口に出せるか?」

「ううん、お父さん」

「おしっことか、ウンコみたいな情けない言葉を使わねばならんだろ」

「まあそうだね、お父さん」

「わしとお前で一緒に暮らせばとても楽しいぞ。舟にタールさえ塗れば川にも行けるしな。すぐにはここでの生活に慣れんかもしれんが、サッカー場で他の男の子と練習することだってできる。女ばかりの家にいちゃ、女になっちまうぞ。知らないうちに半分女になっちまうんだ」

「でも学校に戻らなくちゃ」

「行きたくなけりゃ学校に戻る必要なんかないんだぞ」

そのときにどういう気持ちになっていたのか、自分でも良く分からなかったが、何だか恐ろしい感じがしたことだけははっきりと分かった。いろいろな気持ちが混ざり合い、お互いに絡み合って私を悩ませ、責め立て、攪乱し、圧迫した。

「お母さんは一日なら学校を休んでもいいけど、二日は駄目だと言ったよ」

「そんなことは関係ない。今話していることが大事なんじゃないか。学校の二三日なんてあとになれば、どのみちたいした違いじゃなくなる。実はお前を明日連れて帰ろうと思っていたのが、駄目になったんだ。あと一週間ここにいれば、一緒に戻れるぞ。そうしてそのときみんなに今の話をしようじゃないか」

「お母さんは心配するよ。まずお母さんに話さなきゃ」

私たちが橋を渡って村に入ると、オークポート・ハウスで餌を貰おうとしている犬たちの狂ったような吼え声が、湖のほとりを歩いて戻っていく間ずっと聞こえてきた。

「あまりに急な話だから、良く考える必要があるだろう。それは分かっている」父の声は前よりも低くなっていた。そして私が沈黙を続けていると、こう言った。「今の話は誰にも内緒だ。誰にも話して欲しくない。女っていうのはすぐに悪く取るからな。お前が十分に考えて、良しと思ったら、わしの所に真っ直ぐ来ればいい。そこから始めればいい」

「ぼくは誰にも何も言わないよ」私は短い道に入る曲がり角で約束した。

次の日父はシャノン川にかかる石橋まで自転車でずっと私と一緒に来てくれた。

「わしの管轄権はここまでだ。今は仕事中だから、ドラムシャンボーで姿を見られると具合が悪いのだ」

「ここから先は別に心配ないよ。まだ列車の時間まで一時間もあるし」と私は言った。

「ここに来て住むことをよく考えてみてくれ。誰にも言うんじゃないぞ」

「決して言わないよ」

「人ってのは物事を悪く取るもんだからな。みんなにはわしが来られなくなったと言ってくれ。週の終わりには絶対に行くからって」

キスをしたときの父の目には憎しみの表情がちらっと見えたが、私はそれを忘れようとした。そんなことに気が付きたくはなかった。後年考えてみると、あの時の父の気持ちがよく分かる。つまり彼は自分のやりたかったことをやり通せなかったのだ。

普段なら私は一人で父のところに行ったことを吹聴し、自慢しただろうが、そうしたい気持ちを抑えていた。そのためにかえって妹たちは疑いを持った。彼女たちは私が父に鞭で打たれたのだと信じていた。そこで、私は歳をとって耳の不自由なビディーのことや、シカモアの下に置かれてタールが塗られるのを待っている舟のことを話した。私は夜にオークポートで捕まえたウサギも持ち帰っていた。ドラムシャンボーからの長い時間自転車に乗ったこと、アリーニャの炭鉱から戻ってきた炭鉱夫たちの真っ黒い顔、ノックヴィカーにたどり着くまで自分が迷ってしまったのではないかと思い始めたことなども話した。母は私を心配そうな顔で見たが、それ以上は聞こうとしなかった。父は私に秘密を持てなどと注意する必要などなかった。父と私の間で話されたことは、口に出すには余りに陰険で恥ずべきことだということが、本能的に分かっていたからだ。

　母が学校に行かれなくなる日がだんだん増えてきた。そうなると今度はマクマーロー先生が一人で全学年の面倒を見なくてはならなくなる。そこで先生は自分のクラスを教えている間、低学年の子供たちの面倒を高学年の女子生徒二人に見させるという方法を取った。先生は遅刻はするし、時々病気といっては休むし、いわゆる「まともな」教師とは言えなかった。マイケル・キャンベルという少年が彼に叱られたことがある。彼が何かいたずらをしたので、先生は罰として鞭打ちを与えていたが、その途中で彼は教室を飛び出して逃げ出した。マクマーロー先生は鞭を持ったまま教室の入口を抜け、庭に走り出て溝を越え彼を追いかけた。先生は彼を捕まえたが、その勢いで二人は水のない深い排水路の茨の中へ一緒に転がり落ちて行った。そこで揉み合った後、キャンベルは再び逃げ出した。教室の生徒たちはみなこれを見て面白がったが、同時に少し恐ろしくもなった。マクマーロー先生が頭をぼさぼさにして怒って一人で教室に戻って来た。キャンベルは次の日両親と一緒に学校にやって来た。大きな声が聞こえてきた。もしこんなことがまた起きたら、この子を学校から追放すると、荒々しく乱暴な口調で脅しの言葉が続いた。キャンベルはその後、学校ではほとんど一人ぼっちでいた。

　この時期、学校や勉強にはほとんど関心がなく、私の情熱は、外に出て木の枝を集めたり、小馬やトービーや白い牡牛にすべて注がれていたのだが、マクマーロー先生と衝突することはほとんどなかった。それは多分母親のおかげということもあっただろうが、おそらく勉強の方もまあまあ十分できていたからだったと思う。母の具合が悪いときには、私は小馬の相手をせずに母の元へ行き、午後の間ずっと彼女のベッドの脇の低い窓枠に腰掛けて一緒にいたものだった。私たちはほとんどいつも二人きりだった。妹たちが家の周りで山羊と一緒に遊ぶ叫び声が聞こえた。時にはそのうちの一人が転んだか喧嘩をしたかで、泣きながら部屋に入ってきて母に慰めてもらったりしていたこともある。ケイティー・マクメイナスは乳絞りや、水汲みなどの仕事をしに外に出ていかなくてはならないときには、赤ん坊を部屋に連れてきた。

　弟はめったに泣かない、強くて愛嬌のある赤ん坊だった。ディンプナは二歳になっていて、母よりもケイティーのそばにいることが多かった。母と二人だけのとき、私たちは学校や教会や畑の話をしたが、どんなときにも私がいつか神父になり、教会のそばの神父の家で一緒に生活するのだ、ということは必ず話題に上った。その話をせずに夜が過ぎて行くことはほとんどなかった。母は飽きずにずっとその夢を見ていた。思い返してみると、私は母の具合が良くないということを本能的に感じていたので、母を自分の世界に繋ぎとめておきたくて、その夢について、歌ったり祈ったりしているときのように声に出して語ったのだろう。しかし話があまり楽しくない方向に進むこともあった。

「神父さんになりたいのなら、もっと一生懸命勉強をしないとね。いつも外で過ごしてばかりはいられなくなるわよ。ギリシャ語やラテン語も勉強しなくては。メイヌースの学校[1]に行くにはもっと良い点を取らなくてはいけないわ」

「でもまだ先のことだよ」

「どんなことだって、一番いいときに始めなくちゃ駄目。今がそのときよ」

「ぼくは今だってちゃんと勉強しているよ」と私は言ったが、自分でもそれが本当ではないと分かっていた。最低限の勉強しかしていなかったのだ。

「分かってるわ、坊や」

　母が一日か二日以上寝込むと、いつもドラン先生が呼びにやられた。先生は車から下りて鞄を持って燃え殻を敷いた道を歩いてくる。そんなある往診のあとで処方箋が出され、私はそれを持って自転車で町まで行ったことがある。その薬が良く効いて、二日後には私と一緒に歩いて学校まで行けるようになったことも私は覚えている。土手に咲くサクラソウやスミレや白いイチゴの花のどれもが新鮮で、私たちはまた長い一日完全に二人で過ごすことができるようになったのだ。

　茶色の雌鳥が卵を生まなくなった。犯人はトービーだということが分かった。彼は干草の山から逃げ出すネズミを飲み込んだときのように、卵を丸飲みしてしまったのだ。卵泥棒だけだったら、私はトービーを救えたかもしれなかったが、ブリージが卵を奪い返そうとしたとき彼女は手を噛みつかれた。顔にもかかってきた、と彼女は訴えた。私はこれからは首輪にしっかり紐を付け、どこへ行くにもそれを引いていくという約束をした。しかし駄目だった。捨てられることになったのだ。ある日の午後二人の作業員がトービーを連れに来たとき、私はひどく取り乱してしまった。牛舎に走り込み、牝牛たちの暖かい首の間に身体を潜り込ませて、悲しみのあまり泣いた。ずっとそうしていると、しばらくして水に濡れたトービーが震えながら牛舎の中に走って来て、私の肩に足を乗せ顔を舐め始めた。私は今度は喜びのあまり泣いた。作業員たちは彼を石の錘《おもり》を付けた袋に入れて口を縛り、オラートンの店に続く並木道の

1――キルデア州にあるメイヌースの町にはカトリックの名門、セント・パトリック・カレッジがある。

あたりから湖深く投げ込んだのだった。袋が沈んで行く間に、トービーはそれを食い破り、岸まで泳ぎ、作業員たちが家に帰りつく前に走って戻って来たのだ。しかしこの脱出劇も彼と私に数日の猶予を与えただけだった。何日かたった午後、彼らがまたトービーを連れて行った。私は泣かずに長いこと牛たちの間に立って、二度目の奇跡が起こることを祈ったが、今度は戻って来なかった。

父が私たちのところにやってくる間隔が大分開くようになってきた。やって来てもほんの数時間で帰って行くこともある。私を可愛がってくれた期間も終わった。畑に出て行くときも、私が一緒に来ることを望まず、第一畑にも、私たちが一緒に植えた作物にさえも全く興味を失ったように見えた。そこでパット伯父さんがジャガイモの畝を耕すことになった。鉄道の駅に勤めていた一番若い工夫のパディー・ライリーがクートホールの警察署に住み込んで、父の庭仕事や泥炭掘りの手伝いをしていた。

遠いヨーロッパでの戦争も終わりが近づいていた。食料も良く出回るようになった。母が家で休んでいたある日、学校の帰りにマホンの店に寄ると一斤の食パンを渡された。

「列車便で五六斤しか入ってこなかったけど、これをあんたのお母さんのために取っておいたよ」とマホン夫人は言った。私は何年も真っ白いパンを見たことがなかったので、大喜びで家に持ち帰り、ケイティーに見せてから、上の部屋にいる母に持って行った。その晩みな一枚ずつのパンを感激しながら食べた。私は木の枝を伐っては集め、小馬の車に載せて町まで運ぶ仕事を続けていた。母はもう列車で町まで行くことはなかった。家の備蓄品は何でも私が買ってくるようになった。良く分からないときには、母が書いてくれたリストを店の人に見せた。マギーの店に行くといつも大事にされ、もてなしを受けた。そして小馬を牽いて線路を横切り家に向かった。町を離れると私は荷車の上に乗り移った。

学校に行くことができて気分も良く、天気も良い日の夕方には、母はいつも何時間も花壇の世話をしていた。私たちはみな競って母の手伝いをしたが、手伝ったというより邪魔をしただけだったかもしれない。しかし母は私たちが一緒にいるのを喜び、私たちが喧嘩になると、それぞれに別の仕事を与えてくれた。私が今でも僅かながら知っている花卉《かき》はみんなこの花壇で覚えたものだ。バラの繁みもしっかりとしてたくさんの花をつけていた。キンレンカや、ユリ、パンジー、ニオイアラセイトウなどもしっかりと根付き、きれいに咲いていた。柵もずっと広く張り巡らされ補強されたので、花壇はまるで荒地の中の小さな要塞のように見えた。来年の春には、と母は言った。周りにずっとサンザシの接木《つぎき》をしましょう。そうすれば入口に、私が昔住んでいたドラムダーグの家にあったようなサンザシのアーチができるわ。

母の手紙の中に初めて絶望的な調子が混じり始めたのはこの頃のことだ。「何日か臥せっていた後、今日は学校に出て行きました。大分良くはなっているのですが、まだ治ってはいません。このままずっと病気が続くのでは、というような気もします。天気が良くなって、太陽が出てくれば身体にいいのでは、と思っています。神様は偉大です」

母は癌が再発したのではないかという疑いを持っていたが、周りの人たちはみな、母にそんなことを考えさせないようにしていた。胃の痛みや、交互に繰り返される便秘と下痢の症状は癌とは無関係な病気で、その気になればすぐに治るものだ、と彼女は言い聞かされていた。彼女は父にダブリンのコーコラン先生に手紙を出して欲しいと頼んだ。実はすでに父はこっそり先生に手紙を出していたので、無理もないのだが、母の頼みをぐずぐずとはぐらかしていた。

ある日父は自転車でやって来た。そしてそれが母に会いに来た最後となったのである。私たち子供の相手はほとんどせずに、数時間で帰って行った。その間ずっと母と深刻な話をしていた。父が帰るとき、母は道に面した小さな鉄の門までずっと歩いて見送りに出た。私たちは一緒について行くことが許されなかった。二人は話をしながら随分長い時間を過ごしていたが、その後二人が顔を合わせることはなかったのだ。

このときから父の母との連絡は手紙を通してだけになった。父はマギーにも手紙を書くようになった。パットは読み書きができなかったので、父はバリナモアの警察に定期的に電話をかけ、パットに電話をさせるように頼んだ。パットには父に電話をして話すような大事なことなど別になかっただろうが、父はこうした心遣いをしているという演出を楽しんでいたのだと思う。パットとマギーが絶えず家にやって来た。パットが丘で飼っていた二頭の牡牛の片方は元気が良かったが、もう片方が弱っていたので、私は朝学校へ行く前と夕方帰ってからの二度、二頭にオート麦を砕いた餌をやるという新しい仕事を与えられた。

母が書いた別の手紙の中にも同じような調子が覗える。「私はまだぐずぐずとベッドの中にいて、ドラン先生に診てもらっています。別に悪化はしていませんが、こんな調子がいつまでも続かないような何か良い方法があればと思っています。マギーが今日出てきて、あなたから手紙を貰ったと言っていました。子供たちは元気です。それでは。愛するあなたの妻、スー」自分の病気についての泣言は簡単に短く書かれているだけだ。母は父の健康のことや、警察署や畑や泥炭畑での大変な仕事を心配して尋ねている。彼女はまたオート麦畑が均され、パットがジャガイモに全部土を被せてくれたことも報告している。ジェイムズ・マクガヴァンからアンモニアを手に入れて、土に混ぜ、火曜日の夕方にジャガイモにかけたのだ。そのとき彼女は臥せっていたので、その作業を見ることはできなかったけれど。母が触れていた父からのマギー宛の手紙には、母が休息と回復のために警察署に移って来るのはどうかという提案が書かれていた。マギーは、これは父が心から望んで実行しようとしていることではなく、他人に見せるための格好つけの提案だろうと思い、私にもそう信じさせた。そして母ではなくマギーが「ありがたいことにスーはかなり良くなってきています。私は彼女にクートホールに休養に行きたいかと尋ねたのですが、彼女はコラマホンの家で具合が良くなっているし、元気になるまでここにずっといたいと言っています」という返事を書いて出した。

父はコーコラン先生からすでに母の健康についての医学的な見解を聞いていた。父は次のような尋常でない手紙を書いた。それによれば父はドラムシャンボーにあるクララ修道会[1]に行ったということだった。そこはコラマホンから少ししか離れていなかったのに、父は母に会いにも行かなかった。そのとき母はあと一月ほどの命だったのに。

クートホール
一九四四年五月二十三日

かあさん、

私は、お前の古き良き喧嘩仲間だったマーフィー氏（マギーの家に来ていた客で、恐らくは母を慕ってい
た人間）と話をしたあと、土曜日の朝無事に家に戻った。彼は前とそれほど変わっていなかったが、いくらか老けていて、完全な酩酊状態だった。前の晩具合が良かったとお前から聞くまで、土曜日は一日中塞いでいたよ。ドラムシャンボー（のクララ修道会）に行って、お前の秘蹟の祈りの予約をしてきた。同時に私はお前の治療を祈願してまた断食を始めている。それに列車の中でマーガレットに手紙を書いて、神経炎の治療法を教えてやった。やってくれるとよいのだが。へーゼルナッツが効くらしいが、最近はどこで手に入れていいか分からないので、その話はそれでお終いというわけだが。マーガレットへの手紙に、お前の身体が

動くうちにしばらくこちらに来たらどうかという提案をした。もちろん移動には細心の注意が必要だ。具合が良くなったといっても、最初の日は道路まで出るくらい、次の日にはもう少し遠くまで、という具合にしなくてはいけない。ぶり返すのは簡単だから。肉や米やルバーブは控えるように。ジャガイモも減らして、我慢してオート麦の粥を食べることだ。野菜を食べ牛乳を飲み、とりわけ便秘や消化不良に気をつけること。お前は神に対しての信頼を失いかけていて、不必要に心配しているように見える。昨日私と話をした修道女は、お前が教師を辞める方が良いと言っていたし、お前が道理をわきまえて行動すれば、何も畏れることはないと私は思っている。唯一私が恐れているのは、お前が、例によって子供たちのことに関して、黙って私に反対したり、私の忠告を無視してしまうことだけだ。子供たちのことはお前には荷が重過ぎるだろうし、私も苦しんでいるのだ。神がお前を良く導いて下さるように。コーコラン医師に手紙は出したが、その必要もなかったと思う。無理をして片意地を張らないように。マーガレットが今までずっと片意地を張ってきたこと、また最近お前にもその傾向が見えるが、その結果家がどうなったかを見ると良い。結局苦労が増えたばかりだっただろう。良く考えてみるのだ。これからは全てうまく行く。私の性格はお前と反対で良くないのかもしれないが、良い方向に向かおうとすれば相当良くなれるし、正しい道を示されれば、素直に良い方向へ進んで行くことだってできるのだ。

この手紙をコラマホンの家に出すべきかどうか迷ったが、結局思い切って出してみたわけだ。

愛する人へ、悩むのは止めるのだ、

父さん

「ヘーゼルナッツがうんぬん」を始めマギーへのいろいろな忠告に対してマギーは怒って返事を出した。「月曜日にあなたから二通の手紙を受け取りました。いろいろなことが書いてありましたが、みんな聞き流しましたよ。私はスーがいつ良くなるのかしらなどという心配はしていませんと」とマギーは書いた。

土砂降りのある日、ドラン先生が鞄を持って往診に来て、母と随分長い時間過ごした。先生が帰ると、母はすぐに起

1―アッシジのセント・クララがフランシス・オブ・アッシジの指導の下に一二一二年に創始した女子修道会。無所有が原則で奉仕活動を主にする。

き上がって、雨の中出て行く支度をした。彼女は神父様の家まで自転車で行って、自分の代わりの先生を雇うための書類にサインを貰うつもりだった。ひどい雨なのでケイティーが引き止めたが、母の意思は固かった。母は私にきちんとした格好をして、小さな自転車で一緒に付いてきて欲しいと言った。「こんな風に少しだけ横になっていても何にもならないわ。こんなことではマクマーロー先生に悪いしね。お医者様は私が完全に治るかどうかは、長い療養休暇を取らないと分からないと言っているの」

私はその日の外出のことを鮮明に覚えている。風はそよともなかったが、雨が絶え間なく降り続いていた。道には雨水の溝ができ、畑のあちこちから水が溢れていた。私たちはブレイディーの池を通り過ぎ、ブレイディーの家を過ぎ、通りに出、年老いたマホン兄弟が住む家がある通りを過ぎ、深くて暗い石切り場を過ぎ、鉄橋を渡った。そこで私たちは自転車から降りて、マホンの店の前から学校までの険しい坂道を押して進んだ。集会場の前からサッカー場までの道は自転車を漕いで行き、教会に着くとまた自転車から下りた。神父様の家に着いたときには二人ともびしょ濡れになっていた。母は門のところで私を自転車と一緒に待たせて扉に向かった。お手伝いさんが出てきて母を中に入れた。母は長い時間建物の中にいた。しばらくしてマクグレイル神父が母を送り出した。神父が扉から私に手を振った。

「長くなってごめんなさい。マクグレイル神父様が学校の話を私から聞きたがったの。神父様ったら私がびしょ濡れになっていることにお気づきにならなかったのよ」

「お母さんがベッドから抜け出してこんなひどい雨の中をわざわざ会いに行くことなんかなかったんだ。神父さんの方で家にやって来るべきだったんだ」と私は怒りながら言った。

どんなことであれ神父様に異議を唱えるということは瀆神行為と言って良かった。

「私たちの住む世界とは違うのね」母は笑いながら言った。「神父様はどんなものにも署名させられることなんかないの」

「ぼくがその書類を持って行けばよかった」

「そんなことをしても駄目。あなたにだってできないことがあるのよ。でも神父様はあなたが祭壇でとっても良くやっていると言っていたわ」

そう誉められて、気を良くし、私は「マクグレイル神父さんはいい人だよ」と言った。

「もしうまく行けば月曜日までには代わりの先生が来るということだし、そうすれば学校の心配をする必要はなくなるわ。今までも休養したし、これからまた少し長く休めば、またちゃんと始められるようになるでしょう」と言った。しかしその後母は雨に打たれることも、雨に濡れて頭を垂れているときはもちろん、晴れた日にも曇った日にも道端の生垣の草花を見ることもできなくなったのだ。

その日の夕方遅くパットが車でやって来て、母が自分の代わりに先生をやって貰えると思っていた人たちを順に訪問しにすぐ出て行った。翌日の土曜日に、一番最初に行った家で運良く承諾が得られた。一人の娘が自転車でやって来て、寝室で母としばらく話をしていた。彼女は母から教案とノートを借り、下の部屋でケイティーからお茶を淹れて貰った。彼女がバターとジャムをつけた薄いパンを食べながらお茶を飲んでいるのを、私たちは好奇心一杯で黙ったまま眺めた。月曜日になればこの人に学校で会えるのだ。

瀕死の病人が見る世界というのは、健康な人間のそれとは違う。健康なときには、人間は時間が経てば自分にやって来るかもしれないもの、例えば、老いや、事故や、卒中、癌などといったたくさんのものに対して恐怖を感じたり、理由のない不安を抱いたりするが、それもつかの間のことだ。そしてそういった目に見えない恐怖も、毎日の生活で直面する問題を解決するためにいろいろ考えたり、気を配ったりしているうちに、忘れられ消えていくものだ。そして自分がこの世から見捨てられるという恐ろしいことが、ある形を伴って目の前にやってきたとき初めて、テーブルに坐った客にコーヒーを注いでいるウェイトレス、ブロックを積み上げている職人、窓を開けている少女、ゴミ集めをしている男といった、元気なときにはつまらないものとして見過ごしてしまうような、本当に平凡な人間たちが住む世界が、自分にはもう手の届かない、幸せに満ちたものに見えてきて、アキレウスの魂が黄泉《よみ》の国からオデュッセウスに語ったことが真実の言葉として新たに胸に刺さってくる。「死をつくろうことはやめてくれ。すべての、命のない死人《しびと》の王となるよりは、生きて、暮らしの糧もあまりない土地を持たぬ男の農奴になりたいものだ」〔『オデュッセイア』十一巻。高津春繁訳〕

瀕死の人間は自分のことだけでなく、自分が失っていく世界のことも強く意識する。彼らはこの世界がいつまでも続くのだという幻想をなくし、死ぬべき人間という存在になってしまう。自分たちが死んだあともこの世界は続くのだ。しかしそれは曖昧に隠され、そうではないのだと思わせられる。あからさまに死が話題になるのは、冗談を言っているときだけだ。冗談でなら死を避けられない人間と、死を想像できない人間の間にある隔たりを笑いで和らげることができる。この世界にもういなくなるだろうという人間の将来について、知ったようにあれこれ言える人はいない。彼らが死んだあとも世界は続いていくということは誰もが無意識のうちに分かっていることだから、みな死に行く者に対しての思いやりなどないようなそぶりで日常の生活を進めて行く。敬虔な言葉など、埃や屑を見えなくさせるだけのものである。

母の信仰心はとても強かったはずだが、父がお前は神に対する信仰心を失ったと言って責めたてたときには、その気持ちが逆に作用してしまった。母の信仰心がいくら強かったにせよ、自分を頼りに思い、自分が愛し、愛しく思っている人たちをみな失ってしまうという苦しみを和らげることなどほとんどできなかったに違いない。四十二年間この世界で暮らし、自分を愛してくれた人もたくさんいたのに、母にはこの苦しみを伝えられる人がいなかったのだ。

毎日学校から帰ると、大抵は少し時間を置いてから、二階の母の部屋に行った。妹たちは家に帰ってくるとそのまま二階に駆け上がって行ったが、すぐに飽きてしまい、また外に遊びに出て行くのだった。私が一番望んでいたのはただ母と二人だけでいることだ。私はベッドの端か低い窓枠に腰をかける。まずその日の学校のこと、それからいろいろな話をする。外に出て枝を集めたり、丘の上の病気の牡牛に餌をやりに仕方なく部屋を出て行かざるを得ないこともある。そういうときは仕事を終えると一目散に母の部屋にかけ戻るのだ。ロザリオの祈りも母の部屋でした。ケイティーが弟を二階に連れてきてくれ、私たちはみな母のベッドの周りで跪いた。

ある日の夕方私が低い窓枠に坐っていると、母が言った。

「お母さんに約束して頂戴」

「お母さんのためにミサを挙げるっていうこと？」

「そうじゃないの。もちろんいつかはそうして欲しいけど、もっと他のことよ。約束できる？」

「何を？」

「約束できる？」

「何だか分からないのにできないよ」

「お母さんがいなくなっても、あんまりうろたえないで欲しいの。他の妹弟たちにできることは何でもしてあげて、みんなを仲良くさせて欲しいの」

「お母さん、どこかへ行っちゃうの？」

「神様がお呼びになったら、行かなくちゃいけないの」

最初母はダブリンに行ってしまうのかと思った。母の居所も知らず警察署で何か月も過ごしたときのように。しかし母の具合はそのときとは比べようもなく悪くなっている。今度は家に帰って来られないのかもしれない。

「いやだよ、いやだよ」

「お母さんは神様と一緒に安心して暮らしていけるわ。そしてみんなのことを天国で待っているわ。いいこと?」

「いやだ!」私は窓枠から下りてベッドへ向かって走った。「神様は天国でたくさんの人と一緒にいられるかもしれないけど、ぼくには誰もいないじゃないか」

私たちは長いこと話をし、ついに母は、自分は死なないわ、と私に約束した。私たちはじきに一緒に列車に乗って町まで行くこともできるだろう。私が挙げる最初のミサに母はやって来て、手摺の前に進み、私は神父になりたての手で、まず母に祝福を与えるのだ。代わりの先生もいるし、長い夏休みも控えているし、九月までにはきっと良くなる。そうして私たちはまたブレイディーの池やブレイディーの家や通りを過ぎ、年老いたマホン兄弟の住む草葺きの家がある道を過ぎ、暗くて深い石切り場のそばを通り、鉄橋を渡り、マホンの店を過ぎてきつい丘を登って学校へ歩いて行くのだ。

その日の午後は、ケイティーに何度も何度も呼ばれてやっと部屋から出て行った。私は不安で落ち着かない気持ちで部屋を出た。ケイティーや他の妹弟たちの顔を真っ直ぐに見ることなどできないと思いながら、彼らの前をのろのろ通り過ぎて行くとき、ケイティーが手で顔を隠そうとしていたのに気がついた。


パットはほとんど毎日家に来て、階段を上って母の部屋へ向かった。部屋に続く狭い木の廊下を歩きながら、彼は大きな咳払いをした。戸口に立ち、寝室の中には決して入ろうとしなかった。彼は咳払いをしてからいつも「病人の具合はどうかね?」と聞いた。母は大抵、良くなったとか昨日より少しは良いと答え、それを聞くと彼は元気になった。彼はこれからやって来る夏の良い天気のこと、あとどれくらいで夏になるのか、などという話をした。二人はとても仲が良かった。一度だけ彼女が「そんなに良くないわ。時々もう起きられないんじゃないかと思うこともあるの。どうなってしまうのか分からない」と答えたことがあった。それを聞くと彼は震え出し、しばらく口もきけなくなった。そして何度か咳払いをしたあと言った。「そんな風に考えちゃ駄目だよ、スー。そんな風でいたら、じきにお終いになってしまうぞ」

「そんなことは望んでいないけど、私たちにはどうしようもできないこともあるわ」

「大丈夫、良くなるよ、スー。お前よりもずっと具合が悪くて、誰もがもうお終いと思っていたような病人だって、一人でぴんぴん歩けるようになっているんだから」

ある日の午後マギーが興奮して自転車に乗ってやって来た。彼女はロンドン病院の最終試験で主席の金メダルを貰った若い女性が近所に戻って来ているという話を聞いてきたのだ。彼女はその人の家に行って、母の看病に来てもらえないか頼むため、私に一緒に来て欲しいと言った。その女性の家は数マイル離れたギャラダイスの外れにあった。ギャラダイスに向かって細い道を自転車で走りながら、もし私たちがその娘を説き伏せて家に来て貰うことができれば、何もかもがまた元通りになるだろうと思った。

黒い服を着た老女が戸口に現れた。またしても私は自転車の番をさせられたが、今度は雨は降っていなかったし、長くなった夕方の日の光も残っていた。マギーは私を指さしながら、出かけてきた目的を説明していた。

「あの子は休暇で家に戻ってきたんです。何しろイギリスでのあの成功やら何やらで疲れきっているんです」

「ともかくちょっとでもお話しさせて下さいませんか」マギーは熱心に頼んでいた。

母親が家の中に消え、自信に溢れた様子の若い女性が戸口に現れた。彼女は始めのうち明らかに気乗りがしない素振りをしていた。マギーは私を指さし、他に子供もいて、先生をしている私の母がいかに若いかなど熱心に説明して頼んでいた。お手伝いもいますが、食事を作るだけで家の仕事はしないんです。私はどうなるか心配でじっとしていられなかったが、時間や給金の話がついたのが聞こえてきたので、一気に気持ちが軽くなった。

その次の日、その看護婦さんがやって来た。彼女は母の寝室の状態に、また恐らく家全体の状態にも驚いたようで、午前中一杯部屋の掃除や配置変えをして費やした。ドラン先生がやって来て、往診のあと、家から少し離れた燃え殻を敷いた道で看護婦と少し話をしていた。赤ん坊は夜は母と一緒でなくケイティーと寝かせること、と決められた。ロザリーンが母と寝ることになり、私の小さなベッドが母の寝室に運ばれた。朝の六時に母がロザリーンを起こし、すると彼女は私を起こした。私は下に行って火を熾す。薬缶のお湯を沸かすと、私は二階に運び、ロザリーンと一緒に母がそれに白い粉を混ぜる手伝いをした。ロザリーンはあれは多分モルヒネだったと思っている。私はそれからまた下に行って、暖炉にもっと泥炭をくべて、ケイティーが家の仕事をすぐに始められるようにした。看護婦から新たに厳しい規則が言い渡された。学校から帰って来てすぐに母の部屋に行くことや、階段を上って部屋に行くことが許されたとしても長い時間いることはもうできなくなった。母は日中の多くの時間を眠って過ごしているようだった。

六月になり天気が良くなった。山羊たちも丘に戻って来た。家の前の小さな砦のような花壇もそのままだったが、誰も面倒を見なくなったので、小さな花が草の間に何とか見えるような状態だった。時々線路を歩いてキーガンさんの家まで行った。天気の良い日には父親とジムとクリスティーは大抵外の畑か泥炭地に出ているはずだから、家にはブライディーしかいないと分かっていた。彼女は私に良くしてくれて、バターの上にジャムか蜂蜜を塗ったパンを何枚かとお茶をご馳走してくれた。

「お母さんはまだ臥せっているの？」

「そうなんだ。今は看護婦さんが来ている」

「そうだってね。寝込んで随分長いことになるわね。先週私が行った時にはあまり具合が良いようには見えなかったわ」

「神父さんの所に行ったとき、ひどい天気で、びしょ濡れになったんだ」

「あんただってそのとき一緒に行ってびしょ濡れになったんでしょ。でも寝込んでなんかいないじゃない」

「うん。だってぼくは病気じゃないから。お母さんもじきに良くなると思う。看護婦さんも来てくれるし、本当に運がいいんだ」

「もしお母さんが良くならなかったら、どうするつもり？」

そんなことは想像もできない。こんないやな、楽しくない話をするためにここに来たのではないのに。「お母さんは良くなるよ。休みが終わればまた一緒に学校に行けるようになる」

「でも戻れなかったら、どうするの？」

「戻れるよ。お母さんが良くなるための時間は山のようにあるんだから。夏休みがその時間だよ」

「もし死んだら、どうする？」

「お母さんが死ぬはずないよ。だってまだ若いもの。死ぬのは年寄りだけだよ」

「うちの母親が死んだときは、まだお婆ちゃんじゃなかったわよ。母親が死んで、私は十四で学校へ行くのを諦めなくちゃならなかった。神様はどんな歳の人だってお召しになるのよ」

「死にっこないよ！」と言ったあと、家に近づいてくる足音や話し声が聞こえてきたので、黙った。ジムとクリスティー、それに父親が畑から戻って来たのだ。みな私を歓迎してくれた。いつもなら私はブライディーを独占していたかったが、このときほど彼らの姿を見て嬉しくなったことはなかった。

線路の枕木と白い石の上を歩いて戻るときにも、ブライディーの質問が頭から離れなかった。「もしお母さんが良くならなかったら、どうするつもり……もしも……」あまりにも恐ろしい言葉。疑いや恐れの気持ちが起こってきてどうしても頭から離れない。なぜブライディーは私を苦しめたかったのだろう？　何て恐ろしいことを彼女は言ったりしたのだろう？　半分ほど来たところで私は枕木の上に腰を下ろし、頭を抱えた。たとえ列車が来たって構いはしなかった。

　ドラン先生が毎日やって来た。夜の間母の世話をするためにもう一人の看護婦が雇われたので、ロザリーンと私はまたかつての自分たちの部屋に戻った。暖炉の火は看護婦によって夜中も絶やされず、火を落として灰が掻き出されることもなくなった。喧嘩や大騒ぎをすると、静かにするようにと注意された。パットとマギーも町から毎日やって来た。ジミー伯父さんもやって来た。ケイティー叔母さんも。マクグレイル神父も。マクマーロー先生も来た。土曜日や日曜日には他の先生たちも来た。その中には自転車で遠い距離をやって来る人もいた。しかし父は決して姿を見せなかった。

　私たちは以前のように目をかけられなくなってきた。ブレイディーの家の三人の子供が毎朝学校へ行くときに池のそばで私たちを待っていてくれ、帰るときも一緒だった。ブレイディーたちと別れると、すぐにウィーランの兄弟たちが私たちに喧嘩をふっかけてきた。私はその中の一人と戦ったが、やられた。私は激しい屈辱を感じたが、そのことは誰にも言わないでいた。しかしいつの間にかその話が知れわたったのだろう。それからは年上のヒュー・パトリック・ブレイディーが自分の家の前の池を通り過ぎ、燃え殻を敷いた道の鉄門まで私たちと一緒に来てくれるようになった。彼が帰って行くと、ウィーランたちが門の近くまでやって来て、かかってこいと、家に向かって大声で叫んで挑発することもあった。私たちの母がもう学校に出て来ていないので、私たちは弱々しく攻撃しやすい相手と思われていたのだ。

　六月の最後の日曜日、私はケイティー叔母さんの家に招かれた。ブリージ、ロザリーン、マーガレットそれにモニカはその日はブレイディーの家に行くことになった。そうしてその間小さな家を掃除し、ケイティー・マクメイナスの仕事を軽くし、家の中を静かな状態にしたのだろうと思う。ミサに出てから帰ってくると、私はすぐに自転車で町に向かいウィローフィールド・ロードに出た。その細い道はマクギャリーの家の門で行き止まりになっている。その草葺きの家からは島や数羽の白鳥の浮かぶ湖が見えた。たくさんの野鳥が湖に集まり、静かな水の上に突き出ている姿が何か黒い果物でも浮かんでいるように見えた。

　マクギャリーの畑に沿って小さな運河も流れていて、ウナギや明るい黄色のローチや小さなパーチがたくさんいた。

従兄弟のエメットと私は湖岸を歩いて探検して楽しい一日を過ごした。彼は湖の上の落葉の脇に浮かべた瓶にパイク用の延縄《はえなわ》を括りつけて仕掛けていた。私たちは走ったり、運飛び回ったり、家に帰って土間でビー玉遊びをしたり、河でたくさんの小さなパーチを捕まえたりした。くたくたになったけれどとても楽しかった。家に遅くなって戻ってみると、みながとても心配していて、嵐のような質問攻めにあった。「今までずっとどこに行っていたの？　何でこんなに遅くなったの？　あなたがいない間にお母さんがいけなくなりそうだったのよ。お母さんはあなたを呼んでいるし、私たちはあなたを見つけられなかったのよ」

お母さんがいけなくなりそうだった、それなのに私はそこにいなかったのだ。もちろん母は私を置いて行ってしまってはいなかった。ほっとはしたが、とても後悔した。私は階段を上った。母はどこにも行ってはいなかった。そこにいた。私たちはキスをし、私はベッドの端の母のそばに腰を下ろした。「最初からこんなに遅くなるつもりなんかじゃなかったんだ」

「いいのよ、坊や。マクギャリーさんたちはどうだった？」

部屋には看護婦がいたので、私がいなかった間にあやうく起こりそうになったことも、また私たち二人の夢についても話しはしなかった。周りに遠慮しなくてはいけないような雰囲気が漂っていた。母の声は低く、とても疲れているようだった。しかし私はいつまでもそこに坐っていたかった。長い時間が経って、看護婦が私に近づいて、もう戻りなさいと、そっと私に触れた。母はぐっすり眠っていた。

父はマギーかパットから母がもう長くはないだろうということを聞いていたはずだ。マーガレットとモニカは、ブレイディーの池のそばを通り、ブレイディーの家のそばを通り、年老いたマホン兄弟の住む草葺きの家の近くの道を通り、暗くて深い石切り場のそばを通り、鉄橋を渡り、マホンの店を過ぎて、きつい丘を登って学校へと歩いて行った。しかし私を含めた残りの子供は学校へは行かなかった。私たちを警察署まで乗せて行くために一台のトラックがやって来た。それは前の晩から決まっていたことに違いない。というのは茶色の雌鳥は朝になっても外に出されておらず、警察署への移動のために木箱に入れられていたからだ。パットとマギーが家の中にいて、何週間も姿を見せていなかった二人の職人もやって来ていた。六月末の本当に素晴らしい天気の朝だった。小鳥たちがそこら中でうたっていた。トラックの音が聞こえると、パットは車を門を通って家に続く車道に誘導するために外に出て行った。トラックは家と花壇の間の燃え殻を敷いた道の上でやっと方向を変えて止まった。運転手一人しかいなかった。

　運転手がパットにメモを渡し、彼はそれをマギーに読むようにと渡した。マギーは書いてあることをパットに聞かせたが、小声で早口だったので、誰にも聞き取れなかった。男たちが家から家具を運び出し、荷台に積み上げ始めた。まず下の部屋のものが運ばれた。テーブル、イス、黄色のドレッサー、ポット、バケツ、盥、粉入れ、牛乳缶、タオルや布巾でくるまれたカップや皿などが入った茶道具入れの箱、油を抜いたランプ、壁に掛かっていた宗教画。それから男たちは二階を片付け始めた。衣装箪笥、整理箪笥、マットレス、ベッドカバー、白いエナメルの溲瓶。階段は狭く段差が不揃いだったので、厄介で大変な手間がかかった。母の自転車は私の小さな自転車と一緒に荷物の上に括りつけられた。鉄製のベッドが一番最後だった。ベッドを組み立てていた継ぎ目が湿気で錆びついていたので、自転車油を注《さ》したり、力ずくで分解しようとしたが、うまく行かなかった。金槌があるのが見つかった。男たちはそれを継ぎ目に打ちつけて分解し始めた。鉄の枠に金槌が当たる音が響き、家の薄い壁がそれに合わせて震えた。職人の一人は金槌が立てる音に毒づいていた。継ぎ目がやっと離れ、軽い音を立てて崩れた。小さな家の中がきれいさっぱりしてしまうのにはほんの一二時間しかかからなかったはずだが、なんだか丸一日もかかったような気がした。

　荷台が荷物で一杯になって行くのを眺めながら、私は草の伸びきった花壇の脇に立っていた。そうやって、階段を上り踊り場を越して部屋に入って母に最後の別れをしなくてはいけない時間をぐずぐずと引き伸ばしていたのだ。私はすでに牝牛や白い牡牛、それに丘の上の山羊たちにはさよならを言ってきてあった。年老いた小馬などは私が近づいていくと、引具をつけられて仕事に連れて行かれるのかと思って、後ずさりをした。ブリージとロザリーン、それに小さなディンプナもすでに母の部屋に行っていた。赤ん坊の弟もケイティーに抱かれて一緒に行っていた。ブリージとロザリーンは、引越しと周囲の騒がしさのせいで興奮し、自分たちの大騒ぎに私も巻き込もうとした。私は彼女たちがこんなときによくもはしゃいでいられるものだと、憎々しい思いで黙って彼女たちを眺めた。今どういうことが起きているのか、なぜ分からないのだろう？　病人のいる部屋の窓が開いて、看護婦さんが私にいらっしゃいと手招きした。もうこれ以上ぐずぐずしているわけにはいかない。家具が何もなくなって、家の中が随分がらんとした感じだ。私は階段を上り、踊り場に行き、がらんとした小さな寝室のドアから部屋に入り、ベッドに向かったが、その間恐ろしいほど無感覚のままだった。マギーと看護婦が部屋にいた。

「トラックがもうすぐ出るんだ、お母さん」

「でもまだすぐじゃないでしょ、坊や」

母の声はとても低くて、ほとんど聞き取れなかった。

「さよならを言いに来たんだ、お母さん」

母の目はしっかりと私に向いていた。とても疲れているようだった。私は屈んで母にキスをした。母は動かなかった。私はどうして良いか分からなくなった。マギーも看護婦さんも顔を背けた。急がなくてはいけない。足早にさっと出て行かなければずっとこの部屋から出て行くことができなくなってしまう。しかし一方で私は母のベッドの脚に自分の腕を絡ませたままでいたかった。そうすればこの部屋から引きずり出されることもないだろうし、いつまでも母と一緒にこの部屋にいることができる。しかし私は部屋を出て、踊り場を過ぎ、階段を下りて、まばゆいばかりの日の光の中へ出て行った。

伯父さんが私の頭に手を置いたが、幸いなことに何も言わなかった。「トラックはもう出るよね?」私はそう運転手をせっついた。「いつでも出せる。もうほとんど終わりだから」驚いて騒いでいる雌鳥の入れられた木箱が最後に家具の間に置かれた。

私は二階の窓から視線を逸らすことができなかった。私はあの部屋に走って行きたかった。でも、そうしたら今度はちゃんと部屋から出て行けるだろうか? トラックのエンジンがかけられた。赤ん坊を腕に抱いたケイティーが運転手の隣に坐った。ブリージとロザリーン、それにディンプナは抱きかかえられて荷台に乗せられ、私はよじ登って彼女たちの隣に坐った。荷台の枠が閉められ、動かないようにピンが差し込まれた。大きな木箱にも蓋がされた。ディンプナはブリージとロザリーンの間のマットレスの上に坐っていた。彼女たちはディンプナがふらふら歩き出さないように注意しているように言われていた。二人の職人とパットとマギーが家の扉の周りに集まっていた。マギーの身体は震えていた。パットも取り乱しているようだったが、トラックが穴ぼこだらけの荷車用の道を車体を揺らしながら走って行くときに振り返ってみると、職人たちの方を向いていた。大きな道に出るとトラックはスピードを上げた。トラックが道路の穴にはまるたびに家具ががたがた揺れて、縄で木枠に縛りつけられていなかったら、道に落ちてしまっていたに違いない。雌鳥たちは不安でずっと鳴き続け、静かになることはほとんどなかった。踏切を越え、開け放したマギーの店の前を過ぎ、ハイ・ストリートを下り、父が町に来たばかりの若い警察官だった頃に住んでいた警察署を過ぎ、運河を越した。母が最初に教えていた修道学校の外にある青と白の聖母マリアの像の前を走りすぎるときには頭を下げた。私たちはフェナー、ケッシュキャリガン、リートリムの村を過ぎ、バトルブリッジで川幅は狭いが激しい流れのシャノン川を渡り、クートホールへ向かう狭い道に入った。妹たちは、この引越しという目新しい出来事にまだ興奮していた。私も少しすると彼女たちと一緒に、木の枠から手を伸ばして外にかざし、びゅんびゅんと飛んでいく風を指で切ったりした。

クートホールの村に入った。教会、ヘンリーの畑、レニハンの草地、そして警察の建物。チャーリー・レーガンのバーを過ぎ、郵便局を過ぎ、パトリック・マッケイブの家の前を通って、警察署に向かう短いシカモアの並木道に入った。その道の向こう側には、ずっと遠くにあるオークポート、ゆったり流れる川、きらきら光る湖、そして深い森のあるオークポートへの入口を示す赤と黒の標識が立っていた。

白い砂利道に私の父が署の全ての警官、すなわちウォルシュ、キャノン、マレー、それにウォルシュ夫人、キャノン夫人を従えて待っていた。二人の女性は薄い夏のワンピースを着ていた。キャノン夫人は長い裸足の足に白いテニスシューズを履いていた。高いカラーの留金ははずされていたが、父の制服のボタンや、襟章やバッジは全てまるでハレの日のときのようにぴかぴかに輝いていた。父は私たちを一人ずつ荷台から抱き下ろし、足が地面に着く前にキスをしてくれた。二人の夫人は泣いていた。ケイティーが私の小さな赤ん坊の弟を抱いて助手席から下りてくると、その泣き声はますます大きくなった。

「かわいそうな子供たち、かわいそうに、かわいそうに」

二階の部屋に入ってくるときや、出て行くときの彼女たちの哀れみの言葉を聞くのはほとんど耐え難かった。

家具を縛っていた縄が解かれた。警官たちは制服の上着を脱いで家具や荷物の入った箱などを建物の中に運ぶ手伝いをした。父だけがきちんと制服を着たままだった。ウォルシュ夫人は波止場近くの家に帰って行った。キャノン夫人は残っていた。警察署には何羽かの雌鳥がいて、外便所の前にあるルバーブの苗床の中で餌をついばんでいた。家から連れてきた茶色の雌鳥たちは新しい場所に慣れさせるため、まだ箱に入れられたまま鳥小屋の中に置かれることになった。

みなが家具を運びこみ始めるとすぐにその日の雰囲気は明るいものになってきた。家具をぶつけないように扉を抜け、部屋の角を曲がり、広い階段を上り、ゆっくりと二階に運ぶとき、警官たちは小声で冗談を言い、笑い声さえ漏らした。父だけが重々しく黙ったままだった。キャノン夫人は建物の中の広い台所に立ってケイティーと話をしながらタバコを吸っていた。私はテニスシューズの上に伸びる彼女の白い裸足の脱色された脛毛に目を奪われた。そしていけないとは思いながらも、わざと銅貨をセメントの床に落として、彼女の方へ転がらせた。拾おうとかがんだときに、短いスカートの裾の中が見えるかもしれない。

警察署の中は長い間人が住んでいなかったので、広い部屋はこだまが返ってくるほどがらんとしていた。妹たちは叫び声をあげて、こだまが返ってくるのを聞いて笑い声を上げた。その叫び声がどんどん大きくなり、ついに父が静かにしろと大声で怒鳴ったので彼女たちは泣き出した。家具はじきに全部運びこまれた。トラックは帰って行った。私は外の日の光の中へ出た。

舟にはタールが塗られ、執務室の下にある入江のヤナギの植込みに縛られて浮かんでいた。広い畑の耕せられるところは全て耕されていて、ジャガイモは豊かな緑の茎にたくさんの小さな白い花をつけて、あちこちから吹いてくる風に揺られ小波のように動いていた。その晩私は壊れた真鍮の鐘がついた大きな鉄製のベッドで父と一緒に寝た。部屋には一つだけ窓があって、そこからは川とオークポートが見えた。私は傷心のあまりぼんやりしていたので、自分が寝ている場所のことなど気にしていなかった。

不思議なことに次の日私たちは学校に行けと言われなかった。その次の日もそうだった。母が亡くなったという知らせが届いたのは三日目だった。私たちが宿舎の大きな居間にいたときに下の執務室で電話が鳴った。執務室の扉が開いてキャノン警部が階段を上がって長い廊下を進んで来た。彼は遠慮深げにノックした。「署長、私用電話がかかっています」父は扉を閉めて執務室に下りて行った。キャノン警部は私たちと一緒に居間に残った。彼は深刻な顔をしていた。「コラマホンからなの?」とケイティーが聞いた。彼がうなずくと、彼女はまるでダムが決壊したようにわっと涙を流して泣き出した。私も我慢できず彼女と一緒に泣き出した。お母さんが行ってしまったのだ。自分の名前を呼ばれてももう返事もできないのだ。永久に行ってしまったのだ。

私たちが急に泣き出したのを見て、ブリージとロザリーンは笑い出したが、執務室の扉が開き父がゆっくり廊下を歩く音が聞こえると静かになった。彼は百年にも思えるほどの長い間、黙って戸口に立っていた。「この子たちの母親が三時十五分前に亡くなった。彼女の魂に神のお恵みがありますように」

「署長、お気の毒です。本当に」キャノン警部は父の手を強く握って言った。

私が悲しくて悲しくて泣いていると、ブリージとロザリーンも私と一緒に泣いた。父はキャノン警部にパッキー・マッケイブにオーガウィランまで車に乗せて貰えるかどうか聞いてきてくれと頼んだ。「あとで上の方に、私の忌引を電話で伝えておいてくれ」キャノン警部はパッキー・マッケイブの家へ出かけるとき、執務室に通じる扉を全部開け放していった。

父は小さな袋からゆっくりとロザリオを出した。セメントの床に新聞紙を敷くと、その上に跪き両肘を食器棚の横の大きな鏡に面したテーブルに乗せた。「これから聖なるロザリオの祈りを、子供たちの母親の魂が永遠の安らぎを得られますように捧げます」

私たちは椅子を見つけ跪いたが、その間もずっと泣いていた。

「神よ私の口を開いてください」

私たちが唱和せず、泣いてばかりいたので、父は痺れを切らし自分で「私はあなたに賛美をささげます」と唱和し、大きな鏡の中を見つめた。

「子供たちの母が天国での永遠の安らぎを得られますように、全能なる神にこのロザリオの祈りを捧げます」

私たちは主とアベ・マリアの五つの玄義を何とか唱え終えた。妹たちはいつもと違う雰囲気にまごついていて、組んだ指の間からお互いの顔をいたずらっぽく眺めては笑い声をあげた。ついに父は祈りを中断した。「お前たちは死んだ者に敬意を表すことができないのか、わしが無理矢理させなければ駄目なのか？」

彼女たちは脅えてまた泣き出した。

「泣いたって敬意を表すことなどできないんだ。お前たちのかわいそうなかあさんに必要なのは祈って敬意を示すことだ」

私たちは立ち上がった。父は髭そり用のお湯と白いシャツを持って来させた。ケイティーが流し場の木の枠のついた鏡の前に鉄の台を置き、その上の盥の中にお湯を注ぎ、白いシャツを暖炉の前の椅子の背に掛けた。彼はそのシャツを持って二階に着替えに行った。キャノン警部が戻って来てパッキー・マッケイブがいつでも出かけられる準備ができて外にいると伝えた。彼は草地《ボーン》にある自分の家に寄って、妻に私の母の死を伝えていたのだろう、母のことなどほとんど知らなかったのに、キャノン夫人が泣きながらすぐやって来て、私たちを抱きしめてくれた。父は白いシャツを着て黒いネクタイを締め茶色のスーツに着替えていた。彼はキャノン警部がパッキー・マッケイブが外にいますと執務室から出てきて告げるまで、灰色のギャバジンのコートを腕にかけて黙って立っていた。私たちは父が外で待っている車に向かう後にみなついて行った。私たちはその小さな青いヴォクソールが短い道を走って出て行き、橋で曲がり、郵便局の影になって、ラヴィンズ・ヒルを下って見えなくなるまで眺めていた。

「考えてしまうだろうね」とキャノン警部が言った。

母の死のことはもう知れわたっていて、村の女性たちがやって来始めた。彼女たちは大きな居間でケイティーとキャノン夫人の周りに集まった。

「かわいそうな子供たち、かわいそうにねえ、本当に」

一人にならねばならない。父は、母が生きていたここ数週の間、一度も見舞いに行かなかったくせに、今になってなぜ一人で母の所へ行ってしまったのだろう？　私はルバーブの植込みを横切って外便所の暗闇に向かったが、そこでさえ一人になるにはあまりにも広すぎた。私は階段下の古い服や解いたセーターなどの小さな収納部屋のことを思い出し、小さな把手を回して中に入った。そこは暖かく、夜のように暗かった。古着の間に毛織物が入った袋があった。私は樟脳の匂いのするその袋に顔を埋めて、初めて心から泣いた。

私は母が元気で学校へ向かう道を歩いている姿を思い出した。リサカーンへ。ビーモアへ。オーガウィランへ向かう母を。また列車に乗っている母を。マギーの店の中にいる母を。母のそばにくっついて町の店から店を歩いたときのことを。オーガウィランで夕方暖炉の中で枝が燃える大きな火の影が壁や天井に上っていくのを母と眺めたことを。月明かりに導かれてオラートンの店に母と一緒に牛乳を買いに行ったことを……しかし母はもう私が一緒について行けないところへ行ってしまったのだ。私はもう母の顔を見ることもできない。母の部屋に行かずにトラックのそばの花壇で時間を過ごしてしまったことを思い出すと、心がかき乱された。あのときの時間が一分でも戻ってくるならば、私は二階に駆け上がり、母と一緒に過ごすのに。トラックが出て行く音を聞いたとき、母は何を思っていただろう。

みなが私の名前を呼んでいるのが聞こえた。私は要らなくなった毛織物などの入った袋の間に何時間もいたのに違いない。みなは私を川の方まで探しに行っていた。私はそろそろ姿を現さなくてはならなかった。そうしてその日が終わるまでみなの前に顔を出していなくてはならなかった。

「あなたのお母様はこれからは今までよりもっと幸せになれるわ。天国であなたたちのことを見て下さるわよ。天国でもっとあなたたちにいろいろなことをしてあげられるようになるわ」と一人の女性が私に無理に何かを食べさせたり、お茶を飲ませたりする間に喋っていた。

「この子たちの誰かお葬式に出るのかしら？」

「誰も行かないということよ」

「そうね、生きていたときのことを覚えていた方がいいのよね」

なかなか日が暮れなくて、のろのろと時間が過ぎて行き、夜が来ないのではないかと思えるほどだった。やっと女性たちが帰り始めた。

「ぼくたちは明日オーガウィランへ行くの？」私はみなが帰ってからケイティーに聞いた。最後の希望。

「いいえ。私たちは行かないのよ、坊や」ケイティーは言った。

彼女はロザリオのお祈りは、すでに済ませているので寝る前には必要ないということに決めた。「明日は教会へ行く日。日曜日のようにみんなでミサに行くの。朝の最初のミサに行って、お母様のための聖体拝領もしましょうね」

その日は聖ペテロと聖パウロの祝日だった。私はミサに行って人と顔を合わせられる自信がなかったので、行かないで済むようにいろいろ試みたが、ケイティーは譲らなかった。「あなたがもし教会に行かないのなら、お父様が帰ってきたときに言いつけなくちゃなりませんよ。他の日ならともかく、今日教会に行かないなんてこと絶対にいけません」

「あの子のお母さんは死んだのよ。あの子のお母さんは死んだのよ」私は礼拝堂の壁に沿って立っている人たちからの言葉の間を逃げるように走り抜けて行こうと決めた。教会の中では人々の間に紛れて目立たないでいることができたが、神父が説教の前に告知を読み上げてしまった。「昨日亡くなられたマクガハン署長の奥様、スーザン・マクガハンさんの御霊のために、皆さんご一緒にお祈りをお願いします。教区の皆さんが出席されたいとのことで、彼女のご遺体は、オーガウィラン教会に今日の六時に移されることになっています。埋葬は明日の十一時のミサのあとすぐに執り行われます。彼女の御霊と、神の恵みを受けた全ての信者の魂がとこしえに安らかに憩わんことを、アーメン」

私は教会から走り出て行きたかったが、人々に取り囲まれていたので席から離れることができなかった。みな母のために祈っている。人は他人のためにお祈りをするとき、その人のことを親しく身近に感じたり、深刻な気分になったりすることは決してない。そんな風に今みなが母のために祈りを捧げている。

母は今日の六時に教会に移されるのだ。そして一晩中教会の内陣灯の明かりの元で一人ぼっちにされるのだ。明日の十一時のミサのあとで、母は埋められる。母の死が間違いであって、全て元通りになるという希望はもはやなくなってしまったのだ。

私はいつか神父が説教壇から私を注意したあと走り出て行ったときのように、教会から走り出た。今までにそんなに長い距離を走ったことはなかった。ヘンリーの店の通りを下り、ジミー・シヴナンの鍛冶屋の脇を通り、ギリガンの店を過ぎ、石の壁を越えて移動店舗を牽くための馬が草を食んでいるギリガンの牧場に入り、また石の壁を越えてアーチを潜り、警察署の建物の中に入って行った。私の心臓はどきどきしていたが建物の中にいれば安全だ。大分たってから、自転車や馬車やサイドカーに乗ったり歩いて帰ってくる人々が橋に向かう流れになって進み始める音が聞こえた。

静まりかえったあのオーガウィランの家に人々が一日中やって来る様子を私は想像した。人々はあの燃え殻を敷いた道を歩いて来て、戸口で「大変なことで、お気の毒に」と言いながら握手をし、階段を上がって母の最後の顔を眺めるのだろう。生きているとき顔を見る時間がたっぷりあったのに、その機会を私はふいにしてしまっていた。通夜の番を引き継いだ女性によって一晩中見守られてきた母のベッドの足元に人々は跪き、そのあとお茶やワインやウイスキーを飲むのだろう。蠟燭の光の中で冷たく横になっている母はそばに人がいようがいまいが、もう決して再び動いたり微笑んだりはしないのだ。

私は一日中時計を睨んでいた。六時になると、母は教会に運ばれて行くのだ。時計の針が五時を過ぎると、私はあの家の様子を思い描いて気持ちが混乱してきた。茶色の棺桶が霊柩車に乗せられてやって来る。霊柩車は小さな鉄の門のそばで止まるだろう。空の棺桶が出され、燃え殻を敷いた道を通って家まで運ばれる。棺桶が運ばれると人々は家から出て外の燃え殻を敷いた道か花壇のあたりに集まるだろう。すでに家具が運び出されてしまった家を見て人々は何と思うだろう？　母の近親者だけが家の中に残っている。入口の扉は閉じられ、ブラインドも下ろされるだろう。外では一人がロザリオの祈りを唱える。すると残りの人たちが声を合わせて小声で唱和する。ベッドの脇に幾つかの椅子が集められ、その上に棺桶が置かれ、父とマギーとケイティーとパットとジミーが集まって、母と最後のお別れをする。

みなが母をベッドから持ち上げて、木の箱の中に彼女を安置する。蓋をしてネジを回す。もう母の顔を見ることはできない。がらんとした部屋を通り、母は階段を揺られながら運ばれて下に行くのだ。外に出ると、一人が祈りを捧げる声、それに唱和するたくさんの声が聞こえてくる。家の戸口を抜けると、彼女は父や、ジミー伯父さん、パット、フランシー・マクギャリーといった人々の肩に担がれる。そうして燃え殻を敷いた道を進んで門口で待っている霊柩車に乗せられる。霊柩車は最初はゆっくりと、だんだん速度を上げてブレイディーの池やブレイディーの家のそば、年老いたマホン兄弟の住む草葺きの家がある通りを過ぎ、暗くて深い石切り場のそばを通り、鉄橋を渡り、今は閉まっているマホンの店を過ぎて丘を上って学校に向かう。霊柩車は校門の前で一旦止まり、それから公会堂とサッカー場を過ぎ、小さな丘を越えて教会に向かうのだ。その道の両脇には母が好きだった小さな花が一杯咲いているだろう。草の上に放置されているあの鐘だって今は鐘楼に吊り下げられているように鳴りだすだろう。

母は一晩中教会の赤い内陣灯の下の祭壇の前に置かれたままでいるのだ。棺桶の周りには黒くて長い燭台の蠟燭が点されている。彼女は一晩中、扉も閉められて誰もいない不気味で静かな教会の蠟燭の明かりの元で、茶色の棺桶の中に入れられて置かれるのだ。しかしまだ彼女は土に埋められてはいない。まだどうにかすれば全てが元通りになるかもしれない。

朝、一片の雲もなく晴れた青い空が広がっていて、また良い一日が来ることが約束されていた。橋の所に小さく人がかたまっていて、三台の車に乗って出て行ったのが見える。

午前中ずっと私は一分一分時が過ぎていくのを確かめながら時計を見つめていた。十一時が近づくと気も狂わんばかりになった。誰にも見られていないことを確かめると、私は食器棚の上の青い時計を手に取り、こっそり家を出て、ニワトコの植わっている道を歩いてアーチの方へ向かった。母はもう二度と、ほのかな香りをした花が小さな黒い実を結ぶのを見ることもできないのだ。緑の木の葉の間でその実は黒っぽく見えた。誰の姿も見えなかった。しかし私はボーンへ向かう丘を半分ほど登って、大きな樫の木まで急ぎ、月桂樹の厚い繁みの中へ入って行った。私は時を刻んでいる時計のひんやりしたガラスに頬を当てた。教会はもう人で一杯になっているだろう。白と黒の衣装を着た侍者の少年たちのあと、祭壇に神父たちが続いて出てくるだろう。厚く繁った葉に覆われた私のそばには、裸の枝から枝へと素早く飛び移る一羽のミソサザイしかいなかった。内陣灯の下に置かれた棺桶の周りには四本の蠟燭が点されている。司祭のラテン語の詠唱が始まる。「われ多くの人とともにゆき、歓喜と賛美の声をあげて彼らを神の家にともなえり」（旧約「詩篇」42章4節）私にはもう止めることはできない。私は、両手で時計を握り締め、泣きながら、挙げられていくミサの一つ一つの動きについて行くだけだ。

ミサが終わると、神父たちは祭壇の横にある椅子に向かって行く。侍者の少年たちは祭壇の階段の上で仕えている。父とジミー伯父は手摺の外側にある小さなテーブルの脇に立つ。弔問者たちは黙ってやって来て、父と伯父の前のテーブルの上の箱に献金する。その列が終わると二人の男がやって来て、お金を数え、小さな青い袋に入れ、集まった金額を紙切れに書き付ける。男たちはその紙と青い袋を神父の所に運んで行く。読み上げられた金額はいつになく大きいものだ。母は教師だったし、まだ若かったからだ。マクグレイル神父は人々の方を向き、母の生涯のこと、母の信心、母の慎み深さ、母の優しさ、母が信頼しているものに対して持っていた責任感について話をする。私はそれを頭の中で聞きながら声をあげて泣き、時計の針が止まってしまうのではないかと思った。

神父たちは祭壇の門を通って進み、棺桶に祝福を与える。侍者の一人は聖水入れを、一人は香炉を、またもう一人は船形聖香入れを捧げ持っている。十字架を持った少年が通路を少し進んで止まる。

歩哨が夜明けを待つように、母は神をずっと待っていたが、今や神の元へ出かけて行くのだ。神にはたくさんの僕がいるけれど、私には最愛の人はただ一人しかいない。月桂樹の間に隠れた私の手の中で時計が時を刻んだ。火が消され脇に置かれた蠟燭から煙が上る。父と伯父は苦労して肩の上に棺桶を乗せる。生きた人間に担がれるのはこれが最後になる。十字架を先頭にして人々がそのあとをついて行く。出口から外に出ると太陽の明かりで棺桶の金具が光る。担ぎ手が砂利道で歩調を替えるとき、少し揺れる。聖具室の建物の周りをゆっくりと進み、ドラン墓地の入口へ続く歩道まで行く。墓石と花の間の土には大きな穴が掘られている。綱を付けた棺桶が静かに着地できるように、墓穴には苔が敷かれている。人々が墓穴を取り囲んで集まり、神父が一握りの土を投げ込む。そのあとシャベルで土が棺の上に素早く落とされていく間、みな頭を垂れる。茶色い木の箱は土に隠れてしまう。そのあと墓穴は埋められ、緑色の芝が土の上に置かれる。人々は自分たちの先祖の墓地へゆっくりと向かったり、入口の外、明るい日の中へ出て行ったりする。

月桂樹の繁みから外に出た。外の道はほとんど木影になっていたけれど、眩しくてしばらくは目が見えなくなったような感じがした。アーチのところで、シカモアの並木道から釣竿を持って警察署へ向かって歩く二人の男の姿が見えた。舟を借りたのに違いなかった。彼らが警察署の門に着くまでに追いつきたくて私は走った。私は彼らと舟に乗って川で釣をしたくなった。

「舟を出すんですか？」

「やってみようと思っているんだがね」

「ぼくも一緒に行っていいですか？」手には時計を持ち、顔に涙のあとをつけた私は相当妙な様子だったに違いない。

「今日が何の日だか分かってるね」と彼らは私を傷つけないように、私に思い出させた。

「お葬式はもう終わっています。出かけて行っても別に悪いことはないと思います」

「俺は今日は出てきてしまったけど。みんなが家に戻ってきたとき君がいなかったらまずいと思うがね」

「誰も気にしないと思います」

「どっちみち俺は出てきてしまったけどな。また別の日もあるぜ。ところでその時計どうしたんだい？」

私は面食らってしまった。「時間を見るために持って出たんです」私はぎこちなく答えた。

彼らの気が変わって一緒に連れて行ってくれるかもしれないので、私は彼らの後をついて背の高い草の間を歩き、川へ下って行った。彼らがオールを棹にして、川の流れに舟を押し出したとき、水の上に浮かんでいたたくさんの落葉ががさがさ音を立てて分かれて行った。彼らが舟を漕ぎ始めると、オールがひどくきしんだ音を立てたので、舟を止めて、乾いたオール留に水をかけていた。オークポートに向かって漕ぎ出したとき彼らは私に手を振った。私もお返しに手を振って、それから家に戻った。

茶色の雌鳥たちはもうオーガウィランの記憶を失くしてしまったように、ルバーブ畑の周りで餌をついばんだり、羽根を掻いたりしていた。家に入るとき私は時計を小脇に挟み、誰にも気がつかれないうちに、食器棚の上に戻した。私はあんなにすぐ川へ行きたくなったことを恥ずかしく思った。私が母のことを忘れ、自分一人の楽しみを追い求めようとしていたあのとき、母はまだ埋葬されてもいなかったに違いない。私は母のことを一時間も考え続けることすらできなかったのだ。この埋め合わせをするため私はいつか母にミサを捧げなくては。そしてそのときには私はひどく苦い気持ちで私たちの夢が昔とは違ってしまったことを思い起こすことになるのだろう。だって母はもう私のそばにはいないのだから。

葬式が終わって、どれも父の親戚であるスミス家、ブレイディー家、レディー家の人々と父親を乗せた三台の車が突然帰ってきた。父は疲れた様子だったが、自分の地位を目立たせるような格好のままでいた。ケイティーがみなにお茶を淹れた。「かわいそうな子供たち、かわいそうな子供たち」女性たちは繰り返した。それをじっと聞いているのは易しいことではなかった。彼女たちは窓際の小児用ベッドで寝ている私の七か月の弟のことをたいそう心配していた。

私は彼らの様子から何かを探り出そうとした。何しろ彼らは母がベッドの上に横になっていたのを見てきたし、お棺の後を付いても行ったし、私がカチカチいう時計を持って外に出ていたときには墓穴に土が埋められるのを見てもいたはずなのだ。だが私は彼らの話を聞いているうちに我慢ができなくなり、家を抜け出し、誰にも気づかれずに川へ向かった。

今晩から恐ろしい生活が新たに始まろうとしている。明日も明後日も、これからは毎日ずっと母のいない生活が続くのだ。燃え殻を敷いた道にいたトラックの近くに立っていた一時間かそこらを元に戻すことができるのなら、私はその時間を何回にも分けて母の顔を見るのだが。そうすれば母はいつまでも消えて行ってしまうことはないだろう。

警察署に住む年寄りの灰色猫のマリアが、先ほどの男たちの乗った舟の帰りを待って石垣の上に出ていた。私はその舟を見つけた。舟が狭い水路を出るときに夕方の太陽の光を受けてオールが輝き、それからオークポートの方に向かって進んで行った。私はマリアを捕まえてふわふわした身体を顔の所まで持って行きたかったが、彼女は捕まえられるのを嫌がった。猫はヤナギの木の間に走りこんで行ったが、私が水際から戻るとすぐまた石垣の上に戻ってきた。私はじっとして、舟を待つことにした。しかしその舟がオークポートの境界にある航路標識にたどり着く前に、人々が私の名前を呼んでいる声が聞こえてきた。ロザリオの祈りの時間だ。

葬式の次の日曜日、青い制服姿の父は教会の最前列の席までとてもゆっくりと歩いて行った。後ろについていた私は大変な苦労をして歩く速度を緩めなくてはいけなかった。聖体を頂いたあと父は目を閉じ手を組んで祭壇の手摺から戻って来た。まるで天国の死者たちと霊的な交流を済ませてきたかのような様子だった。ミサのあと人々がお悔やみの言葉を述べにやってくる間、教会の門のそばに立つ父の隣で待っていなくてはならなかった。何時間にも思える長さだった。「かわいそうな子供たち、かわいそうな子供たち、かわいそうな子供たち」とまた言われたので、私は泣き出した。しかし私がそのとき実は怒っていたことに気づく人はいなかった。葬式のあとの何週間か、父は何かにとり憑かれた人のようになった。

三十日後に行われる追悼ミサは伝統的に近親者だけでひっそりと死者を偲ぶためのものである。しかし父は大ミサ[1]

1——荘厳ミサ。焼香や奏楽つきの盛大なミサ。

を挙げたがった。マギーは驚いた。彼女はコーリーハンの教会で読誦ミサ[1]を挙げてもらうためにすでに支払いを済ませていたのである。彼女はまた母が何年も住んで、教職に就いていたオーガウィランの町でミサを挙げて欲しいとも手紙に書いた。母に好意的だった神父たちが、母のためのミサなら既に個人的に挙げているし、使えるお金があるなら喜捨してもらえれば何か捧げることもできる、とマギーへの手紙に書いていた。

大ミサということになれば、十人もの神父が必要になるだろう。その全員にお金を払わねばならないし、ミサが終わったら町のホテルで食事も用意しなくてはならないだろう。父が文句を言う暇を与えないように、マギーはマクグレイル神父を訪ねて行った。すると神父はすでに父から大ミサに関して打診を受けていると話した。マギーは家に帰って、神父様は大ミサは伝統に反するし、必要でもないので強く反対されている、と報告した。さらにマクグレイル神父が休みには出かける予定があるので、早く日取りを決めて欲しいと言っていたので、読誦ミサの日取りをマギーは自分で決めて予約してしまった。その日はもう変更できないし、彼女はその日が一番ふさわしいのだと言った。十人もの神父が必要な派手な大ミサは回避された。

しかし墓標を選ぶ時には父は自分の考えを通した。父はスミスの店に私を連れて行き、展示されている墓石を何時間も見て回り、ようやくその中から、真ん中にイタリア製の薄くて白い大理石製のキリスト像が嵌められた、一番高価な石灰岩の大きなケルト十字架墓標を選んだ。

父は毎晩大きな鏡の前のテーブルに坐り満足の行くまで墓地の設計をした。彼は文章で自分を表現するのと同じくらい、数学や計測に関して生まれながらの才能を持っていた。父はすでに家族のための墓地を教会の近くの良い場所に買っていた。しかし設計が完成してみると、墓はその土地には収まりきらないことが分かった。厄介なことが続々と起こった。私はオーガウィランの石工請負業者のキャラハンのところに手紙を持って行かされた。私はこの使い走りのことに関してはぼんやりした記憶しかない。何年にもわたって嫌というほど父の使い走りをさせられたからだ。恐らく私は自転車でドラムシャンボーまで行き、そこからバリナモアまで列車に乗り、マギーの店で一泊していったのだと思う。

ロスコモン州
ボイル
クートホール警察署
一九四五年十一月二十四日

キャラハン殿
　自分が外に出られないので、この手紙は息子のショーンに託しています。家の十字架の土台の一部がマクブライアンとかいう人物の区画に入り込んだという話を聞いて困惑しております。なぜそんなことになったのか理解に苦しみます。ぜひ改修して頂きたい。これについて納得できるような説明の手紙をショーンに持たせて下さい。そんなことになると私が非常に困るのだということを、理解して頂きたい。私は先方のことは知らないし、先方を困らせているとも思っておりません。

敬具
フランシス・マクガハン

キャラハンさんは私を待たせている間に返事を書いたのだと思う。

マクガハン殿
リートリム州
ギャラダイス気付
四五年十一月二十四日
　十字架の土台に問題がある由、残念です。あなたが私にお渡し下さった設計図の写しを同封いたしますが、それによりますと墓石の十字架を建てるための土台は縦が二フィート十インチ、横一フィート十インチになっていて、それが墓地の中央に来るようになっています。私は設計通りにしたまでです。私に非があるとは思いません。

敬具
パトリック・キャラハン

　私はこの問題がどのように解決されたのか知らない。私がキャラハンの手紙を持って家に帰ってきたとき、父は叫び声やわめき声を上げげたに違いない。それはともかく、すぐに更なる問題が浮上してきた。父の計画によれば、墓はドランの私道にも入り込んでいたのだ。ドランの家は比較的裕福で、教会の脇の林の中に素敵な家を構えていた。一族の多くはアメリカに渡ったことがあり、中にはずっと住み着いている者もいた。教会が建てられるとき、彼らは土地を提供し、その見返りに教会墓地の中を通る私道を作るのを許された。その道（ライラックの木が両側に植えられ

1——音楽や聖歌隊の合唱はなく、司祭も歌わずミサ文を読むだけで、一人の侍者が付き添うだけの極めて単純化された形式のミサ。

ていたのを私は覚えている）は家の前から林を通って教会の壁の小さな入口まで続き、そこから墓地の中を縫うように進み、教会の周りの広い砂利道に出ていた。ドラン家の人々は礼拝に行くとき、他の人々のように、教会の門を通って行く必要がなかった。特権とはそういうものであり、ドラン家の人々はその権利を失うまいとしてきたのだと思う。私はチャーリー・ドランという年寄りの小父さんのことをはっきりと覚えている。彼も何年かアメリカで暮らしていたことがある、魚釣が大好きな人だった。夏になると毎日のように、彼はギャラダイスへの行き帰り、コラマホンの私たちの家の前を通り過ぎた。大きな魚を釣り上げるといつも自転車のハンドルにぶら下げて運んでいた。魚の尻尾が引きずられて埃まみれになるのも、魚がバタバタと膝にぶつかるのにも構わず自転車を漕いだ。小さな魚は自転車籠に括りつけられた袋の中に詰め込まれ、釣竿はまるで長い槍のように自転車の横棒にピンと立てられて結ばれていた。まるで子供である。それはヒューイ・マッキーオンが金時計を自慢しているのと同じようなものだと人々は思っていた。この二人が列車で町まで行ったとき、曲がり角に来るたびにヒューイが時計を見るので、チャーリーは一々立ち止まらなくてはならなかったそうだ。それはともかく、彼の釣った巨大な魚に人々は驚き賞賛した。あんな怪物のような魚を岸に上げるなんてほとんど奇跡のようなことが起こったに違いない。チャーリーは投げた餌を無駄にすることは決してなかった。自分が認められ栄光に包まれたいと思うのは、その人が孤独であるからに違いない。

私は家の墓地が彼らの私道に侵入していた問題がどのように解決されたかもはっきり分からない。私はドラン家が法律を持ち出してきたことは知っている。恐らくマギーかパットがマクグレイル神父やドランの家に行ったのだろう。両者の言い分を考慮し、塀を作ることになった。そうすれば彼らが昔から権利として持っていた教会へ行く方法が侵されることはないのだ。マクブライアンの土地に侵入している問題の方がもっと深刻で、父は彼らの土地を移すのに金を払わねばならなかったし、設計のやり直しも必要だった。恐らく私道への侵入問題もこのときに何とかしたのだろう。薄くて白かったイタリア製のイエス像は今ではケルト十字架の中で緑色に変色し惨めな姿になっている。おまけに雨のせいで石灰石に彫られた文字もすっかり消えて読めなくなっている。

私たちがコラマホンからトラックで連れられて行った日にも、マーガレットとモニカはいつものようにオーガウィランの学校に行っていた。私は何年もあとになるまで、なぜ二人が別行動を取らされていたか全く分からなかった。

マギーは名付け子であるマーガレットの面倒を見ることには同意したが、父はマーガレットとモニカを離れ離れにすることはできないと強く言ったので、二人は一緒に留まっていたのだ。父は母がまだ生きているうちから、家族を散り散りにしたり、集めたりしていた。母が死んだ日にも二人は学校にいた。母は学校が終わる時間の少し前に亡くなった。二人が家に帰り着く前に、彼女たちを迎えに誰かが行かされた。彼らはブレイディーの池のそばで出会い、二人はブレイディーの家に連れて行かれた。彼女たちは何が起きたのか分からず、周りの大騒ぎにはしゃいでいた。彼女たちは葬式の間もずっとブレイディーの家に留まり、霊柩車がゆっくりとブレイディーの池やブレイディーの家の前を通り、年老いたマホン兄弟が住む家のある通りを過ぎて行くのを見ることはなかった。葬式のあとすぐに父は、マギーにマーガレットとモニカの二人ではなく、一番下の二人、私のまだ赤ん坊の弟とディンプナの面倒を見るように要求した。マギーは父による最初の提案は承諾していたが、この新しい取り決めは断った。すると父はマーガレットとモニカを彼女のところから連れ戻したので、私たち七人はまた全員一緒になったというわけだった。

　十人の神父を従えた大ミサ、大きな石灰石の十字架……次に父が考えていた大きな計画は再婚だった。時期を考えればそんな考えを起こすこと自体常軌を逸していた。近親者が亡くなったあと一年間は、服に黒い菱形の喪章を付けるのが普通で、その間はダンスやパーティーにも行かずに家に引きこもり、陽気な様子などを見られたりすれば死者に対する敬意がないと思われたものだ。あらかじめ決められていた結婚や婚約も、一年間は延期されるのが普通だ。家族の中に死が差し迫った人がいる場合には、結婚式は急いで執り行われる。こういった背景で父が結婚を急いだこと自体とんでもないことだったが、さらに驚くのは、お互いに毛嫌いしていたくせに、父が結婚を申し込んだのがマギーだったということである。彼女は最初それを無視し、あるいはそんな話は信じようともしなかったが、父は彼女に二度も強く申し込んだ。返事をするとき、彼女は気持ちを抑えて良く考えた。彼女は誰かに助言を求めたに違いない。無味乾燥な実務的な調子で手紙は始まっている。この手紙は父がモニカとマーガレットを彼女から連れ戻した直後に書かれたものだ。彼は彼女の家に置きっぱなしになっていた妹たちの服を返せと言ったらしい。

バリナモア

ハイ・ストリート

フランク様

今モニカのコートが見つかりました。多分あなたが探しているものだと思います。モニカのとマーガレットのと、通学カバンが二つ、それに靴下が二足ります。とても役に立つので、あの子たちのためにもう一足ずつあればいいのですが。私はかわいそうなスー（安らかに眠れ）がいつも忙しい時間の合間を縫ってあの子たちのために編物をしていたのを知っています。スーはいなくなってしまったけれど、彼女がいなくても世の中は進み、それが人生なのだと考えなくてはいけないのです。神様は私たちのことをお助け下さいます。

彼女は次に父が要求してきたこと、おそらくは追悼状のことだと思うが、それに対してぴしゃりと否定的にあしらい、そのあとでドラムダーグへ行ったことを書いている。恐らく父からの求婚をどう扱ったら良いか相談しに行ったのだろう。子供たちというのは私の伯父のジミーとブライディー・キーガンの子供たちのことである。

ある日の午後に私は出かけて行きましたが、ありがたいことに子供たちはみんな元気で楽しそうにしていました。あの子たちを見ていると、私の気分も良くなります。小さくてとってもいい子が三人、みんなとても可愛いのです。母親は胸が裂けるほどの悲しみにくれていますが、それを除けば元気で、みなには楽しい顔しか見せないようにしています。

手紙の最後になって、彼女は父からの申し込みについて触れている。

前の前の手紙であなたは結婚について書いておられました。それを頂いてからいろいろ考えました。あなたは少なくとも一年間はそんなことをお考えにならない方が良いかと思います。そのときまた良くお考えになって、まだそのお気持ちであるなら、それはそれで構いませんが、それまではお止め下さい。あなたに最良の人が現れることを神様にお祈りしております。あなたがかわいそうなスー（安らかに眠れ）に対してまだ愛情を持っておられるなら、なぜそんなに慌てて再婚を考えるのか私には良く分かりません。もちろんご自分のことはご自分が一番良くご存知のはず。あなたに良い人が見つかればと思っています。そしてスーの子供たちのことを忘れないように。それだけが私の気がかりです。神様はこんなことを全てちゃんと見て下さっていると信じていますし、又きっとそうされているはずです。

敬具
マーガレット

私にはマギーが父の申し込みをまともに取り上げていたということ自体驚きだったが、私の妹たちはそう思ってはいなかったようだ。マギーは自分の姉である母の死に打ちのめされていた。たくさんの辛い思い出や、さまざまな問題が頭に渦巻いていて、夜も寝られず、墓参りにも行けないような状態だった。お祈りのために教会に入って行くのもやっとだった。宗教理論に由来する自己犠牲の精神が、雰囲気としては至るところにあり、それが常識になっていた。継母がやって来て子供たちに辛く当たるかもしれないという危惧があって、彼らを守るために、亡くなった妻の妹が鰥夫《やもめ》となった男に嫁いで行くのは、それほど異常なことではなかった。それに当時はどんな種類のものであれ、仕事を持っている女性が極端に少なかったという事情もある。マギーは店を持っていたし、恐らく幾らかの金も持っていた。それに彼女は快活で魅力的、そういったこと全てが父を惹きつけたのだろう。結婚してしまえば、彼女は父の思いのままになってしまうだろう。というのが私の妹たちの考えだ。マギーは何年も経ってから妹たちとこの求婚についての話をし、彼女らしくこんな結論を述べた。「私には随分辛い時期だったけれど、あれを受け入れなくてはいけないほどには辛くはなかったということね」私は彼女があの申し出を真剣に受け取ったとは信じていない。彼女の家族は面と向かった争いごとというものを嫌っていた。彼女が父をそんな風にあしらったのは以前、例の派手な大ミサを中止させた時と同じやり方だったのだ。つまり今回は申し込みをひとまず脇に置き、それから父をたしなめた。もし一年経ってまた同じ申し込みがされたとしても、断っていただろう。あきれたことにマギーからの返事を待っている間にも、父はボーンにあるキャノンの家を訪れてきたキャノン夫人の美しい妹モリー・ウォーターズに心を寄せていたのである。二人の姉妹は毎日警察署に来てはケイティーと一緒にいた。父は上機嫌でいつも彼女たちのそばにいた。ある晩のこと、父は私たちに念入りに服を着せ、モリーさんの前では行儀良くしていろと注意し、自分は制服姿でボーンに向かった。私たちはもしもあんなにきれいな人が新しいお母さんになったとしたら、随分妙だけれど楽しいことだなと、ぼんやりと考えるともなく考えていた。しかしお母さんの代わりにモリーさんが、と思うと胸が張り裂けるほど悲しくなった。

その週の終わり、今まで見たこともない一台の大きなピカピカの車がだしぬけに通りに現れ、アーチ道を通ってボーンに向かって坂を上っていった。数時間後にその車は戻ってきた。きちんとした身なりの若者が運転していた。わき目もふらず警察署の前を走り抜けて行った。隣には黒髪で美人のモリーが坐っていた。キャノン警部とキャノン夫人がやって来た。下の執務室で長い時間静かな会話が続いていた。キャノン夫人はケイティーと親しくなっていて、多くの時間を警察署で過ごしていたので、事件の顚末は私たちにさえあっという間に知れ渡った。それによれば、モリー・ウォーターズはドネゴルで強力な政治力を持つ家の若い事務弁護士としばらく付き合っていた。父親は地区の裁判官なのと、キャノン夫人は誇らしげにケイティーに話した。最近、はっきりとした理由は分からないが、モリーは彼との付き合いを止めていた。モリーがロスコモンの誰かに心を寄せているというような話を聞いた彼が車で飛んで来て、彼女を家に連れ帰ったというわけだった。二人は婚約を発表するそうだ。その騒動に父が利用されたのかどうかはっきりしないが、父はそれを悪く取り、何週間も機嫌が悪かった。

葬式から数週間の間に、オーガウィランの家と畑、それに牝牛や山羊、元気な一頭の白い牡牛などがみな売られた。かつてコーコラン医師への手紙の中で、この家を買ったときの多大な経済的負担を大げさに言っていたが、幸いにも病気で弱った白い牡牛と小馬を除いては全部売れたのだ。警察署の畑の隣には小馬のための十分な草が生えていたし、その小馬は泥炭を運ぶときに必要だった。父は牡牛の放牧地をロングメドーのケリー家と共同で見つけた。私は牡牛と小馬と荷車をクートホールまで連れ戻しに行かされた。

その頃までには人の顔を見ると本能的に隠れたくなる衝動は何とか収まっていて、私は母の墓に行ってお祈りをしたくてたまらなかった。しかし実際にオーガウィランに行ったら、うまくできるかどうか自信はなかった。

私は暑い夏の盛りにクートホールを出て、ドラムシャンボーまで小さな自転車を漕ぎ続けた。バリナモアまでの一両の客車には他の乗客はほとんどいなかった。列車は他には例によってアリーニャの炭鉱から積まれた石炭を載せた貨車を引いているだけだった。パットが駅にいなかったので、私はマギーの店まで自転車を漕いで行った。店に入り挨拶が終わるとすぐに私たちは泣いた。彼女はカウンターの板を持ち上げると、私を中に招き入れ、手伝いの女の子を店番に行かせた。彼女が私の顔を拭いてくれ、それから私たちは話し出した。私は話を止めることができなかった。彼女はお茶を淹れ、大きなトマトを半分に切って焼いてくれた。とても美味しく感じた。

午後になるとパットがマギーの自転車に乗って母の墓まで私と一緒に行った。彼は車に坐っているのには飽きたと言っていた。私たちは教会の中で祈り、それから聖具室の扉の前を回って墓へ向かった。大きな石灰石の十字架はまだ建っておらず、教会の壁に沿った道と、ドランの家の門に続く歩道の間の角地に剝きだしの土が見えた。

私は土の中にある棺の中で眠っている母の姿を想像しようとしたが、できなかった。パットの隣で跪いて祈った。墓地の一角にかつてマギーが植えた小さなローズマリーの繁みがあり、その近くの地面に萎れた花びらが散っていた。帰ろうとして立ち上がるときに、記憶にある母の手足の小ささに比べ、この墓の区画が随分大きいことに気がついた。

「あの男は自分の番がきたときに自分用として広い土地が欲しくなったのだろうよ」とパットが言った。

マギーはティペラリーから来た鉄道作業長と、ダブリンからの二人の火夫をまだ下宿人においていたが、家の中は静かだった。パットは夕食後はいつも世間話をしながら三人の男たちとトランプをしていたが、その日はそうしなかった。

私はパットの部屋の予備のベッドで寝た。朝の列車の入れ替えの音で目覚めた。起きてからしばらくはマギーと楽しく過ごし、それから一人で自転車に乗って墓へ行った。墓のそばに立つと新しい土の鈍い光だけが私の目に飛び込んできた。土の中に指を入れ、水を掬《すく》うように土を掬い上げ、口に運んだが、土の味しかしなかった。私はそれから跪き、自分は今誰もいない教会で祈りを捧げているのだという気持ちになった。

全ての列車の到着を見届け、夕方の仕事から戻っていたパットが、私をオーガウィランの畑まで乗せて行ってくれた。私たちは道のでこぼこを避けて通り、畑を過ぎて家に向かった。花壇の柵はみな壊れていて、何本かのバラを除けば、花はみな踏みつけられていたか、腐っているかだった。小さな鉄門に通じていた燃え殻を敷いた道はまだ雑草に覆われてはいなかった。パットが入口の鍵を開けた。大きな暖炉には灰が一杯だった。私たちは階段を上って全部の部屋に入ってみた。どの部屋もがらんとしていた。私たちは母が亡くなった部屋の中で立ったまま長い時間を過ごした。トラックが私たちを乗せて行ったあの日、私には時間があったのに、この部屋にいた母のところに行かなかったのだ。私はそこに坐ってはよく母とお喋りをした低くて奥行きのある窓枠を、まるで自分が受け入れることのできない場所を見るように眺めたが、よく見ると自分が思っていたほど心に刺さってくるものも、また苦しい悲しみを与えてくるものもなかった。家も畑も、母はもうここにいないのだ、母のかけがえのない生活もなくなってしまったのだ、ということをぼんやりと再確認させるものでしかないことが分かった。

「この家を少し揺さぶってごらん、きっと音を立てて崩れてしまうよ」パットは階段を下りながら言った。「ここがこんなに早く売れるなんて父さんは運が良かったさ。ここを買おうとしてお互い値を吊り上げていった二人のアホな百姓がいて、本当にありがたかったよ」

私たちは馬勒《くつわ》を手にして小馬と牡牛を探した。丘の上にいた。小馬は私たちがいなくなってから何も仕事をしていなかったので、夏草を食べて太り、つやつやしていた。彼は私たちを見ると金切り声を上げて走り去った。

「奴はふざけてるんじゃない」パットは笑いながら言った。「奴はここがバンドーランとでも思ってのんびりしていたんだな。さて、もうクートホールに帰さにゃ」

小馬は何度も私たちから逃げて行ったが、ついに追い詰められて捕まった。牡牛は私たちの前をおとなしく家まで歩いた。家に着くと私たちは小馬を繋ぎ、具足をつけた。町への曲がり角に来るまでパットが車に乗って後ろからついてきた。そこで彼は私たちを残して行った。牡牛は小馬と荷車の前をゆっくりと歩いた。一時間かそこらで、鉄道の門のそばで待っていたパットと会った。牡牛と小馬はマギーの小屋と庭の後ろにある荒地まで牽いて行かれた。小馬は具足を外された。牡牛と小馬は水と餌を貰い、その晩はそのままそこにおかれた。

翌朝まだ店が開く前に私たちは出かけた。パットは町まで一緒に来たが、修道院の角を曲がった所でさよならを言い帰って行った。クートホールまでは十八マイルあった。ケッシュキャリガンという小さな村が道のりの半ばにあり、父はそこの警察署で私が食事を貰い、牡牛と小馬も水を貰って休憩できるような手配をしてくれていた。牡牛は最初のうちは元気一杯で、交差点や曲がり角にさしかかるたびに、私は彼の前を自転車で走って誘導しなければならなかった。小馬はその間自分ののんびりしたペースで後ろをついてきた。しかし、牡牛はじきにばて始めた。私は自転車を荷車に乗せてから、手綱を握った。私たちは一時間もからずにフェノーに着いたが、私たちの速度は時間が経つにつれて遅くなり、六マイル離れたケッシュキャリガンに着くまでに何時間もかかってしまった。小馬は具足を外され、牡牛と一緒に水を貰い、元気を取り戻すため警察署の庭で休んだ。私は警察署の居間で警部の奥さんからたっぷりの食事をご馳走になった。ケッシュキャリガンは現在私が住んでいる場所に近く、昔から事件などほとんど起きないところだ。長い間ここはあちこちで問題を起こした警察官が懲罰のために飛ばされてくる場所だった。周りは貧しい農家ばかりで、事件もほとんど起こらず、しかも遠く山の陰に隠れた所だったので、警察の幹部は、たとえば大酒飲みの警官であっても、ここに配属されれば問題を起こすことも、害になることもないだろうと考えたのだ。そんなある問題警部が、休暇も取らずに何日か山で狩をしたあとで、密造ウイスキーを飲みながら警察署に戻って来たことがある。彼は警察署の二階の窓によじ登り、ショットガンを広い人気のない通りに向かって二発撃った。

「そこで何をしているのかね？」死んだように静かな日曜日の午後にたまたま近所に居合わせた誰かが、落ちついた口調で尋ねた。

「みなに法が町に帰ってきたと知らせてやったのだ」という厳しい声が二階の窓から聞こえてきたそうだ。

小馬と白い牡牛を連れてクートホールに向かう少年は、もの珍しい存在であったに違いない。食事の間、警察署の居間に警察官が全員集まってきて、いろいろなことを私に質問してきたことを覚えている。私がケッシュキャリガンにいる間に父から電話があり、私は執務室に案内された。父はたいそう機嫌が良かった。私はそれまで電話を使って話をしたことがなかったと思うが、白い牡牛が疲れている他はすべて順調だと父に伝えることができた。

出かけようとしたとき、白い牡牛を立たせるのが大変で時間がかかったが、結局何とかなった。クートホールには夕方までに帰れば良いのだ。帰り道、畑で人々が干草を蓄えていた姿、道の白い土埃、強くて風のない熱気、道端の家で水をくれと頼んだら、水の代わりに冷たくて甘いお茶とリンゴのタルトを一枚おばあさんから頂いたことなどを覚えている。白い牡牛は限界に近づいていた。二度も道の真ん中でへたり込んでしまい、私は立ち上がらせるのに大変な苦労を二回もした。人や車の往来は全くなかった。私たちは細い裏道からリートリムの村に入った。牡牛が運河にかかる橋を渡って、クートホールへの曲がり角に行く途中の村の真ん中でへたり込んだ時には、さすがの私も今日はここまで、ということが良く分かった。小さな人だかりができた。私は質問された。一体誰なんだ？　どこから来たのだ？　どこへ行くのか？　この白い牡牛は誰のものなのか？　ある老人がこんなことを言っているのが聞こえた。「この若いのをこんな旅に出した奴よりも、あの牡牛の方がよっぽど道理が分かっておるよ」彼の言葉を聞いて私は安心した。というのは私もうここで限界だ、と思い始めていたからだ。誰かが道を横切って、橋の脇にあった警察署の建物に向かった。警察官の一人が私の父に電話をし、もう夕方だし、クートホールまではそこから四マイルもあるということなので、牡牛はそこの警察署に預かって貰うことになった。私は一人で小馬と荷車と一緒に前進することになった。私たちがクートホールに到着したのは、夏の夜露が落ち始めようという頃だった。

白い牡牛は二三日リートリム警察のそばの野原に置かれていた。私はある日の朝早く引き取りに出かけた。蹄はまだ痛んでいたけれど、私たちは残りの行程を苦もなく終えることができた。牡牛はケリーの牧草地へ草を食みに行き、丈の短い甘い草を食べてすぐに元気になった。ケリーの所の草と父の草には何か違いがあったようだ。その後牡牛はモランの井戸を越して、川沿いに広がっているモラハンの農場へ移された。その年の冬のある雪の日、私は廃屋に行き、そこで彼に干草やオート麦をやろうとした。草をやろうとして部屋に入ると、鉄の罠にかかって片脚を千切られた白いきれいなフクロウがいて床を這うように進んでいた。窓の隙間から吹き込んで地面に積もった雪の上に血が落ちているのが見えた。その罠はネズミを捕るために仕掛けられていたのだが、フクロウはそのネズミを捕まえようとしたのだ。罠ははずれていたが、フクロウは恐らくあの厳しい冬を生き延びられなかっただろう。春になって牡牛が売れると、パットは私に一ポンドくれた。

私は小馬と一緒にその夏、全ての泥炭を警察署に運び込んだ。泥炭を土手から道まで牽いて行くのが、この仕事の中で一番きつい部分だった。一回にほんの少しの量しか運べないのだ。水はけ用の溝の隙間にはヤナギの枝やヒースが敷かれていたが、雨水で柔らかくなっていた。車輪がそこに沈んでしまうと、小馬は動かなくなってしまう。私は小馬の紐を解き、荷車から離してやる。小馬が自由になろうともがき動くと、脚を折ってしまいそうで恐かった。そうなったら駄目になってしまう。私は荷を降ろしてから、自分一人では空の荷車を引き上げられる力がなかったので、助けを呼びに行った。そういうときには男たちが自分たちの働いている土手からやってきて、荷車を押し出し、隙間を埋めてくれた。そのあと、深い窪みに落ちてしまうといけないので、荷車の低くなったところには立たないようにと私に注意を与えた。道に出さえすれば積荷を一杯にしても大丈夫だ。私はその仕事を嫌だと思ったことはない。自力でやり遂げることができた。仕事をしていると何も考えずにすんだ。仕事中は父も私に対して機嫌が良かった。私が泥炭を積んで警察署までの短い通りを進んで行くときに、妹たちが父の監視の元、いろいろな仕事を外でしている姿が見えた。それを見て自分の仕事の方がましだなと思ったものだ。

小馬と白い牡牛と茶色い雌鳥、それにケイティー・マクメイナスだけがオーガウィランの世界から私たちに残されたものだった。ケイティーは相変わらずいつも陽気で、一生懸命に働き、私たちの赤ん坊の弟をとても気に入っていた。その夏キャノン夫人はしょっちゅう警察署にやって来て私たちと一緒にいた。彼女の美しい妹を巡る騒ぎで父が大打撃を受けたので、もっと注意深く行動しなくてはいけないと言われていたはずだったが、キャノン夫人は生まれながらのおせっかいだった。彼女はケイティーと仲良くなっていた。警察署の居間でタバコを吸い、お茶を飲んで世間話をして何時間も過ごしていたが、その間ケイティーは自分の家の仕事をしながら、夫人の話を聞き、ときには機嫌よく相手をしていた。あるときキャノン夫人はケイティーに相談もせず、父にケイティーと結婚しないかと持ちかけた。父が同意すれば、自分はケイティーとうまく行っているし、あの子だって私たちのことを気に入っているのだから、説き伏せるのは簡単だという確信を持っていたらしい。しかしその計画はあらゆる点で完全なる大失敗に終わった。

父は激怒した。父は紳士気取りの人間なのだ。ケイティーは女中でしかない。彼女は小柄で顔立ちも普通の娘だが、快活で肉感的に見えたので、ある種の男にとっては魅力的に見えたのだ。ケイティーは母にずっと尽くしてきて、父を性的な対象として考えたことはなかったし、第一、二人は無意識のうちにお互いを嫌っていたのである。前の年、母がどれだけ具合が悪くて弱っていたか良く分かっていたので、ケイティーはミサや時おりダンスやコンサートへ行く以外ほとんど家を離れずにいてくれた。そして今やっとクートホールで彼女の社交生活が花開いていたのである。彼女は赤ん坊を妹たちに預けてほとんど毎晩外出していた。父はそれに不満だったが、一日中長い時間働いて貰っているので、止めるわけにもいかなかった。父はいつも世の中のこと全てが自分の目の届く所で動いていることを望んでいた。だから私たちが村の者と付き合うことにも反対していたし、ケイティーが村人と外出して、外で自分や自分の家のことをあれこれ喋っているのを止めることができないでいることを苦々しく思っていた。父にはとても堅苦しい所があり、ケイティーの「男好き」についてマギーに宛てた手紙でこぼしている。マギーは「ええ、でもそれはとても自然なことじゃないですか」と、簡潔に答え、それに続けて、ケイティーが私たちの母に対してしてきてくれたことを褒め称えていた。

その頃ケイティーには決まった男友達がいた。ピーター・マクローリンという、湿地の端にある小さな農場で兄と暮らしている男だった。彼はおとなしい二枚目だったが無一文だった。こういう男と張り合ってケイティーを手に入れるなど、父には反吐が出るほど嫌なことだったろう。どう考えてみてもキャノン夫人の申し出には希望がなかったばかりか、あまりにも馬鹿げていた。父は夫人に向かって吼えたて、ここから出て行けと命じ、もう二度と警察署の居住区に足を踏み入れるなと警告した。彼女は申し出を取り下げた。父は公務用の用紙に大げさに「立入り禁止」と大きな字で書き、私たちの居間の入口の扉に貼り付けた。この事件の後では、用事がある人もみな恐る恐る扉をノックし、父の「入ってよろしい」という声を聞くまでは外で待ったものだ。

ある日曜日、ケイティーはこれからピーターとタール舟に乗って川に行くが、私も一緒に来るかと聞いた。私は喜んだ。二人は私の好きな仲間だったし、一人で川に行こうとすると、いつもまだ幼なすぎるから駄目と言われていたので、二人と一緒ということになれば、大威張りで川へ行くことができる。そのときには別に何とも思っていなかったが、彼らにとって私の存在は付き添いとして実に好都合だったのだ。ピーターが舟を漕いだ。私は船尾に坐り、ケイティーが二人の間に坐った。私はルアーを出して、ケイティーに糸を渡して持って貰った。彼女は上機嫌で興奮していたが、魚を少し怖がっていた。ピーターは笑いながら彼女をからかった。そしてオールを離して彼女の剝き出しの腕を強く握ったりしていた。

「もし食いついたなと思ったら、ピーターかぼくに糸を渡してよ。魚はすぐに気がついてしまうと思うけど」と私は言った。二人は私の生真面目さに笑ったが、私には二人が何を笑っているのか分からなかったし、気にもしなかった。私は二人が楽しそうだったので嬉しかった。日も明るかった。オークポートの広い水面も輝いていた。ピーターは力強く、舟はすぐに湖を渡りきった。黒と赤の航路標識が見え、オークポートの森の木の影に入り込もうとしたとき、私はピーターに、速度を緩めて葦や濡れた草の端に近づいてと頼んだ。舟はあまりにも速く、また流れからあまりにも離れてしまっていたので、魚はかかりそうもなかった。水路の上にある大きな木の切り株で作られた台で私たちは糸を下ろした。近くでは人々がシャノン川を往来する背の低い材木運搬船に荷を積んでいた。私たちは、森の奥にある製材所から材木を運ぶための基地や木製の台車が走る鉄のレールを眺めてしばらく時間を過ごした。トーランズ島に着くころになっても私たちには一匹の魚もかかっていなかった。

「パーチが最後の望みだね。ここら辺とゴールデン・ブッシュにはパーチがいつもたくさんいるからね」私は瓶に入った餌のミミズを買っていたし、釣竿も二本持ってきていた。

「ここらあたりにイチゴがたくさんなってるって、言ってなかったっけ?」ケイティーが聞いた。

「ここととブラック・レイクの間の森の中だよ」

川岸に生えている野イチゴに比べて森のイチゴは甘くはなかったが、大きくて、深い暗い赤い色をしていた。

「あんたパーチを釣りたいんでしょ。私とピーターはイチゴを摘みに行くわ」とケイティーが言った。

私は二人に森のイチゴが見つかるかもしれない場所を教え、二人を岸から下ろした。二人は森の中に消え、私はトーランズ島まで漕いで行った。その日曜日、川に他の舟はいなかった。私は何匹かのパーチを釣り上げたが、小さなものばかりだった。島の周りには窪みのある岩があり、明るい日の光を受けた底に魚の姿が見えた。小さなパーチがミミズと一緒に窪みを飛び跳ねていた。針にかけるのは難しかったが、見ているのは面白かった。太陽が沈む頃になってやっと私はピーターとケイティーのことを思い出した。どれほどの時間が過ぎたのか分からなかったので、私は心配になった。向こう側の森に向かって名前を呼んでも、返事は返ってこない。私は竿に釣糸を巻きつけ、舟にくくりつけた。私は何度か叫んだが、森からはこだましか帰ってこない。川面は光っているが、森の中は暗くなっている。私はイチゴ畑に向かった。そこにはイチゴはまだたくさん残っていて、イチゴの大きな葉の上には、最近人が通った跡も見られない。私は心配になった。一人で舟を漕いで家まで帰れるのは分かっていたが、二人を置いて帰るわけにはいかない。ブラック・レイクの近くの森には危険な場所がたくさんあると聞いている。ずっと二人の名前を呼びながら舟の方に戻って行くと、ピーターとケイティーが何も言わずに藪の中から姿を現したので、私はほっとした。二人とも髪の毛や服に小枝や草を絡ませていて、服も乱れていた。

「イチゴは取れたの?」

「いやあ、運がなかったんだ。なに、ちょっと迷っちまってね」

森の中には日の光は入って来ないのに、ケイティーの頬が赤く輝いた。「家に帰った方が良いわね。みんなお茶を待ってるわ」

帰り道、私たちはルアーを沈めたが、ピーターがあまり早く漕ぐものだから、水面に浮かび上がってしまい、舟の後ろで水を切っていた。オークポートを過ぎる時、ケイティーは自分たちだけが森の中に入って行ったことを誰にも話してはいけないと言った。「イチゴも全く取れなかったし、あまり格好いい話じゃないからな」ピーターが言った。私は言わないと約束したが、そのときの私には、なぜ二人がそんなに秘密にしたがるかが分からなかった。警察署の灰色猫のマリアが私たちの帰りを石の上で待っていた。私たちには大した収穫はなかったが、少なくともマリアは小さなパーチにありつけたことになる。

家の仕事をし、赤ん坊を育てながら、ケイティーは私たちを父の怒りから守ろうとするという母がしていた役割も、ある程度だが担うようになってきた。父が近づいて来る前に素早く私たちの姿を隠したり、父の気を逸らすために私たちを叱ってみたり、あるときは慰めたり、父に反対であるという素振りを見せたりといった具合の受身的で、しかも非常に注意深くそれと目立たぬようなやり方であった。しかしケイティーは母に比べれば不利な状況にあった。毎晩村に出かけて行くので、父はますます彼女に対する怒りを募らせていた。彼女にしてみればピーター・マクローリンの存在が一縷《いちる》の望みだったのだと思う。

マクローリン家はこの土地に暮らす人々と比べると一風変わっていた。農場は湿地の端にあり、狭かった。彼らの近所に住み同じような農場で仕事をしていたランガンとケイシーは、私の父の手伝いをして泥炭を切ったり、ジャガイモを植えたりしてくれた。二人とも酒が好きだった。マクローリンの二人の兄弟はよく仕事をしたが、誇り高く、公共の道路工事などをすることはあったが、他人のために日雇い仕事をすることはなかった。父は彼らのことを見下していたと思うが、二人の独立した生き方に文句を言うことはできなかった。父と二人は考え得る最悪の組み合わせだった。たとえ彼らが父の尊敬できる人物だったとしても、父は彼らにいつも良い顔を見せることはなかっただろうし、また彼らが父の意見を尊重し、父の役に立つようなことをしたとしても、せいぜいのところ父は時に気まぐれな優しさを見せるくらいがおちだったろう。最悪の場合、父は彼らにのべつまくなしに様々な指図をすることだろう。さらに父はケイティーに対して、母が生きていた頃から悪感情を持っていた。父はケイティーを私たちの母であり、母の親戚のようなものだと思っていた。また彼に言わせれば、彼女はあまりにもいろいろなことを知りすぎていた。

ある時父は怒って、ケイティーの身体を痛めつけたことがある。そのとき彼女は、今度殴られたら責任を取って貰うし、こんなことがこれからも続くならお暇を頂きます、と言った。わしが自分の家の中でやることを人にあれこれ言われる筋合いなんかない。いつだって好きなときに出て行っていいぞ、と父は怒りに任せて言った。彼女は本当に出て行きたいと思っていたわけではなかったが、どうしようもなかった。結局パットがやって来て、彼女を貸し馬車に乗せて家に連れ帰った。

あとになって、父がそのときにはすでに彼女が出て行ったあとのことを準備していたことが分かった。家事の必要と、自分のロマンティックな下心とを組み合わせた広告を出していたのだ。「若き鰥夫、警察官、小さな子供がいる家庭にお手伝いを……」その後何か月かに亘って、たくさんの女性たちが私たちの家にやって来た。しかし運が悪かったのか、目がなかったのか、例の風車の発電装置が失敗したように、選んだ女性たちは勤めてみると、どれもあっと驚くほど家政婦にはふさわしくない人ばかりだった。

私はそのうちの一人のことだけは覚えている。父と同年配のがっしりした体つきでりりしい感じの女性だった。教員の娘で、兄だか姉だかが、やはり先生をしていた。ケリー州のキャスルアイランドの出身でシェイクスピアに傾倒していて、その全作品を暗記していたらしく、一日中引用して喋っていた。私はその引用を何一つ覚えていないが、そのとき私の年齢がもう少し上だったら、間違いに気がついて面白がったに違いないと思う。彼女は活気に溢れ、芝居がかったところのある人間だったが、少し頭のネジが狂っていたのではないか。彼女はヘンリーの店に行った。水を汲みに司祭館の井戸に行った。ギリガンの店に電話をかけた。郵便局で手紙を投函した。誰とでも話をした。彼女は特に警察署で警官と一緒にいるときに、何でも旺盛に知りたがっていたが、露骨なそぶりは見せなかったので、父も彼女をどう扱ってよいのか分からなかったのだと思う。

みなが穏やかな生活を送っているこの村では、彼女の性格は大変不利に働いたに違いない。誰もが彼女の話に共感し、友好的な態度でいたが、実は誰一人として率直に話を交わさなかった。みなの返事はほとんど彼女の言ったことの鸚鵡《おうむ》返しにすぎなかった。自分の立場と意見を理解してもらえる場所があるとすれば、いつでも好きなときに入って行って自分の心を映してみることのできる、自分の心の中にある鏡の部屋だっただろう。

数週間働くと、彼女は父と結婚すると決め、みなにそう話して歩いた。どんな事件であれ、何が起きているかを最後に知ることになるのは大抵当の本人で、何でも自分で決めてやってきた父が、今やその当事者になっていた。彼女が用意周到な接近を試み、挫折したのかどうか、私は知らない。ある日、父が朝の監査のために執務室に行く前、大きな鏡の前のテーブルで朝食を摂っている間、彼女は自分たちのことが村中の話題になっていると父に話した。あなたは健康で、十分能力のある身体の持主だし、私も精力的な女性。二人とも独身で、この大きな家の中で一緒に暮らしているのだから、もう正式な関係を結んでも良いだろう、いやもう遅すぎるくらいだ。そうみんなが言ってます。まさか私だって、今まで受けてきた教育や、親類のことを考えたら、はるばるキャスルアイランドからわざわざこんな所の台所女中になりに来たわけではありませんよ！

父の怒りは相当激しかった。とりわけそんな話がアーチ道に向いた窓の下のテーブルの周りで好奇心一杯で耳を傾けて坐っていた私たちの前で行われたことに激怒した。彼は食事中何度も顔を上げ嫌悪感をあからさまにして、彼女を睨みつけた。しかしそれでも、彼女の口から溢れ出てくる言葉を止めることはできなかった。食事を終えて立ち上がり執務室に行くまで、父は一言も口をきかなかった。「そうか、お前は」と彼は歯軋《はぎし》りをしながら乱暴な口調で言った。「そうか、お前は自分がふさわしい人間だと思っているのだな」そのあと彼はまだ「立入り禁止」の紙が貼ってあるままの扉をばたんと閉じ、さらに執務室の扉までも大きな音を立てて閉めた。その日の午後、私たちが学校から帰って来たときには、彼女はバスに乗って出て行った後だった。

ケイティーが出て行ったときには、私たちは心細い思いをした。母が私たちを守ってくれているという繋がりが、これで消えてしまったと感じたのだ。私たちは知らなかったが、自分の後釜のお手伝いたちがみなひどいものだということをマギーの口から聞いていたケイティーは、また戻って来ても良いと思っていたのだ。この頃マギーが父に出した手紙の中に、この頃のそんな様子を見ることができる。

バリナモア
ハイ・ストリート

フランク様

あれからどのようにお過ごしですか。足の具合も良くなり、痛みも取れていると思います。もちろん、私はあのかわいそうなスー（安らかに眠れ）が受けなくてはならなかった試練を決して忘れずに今でも心を痛めています。あなたもまた足の痛みがぶり返すかもしれません。でも生きていくのに少しは辛いことがあった方が良いと思っています。そうでないと楽をし過ぎてしまうことになりますもの。そして、もちろん、いつも私が言っているように、お墓のこちら側の世界には本当の幸せはないのです。でも、もし向こうの世界に行ったとしてもどうなることやら。子供たちはみんなどんな具合ですか。小さい子たちは、みんな元気でしょうね。でも本当のところ、あの子たちは学校で少し困っているのではないのでしょうか。だって母親から平手打ちをされたこともないのに、そんなことをされればつらいのでは……

新しいお手伝いさんはどうですか？　うまくやってくれていて、子供たちにも良くしてくれていると良いのですが。あなたはケイティーが男の子のことばかり考えているというようなことを書いてよこしましたね。確かにそうかもしれませんが、それは普通のことです。誰にだって良い面と悪い面があるもの。でもケイティーがスー（安らかに眠れ）にとても良くしてくれたことは、この先いつまでも忘れません。もちろん私はケイティーを呼び戻せ、と言っているのではありませんよ。ちらっとでもそんな風には考えないで下さい。そんなこと私は夢にも思っていませんから。私はそれに関して、ただ自分の意見を述べているだけ。あなたがご自分で処理できるということは分かっています。だからあとになって私が何か言ったとか、したとか言わないで下さいね。全てはあなたの手の中にあるのですから。そして、あなたには経験もおありなのだから、ご自分でどうすることが一番良いかもお分かりになっているはず。もう他に言うことはありませんので、終わりにします。子供たちみんなによろしく。

敬具

マーガレット

別の手紙で彼女は、ケイティーとの出来事について議論することなど夢にも思っていない、と父に請け合っている。この段階で二人の間では、父の方に隠し事が多かった。マギーとケイティーが父について話し合ったのは確かだと思う。再びマギーはケイティーを弁護する。

バリナモア
ハイ・ストリート
四四年九月二十七日

フランク様

昨日お手紙を受け取りました。みなさん元気だということ、嬉しく思いました。でも新しいお手伝いが失敗だったというのは残念ですね。きっとその人はお家に良く馴染めなかっただけだと思いますけれど。もちろん全ての面で完璧な資格を持つ人を見つけることなど無理だ、ということはお分かりのはずです。もしそれに近い人が見つかれば、それだけで感謝すべきことで、他のことには多少目をつぶらなくては。それ以上のことは私には言えませんし、そのつもりもありません。だって私よりも良いお考えをご自分で持っていらっしゃるのですから。私は神様があなたに一番良いことをされるようお祈りをします。本当に良い人が現れると良いですね。ケイティーに関しては私には特に意見を言うことはありませんが、いつも言っているようにあの子は本当にスー（安らかに眠れ）に良くしてくれたいい娘でした。どこにいても、あの子はその見返りを受けるべきだと思っています。でも私はあの子のことであなたと話し合いをしようなどと夢にも思っていませんし、どうしてそんなことができましょう。ただ私はケイティーが、クートホールではとてもうまくやっていた、そこでとても幸せだった、そしてジュードが大好きだった、と言うのを聞いただけです。私はあなたが子供たちに新しい服や上着を買ってやり始めていると聞いて嬉しく思いました。これから寒くなってきますから、みんな喜ぶと思います。

足首の具合はいかがですか。良くなっていると良いのですが。ご自分でも十分注意しておられると思いますが、時間がかかると思います。みなさんが元気でおられるだろうと希望しながら、この手紙を終えます。小さな子供たちみんなによろしく。いつかあの子たちに会いたいです。

敬具
マーガレット

何人ものお手伝いが続いてやってきたが、誰一人として長続きしなかった。掃除をし、料理をし、縫い物をし、赤ん坊の弟や、私、それに父の世話をするのは結局ほとんどいつも妹たちだった。

九月に学校に戻ったとき、あまりにもこれまでと生活が変わってしまい、また悲しみも深かったので、私はぼんやりしていたのだろう。出産準備で休んでいたファイナン先生の代わりとしてやってきた若い女の先生は、私が知恵遅れではないかと心配し、父を呼び出した。父は「こいつは多分とても元気だと思います」という謎めいた答をした。父は二人になると私を厳しく叱った。妹たちは妹たち同士で遊んでいた。母の死という大きな出来事などまるでなかったかのように、お喋りをし、喧嘩をしていた。母の話をしても、母に何が起こったのか全く理解していないのは明らかだった。私には自分の気持ちを聞いて貰う相手がいなかった。しかし仮にいたとしても、果たして話をすることができたか、あるいは話したくなったかどうかは分からない。

「お前は母さんがいなくなって本当に寂しいのだな」と父

が言ったので驚いたことが一度ある。そんなことを言いながら、父は泣きそうになっていた。「わしも母さんがいなくてとても寂しい。毎日毎日寂しくない日なんかない」と彼は言った。「母さんの病気が治っていれば、たとえ歩けなくなったとしても、天気の良い日にはわしが抱いて階段を上り下りして外に出してやって、陽の光を浴びさせてやることもできたのになあ」

おそらく彼は自分の言葉を信じ、自分の言葉に酔っていたのだと思う。しかしドラムシャンボーの駅まで見送ってやると私に嘘を言ったときと同じように、父は今嘘をついているのだ、と私には分かっていた。しかし父が思っていたようなことが本当に起こるのなら、私は自分の世界の全てを投げ捨てても良いと思った。

私たちが何をしても父が怒ることが次第に増えていったようだ。ロザリオの祈りの最中に、父がたびたびこんな言葉を繰り返しているのが聞こえた。

ああなんてこと、なんてこと、なんてことでしょう、こんな連中のせいで苦労をしなければならないなんて、私が一体何をしたというのでしょう？　連中をみんなトービーのように袋に詰めて、敷石まで連れて行き、クートホール橋のアーチの下から流してやりたいです。まとめて孤児院に送り込んでやりたいのです。そこでなら僧や尼僧たちが連中をすぐに正気に返らせてくれ、行儀作法もしつけてくれるでしょう。もちろん、連中が道に放り出され、そこらの草でも食わねばならなくなるようなことになっても、この老いぼれは少しも構いやしません。

今まで普通だと思っていた世界が完全にひっくり返ってしまったのは、何年かたって私が家のことをよく知っているある神父に「父は私たちを育てるために多くの犠牲を払ってきたので、私たちには父に随分大きな借りがあるのです」と話したときのことだ。私は全く本心からそう言った。父が何度もそう繰り返し話していたので、そう信じてしまっていたのだ。神父は驚いた。「そんなことはない。君たちは父親に対して何の負い目もないよ。お父さんにそう言うべきだよ。君たちはこの世に産んでくれと頼みはしなかっただろう。お父さんが自分の意思で君たちを世の中に送り出したんだ。そのときからお父さんは君たちのための責任を、神と世の中の前で背負い込んだのだよ」無理からぬことだったが、私は父の見解とは正反対のこの話を父に告げるのは止めておいた。しかし私はその日から父と私たちとのことを、今までとは違う新しい光の中で見るようになった。

家の食料品は全てヘンリーの店で買っていた。買ったものは小さな手帳に記録した。その手帳には古くなった警察の制服の上着かズボンかで作られた青い布のカバーが父の手で丁寧にかけられていた。買ったものは何でもまずヘンリーの店の家の売掛帳に書かれ、それからそのノートに写された。月の終わりに合計され、金額が出されると、父はまるで教室でさせるように私たちを並ばせ、青いノートに書かれた、その月に私たちが食べたもの全ての品目を読み上げるのだった。合計金額が普段の月よりも少しでも多かったときには（と言ってもほとんど毎月変わることはなかったのだが）、例えばバターのような高価な品物について私たちに質問をした。一月の間に私たちが食べたもの一つ一つを声に出して読みあげられることは苦行だった。私たちは重荷を感じ、恥ずかしく思わねばならないように育てられていた。父は削減を命じることもあった。「お前たちがこんな具合にバターを嘗めてしまうのなら、バターを止めなくてはならぬな。月に四ポンド使い切ったら、お前たちは何もつけないパンを食べるのだ」

あるとき父が牛の頭を見つけてくるまで、私たちは年に一度潰される豚や、時々食べる鳥やウサギなどの肉を除けば、他に肉と言えるものをほとんど食べたことがなかった。牛の頭はとても安かったので、肉屋は切り分けてくれず、丸ごと持って帰るしかなかった。父は自分で買う姿を見られたくないので、私が自転車でキャリックまで買いに行き、荷台に乗せて持ち帰った。頭がそのまま入るような大きな鍋がなかったので、私が弓鋸や大きな包丁を使って四つに切り分けた。父はレンジの上で茹でられる頭を見て大いに喜んだものだ。「こいつがお前たち連隊の筋肉になるのだ」父は骨から出たスープや、私たちが父の分に取っておいた肉のかけらを楽しむか、あるいは楽しむふりをしていた。しかし私たちはほとんど手をつけなかった。触毛のついたゴムのような分厚くて黒い唇や、灰色の脳味噌、それに生きているような目玉などを見るのがひどく嫌だったのだ。

その頃家には、ボーンの塔の部屋に住んでいたトム・グリーソンという農業技師から預かった薄い黄褐色のネリーというグレーハウンドがいた。ファイナン先生の一家はボイルのはずれにある今までより良い学校に移って行った。キャノン一家もボーンにあるもっと広い家に移っていたので、塔に住むのはグリーソンの家族だけになった。私は日曜日にはトム・グリーソンがネリーを連れて広々とした野原にウサギ狩に行くのに一緒について行ったものだ。ある時トムの調子がとても悪くなり、良くなるまで、ネリーを預かって食事の世話をして欲しいと言われたのだ。薄黄褐色の雌犬と私は強い絆で結ばれた。毎日午後になると、彼女は橋のところで学校帰りの私を待っていたものだ。私たちは牛の頭をこっそりネリーにあげた。彼女は脳味噌や、目玉や、黒い唇が大好物で、大きな骨は土に埋めて隠した。「まるっきり残さなかったよ」父が喜ぶようにそう言ったが、実は言いながらなんとか嘘がばれないようにと願っていた。

もう一つ父がこだわっていたのは靴である。私たちは五月になるとそれから夏の間中、喜んで裸足で走り回った。だから靴に関しての苦労が始まるのは十月になってからだ。彼は私たちの靴にどれだけ金がかかっているか長々と説き聞かせ、できるだけ長持ちさせろと命令した。買ってくるとすぐに、皮底を保護するために、自転車の古タイヤを切って底に釘付けした。そのせいで歩き難くなったが、それはあまり気にならなかった。ちょっとでもひびが入ったり破れたりしたら、すぐに父のところへ行って修理して貰うように、と注意されていた。そのくせ私たちが靴に少しひびが入ったり、破れたりして見せに行くと、いつまでもきつく叱りつけるので、私たちは、穴が開いても足が濡れたままでいる方がましだということを学び、夜になると穴の開いた靴を隠した。

しかしある晩、父は私たちが隠しておいた靴を探し出したのだ。私たちは全員ベッドから引きずり出された。居間の床には私たちの靴が並べられていた。このとき、ほとんどの靴はもう修理ができないくらいに痛んでいた。凄まじい勢いで怒った父は茶色のエプロンをかけ、並んでいる中から適当な一足を手にし、腰を下ろして修理を始めた。みな父に殴られて、ベッドに戻れと言われたが、修理することに決まった靴の持主だけは、ずっとその場で眠ることもできずに、父に留め鋲や釘を渡したり、蠟を縫った紐を持っていなくてはならなかった。しかもその間くどくどと同じ文句が繰り返されるのを聞かねばならなかった。間違った鋲を渡したり、何かを落としたりすると、びんたが飛んできた。大きな居間に朝の灰色の光が入り込んでくるまでそんなことが続くので、立ったまま居眠りをしてしまうこともあった。かと思うと、いらいらして修理がほんの数分で頓挫してしまう夜もあった。

靴や私たちが食べる食料品に比べれば、買ってくれる服に関しては何の問題もなかった。父は私たちを町のいろいろな服屋へ目立つようにして連れて行った。それは、私たちが毎週日曜日には教会に行き、聖体拝領の柵に向かったからだと思う。父は私たちに買い与えた服を他人に見せびらかしていたのだ。私たちはミサから帰ると、言われなくてもすぐに古い服に着替えた。妹たちはみな上手なお針子や、編み物の名人、ほころび繕《つくろ》いの名人になった。

幼なかったが、私たちは次第に自分たちの防御の態勢を整え、世の中のもっと厳しい法則にも順応できるようになっていた。何年かのうちに私たちの結びつきは非常に密接で強固なものになっていた。兄妹間には当たり前の意地の張り合いもなくなった。そんな余裕などなかったのだ。私たちの全てのエネルギーは父の元で生き延びることに注がれた。もし誰かが誰かに対する不満を父に言いつけに行ったり、ご機嫌を取ろうとしたりすれば、仲間はずれにされてしまう。誰かがひどく殴られたとき、その嵐が静まってから、私たちは殴られた者のそばに行って慰め、本当に不公平なことだと言い合った。そうすることで私たちの惨めな気持ちは追い払われ、怒りの気持ちがますます強くなるのだった。私たちは父の気分を読むことができるようになり、機嫌が悪そうな時にはお互いにすぐに伝えあった。そうすれば父が現れる前に姿を消すこともできるし、あるいは惨めなふりをして父の攻撃から身を守る時間もできる。これは本能的なものであり、時が経つにつれ熟練もしてきたので、たとえ彼の最悪といっていいような激怒から身を守れなかったとしても、それを和らげて、耐えられる程のものにすることはできた。だからたとえ父の機嫌が良いときであっても、あまり気を許さないようにした。そんなことをすれば、すぐに起きるに決まっている次の攻撃のとき、立ち向かえなくなってしまうことが分かっていたからだ。このような私たちの団結は何年もかけて徐々に形作られていった。

母の死の直後数年間私たちは無秩序状態にあった。私たちは父の突然の怒りや殴打、罰や絶え間ない叱責に対する防御を何もしていなかった。夜中に夢遊病のように歩き出すものが出はじめた。私もある晩起きだして、タールを塗った舟の近くの浅瀬に落ちたり、気がつくと階段で寝ていたこともある。しかしロザリーンはもっともっとひどかった。彼女は眠りながら家の中のどこへでも歩いて行った。ある晩執務室に入り込んで、寝ていた当直の警官を驚かせてしまい、彼女の夢遊病は隠しおおせなくなった。彼女は殴られ説教されたが、そんなことをしても事態はますます悪くなるだけだった。彼女自身はそれが母をなくしたことに対する遅れてやってきた反応であり、またこの家の残虐行為への反応だと感じていた。父はついにヴェシー先生を呼びにやった。彼女は精神的外傷を受けていると診断され、ロスコモン病院に送られ、完全な休養を命ぜられた。彼女は二か月入院し、夢遊病は治まった。誰かに言われたのか、あるいはこのままではもっと大変なことになるかもしれないという恐怖からか、父は彼女を殴るのは止めたが、何かにつけて彼女を叱り続けた。彼女は妹たちの中でおそらく最も知的で、最も感じやすかったので、辛かったと思う。私たちはたとえ父の機嫌が良さそうに見えても騙されるなということ、ひとたび父の機嫌が悪くなったらそれに対してどう立ち向かえば良いか、ということを学んでいた。結局警察署の中でも家族の中でも父が一番孤立していた。

私たちの間の絆は強くなり、誰もいない時には即興の演奏会という形でその気持ちを表すようになった。私たちは私たちの支配者を思いのままに支配するのだ。

「ああなんてこと、なんてこと、なんてこと」と、モニカがピアノを弾くふりをして戯れる。「こんな連中のせいで苦労をしなければならないなんて、私は一体何をしたというのでしょう？　連中をみんなトービーのように袋に詰めて、クートホール橋のアーチの下から流してやりたいです。そうすれば私にもようやく平和が戻ってくるでしょう」

次はロザリーンのドラムだ。「ああなんてこと、なんてこと、なんてこと、連中を孤児院に送り込んでやりたい。そこでなら僧や尼僧が連中をすぐに正気に返らせてくれるでしょう。ああ神よ、神よ、神よ、私を哀れみ、私に我慢強さをお与え下さい」

そして私はトランペット。「ああ神よ、神よ、神よ、こんな苦労をしなくちゃいけないなんて私は前世で大きな罪を犯したのでしょうか。そうですね、犯したはずです（全くその通りだよ）。神様、私を救って下さい（いや、ダメだね）。ああ神よ、神よ、神よ、こんな苦労をしなければならないなんて、私は一体何をしたのでしょうか？」

一度だけ、即興演奏をしている最中、いつの間にか父が部屋の中に入ってきたことがある。私たちは籾殻が飛び散るように、ぱっと散ったが、結局捕まって床に釘付けにされた。

「何をしているのだ？」父は最初の驚きと困惑から立ち直り、わめいた。

「ふざけて劇の練習をしていただけです」と私が答えた。

「悪ふざけしていただけよ」とモニカが付け加えた。

「家の中でやる仕事がまだ残ってるんじゃないのか？　わしが出て行く前にニンジンの芽を間引いておけと言っておいただろ？　お前らみんなにまた教えてやらねばならんようだな。ああ神よ、神よ、こんなガキどもの面倒を見なくてはならないなんて、わしが何をしたというのでしょう？　こんな生活をしなくちゃいけないなんて、何をしたというのでしょう？」

私は父がそのとき見聞きしたことの意味をはっきり分かっていたとは思っていない。とにかくこの事件のあとしばらくは、この遊びをするときには必ず見張り番を立てた。

しかし父が家にいないと分かると、私たちはすぐにこの即興演奏に突入した。ブリージは父を尊敬していたのでこの遊びには決して加わらなかったが、父に言いつけたりしたらどうなるか分かっていたので黙っていた。弟とディンプナは加わるには幼なすぎた。

父がお手伝いを何人も雇っては失敗していたその間でも、ケイティー・マクメイナスはまだ戻る意思を持ち続けていた。彼女は私の弟が大好きであり、母の思い出をまだしっかり胸に刻みつけていた。しかし彼女はピーター・マクローリンに恋していた。父は彼女が家に戻ってくることを断固として拒否していた。その結果、家の中はますます乱雑になって行き、マギーに助けを求めなくてはならなくなった。マギーが何とか父の面子《めんつ》を立てるような条件をつけたので、父はやっとケイティーが戻ってくることを許した。

私たちはとても喜んだ。ケイティーが戻って、大きな居間はきちんと掃除され、小さな暖炉にはいつも火が熾っており、食事も前より規則的になり、私たちの着替えも清潔なものになったが、私たちの生活が根本的に変わったわけではないということが、すぐに分かった。父の支配がさらに強くなったのだ。これはケイティーを戻す際の条件の一つだったに違いない。彼女はディンプナとフランキーの世話は完全に任されたが、私たちに関しては、父の権威を優先させ、邪魔を決してしない、ということになっていたようだ。私たちが殴られたあと、彼女はこっそり私たちを慰めてくれたけれど、もはや父が怒っても面と向かって私たちを守ってくれようとはしなかった。父が私たちを叱ったり殴ったりしているときは、自分の仕事にかかりっきりになっているか、顔を背けるか、外に出て行くかだった。ほとんど毎晩、彼女はきれいな服に着替えて村に出かけて行った。父がそれに対して反対したり文句を言ったりしていなかったので、これもやはり条件の一つだったに違いない。私たちは彼女が音楽や踊りを楽しむためにギリガンの店へしょっちゅう行っていることを知っていた。そしていつもピーター・マクローリンが彼女と一緒だった。彼はもう警察署には近づかなかった。天気の良いときには、彼女にまたみんなでタールを塗った舟で川に行かないかと誘ったが、彼女は微笑むだけでその誘いに乗ってこなかった。私はそれ以上強く言わない方が良いということが何となく分かった。それから少ししてピーター・マクローリンはイギリスに渡り、ケイティーもそのあと私たちの元を去って行った。彼女は二度目の務めをほぼ二年間続け、私たちと楽しく暮らしたことになる。私たちはみなケイティーが好きだった。しかし彼女がいたことによる一番の影響は、ディンプナとフランキーが、私たち他の兄妹たちとは少し肌合いの違う子供になっていったということで、それは年月が経つにつれて、よりはっきりしたものになった。

ケイティーのあとにはマギーが紹介してくれたケレハー姉妹がやってきた。二人は若くて陽気だったが、長続きしなかった。父はその後は自分だけのお手伝い無しで自分たちのことをやらなくてはならなくなった。マギーはケイティーが公共の道路工事をする素敵な男性と結婚して、生まれ故郷とそう離れていない土地で暮らしていると、教えてくれた。

この時期父はずっと、警察署の畑、泥炭地、それに彼が借りていた耕作地で働かせるための「兵隊たち」を組織していた。彼はボイルにあるマーシー女子修道院の院長と何とか接触をして、数年間そこの洗濯室の燃料用の泥炭を供給するという契約を結んだ。その契約をもっと必要としていたたくさんの希望者がいたのに、父が取れたというのは、彼が自分の押し出しの良さと、七人の小さな子供を抱えた鰥夫であるという状況を利用したに違いないと私は思っている。その数年間、三月から九月までは、日曜日と学校のある日を除いて、私たちはほとんど泥炭地で働いた。泥炭掘りは背中が痛くなるきつい仕事だったが、切り取った泥炭を置き、踏みつけ、乾かすために列に並べ、重ねて行くなどという仕事は子供でもほとんど大人と同じようにできるものなのだ。私は一番役に立ったので、しばしば学校を休んで仕事をしたが、そういうとき学校のことは全く気にならなかった。父は新しい車を買った。私たちはそれを子供っぽく誇りに思った。歳をとってから、父は自分があの「ばあさん」（父は女子修道院長のことをふざけてこう呼んでいた）から得た金のことを機嫌よさそうに思い出していた。

私はその仕事にいらついたことは一度もない。身体は頑丈ではなかったが、いつまでも枯れない活力があったし、つらい肉体労働をしているときの、何も考えずにいられる状態が好きだったのだ。この仕事は女の子にはかなり大変なものだった。父が泥炭地に行けないときに、家で遊んだり、土手でデイジーの花冠を作ったりして飛び回って遊んでいた妹たちを働かせるよう私に命令したことには、本当に腹が立った。彼女たちが何も仕事をせずにいるとき、父が姿を現しそうになると、私は働かないと父に言いつけるぞと言って彼女たちを脅かしたらしいが、自分ではそんなことをした覚えはない。私はグロリア泥炭地の薄い色のカヤツリグサが一面に生えた土地、矮性のブナの木で分断された水溜まり、緑色の花のような木々、泥炭のある堤の暗い裂け目、ヒースの上の柔らかい日差しなどが好きになっていた。私たちが裸足で石の踏み越え板を渡り、ランガンの家のそばの畑を通って来ても、あるいは小馬に車を牽かせて湿地の道を通って来ても、ひとたび海のように広がるヒースや、キリーランの高い墓地から低い丘まで続いて伸びている淡い色のカヤツリグサを見れば、別世界に入り込んだようだった。その数年間、夏の終わりには、取っておいた泥炭を小馬を使って荷車に載せて道路まで運び、積み上げた。するとトラックがやって来てそれらを女子修道院の洗濯室まで運んで行くのだった。身体を使って一生懸命仕事ができたことで、私は父との交渉台につくことができた。きちんと元に戻しておくことができれば、私はいつでも好きな時に舟で川に行けることになった。泥炭地で十分仕事ができるのだったら、一人で川に出て行くことだって大丈夫、というわけだ。

私はじきに夜釣糸を仕掛けてウナギを取ったり、ノックヴィカーの方まで漕いで行くようになった。時には妹のうちの一人が私について来て釣糸を持つこともあった。小銭があるときには、ノックヴィカーで舟を止め、ビスケットやレモネードを買った。私たちは泡立つ黄色いレモネードが大好きで、舟を家に向けて出すまで、できるだけ長くこの素晴らしい宴《うたげ》を続けた。父は私が魚を釣ってくるのを喜んだ。彼は肉よりも魚が好きで、身体にも良いと信じていたし、なにより釣った魚は只だったからだ。仕事やお祈りで行けないとき以外、私は一人で川に出かけて行った。それが一種の情熱になり、そうすることで信じられないほどの自由を感じることができた。川や、赤と黒の航路標識や、葦や、イグサ、水に浸かった百合、移り変わる日の光、野生のフクロウ、餌に食らいついた魚が水面に立てる水の輪、オークポートの二つの小島、オークポート・ハウスから川岸に向かった斜面の芝のような野原、森の入口の澄んで氷のように冷たい水を蓄えた泉、バケツに一杯集めてバターと塩で炒めて食べる野生のキノコなどが好きになった。夕方オークポート・ハウスの中で餌を貰う犬の吼え声さえもが好ましかった。しかしそんなことより何より、一番嬉しかったのは、川では完全に一人になれるということだった。

警察署の建物での最初の夏、一九四三年のオール・アイルランド大会で優勝したロスコモンのサッカー・チームが、二連覇を達成しそうな勢いだった。私は彼らの熱狂的なファンになった。選手のことが載っているものなら手に入る限りなんでも読んだ。私たちはチャーリー運動場でサッカーをするとき、ジミー・マレーのように空高くボールを蹴り上げたり、フランキー・キンローのようにずっと一人でボールを運んだり、ボイルで郵便配達をしていたジョン・ジョー・ナーニーのようにサイドからゴールを決めようとした。村でラジオを持っていたのは父だけで、ロスコモンのチームが出る日曜日には警察署の中はいつも人で一杯になり、タバコの煙で息苦しいほどだった。小額の賭けも行われ、コッソーのラジオから聞こえてくるミヒョール・ヘハーが「ここクローク・パークのアイルランド人全てに神様も声援を送っています」とゲール語で調子を上げて喋ると、周りの緊張も最高潮になった。しばしの沈黙のあと、部屋には大歓声とわめき声、拍手や足を踏み鳴らす音が溢れた。ハーフタイムのとき、私はその興奮から逃れるために川へ向かった。後半が始まると、私は再開後の試合がどうなって行くのかを知りたい気持ちと、あの興奮から逃れていたいという気持ちの間で引き裂かれるようになった。するとと窓から放送が聞こえてきた。ロスコモンが勝っているのが分かると、すぐに私は居間に走りこんだ。執務室から部屋に運び込まれた椅子や長椅子の間にはほとんど空いた場所もなく、壁に寄りかかった男たちはタバコをふかしていた。

父はたくさんの人が自分とラジオの周りに輪を作って興奮しているこの状況が気に入っていた。放送のあと、みなはいつも嬉しそうにいつまでも大声で議論を交わした。人々が帰ってしまうと、祝日が終わったあと人気がなくなった公園や海辺のような寂しさが漂った。

オーガウィランからトラックに乗せられて連れてこられた茶色の雌鳥たちは、歳をとるまでずっと私たちと一緒に警察署で暮らした。彼らはあとになって、丸い穴の空いたダンボールの箱に入れられてバスに揺られてやってきた生まれたばかりのフワフワで黄金色をした雛鳥たちと一緒に暮らした。当時バスの中で、箱の中から雛鳥がピヨピヨ鳴いている声が聞こえてくることなどは当たり前の光景だった。小鳥たちは外に出ても大丈夫になるまで、窓際の私たちのテーブルの下に置かれた網をかけられた木箱の中で育てられた。大きな鍋で茹でられ、木桶の中で大きなへらで潰された小さなジャガイモが雌鳥たちの餌だった。桶は食器室にしまわれていた。食器室の窓の側の木の枠のついた鏡、その窓から見えるボーンの石造りの家々の向こうに広がっているレニハンの畑、部屋の中の洗面器を載せる鉄の台、そして大きな作業台の下に置かれた桶から立ち上ってくる潰されたジャガイモの酸っぱいような臭いなどが今でも私の記憶にはっきり残っている。

私たちが手に入れた豚を飼育するための木造の小屋が、警察の建物と川の間に建てられた。その豚の餌もほとんどがジャガイモだった。秋には風で落ちた果樹園のリンゴの実が餌になった。それらは只だったし、肉の味を良くすると言われていた。毎年地元の農夫がやって来て、豚をつぶした。そのあと毛を剃り、身を四つに分けて粗塩を敷いた茶箱の中に保存した。箱は居間から離れた小さな部屋に置かれた。水分が染み出てくるので茶箱の下には新聞紙が敷かれた。何日か経ったあと、肉は蠅よけのためガーゼに包まれ天井の鉤に吊るされた。サッカーの試合がある日と同様、父は豚がつぶされる日はとても機嫌が良かった。その日の午後、私は保存できないアバラ肉や、骨から削り取った肉片や、レバーなどを近所の家に分けに行かされた。すると近所の家ではこの気前の良い贈り物に対して、次に自分の所で豚が処理された時にお返しをしてくれるのだった。私は豚が殺されるときの鋭い叫び声や、ブラック・プディングを作るために白いエナメルのボールに集められた血や、グリシーンズと呼ばれる新鮮な薄切り肉の甘い味などをとりわけよく覚えている。

父には泥炭のようにジャガイモも金儲けの手段にしようというもくろみがあって、他の警官たちよりもたくさんのイモを植えていたが、その計画はうまく行かなかった。ジャガイモが取れすぎたのだ。私が覚えている限りでは、春になって数袋が売れただけだった。ある年、彼は袋に入ったイモを贈り物にして処分しようとした。これはジャガイモ飢饉[1]を連想させるのであまり喜ばれなかった。しかしあとで捨てることになるとしても、人々はとにかくこの贈り物を丁寧に受け取ってくれた。中には笑いを隠しながら「自分のイモも片付けられなかったのか。おれたちゃイモなしじゃやってけんしな、こいつだけが相棒ってわけだ」などと決まり文句を持ち出してくる者もいた。ジャガイモの入った袋など貰っても嬉しくもないなどと面と向かって言われれば、父も激怒したことだろうが。もっと楽な方法、すなわちゴミ箱に捨てて腐らせてしまうことに比べれば、こうして贈り物にして処分するのは、父の観点からすれば立派な行為をしていることになるのだった。

私たちの通う学校は変わり続けた。ブリージとロザリーン、それに私は一年でクートホールの学校から二マイルほど離れたラフォイルにあるワトソン夫人のところへ行かされた。私たちは行きも帰りも二マイルの道をマレー家の子供たちと一緒に通った。ワトソン夫人は昔は良い教師という評判だったが、今はほとんど仕事をしていなかった。陸軍将校だった夫は亡くなって、三人の若い娘がいて、一日中ほとんど編物をして暮らしていた。査察があるというと、彼女はおろおろしてしまったが、あるときある査察官が私の答弁に興味を示したことを機に、私に山のようなプレゼントをくれ、それ以後私は彼女のお気に入りになった。しかし私はその状態をそれほど長く楽しむことはできなかった。というのはすぐあとで父は私をノックヴィカーのケリー先生のところに移したからだ。

　私は学校まで三マイルの距離を自転車で通った。ケリー先生に習えば奨学金が貰えるほどよく勉強ができるようになるという評判だったが、他の先生たちからは、自分の所の良い生徒を持って行ってしまうというので評判が悪かった。彼は背が高く、少し陰はあるが見栄えも良く、アイルランド共和党[2]の州評議会員という愛国者で、自分の知性を鼻にかけ、情け容赦のないところがあった。彼は警察署の執務室で、また天気の良い午後には外の黄色い椅子に坐ってキャノン警部と何時間もゲール語で会話した。「あの人のゲール語は大したもんだよ。でも訛《なま》りというものが全くないんだ。あれは勉強して覚えたもんだな」とキャノン警部は悪気なく、笑いながら言っていたものだ。先生も父もどちらも競争心が強かったので、うまく行かなかった。なぜ父が彼のところに私をやったのか、今でもその理由が良く分からない。多分ケリー先生が、私が賢い生徒であるというような話を聞いてきたのだろう。そうであるなら先生はすぐに失望したに違いない。私のゲール語は何とか通じる程度で、それ以上のものではなく、私には州の奨学金を貰える望みはない、ということがすぐに分かったからだ。

　ゲール語以外のほとんどの教科で、私は奨学金を貰うために勉強に励んでいたある生徒の脅威になっていたかもしれないが、だからどうということもなかった。それは後に神父になったトミー・モランという生徒だった。彼の伯父のパディー・モランは一九一六年のイースター蜂起[3]のときダブリンの中央郵便局の中で戦い、一九二〇年に縛り首になっていた。アーニー・オマリーの古典となった自伝『他人の傷』の中にパディー・モランのことが愛情深く語られている。二人が牢獄に繋がれていたとき、時間を潰すために、オマリーとモランは心の中で午前中はボイル川の片岸をキャリック・オン・シャノンまで散歩し、午後にはその途中に見たものを全部、雨の後のカールー山脈の刻々と変わる色合いまでをも心に刻みながら、反対側の川岸を散歩したのだそうだ。ケリー先生はパディーを英雄視しており、彼の甥や姪のためにできることなら何でもして伸ばしてやろうとしていた。しかし一方、ロッキンガムの屋敷からやって来る子供たちに対しては厳しかった。ロッキンガムの

1―一八四七年から五一年にかけ、アイルランドではジャガイモの不作による大きな飢饉が起こり、百万人に及ぶ死者を出し、八十万人以上が主としてアメリカに移民として渡った。
2―一九二六年イギリスからのアイルランド独立を目指して、デ・ヴァレラによって組織された政党。
3―ダブリンで起きたイギリス統治に反対する武装蜂起。一週間で鎮圧され、主導者たちは処刑された。

屋敷の壁は学校から一マイルほど離れていた。キー湖の向こうの番小屋のついた高い壁の向こうに、ナッシュによって設計された大きな白い屋敷があり、その家は「一年中、違う窓を開けることができる」と言われていた。それはイギリスの支配と統治の残された象徴だった。だからそこから来ている子供たちは、それだけで罪があるというわけだった。

サー・ジョン・マフィーというイギリスの大使が、毎年一度ロッキンガムに雉《きじ》撃ちにやってきた。警察署の生活にとって、これはなかなか重要な事件である。武装した警官が大使の護衛にダブリンからやって来た。執務室までお茶を持って行ったとき、私は彼らがトランプをしているそばの大きな長机の上の記録簿の間にごろんとピストルが置かれているのを見てびっくりしたことがある。父と、当直以外の全警察官が、ロッキンガムの中で行われる狩猟と大舞踏会に参加した。そこには数マイル四方のイギリス系アイルランド人の名士たちが集まっていた。

毎年狩猟が終わると猟場管理人が、父には一つがいの雉、他の警官たちにはそれぞれ一羽の雉を持って警察署にやって来た。雉の脚には「サー・セシルおよびレディー・スタッフォード・キング・ハーモンより贈呈」と書かれたカードが付けられていた。

屋敷の子供たちのほとんどはこのロッキンガム大狩猟会の間学校を休んだ。男の子たちは勢子〔狩猟場で鳥を駆り立てる役〕を、女の子たちは母親の手伝いで掃除や配膳をした。ケリー先生はこれに激怒した。「領主様のために雉を藪の中から駆り立てるのがいまだに小作人たちの仕事なのか」猟が終わってロッキンガムの子供たちが学校に戻ってくると、先生は彼らに抜き打ちの試験を課した。そのあと彼らを壁に向かって並ばせ、イギリスがアイルランドに押し付けてきたあさましく、ひどい規則の全てに対していつまでも大声で怒鳴りながら、彼らの答案の間違いや答えられなかった箇所一つにつき一回の鞭打ちを容赦なくふるった。「こんなことのためにパトリック・ピアス[1]やパディー・モランは死んで行ったのか？」しかしこうした言動と全く矛盾したことには、先生は自分が車で出かけるときには、私たちを草地の縁に並ばせて敬礼をさせ、新興貴族の一員であるかのように振舞ったのである。

ノックヴィカーの学校は、私が経験した限り、生徒の中に新教徒が混ざっていた初めての学校だった。彼らはロッキンガムの屋敷の周りにある裕福な農場つきの家から通っていた。午前中私たちの宗教の時間の間は、彼らは自分の教科書を持って袖廊下に向かい、そこで自習したり、お喋りをしたり、モップやバケツやコートのかかったハンガーの間でだらだら時間を過ごしていた。それを除けば、彼らは他の生徒たちと何も変わらなかった。ゲール語を習い、ブルーエンの野原で私たちと一緒にサッカーをした。ケリー先生は彼らを丁寧に扱っていた。私は彼らのことを、あこがれと畏れと同情の混ざった気持ちで眺めていた。というのは彼らは生きている間いかに立派に暮らしても、来世では地獄へ堕ちることになっていると教えられてきたからだ。私はノックヴィカーでみじめな一年間を過ごしたが、それでもロッキンガムの屋敷から来ていた子供たちに比べれば、それほどではなかった。

私は十三歳で、すでに七つも学校を変わっていた。そんな私の学校生活の中で初めて大きな幸運が舞い降りた。その頃リンチ夫人という人がキャリック・オン・シャノンに女子の秘書養成学校を開いたのだが、同時に上級学校の必要も感じ、男女共学のロザリー・ハイスクールという学校も開いたのだ。この町には昔からマリスト女子修道学校という母も通っていた学校があったが、男子が通える高等学校がなかったのだ。思春期の男女を一つの学校で教えようとしたこの既婚女性に対して、教会はあらゆる警告を発した。リンチ夫人は素晴らしい人だったに違いない。教会は閉校にしろと迫ったが、彼女は拒否した。教会は次に聖職推薦人にこの問題を持って行き、さらに閉校を求めたが、それもうまく行かなかった。二つの学校はどちらも成功した。結果として、お金持ちと優秀な生徒だけしか上級教育が受けられなかった時代に、この内陸の貧しい田舎町にとても良い学校が三つもできることになった。

新しくできた学校の初代校長はダミアン神父だった。一九四八年の初夏、毎日午後になると、また週末に、彼は新しい学校にふさわしい生徒がいないかと自転車で村中を探し回っていた。そして父を説得して私に奨学生の試験を受けさせた。私は試験を受け、準奨学生になり、その年の九月に警察署からキャリック・オン・シャノンまでの八マイルを自転車で通い始めた。町からも大勢の生徒が通って来ていたが、ほとんどは私と同様、田舎から自転車で通う者だった。

キャリック・オン・シャノンの修道院の建物は、かつてイギリス軍隊の兵舎だった。建物の袖には修道僧が住んでいたので、正面側の三階分が教室として使われた。軍隊の訓練場だった場所に芝や木が植えられ、サッカーやテニスができる平らなグラウンドが作られた。建物の裏手にはハ

1――一八七九年――一九一六年。イースター蜂起の総司令官。「アイルランド共和国樹立宣言」を読み上げた。蜂起軍は鎮圧され、彼も五月にキルメイナム刑務所で処刑された。

ンドボール場と野菜畑があり、敷地は高い壁でぐるりと囲まれていた。私たちは大きな地下室に自転車を置き、雨の昼休みにはそこで瓶入りの牛乳を飲み、サンドイッチを食べた。部屋の隅ではいつも一人二人、それよりも多い人数の時もあったが、誰かしらが自転車を逆さまにしてパンク修理をしていた。

敷地のどこかの建物からやってくる、口のきけない美しい女の子が、料理や掃除それに七人の修道僧を部屋から呼び出す係をしていた。私たちが授業時間以外に修道僧の誰かに用があるときには、修道院の扉まで行ってその女の子に呼んで欲しい僧の名前を言うのだった。すると彼女は廊下にある真鍮の銅鑼を叩く。修道僧はその銅鑼の叩かれる回数で、それぞれ誰が呼ばれているのかを理解する。呼ばれた僧が階段を下りてくると、彼女はすぐに引っ込んでしまう。私は教室で教えられた英語の本のほとんどをじきに暗記してしまった。『マクベス』、『ヘンリー四世』、ワーズワースの『序曲』や『ティンターン・アベイ』、テニソンの『イン・メモリアム』や『ヴェルギリウス頌歌』――「麦畑や森、それに耕作地や葡萄畑や蜂の巣、馬や家畜の群れ／について歌う汝よ」――などである。私は学校の行き帰りの誰もいない道を一人で自転車を漕ぎながら、これらの詩句を口ずさんだものだ。ミサの典礼文を口にすることもあった。言葉はすでに暗記していたし、シーザーやヴェルギリウス、キケロやホラティウスなどラテン語の文章を通して、その意味も分かりかけていたのだ。

ダミアン神父に代わってプラシッド神父が校長になった。プラシッド神父はケリー州出身の見栄えの良い人で、町のチームで優れたサッカー選手として活躍もしていた。酒好きだったが、それによる悪影響は全くないようだった。ジョー・ロウの店で夜遅くまで飲んでいた翌朝も、元気一杯だった。大変に優れた教師で、分厚い眼鏡の奥の目を機嫌良く、あるいは励ますように、時にとがめるように輝かせて教えてくれた。先生はその眼鏡の分厚いレンズをいつも白いハンカチで磨いていたものだ。三年生の時の試験で私は非常に良い成績をおさめた。プラシッド神父は私の出席簿を調べ、毎年春と秋に何週間か欠席していることに気がついた。泥炭地とジャガイモ畑の仕事の時期なんです、と説明すると眼鏡の奥の先生の目が陽気な様子で動いた。その前の年のクリスマスに、当時贈り物としてはレッドブレスト・ウイスキー〔コーク州のシングルモルト・ウイスキーの銘柄〕の方が喜ばれていたのだが、父はプラシッド神父にジャガイモの入った袋を贈ったことがある。先生は私がもしその気になれば二年もあれば大学への奨学金が貰えるかもしれないが、一年間にそんなに欠席をするとなると無理かもしれない、と言った。

　私たちはその年コックスヒルに耕作地を借りていた。プラシッド神父が十月の末のあるとても寒い日の午後、自転車でその畑までやって来た。父がジャガイモを掘り、私はそれを拾っていた。先生は私たちとしばらく愉快に話をしたあと、父とだけ話をしたいと言った。二人は道路に向かって行き、長い時間話をしていた。もちろん何を話しているのか知りたかったが、遠すぎて聞こえなかった。話が終わると父はゆっくり戻って来た。私はジャガイモを拾ってバケツに入れ、それを貯蔵用の穴まで牽いて行く仕事を続けた。父は長い間口を開かなかった。

「わしは驚いたよ。あの神父は、お前に勉強する気があれば何か力になれるかもしれんと言うのだ。明日の朝には学校に行っていいぞ。わしの方は一人で何とかなるから」彼は重々しい口調で話し出した。

　私は自分の幸運がほとんど信じられなかった。ほんの一年前には父は私をダブリンに近い小さな町の金物屋の会計係か雑用仕事にやろうとしていて、私は必死になってそれに抵抗しなくてはいけなかったのだ。それが今では両手に雨水が溜まってくるように、私の人生が、ある一つの形にまとまってくるような気がして、舞い上がるような嬉しさを感じた。

　この小さな学校でプラシッド神父と一緒に教えていたのは、ブロンドの巻毛をしたフランシス神父で、彼は話が少しでも性的な方向に向かうと少女のように頬を赤らめるような人だった。彼のおかげで、数学という教科を面白いと感じられるようになった。また、元士官でとても堅苦しい感じのマニオンというゴルフとウイスキーに夢中だった先生がいたが、彼は私に自分が持っていたディケンズの本を全部貸してくれ、授業中にも放課後にも私に感想を聞いてきたものだ。私はこの年月が、それからずっと続くことになる私の知的冒険の始まりの時期だったと、今にして思う。今日も何か楽しいことがあるだろうという期待を胸にして、毎日キャリックまで自転車で通った。学校は恐ろしくてつまらない場所だと思う気持ちは消えていた。精神の喜びを通して、私はそれと気付かないまま世の中のことを知り始め、またいとおしく思い始めていたのだ。神父たちが私をそこへ招き入れ、坐らせ、道具を与えてくれたのだ。私は、自分に訪れた幸運と、本当の恵みを受ける特典が与えられたその時期のことを、今でも感謝の気持ちなしで振り返ることはできない。

　キャリックでの生活が始まったのと同じ頃、私に更なる幸運が訪れた。ある家の書斎を自由に使えるようになったのだ。私の父はアンディー・モロニーという人と友達になっていた。彼は新教徒で、美しい離れと果樹園のある大きな石造りの家に、父親のウィリーじいさんと暮らしていた。戦争が始まった時、アンディーはその地方の軍事警察隊に中尉として入隊し、すぐに司令官に昇進し、そこを任された。そういうわけで父と友人になったのだ。二人は軍事教練やライフル射撃の練習、村での行進などを通して交流を深めていった。父は新教徒というものに非常な感銘を受けた。自分の仲間のカトリック教徒に比べてごまかしもなく、道徳的にも正しく、正直で、行儀も良く、摂生に努め、全ての面で新教徒の方が優れていると思ったのだ。軍事警察隊に入る前、アンディー・モロニーは風変わりな生活を送り、孤独だった。彼はあらゆることに関して膨大な知識を持っていて、特に天文学に打ち込んでいた。彼がジョー・リネアンのラジオ番組『クエスチョン・タイム』[1]に出演した時、「百姓紳士」と自称したので、地元では大うけしたものだった。誰でも「百姓」という言葉が何を意味するかは知っていたが、「紳士」がどういうもので構成されているかなどにはほとんど知識もなく、二つの言葉の結合が滑稽極まりないものに思われたのだ。彼は私の父と同じように、機転がきき、何度も賞品の楯を貰った。育ちも気質も全く異なってはいたが、二人は真の友情で結ばれていた。アンディーの父親のウィリーじいさんは、デヴィッド・トンプソンの[2]『ウッドブルック』の中で、蜂飼いの、聖アンブロシウス[3]とプラトンが大好きな人物として描かれ、生き生きとした生命を与えられている。「アテネの蜂[4]は、良き人であり賢き人である……なぜなら、彼の言葉は蜂蜜の甘みで輝いているからである」ウィリーは妻が亡くなったあと決して家の二階には行かなかった。身体も洗わず、感嘆するほどに散らかった、かつては食堂だった部屋で寝ていた。その部屋は書斎から真っ直ぐに伸びた「鹿の廊下」と呼ばれる、鹿の角でできたコート掛けや、気圧計、大きくて音の出ない時計などで飾られた石の廊下の突き当たりにあった。真鍮の板が石に嵌め込まれた白い呼び鈴のついた正面の扉は決して開かれなかった。家の中へは裏の扉から入り、裏庭から長い石の階段を上って扉を開け、散らかった台所を通って、廊下に出ると階段や正面の部屋があった。

デヴィッド・トンプソンはモロニー家には領地がないと書いているが、それは正確ではなく、実際はボイルの平地に百七十エーカーの素晴らしい土地を持っていて、そこはアイルランドでも有数の石灰岩の産地であった。彼らの美しい農場はロッキンガムの私有地の背の高い壁からオークポートの崩れた壁まで続いている二本の道に挟まれていた。モロニー家の人々はずっと豊かな生活をしていたはずだ。まず最初に大きな石造りの家を建て、次に畑を囲む石造りの建物をいくつも建てて屋根を葺き、書斎の壁という壁を埋めつくすだけのたくさんの本を手に入れることができたのだから、大変なお金を持っていたに違いない。しかしデヴィッド・トンプソンの観察はその精神においては正しかった。ウィリーもアンディーにも領主らしい様子は全くなかったのだ。

アンディーは天文学の研究にほとんどの時間を費やしていたので、ロスコモン北部にしょっちゅう垂れ込める雲や大雨にはいらいらさせられていたに違いない。晴れた夜には、望遠鏡を持って外で過ごした。育ちが良い人間にありがちな無頓着な服装をしていたが、その風体とは反対に、彼は非常に細かく几帳面で、彼の作るメモや表は非常に正確だった。それは軍事警察時代にきちんと演説の準備をしていた名残のように見えた。日中は寝て過ごした。ウィリーじいさんは蜂の飼育に熱中していた。妻の存命中は、国中の養蜂家の集まりで講演をして回ったが、今は自分の家やその周りから離れることはほとんどなかった。たくさんの蜂の巣箱は大きな果樹園の木の下に置かれていた。二人は、美しく、優雅だが、全く実際的ではなかった。食事はたいていパンとお茶、それに蜂蜜だけだった。たまにシチューを大量に作ることがあった。二人はちょっと変わった家事の切り盛りをしていた。家には昔よく客が来ていた頃の名残のグラスやカップ、皿やナイフなどがたくさんあった。父と息子はそれらが全部汚れるまで順番に使っていき、一月ぐらい経つと、二人で盛大な食器洗いをしてから、また同じやり方を続けるのだ。リンゴを収穫すると、石造りの小屋の木棚に貯蔵し、それをバケツに入れて売っていた。リンゴを売って得た半クラウン硬貨をとても喜んでいるように見えた。

私はそのリンゴを買いにやらされ、そこでウィリーと本の事についていろいろ話し込んでいるうちに、書斎を自由に使わせて貰えるようになった。そこにはスコットやディケンズの本、メレディス、シェイクスピアの本、それにジ

1―ラジオ・エアランで一九四〇年代より放送されていた人気クイズ番組。
2―一九一四年―一九八七年。スコットランドに生まれ、長じてアイルランドに住み著作活動をする。『ウッドブルック』は一九一八年に出された回想録。
3―三三九年―三九七年。イタリア、ミラノの司教。典礼と聖歌を革新し、賛美歌の父と称される。
4―プラトンのこと。彼はアテネに生まれ育った。ゆりかごで眠っている時にミツバチの一群が彼の口に舞い下りた。したがって彼の言葉は蜂蜜のように甘美な表現となった、という伝説がある。聖アンブロシウスにも同じような伝説がある。

ーン・グレイ[1]やジェフリー・ファーノル[2]などの大衆小説や伝奇小説、他にロッキー山脈に関するたくさんの本などがあった。ロッキー山脈に魅せられた人物が十九世紀にこの家に住んでいたに違いない。私は興味の赴くままに本を選び、今の子供たちが、テレビジョンの番組を際限なく見続けるように、それらをむさぼり読んだ。何年かの間、一週か二週おきに私は防水布の買物袋に五六冊の本を入れて返しに行き、また五六冊を借り出した。誰も読書指導や助言などはしなかった。棚の上の方にある本を取るための高くて細い梯子もあった。乱雑な台所で、ウィリーは私に本に関する質問をすることがあった。「ショーン坊ちゃん、何の本を読んでいるのかね？　ショーン坊ちゃん、何を考えているのかね？」彼は自分ではもう読書はしなかった。そして彼が質問するのは、本当に答が聞きたいからではなく、ただ話し相手が欲しかったからだった。

私はある日の朝のことをはっきりと覚えている。まだ熱気がやってくる前の文字通り静かな夏の朝で、庭に向いた扉が開いていた。私たちはジャム（蜂蜜ではなくラズベリーのジャムだった）つきのパンでお茶を飲みながら、私が返した本の話をしていた。話の最中に彼の顎鬚の上にジャムが落ちた。シャツの前面を覆ってしまうほど長くて真っ直ぐなつやつやした顎鬚にジャムと紅茶が染みこんでいった。するとそのジャムを求めてたくさんの蜂がブンブンと羽音を立てながら鬚の中に入り込んで来た。その日の朝早く彼は巣箱の周りを歩いてきたに違いない。彼は立ち上がって扉に向かって歩きながら、長くて繊細な指を髭の中にくぐらせて蜂を搾り出し、私との会話の流れをとぎらせることなく、取り出した蜂を空中に放り投げたのである。

この年寄りの蜂飼いが亡くなったあとも私はこの家に出入りを続けたが、もう本の話をすることはなかった。アンディーも天文学に費やす時間が少なくなり、畑に出る時間が増え、私はその手伝いをさせられることもあった。彼は無駄口をきかないので私たちはほとんど黙ったまま仕事をした。彼は驚くほどものを信じやすく、また無鉄砲でもあった。彼の農場には小さなトラクターが一台あった。あるとき、彼は自分で町まで行きたくなかったので、私にトラクターでボイルの町のスローンの店まで、材木とセメントと金物を買いに行かせようとした。私は彼に今までに車の運転など一度もしたことはありません、と言った。「そんなことは構わん」彼は歯切れの良い命令口調で言い、私にトラクターのエンジンのかけ方、クラッチとギアの使い方、ブレーキのかけ方を教えた。数回の講義を受け、練習のために畑の中を一回走らされたあと、私はギアをセコンドにしてボイルに向かって出発した。途中で私は試しにギアを変え、ボイルの町に着く頃にはギアをサードに入れた。危なっかしかったが順調にできたので自信を持った。しかし町の様子にワクワクして見とれているうちに、私はペダルの場所を見失ってしまった。私がなんとかペダルを見つけ、クラッチを入れ替えてスピードを下げるまでどんなものにもすれ違わず、事なきを得たのは、当時の道がとても空いていたことの証である。スローンの店の前には駐車場があった。私は店の人にトラクターをそこに入れて貰い、荷物を積み込み、家に向かった。帰り道、私はまたギアを変えた。危なっかしい自信が戻ってきたのだ。アードカーンからモロニーの家の門までの途中にある古い司祭館の前は急坂になっている。父はここを下る時には燃料を節約するためにいつもエンジンを切っていた。私もそうしようと思った。トラクターはエンジンの音を立てずに坂を下り始めた。どんどんスピードが上がり、そのうちハンドルにしがみついているのが精一杯になった。トラクターは道路との境の背の高い草の上に何度も乗り上げ、そのたびに車体が揺れた。しかし背の低い石の仕切りに乗り上げることもなくトラクターもトレイラーも奇跡的に転覆せず、そのままモロニーの家の前を全速力で走り過ぎた。トラクターが速度を下げてやっと止まったとき、私はがたがた震えていた。もし誰かが道にいたら、ひき殺していたところだった。そのまま長い時間が過ぎ、私はやっとトラクターの向きを変え、ゆっくりと戻り始めた。私が家の庭にやっとのことで戻ったとき「そんなことは構わん、と言った通りだ」とアンディーは言った。驚くべきことにトラクターもトレイラーも壊れてはいなかった。私は「でも、よく注意した方がいいです」とだけ言い、他のことは何も言わずに黙っていた。

彼はイギリスから輸入した純血のチェヴィオット羊[3]の繁殖に凝りだした。しかしいざ売る段になると、地元では当然そうあるべき本来の値段では取引できないだろうと彼は考えた。私は古いフォードの輸送用ヴァンに子羊を詰め込む手伝いをした。そして彼と一緒にダブリンの市場に向かった。ロングフォードからエッジワースタウン、マリンガー、キネガッド、エンフィールド、キルコック、メイヌースを通ってダブリンまで当時五六時間かかり、その間子羊たちは母親を恋しがってずっと鳴き続けていた。市場はノース・サーキュラー・ロードの外れにあり、午後の六時

1―一八七二年―一九三九年。アメリカの西部劇小説作家。
2―一八七八年―一九五二年。イギリスの冒険小説作家。
3―イングランドとスコットランドの境にあるチェヴィオット丘陵原産の、中くらいの長さの毛が密生していることで有名な優良品種。

頃になって到着した。子羊たちは車から降ろされると檻に入れられた。ヴァンを掃除し、藁を入れ替えた。アンディーは買っておいた子羊のための干草と水を置いた。市場は朝早く開くのだった。私はお腹がすいていたが、食事や寝る場所については何となく遠慮して聞けなかった。私たちは町の外れにある家まで車で行った。年をとった婦人（アンディーの従姉妹だった）が私たちを歓迎してくれたが、お茶と薄いトーストしか出してくれなかったので、空腹は満たされず、そこを出る時には、私は椅子が出されればそれでも食べられそうなほどだった。

澄み切った寒い夜だった。アンディーはこれからシュガー・ローフ・マウンテンの頂上まで行くつもりだと言った。市は朝早くに始まるので、今夜宿を取るのは無駄だと言った。星を観察するための望遠鏡を持って来ていた。シュガー・ローフの頂上からの眺めは素晴らしいぞ。もし君が望むなら私と一緒に望遠鏡を覗くこともできるんだ。私たちはダブリン山脈の上の方まで上がって行った。その晩シュガー・ローフの頂上には私たちの他には一台の乗用車もヴァンもおらず、空にある全ての星が輝いていた。アンディーは望遠鏡を組み立てた。ダブリンの町全体が見下ろせた。ダブリン湾に沿って光の輪がずっと繋がって見えた。しかし恐ろしく寒かった。私は星に興味のある振りをしたので、アンディーは一生懸命に教えてくれたのだが、頭には何も入ってこなかった。今日に至るまで私は星といえば、せいぜい北斗七星や、北極星、それにオリオン座くらいしか見分けがつかない。アンディーが教えてくれていたときに、もっとちゃんと聞いておけばよかったとよく思うが、そのときにはとてもそんな気になれなかったのだ。私は空腹に参っていたし、寒くて震えていた。私はヴァンの中に避難すると言って戻ったが、ヴァンの中もまた外の星空の下と同じくらい寒かった。私はいつの間にか、もはや空腹を感じない状態に陥っていた。どれくらいの時間が経ったか分からないが、アンディーと彼の望遠鏡が藁の中で横になっていた私の隣に入って来た。二人とも寝られなかった。私たちは隣合わせに横になり、凍えるような沈黙を続けた。ヴァンの中に朝の光がさしこみ始めるとすぐにアンディーは時計を見、私たちは身体を起こした。外は一面、白い世界だった。星は相変わらずはっきり見えたが、もう明るく輝いてはいなかった。道が凍っていたので、ヴァンをゆっくり運転して下って行かねばならなかった。それからがらんとした町に入り、市場へ向かった。

アンディーは羊たちに櫛を入れてブラシをかけたが、私には何の手伝いもできなかった。私は何度も気を失いそうになり、そのたびに囲いの柵に身体をもたれさせねばならなかった。人々が影のように私のそばを通り過ぎて行った。意識を失ってしまうと困るので、アンディーにお茶と何か食べるものを買うお金が欲しいと言ったのだと思う。彼は私を見て驚いた。しかし羊が今にも売れそうだったので彼は柵の外に出られなかった。それに私一人では市場の中で迷ってしまうだろう。羊が売れたらすぐにあの明るくて大きなホテルに向かおうと言って市場のはずれの方を指差した。それほど長い時間待つこともないだろう。しかし柵の周りに競売人や買い手、それに係員などがやって来たのは、何年も経ったかと思われるほど長い時間のあとだった。彼らは魚の群れのように静かにさっと集まった。男たちが羊の様子を触って見るために柵の中に入って行った。競売人が大声で羊たちの育種の細かい情報を告げ、そこから競《せ》りが始まった。アンディーは落札価格に満足し、ここまで来た価値は十分にあったと言った。競売人と買い手が次の柵に向かうと、アンディーは係員から引換券を手渡された。

私たちは小さな窓口でその引換券を渡して現金を受け取り、通りを横切って明るくて大きなホテルに向かった。入口のマホガニーの重い扉へ続く長い石の階段の脇に白い街灯が並んでいた。そこは大商いの業者や商人、競売人たちが来るホテルだったので、アンディーの喋り方と身のこなしを別にすれば、私たちは全く場違いな客に見えたに違いない。テーブルにはしっかりした厚いリンネルのクロスがかけられ、やはりリンネルのナプキンが渡された。白と黒の制服を着たウェイトレスが銀のティーポットとパンの乗った皿を運んで来た。次には素晴らしいミクストグリル。「待ったかいがあったな」とアンディーは微笑んだ。私はアンディーがナプキンをどのようにして使うのかを見届けるまで待ち、そのあと彼の真似をしてナイフとフォークを使った。私はとても弱っていたし、大きな食堂に慣れてもいなかったので、ゆっくり食べ始めたが、次第に慣れてきて目の前にある全てのものを平らげ、しまいにはほとんど動けなくなるほどだった。満腹して身体が温まると眠くなってきた。私は周りにいる裕福な人々の大きな話し声に恐れも感じなかったし、そんなことを意識もしなかった。とにかくとても疲れていたし、満腹で幸せな気分だった。競りが終わって閉まりかけている市場の雑踏の中を歩いてヴァンまで戻って行く間、私は自分のしっかりした足取りが、新鮮だけれど何か自分のものでないような感じがして、妙な気分だった。

アンディーは最初に目についたスタンドに寄って給油した。私はそのときガソリンメーターの針がやけに低くなっていたのには気がついたが、あのときアンディーが宿屋に行くにも、食事をしようにも一銭も持っていなかったのだということに思い至ったのは何年も経ってからのことだ。しかしひとたびお金を持てば、モロニー氏という人は、ダブリンでは立派なホテルにしか行かないのだった。

　アンディーが私を警察署まで送ってくれて、彼が父に私のことを誉めて話すと、父は喜んだ。それから少しして父がアンディーの結婚の世話を中心になってすることになった。相手はベルファストで看護婦をしているアニー・バーンという地元の若い娘だった。アンディーは彼女と結婚するためにカトリックに改宗した。洗礼のとき、父はアンディーの介添人の一人になった。改宗すればアンディーはミサが詠唱されている間に使用人たちを祭壇に導くこともできるし、清めのために彼らが手をさしのべる前でも後でも、彼らに何かを命令することもできるようになる。改宗前はその間、教会の外で待っていなくてはいけなかったのだ。アニー・バーンは知的で実際的な女性だった。数年後に彼らは美しいが荒れ果てた例の家と土地を売ることに決めた。借金を清算し、前よりも狭い土地をキルデアに買った。前の家はアリーニャの石炭で財を成したレイデン家が購入した。彼らは蜂にも書斎にも天文学にも興味がなかった。その頃には私も多忙になっていたし、もはやあの素敵なありがたい書斎に通う必要もなくなっていたのだが。

　父の性格を考えると、私がなぜ父の邪魔を受けずに制限なく本を読むことができたのか、不思議であると思わざるを得ない。それは父のモロニー父子への盲目的とも言って良い心酔があったからだとしか言いようがない。父は二人のことを話すときには声の調子まで変わるようだった。彼らは私の読書を良しとし、それをどんどん勧めてくれたのだから、私に読書を許すことで、彼らが自分を高く評価してくれるだろうと考えたのだろう。他人にはつんけんしてなかなか打ち解けなかった一方で、誰か自分に強い印象を与える人物を見つけると、その人の虜《とりこ》になってしまうようなところが父にはあった。私が何時間も坐って読書をしている姿を見ると自然と沸き起こってくるいらいらした気持ちと、私に配慮をしなくてはいけないという気持ちの間で、父は大きな葛藤を覚えていたに違いない。しかしモロニー父子が読書を是認しているので、爆発は抑えられたのだ。

　本に没頭していて全く他のことをしなかったこの時期ほど、私の子供時代で充実していた時期はない。警察署の居間の川に面した窓の下に置いてあったミシンのそばで、読書から現実に目覚めると妹たちが私の近くに集まっていたことを覚えている。私の靴の紐を解き、片方の靴を脱がし、私の頭に麦藁帽子を乗せたのだが私は気づかずにいたので、彼女たちが私の坐っていた木の椅子を窓の明かりが届かない場所に動かし始めた。その時私は初めて本の世界から現実に目覚めたのだ。その姿を見て、彼女たちはとても面白がった。現在ではそんな没頭状態は、ものを書いている時、かろうじて二三年に一度起こるかどうかである。まだ朝の九時か十時くらいだろうと思って、読んでいた本のページから目を上げてふと時計を見るともう昼を過ぎていた、などという、時間の感覚が失われてしまう経験は不思議だけれど本当に嬉しいものだった。しかし今はもう、私の熱中振りを試そうとして私の靴の紐を解いたり、脱がせたりするような人間は誰もいない。私が読書に関してもっと体系的な指導を受けていたら、少し違った風になっていたかもしれないと考えることも良くあるが、一度きりの人生、そんなことを考えても仕方がない。最初は楽しみだけを求めて貪欲に読んでいたが、年とともに、次第に少しずつ別の楽しみ、すなわち理解や発見、時には純粋な計り知れない歓びのための読書へと変化していった。

妹たちは学校や本や川遊びなどの私に与えられた幸運を欲しいとも必要だとも思っていないようだった。彼女たちにはまた別の幸運が待っていた。父の元で暮らしていると、私たちは自分たちを守るために強く団結していなくてはならなかった。妹たちにはこの団結力が大きくなっても残り、自分たちを守るという最初の目的が消えて行ったあとも大きく育っていったのだ。彼女たちは一人でよりも一緒になった方がより強い団結力で連帯し行動できるということを本能的に学んでいた。この絆は彼女たちの長い生涯ずっと続き、育っていった。一人一人はお互いを厳しい目で見ていたが、かといってお互いへの深い理解と愛情を壊すことはなかった。しかも自分の個性を消して一つに団結するのでなく、お互いに親密な関係を保ちながらも、一人一人の個性を花開かせることができているように見える。長い有為転変の間いつも同じようにこのような団結を持ち続けていくには、多くの自己鍛錬と規律ある生活が必要だったろうが、必要性と習慣、それにお互いの愛情があったから、またいつももっと団結を深めようという気持ちがあったから、それが可能になったのだろうと私は密かに思っている。私は男性だし、年齢も離れているので彼女たちとは隔たりがあった。その隔たりは、妹たちがそこから逃げていたように見える辛い母の死を経験したあとでは、月明かりに輝く刃のようにさらに鋭いものになった。母の死などなかったかのような妹たちの世界の中で、赤ん坊だった私の弟は人形やおもちゃのように扱われていた。弟は甘やかされて混乱し、結局彼に元々あった生まれながらの美点や知性はあっけなく失われ、まるで人生に意味なんかないのだという具合に育ってしまった。

私がケリー先生の所へ移ったあとも、ブリージとロザリーンはワトソン先生のところに残った。この辛い年月の間、私はよく二人の平和を羨んだものである。二人が小学校を終えると、驚いたことに父は彼女たちをロングフォードにあるマーシー女子修道学校の寄宿舎にやった。驚いたことに、と言うのは、父が寄宿舎の費用や授業料、それに制服代などについて文句を言うと思っていたからである。父にはロングフォードで繁盛している産院で助産婦をしている金持ちの従姉妹がいたことが分かり納得した。父は娘たちをマーシー修道学校にやる数か月前から、そのマグワイア夫人のご機嫌を取り始めた。毎週日曜日に私たちは一番よそ行きの服を着せられ、フォードに詰め込まれ、夫人のアフタヌーンティーに連れて行かれた。彼女は郊外の高級住宅地にある自分の土地に建つ大きな屋敷に住んでいた。この習慣は双子の妹が寄宿舎にいる間ずっと続いた。毎週日曜日には私たちは車で修道院まで行った。暗い色の制服を着た双子の妹は孤児のように見えた。ブリージはロザリーンに比べると勉強が好きではなかったが、元気で、見た目も良かったので、みなと親しく交わってそこでの生活をより気楽に過ごしていた。私の父は修道女たちの大の人気者になった。修道院から私たちはみなでダブリン・ロードを通って婦人の勤める産院までの短い距離を車で行った。厚い絨毯、肘掛け椅子、ソファー、廊下でタバコを吸っている寝巻を着た身体を重たそうにした妊婦、カートに乗せられて大きな居間に運ばれてきたお茶、父の厳粛な態度やのんびりした調子の会話や仕草などをぼんやりと覚えている。

随分長い時間いたような気がしていたが、実際にはせいぜい二時間くらいの訪問だったのではないかと今では思う。それから私たちは双子の妹を次の一週間の授業のために修道学校に連れ帰った。そうしてから父と私は警察署に戻って行った。父は車を運転しながらロザリオの祈りを声に出して唱えた。その年の彼女たちの寄宿舎の費用はマグワイア夫人が払っているのだと思っていたが、妹たちによればそうではなかったのだということだ。父はマグワイア夫人にこの母のない家庭の援助をして貰いたいと思いながら、自分で学費を払い続けていたが、いくら経っても夫人から妹たちの教育費を援助しようという申し出がなかったので、結局父は二人を学年の終わりに修道学校から連れ戻した。私たちはその後二度とマグワイア夫人の家を訪れなかった。私は父のような人間が、ある人から自分の欲したものが得られなかった場合、今までの礼儀正しい関係を、見せかけだけでも続けていこうとしなかったことを、ずっと不思議だと思っていた。そうするのには大した努力も必要としないだろう。そうすれば身も蓋もない露骨な態度を見せることもなく、お互いの心の扉も少しは開けたままでいることだってできるだろうに、と思うのだ。絶え間なく変化しているこの世の中で、いつまたその人物と付き合わざるを得ない状況がやって来るとも知れないのだから、それは基本的にお互いの利益になることだと思うのだが。

父は結婚しようという試みをその頃もまだ散発的に繰り返していた。自分の結婚は私たち子供のために良いことだ、と言い張り、私たちは父の試みのいくつかに巻き込まれた。その試みは数年間続いた。ほとんどの場合滑稽で悲惨な結果に終わった。一番結婚に近づいたのはミス・マッケイブという小柄で優しい感じの、かつて学校の校長をしていた人だった。多分五十代の始めだったろう。私たちはみな彼女のことが気に入り、二人が結婚することを楽しみに期待していた。

父は毎年ストランドヒルの海沿いに二週間別荘を借りた。どんなときも頭から金のことが離れない父は、別荘の家賃を支払うため、最初の年はトラックに泥炭を積んで出かけ、私たちに一軒一軒それを売りに歩かせた。とても恥ずかしくてならず、こんなことなら別荘などについて来ず、警察署の建物に逼塞していた方がよっぽどましだと思った。それでも二週間ずっと雨が降り続いたので、私たちの泥炭は全部売れ、金を稼ぐことができた。父は次の夏にはもっとたくさんの泥炭を持って行って売るのだという計画で頭が一杯になった。しかし私たちには幸いだったことに、翌年は空気が乾き、暑くなったので、泥炭のほとんどは家に持ち帰らねばならなかった。それ以後、海辺の町まで泥炭を運んで行くようなことはなくなった。それでも私たちは毎年二週間はこの貸し別荘に行き続けていた。その年私たちはミス・マッケイブに何度も会った。彼女も私たちと一緒にストランドヒルで夏を過ごす計画を立てた。私たちにはいつもの貸し別荘があった。彼女は海に向いて建っている大きなホテルの一つに泊まったが、毎日夜のロザリオを唱えるまで私たちと一緒にほとんどの時間を過ごした。父は昼間ずっと機嫌が良く、夜十回の天使祝詞を唱える時も昼間と同じようにとても信心深く殊勝な人になっていた。この休みが終われば二人は絶対婚約するのだと思っていた。

ある日の朝遅くホテルからボーイがやって来て、ミス・マッケイブがその日の朝「海草風呂」の中で転倒したというメモを父に渡した。彼女は医者の診察を受けて今は寝室で休んでいるということだった。父は転倒の原因が心臓発作だと決めてかかった。次に父が取った行動は驚くべきものだった。父は持ってきたポットや鍋を急いで集め、ミス・マッケイブに手紙を書き、メモを受け取ってから一時間もたたぬうちに私以外の家族全員を青い小さなフォードに詰め込んだ。私一人が残された。私はホテルに行って彼女に手紙を渡してから、別荘に鍵をかけ、家主に鍵を返し、次の日のバスで家に帰ることになった。私は一人になったことを喜び、青いフォードが走り去るのを力一杯手を振って見送った。

あまり気乗りがしなかったが、私はゴルフ・リンクス・ホテルに向かい、ミス・マッケイブの部屋に案内された。部屋はとても広くて、彼女は隅に置かれたベッドにいた。「具合が悪いようで残念です」と私は手紙を渡しながら言った。手紙を読むうちに彼女は私の存在を忘れてしまったようだった。読み終えると、彼女はもう一度読み返し始めた。

「残念です」と言ってから私は口を滑らせた。「私たちはみんなあなたがお父さんと結婚すると思っていました」

「あなたのせいじゃないわよ。ところでお父さんは今どこにおられるの？」

「みんなと一緒に家に帰りました」

「なんであなたはここにいるの？」

「別荘を閉めなくてはいけませんから」

彼女は私に肘掛け椅子の上のハンドバッグを持ってくるよう頼み、私に一ポンド札を渡してくれた。一ポンドといえば大ミサで十人の神父のそれぞれに支払われるほどの大金だった。「私の気持ちだから今日このお金を使って頂戴。お父さんには私から手紙を出すと言ってね。お返ししたいものがあるの」

私は何冊もの漫画本、たくさんのアイスクリームやチョコエクレアを買い、素晴らしい一日を別荘と波立つ大西洋海岸を何度も往復して過ごしたが、ゴルフ・リンクス・ホテルの前を通り過ぎるたびに、今思えばそれは心痛と恥の感覚の両方であったのだが、奇妙な落ち着かない気持ちになった。

それが私が海辺で過ごした最後の夏になった。次の年の夏、私はやることがたくさんあるからと言って、行くのを断った。その方が父には都合が良かったからなのか、あるいは私を連れて行くのには大変な手間が必要だと思ったからか、とにかく私は残ることを許された。ほっとして喜び、私はみなが車で去って行くのを見送った。

この頃、父はこれから自分にはもう劇的な事件など起きないと思ったのか、あるいはミス・マッケイブより良い人が現れることもないだろうと思い知らされたのか、どちらにせよ自分はもうすぐ死ぬのだと決めこんだ。父は昔から健康を気に病む方で、あらゆる医学書を揃え、カーテンのかかった薬棚には、体温計やセンナの葉、イオウ〔どちらも下剤として使われる〕、何種類もの粉薬、また薬を処方どおり正確に調合するための秤や瓶などをしまっていた。これらの薬を父は自分で使い、私たちにも与えたものだ。私たちはとりわけ下剤が大嫌いだった。とても苦い上に、効果も激しかった。私たちは父が病名のはっきりした病気や、あるいはそうでない病気で寝込んでいる姿を見ることに慣れていた。そういうとき私たちは父の部屋に食べ物と薬を運んで行った。用があると、父は靴やステッキで床をどんどん叩き、すぐに誰かが来ないと機嫌が悪くなるのだった。上の部屋から緊張感が漂っては来たが、父が部屋にいないと家の中はとても楽しい場所だった。警察医のヴェシー先生が車で往診にやって来て、階段を上って父の部屋に行き、いつも長いこと話をしていた。午前も午後も当直の警官がさまざまな帳簿や署名が必要な書類を父のところに運んで行った。そうこうしているうちに、どこが良くなったというわけでもないのに、いきなり起き上がり、慌しく髭を剃り、着替えをし、大きなサイドボードの鏡の前の席に坐って食事をし、あれこれとたくさんの指示を出し、そのあとで執務室に降りて行って点検を始めたりすることもあった。そのあとはおおむね全てがいつものように進んで行く。そうしてしばらくたつと父はまた寝床に伏せってしまい、同じことが繰り返される。

今回は父はいつもより長い日数寝込んでいた。いらいらして我を忘れて大声を出して怒るとき以外は、声も弱々しくなっていた。起き上がる時の動作ももたもたしてのろくなり、階段の上り下りを私が手伝ってやらねばならないときもあった。ヴェシー先生が毎日警察署にやって来た。三人の警官たちは浮かぬ顔で心配していた。毎晩のロザリオの祈りのあと、私たちは厳粛な気分で父の回復を祈った。ダブリンの兵站病院に送られることになった。私はたくさんの書類や記録、それに言われたように鍵が二つついた金属の箱を探し出し、父の元へ持って行った。箱はそれほど大きくなく、緑と茶色の迷彩模様がついていた。それは軍放出品で、父がオークションで買ったものだ。フォーブスだかウィンだかいう名前の事務弁護士がボイルからやって来て、寝室で長い時間父と話をした。その日の午後父はベッドから起き上がり、ゆっくりと制服に着替え、二三段ごとに手すりにもたれて休み休みゆっくりと階段を下りてきた。彼は妹たちに入院のための荷物を作らせ、その日の午後の当直を解いた。執務室に下りて来いと父は私に命じ、部屋に入ると扉を閉めろと言った。彼は泥炭の燃える暖炉の近くにいた。作業テーブルの上の帳簿とインクスタンドの間に金属の箱が置いてあった。

父は自分は病院から生きて帰れないかもしれないが、必要な準備は全て済ませてあるから、心配することはないと言い聞かせた。彼は箱の蓋を開いた。輪ゴムで巻いてあるこの金は葬式をする時にすぐに必要になるものだ。大きな封筒の中には、銀行や郵便局の通帳、国債や保険証書などと一緒に自分が書いたいろいろな指示書が入っている。わしが死んだらオーガウィランの墓地に母さんと一緒に埋葬してもらいたい。葬式を終えたらすぐに、お前はこの封筒を開け、わしの指示を読んだらボイルの事務弁護士の所へ持って行くこと。そうすれば彼が必要な手助けをしてくれる。もう一つの大きな包みは、すぐに必要なものではない。お前たちが年をとったら懐かしくなるようなもので、母さんの指輪や宝石類、メダルや賞状、昔の写真や手紙などの思い出の品などが入っている。もう一つの封筒の中にはわしの遺言状の写しが入っている。お前たちはわしが死んだあとは警察の建物にはそれほど長くいられなくなるだろう。すぐにわしの代わりの新しい署長がやって来る。いつまでもここにいようと思っても、お前たちはみな孤児院に連れて行かれてしまうのだ。そんな風にならないように、十分な金があるから、お前が家と小さな畑を買わなくてはいけない。そしてわしの代わりに幼ない者たちを農作物から得た金で育てなくてはならない。パディー・マラニーがちょうど良い家と畑を売りに出している。安く買えるはずだ。わしが買おうとしていたところだった。他の場所を探し回るような馬鹿な真似をする必要はない。わしの見たところ、お前にはそれ以上の場所を見つけることなどできないだろうし。

私はパディー・マラニーの畑と、スレート葺きの羊飼い用の家ならよく知っていた。私は薄黄褐色のグレーハウンドのネリーを連れてトム・グリーソンと一緒にオークポートの端にあるこの石の壁で囲まれた畑でウサギ狩をしたことがある。あの小さな家で私たち全員が集まって暮らさなければならないのだ。しかも私がみなの面倒をみなくてはならないのだ。最初はそんなことは非現実的であり得ないものと思っていたが、聞いているうちにだんだん現実的なことに思えてきた。私は父のいない生活が、この警察署の建物で彼と一緒に暮らすものに比べ限りなく惨めなものになりそうだと急に思えてきて、気持ちが抑えきれずに泣き出してしまい、父に死なないでと頼んだ。

父は私を優しく諭した。私たちには一日のことも、一時間のことさえも自分たちでどうすることもできやしないのだ。父は私たちの母の話をし、自分がどのように彼女の元に行くことになるのかを話した。二人は私たちのことを天国から見守り、一緒に私たちのために祈ってくれるのだ。父は私に鍵を手渡した。わしの死の知らせが来たらこの鍵で箱を開けるのだ。鉄の箱を二階に運び、寝室のタンスの下に置いたあとも、私はまだすすり泣いていた。父は私の髪の中に指を入れて愛情を込めてかき回し、お前のことをとても信頼しているし、みなも何とかやっていけるだろうと話した。

今振り返ってみても、あのときのことは全く信じられない思いである。私は十五歳で、法的には未成年だった。いくら昔のこととはいえ、当時でも私のような子供があんな金を管理し、家や畑を買い、自分だけでこの幼ない大家族を養って行くなどということが許されるはずもなかった。パット伯父、ジミー伯父、マギー叔母、ケイティー叔母といった人たちが私たちの一番近い親戚として存在していた。彼らがあとのことを引き受けることになっただろう。父はパットとは定期的にエンジンのことで顔を合わせていた。ケイティーには彼女の家族のことで助言をし、自分の家庭については彼女の助言を求めていた。そして父はマギーとは相変わらず気が合わず喧嘩をしていた。ジミーだけが彼とは何の関わりも無かった。しかしとにかく、あのときこの四人のうちの一人の名前すらも父の口からは出てこなかった。私はそんなことは何も分かっていなかったし、そのときは父の話を完全に信じていた。彼は法律の元ではどういう成り行きになるかは分かっていたが、そのときは自分の空想を思う存分満足させていたのだ。厳しい法の施行者であった父親が自分では法律を無視していたことになる。さて私が父の言ったことを妹たちや弟に話すと、みな泣き出したが、フランキーとディンプナは途中から笑い出した。残りの者たちはみな二人を叱ったが、まるで父がいつも怒鳴るようなやり方だった。

翌日父は兵站病院に行き、一週間もたたぬうちに家に戻って来た。診察の結果、全く健康だったのだ。私たちはいつ父の死の知らせが来るかと心配していたが、彼が戻って来たのを見ると、緊張状態から解放されて、ほっと胸をなでおろした。帰ってきた日、父は一日部屋に閉じこもっていた。ヴェシー先生がやって来たあと、二人の怒鳴り声が部屋から聞こえてきた。次の日の朝、父は大騒ぎをしながらあたふたと起きだし、音を立てて階段を下り、お湯を持って来いと叫び、剃刀を研いで髭を剃り、銀の襟章とボタン、それに靴を磨き、サイドボードの大きな鏡に向かって坐った。その日の朝父はあまり食べなかった。時計が九時を打つと、白いハンカチを袖口にしまい、朝の点検のために大きな音を立てて執務室に下りて行き、扉をばたんと閉めた。

数日の間、私は鉄箱の鍵の始末など考えもしなかった。しかし本能はそれを父に手渡しで返さない方が良いと私に告げていた。結局、私は父のベッド脇の小さなテーブルの上に黙って置いたままにした。次に見たときに鍵が消えていたので安心した。それに関してはそれ以後どちらも一言も口に出さなかった。

ブリージはデイリー夫人に裁縫の弟子入りをした。彼女はロッキンガム城壁に隣接した曲線的で美しい石造りの家に住む良く働く親切な人だった。ブリージはデイリー家の人々にとても好かれ、腕の良い裁断師、裁縫師になった。彼女は父のお気に入りだったので、父は自分の母親がやっていた洋裁の仕事を彼女のために選んだのだろう。しかし、できたばかりの国の、徐々に増えて行った低い階層に属する人々の狭い世界では、教師や警察官の娘がそのような仕事に就くのは身分の転落であると考えられた。私はある人が父に対して曖昧な口調で「いやあ、ともかくいつだって着るものは必要ですからな」と、お祝いの言葉を述べていたのを覚えている。

ロザリーンは父の故郷キャヴァン州のクートヒルにある洋品屋に見習いにやらされた。大きくて裕福な店で、大きな子供たちは家を出て大学に行っており、他の子供たちも全寮制の学校に通っていた。父親と母親が繁盛しているその店の切り盛りをしていた。流行の服や実用的な服、また田舎から来た客のための履物なども売っていた。二人とも教会や町の中心人物だった。ロザリーンは自分の部屋を与えられ、僅かの週給で働いた。時々店にも出たが、彼女はほとんど家の中の仕事をした。彼女が昔入院した時を除けば、双子の妹たちが離れ離れになるのはこの時が初めてで、ロザリーンはとても寂しい気持ちだった。店の主人は最初から性的な興味を持って彼女に近づいてきた。「旦那さんの手はいつでも何かに触っているの」と彼女は言った。夫人の目が届くので、比較的安全な家の中での仕事をロザリーンは好んだ。私は妹たちの中ではロザリーンと一番仲が良かったので、彼女はキャリックの学校に宛てて私に手紙を書いてよこした。そこなら盗み読みされることはなかったからだ。ある日私は父には適当な理由を言って家を出て、黙って金を持って朝のバスに乗り、クートヒルに行き、店を見つけた。彼女は休みを貰って一日私と外出した。彼女が自分の身に起きたことを全て話し終えたとき、私は夕方のバスで彼女と一緒にここを離れるしかないという結論に至った。

「私たちの姿を見たらお父さんは何と言うかしら?」彼女が恐れていたのはそれだった。「怒らないかしら?」

「多分何も言わないよ」と私は彼女を安心させた。「何にも言わないと思う」

ロザリーンはブリージのことが頭にあったに違いない。少し前にブリージが父からひどく怒られたことがあったのだ。彼女は司祭館の井戸から水を運んでくるときにつまずいて転んだ。家までは何とか足を引きずって戻って来られたが、急に腫れ出した。それはレント期間中の金曜日の夕方で、私たちは全員で十字架の道行の留の祈りを捧げるために教会に行くことになっていた。父は彼女にも行くように命じた。彼女は父に腫れたくるぶしを見せ、痛みを訴え、もう靴に足を入れることさえできないのだということを伝えた。しかしそんなものを見せられても父は納得しなかった。

もし自分の靴が履けないのなら、わしの靴を履けばいい。自分に憧れている男性がたくさんいたし、父親の靴を履いて村の道をぱたぱた歩いて教会まで行くのを見られるなんて、この腫れや痛みよりも辛いことだと思い、彼女は拒否した。父は彼女を二階に連れて行き、彼女を殴って服従させようとした。彼の怒鳴り声と彼女の泣き声を聞いて、ウォルシュ警部が執務室の扉を開けて上に行きそうになった。しかし彼は扉の取っ手をがたがたいわせただけで、そわそわとまた執務室に戻って行った。私は居間のテーブルで勉強をしていた。

「二階に行って、ブリージを救い出してきてよ」モニカが私に懇願した。

「そんなことをしたってぼくも殴られるだけだ。あの子のためになんかならないよ」と私は答えた。私は父の暴力には慣れてしまっていた。毎日一度や二度は必ずと言っていいくらい暴力がふるわれるのだ。私はその頃はまだ父と向かい合ってきっちり対決するまでには至っていなかった。

「ウォルシュさんが行ってくれるんじゃないか」

ウォルシュ警部がまた出てきて、扉の取っ手をがたがたいわせたが、二階に上がっては行かなかった。

結局父は彼女に自分の靴を履かせて教会に連れて行くことができなかった。彼女の見栄の方が父の蛮行に勝ったのだ。しかし彼女がもし父の靴を履いて出かけることを承諾したとしても、恐らく彼女は歩くこともできなかっただろう。それほどひどい怪我だったのだ。痛みはどんどんひどくなっていき、その晩彼女はうめき、泣き続けた。家中誰も寝られなかった。朝になると父は彼女をクルーンの整骨師ドノヒューのところに連れて行った。彼は彼女のくるぶしを接《つ》いだが、そのやり方がまずかった。その後天候によっては足全体が腫れてしまうこともあった。接いだところに静脈が入りこんでしまったのだ。くるぶしの切開手術が必要だということになった。彼女はイギリスの病院に行き、静脈を動かされ、骨を接ぎ直され、縫合された。ドノヒューはたくさんの骨接ぎをしたが、たくさんの患者に訴えられて、アメリカに逃げて行かざるを得なくなった。しかし父は彼を訴えた者たちを強欲だといって責めていた。なにしろドノヒューの治療費は安かったのである。

母が亡くなってから、私は父と一緒に寝ていた。階段を上って当直用の毛布や事務用品、それにタイプライターなどがしまわれている大きな部屋の真向かいにある部屋で、壊れた真鍮の鈴のついた大きな鉄のベッドで彼と寝た。五人の妹と一人の弟は踊り場に沿った隣の部屋で寝ていた。踊り場の隅には小さな女中部屋があった。これらの部屋の窓からは、警察署の建物の正面、クートのアーチ道、レニハンの広い果樹園の壁や村のほとんどの様子が見渡せた。父の部屋の窓の外には大きなシカモアや、川、そしてオークポートの入口の航路標識が見えた。オークポートの上に明るい月がかかっているときには、月の光がベッドの脚の鉄の枠に沿ってついている真鍮の鈴の列全体を明るく照らした。私は寝られない時に凹凸のある三十二枚の天井板の数をその時々で変わる光の中で数えたことが何度もある。めったに火の入れられない暖炉と、ペニスの形をした口のついた白いエナメルの溲瓶があった。それはベッドの父の寝ている側の足元に置かれていて、毎朝空にするのは私だった。父が私より遅く部屋に入ってきて、服を脱ぎながら私が起きているかどうか確かめようと、いろいろ話しかけてきても、私はほとんど寝たふりをしていた。父は決してあからさまな性的な行動で私を困らせることはなかったが、しょっちゅう私の腹や腿を撫でさすった。家族に関する他のあらゆることと同様、父は私に良かれと思ってそうするのだった。それによって凝った筋肉は解きほぐされ、呼吸が整い、良く寝られるようになるというのだ。当時私は罪深い行為に関して、教義上の知識を増やしつつあったが、性というもの、あるいは性行為に関してはぼんやりした知識すら持っていなかったので、父の行為を文字通りに受け取っていたのだ。それでも、大丈夫そうだと分かると、私はいろいろな口実を作って父に背中を向けたり、急に眠ったふりをしたりするようになった。そのときの父の口調や手のリズミカルな動きなどを今思い返してみると、もしかしたら父は自慰行為をしていたのかもしれない。考えてみると、殴っているときの大きくて荒々しい声の中にも、時々同じような性的なものが隠れていたようでもあった。

私が父のベッドから解放された頃、家には一連のお手伝いさん騒動の最後の一人がいた。少しでもまともな人間なら長くは務まらなかったが、その時にはメアリ・ケイトという名前の五十代後半の女性がいたのだ。彼女はスライゴーのバリナモアに近い鍛冶屋の出身で、身体を洗ったことがなく、首筋には垢の汚れが黒く浮き出ていた。彼女は若い頃ずっと鍛冶屋の仕事で父親や兄弟たちの世話をしていたが、父親が亡くなり、兄たちにそろそろ結婚の話が出てくるようになると、当時のそんな境遇の女性たちと同様、家から追い出された。彼女には将来は父親や彼女の自慢の甥や姪たちに囲まれて幸せで豊かな生活を送るという夢があった。兄やその妻たちのことは一切口にしなかった。父は彼女にほんの僅かな給金しか払っていなかったと思うが、彼女はいつも父の機嫌を損ねないようにと務めていた。例えば私たちのことを父が悪く取りそうなことなら、どんなことにでも父の注意を惹かせようとした。彼女のやり方はあまりにも露骨だったのだろう。さすがに父も取り合うことをしなかった。ただ私たちが、より注意深くなっただけだった。私たちはお互いを効率的に守り合うようになっていたので、彼女が何か私たちに具合の悪い話を作り出す余地はじきになくなった。彼女は私をリーダーとみなしていたので、私の正体を暴露し、私の裏切り行為を父に報告することに全精力を傾けるようになった。

　私は居間から離れた小さな部屋を暖かい天気の時の勉強部屋として何とか確保していた。その部屋はかつてはベーコン用の肉を塩漬けし、天井から吊るしておく場所だった。メアリ・ケイトは私に隠れ場所があるということが気に入らず、私がそこで勉強もしないでただ本を読んでいるだけだという疑いを抱いた。ある日の午後彼女はそっと部屋に入ってきて、後ろから私に飛びかかってきた。彼女は重くて力もあったが、怒った私は彼女の身体を私の背中から振り離した。しかし彼女はそれより早く、私の本やノートの間から連載漫画週刊誌の『ホットスパー《向こう見ず》』をもぎ取っていた。当時は『チャンピオン』、『ウィザード《魔術師》』、『ローヴァー《海賊》』などという、その種の雑誌がたくさん出ていた。読み出すとちょっと癖になり、私たちは学校で仲間と廻し読みをしていたのだ。メアリ・ケイトは『ホットスパー』を手にして鬼の首を取ったように父の元へ向かった。しかし父が何の行動も起こさなかったので、彼女は実に深い絶望を味わった。もっともそのとき父は私が不利な立場に立たされたのを喜んでいたとは思うのだが。

「お前の勉強がこんな下らぬものを読むことの役に立っただけだったとしたら、プラシッド神父も、自分は屑しか作り出せなかったのか、とがっかりするだろうよ。どちらにしても、二人ともわしの事をお前の進路の邪魔をしたと言って非難はできんぞ」

　このあと私は一生懸命勉強しなければ、と決心した。楽しみだけのための読書は学校の勉強が全て終わってからにした。メアリ・ケイトは相変わらず私の尻尾を捕まえようとしていたが、それ以後一度も成功しなかった。彼女が入ってきたら分かるようにするには扉の後ろにいくつか物を置くだけでよかった。彼女は私を告発するための材料を見つけ出すことができなかった。

それから少しして彼女は病気になった。彼女の家族に連絡が行った。返事がなかったので、父は私たちの祖母が亡くなったキャリックの小さな病院に彼女を救急車で運ぶ手筈を整えた。そのあと彼女がどうなったのか何も知らない。彼女が使っていた踊り場の隅の小さな部屋を片付けようと中に入ると、そこは信じられないほど汚れていた。中の物を全て出して、部屋中をごしごしと洗い流さねばならなかった。父は鼻と口をタオルで覆い、せかせかと大げさに部屋を出入りした。いつのまにか家の中から姿が見えなくなっていたたくさんの品物が、ベッドの下から見つかった。私の釣の餌、テニスボール、ディンプナの人形、箱入りの干し葡萄、未開栓のレッドブレスト・ウイスキーの小瓶、子供の裁縫道具など、考えられないような物がたくさん出てきた。

この部屋がもうお手伝いのために使われることもなくなったので、私は自分の部屋にしたいと思い、そのための努力を始めた。もしここが自分のものになれば勉強も寝ることもできるから、下の部屋を使う必要はなくなる。私の希望は叶えられた。弟が私の代わりに父のベッドに移ることになった。そろそろ七つになりかけていた弟は、父がそれを軍隊の中で序列が上がっていくようなものだと彼に教えたので、この部屋替えを喜んだ。父のベッドから自由になると、すぐに父と私の対立が表立ったものになった。私の力と父の暴力の程度が拮抗してきたので、対立はいつ起こってもおかしくはなかった。

実際にその対立が起こったとき、それはどうしても避けられないものだった。それまでには肉体的にも精神的にも私の方が強くなってきていた。家の中は誰にとっても安全な場所ではなくなっていた。私は二十二口径の銃の使い方も弾のしまい場所も知っていた。弾を込める練習も何回もした。幸いなことに、弾が込められ、安全装置がはずされていても、部屋の隅に立てかけられている限り何も起こらない。さて、ある日の夕方遅くのこと、父はいきなり私をひどく殴りつけた。理由など何もなかった。苛立ちとちょっとした誤解があって、突然私に一撃を食らわせたのだ。前に匂わせたように、彼の暴力には性的なものが関係していたのではないかという疑いを私は持っている。というのも、父は対象もないのにかっとなって拳を振り上げ、あとになって振り上げた理由が分からなくなるようなこともあったからだ。一撃を受けて倒れるときの、何と不公平なという荒々しい気持ちと冷ややかな怒りを、今でも覚えている。私は立ち上がり、両手を脇に垂らして笑いながら父に真っ直ぐ向かって行った。彼はまた私を殴った。私は何度も倒れ、そのたびに笑いながら立ち上がった。痛みの限界はとっくに越えていて、何も感じず、奇妙で冷ややかな高揚感に溢れていた。父はだんだん不安な様子になってきた。私には恐怖心もなくなっていた。妹たちはずっと後になって、私が何度も何度も笑いながら起き上がるのを見て本当に気味が悪かったと話した。父は攻撃を止め、離れて行った。「ああなんてこと、なんてこと。こんな生活を送らなくてはならないなんて、こんな奴らの面倒を見なくちゃならないなんて、一体わしが何をしたというのだ。父親に手を上げるような息子とは！」

父も私も、とてつもない変化が起きてしまったのだ、ということに気がついていた。私の顔はひどい打撲で腫れあがり、何日も家の外に出られなかった。私が本来の姿に戻らないので父は心配し、また気遣いまでした。私はその気になれば動き出すこともできたのだが、父が私にできることなど何もなく、そうして家の中で逼塞している間に争いは収まった。しかし私にこのような怪我をさせたのは父親なのだということ、そうして私はこういう父親を持っているのだということを恥ずかしくも認めざるを得なかった。

何週間かあと、私は父が妹の一人を殴っているのを見て、彼女を離してやれと叫んだ。すると彼は向き直って私の顔を激しく殴った。顔に指の跡がついたが、私はその一撃をほとんど感じなかった。

「またやってみろよ、それでお終いだからな」と私は言った。もし父が動いたら私はどこまでも向かって行くだろうと感じていた。そうして私は彼をばらばらにしてしまうだろう。まず足や手、鼻や口元をばらばらにしてやる。彼は「わしは自分の父親に手を上げるような息子を育ててしまった。ああそんな息子を」と大声で言いながら後ずさって行った。

私がロザリーンを家に連れ帰った時、彼女の身には何も起こらないと彼女に言いきかせ、安心させた。やがて彼女は私の言ったことが確かに正しいということを理解した。家では私がいる前でのあからさまな暴力行為はなくなっていたのだ。父はロザリーンを歓迎したが、すぐに私だけを連れ出した。

「あいつは何をしたんだ？」

「あの子は家に帰ってきたんです」

「ここでどうやって暮らしていくつもりなんだ。かすみでも食って行くつもりか？」

「あの子は虐待されていたんですよ」私は父の顔を見た。私はそれ以上ひどいことも言えず、また父も聞きたがらなかった。

「証拠はあるのか？」

「あの子が言ったのです」
「法廷で通用するか」
「ぼくにとってはあの子の言葉だけで十分です」
「もちろんわしは何も聞かされていない。わしなど数に入ってはおらんのだからな」と彼は始めた。「何が起きたかわしは相談も受けていない。わしなどいないも同然なのだ。わしに注意を払うものなど誰もおらんのだ。この老いぼれが、みなが安心できるように、責任を取っているというのに。ああなんてこと、なんてこと、なんてこと。こんな試練を受けるなんて、一体わしが何をしたというのだ」その晩、彼は怒り狂いながらロザリオの祈りを挙げた。

ロザリーンは警察署の家政婦として家に留まった。当時多くの娘たちが看護婦の資格を取るためにイギリスに渡っていた。きちんと学校を卒業していなかったので、ロザリーンとブリージはアイルランドでは本当につまらない仕事にしか就くことができないのだ。私たちは話し合って、彼女たちがイギリスに行けば訓練を受け、職に就ける保障が与えられるのではという結論に達した。アイルランドでは看護婦の訓練病院に行くには費用がかかったが、イギリスでは訓練を受けている間にも給料が貰えるのだった。

私たちは申請書を取り寄せて、ロンドンのいくつもの病院に申し込んだ。父がその計画を嗅ぎつける前に、私たちは申込書を投函していた。父は、何も相談を受けていなかったと文句を言い、当然それに反対したが、この地方の良い家柄の娘たちもイギリスで看護婦の訓練を受けている、そして一生その職業を続けることができる、訓練期間中も給料が貰える、彼には一銭も金がかからない、などと言われて次第に気が変わっていった。彼はどこからかイースト・ロンドンのウィップス・クロス病院で副看護婦長の地位にまで上っていたボイルの馬具屋ハリントンの娘の話を聞いてきた。父はボイルまで行き、ハリントンに会い、娘の住所を聞き出し、手紙を書いた。彼はこの手紙のやり取りを何年も続けた。

いくつかの病院から訓練生としての採用通知が来たが、二人の妹はウィップス・クロス病院を選んだ。これで父の反対もなくなった。ロンドンに向かって発つ前に、父はハリントン副看護婦長からウィップスでカトリックの娘が参加できる全ての宗教行事の表を手に入れた。

マギー叔母さんがマーガレットとモニカの中等教育の面倒を見てくれることになった。彼女には大変なことだったが、自費で妹たちを預かってくれたのだ。彼女は列車の機関庫で働く溶接工、マイケル・ブリーンと最近結婚したばかりだった。マイケルはダンドーク近くのゴルフ場のすぐ隣で育ったので、小さい頃にはキャディーもしていて、今もアマチュアのゴルフ選手権大会にハンディなしで出場できる選手でもあった。別の環境で育っていたら、三流どころのプロとして生計をたてていたかもしれなかった。多くの人が彼のゴルフの腕前を褒め称えていた。私の父など比べものにならないくらい金持ちで有力な人物をゴルフ場でたくさん見て強い印象を受けていたので、少し酒が入ると、金持ちのような喋り方をすることがあった。一日プレイをし、ゴルフ場のクラブのバーで気分の良い午後を過ごした次の朝、溶接工の服に着替えて仕事に行くのは、かなり苦々しいことだったに違いない。マギーと結婚したとき、彼は彼女がもっと若く、実際よりもっとお金も持っていると信じていた。居間のサイドボードは銀製のゴルフの優勝カップの展示棚になった。彼は下宿人やパットのことが気に入らず、じきにみなは立ち退いて行った。ある晩ほろ酔いのマイケル・ブリーンが、パットを傷つけるようなことを言った。パットは立ち上がり、ゆっくりと自分の鍵を手にすると、何も言わずにそれを床に放り投げた。二階から自分の服を集めてきて、玄関の扉から表に出て、彼が前に買っていたガレージの脇の家に向かい、そこで一人暮らしを始めると宣言した。ガレージのそばで半端仕事をしていた少年を使って、店に残っていた自分の荷物を持って来させた。パットはマイケル・ブリーンと次に顔を合わせたとき、まるで何事もなかったかのように話をしていたが、実際にはそれ以後何年も家の中には一切足を踏み入れなかった。マーガレットとモニカを、彼女が夢中になっていた夫の反対にもかかわらず、一年間預かって学校に通わせたのは、マギーの性格を良く現す行動だった。二人をマギーの家から連れ戻したのは父だった。それも彼がマギーに何か要求したのを断られたからだった。

モニカとマーガレットはもともと賢かったが、二人が引き続いて教育を受けられるか否か、きわどいところだった。二人は父にボイルの修道学校に入れられたことを恥ずかしく思っていたに違いないと私は信じている。当時は地方の志の高い親はもちろん、父よりも余裕のなかった他の警察官でさえも、みな自分たちの子供を中等学校に入れようとしていたのである。

モニカとマーガレットは自転車で通ったが、時には車に乗せて貰っていた。私の弟は、望みのない者に対する守護聖人から取ったジュード（ユダ）という名をつけられそうになったが、最終的にはより普通のフランキーという名で呼ばれるようになり、ことなきを得ていた。その彼もその頃にはディンプナと一緒にクートホールの国民学校に通うようになっていた。

父の機械ものに対する熱中はずっと続いていた。オーガヴァスの口のきけない夫婦の所へ行ったあと大きなシカモアの木の隣に建てた風車が警察署の建物に電気を供給したことは一度もなかった。彼は次第に興味を失ってしまい、風車は風が吹けば気まぐれに廻っていたが、あるとき嵐が来て倒れてしまった。勝手口から小さな中庭を横切った場所にある作業場にしまわれていた小さな二気筒の発動機が、その代わりに設置された。父はこの作業場で何時間もずっと働いていた。中には作業台や道具類、古い車のタイヤやチューブなどと一緒に、オークションで安く買ってきた古い蓄電池の素晴らしいコレクションもあった。大きいのや、ガラス製のものなどもあって、とても美しかった。酸性の水や蒸留水を入れる背の高いガラスのコップもあった。彼は小さな発電装置を作り上げ、それがうまく働き、電球の光がちかちか輝き出すと、喜んで興奮した。この発電装置はラジオのバッテリーを充電するのにも使われた。そうすればボイルのスチュワートの店に行く必要もないのだ。みな父のために喜び、ほっとした。本当は静かなオイルランプの方が好きだったが、電気の明かりは私たちを何だか誇らしい気持ちにさせた。

しかしその装置はうまく働き続けなかった。父はしょっちゅう分解したり、組み立て直したりしていた。最後には小さな部品を作業エプロンのポケットに入れ、いらいらしながら発電装置のエンジンをガレージに運びこんでいた。そんなあるときのこと、私は父が小さな部品を茶色の作業エプロンに入れる手伝いをした。それから二人でエンジンをバリナモアのパットのガレージに運んで行った。父はうまく行かないのでいらいらして不機嫌極まりなかったのだろう。クートホールを出ていくらも行かないうちに、突然車を止めて、もう一度部品の点検を始めた。エプロンを広げたとたん、父は小さいけれど大事な部品が無くなっていることに気がついた。彼は私が失くしたのだと責めたてた。私はそんな部品のことなど何も知らなかったが、父は道端で私を殴り始めた。彼は車の向きを変え、警察署に戻った。すると家を出る時まで自分が作業していた台の上にその部品があるのが見つかった。私の過失でないことが証明されたので、私は頑《かたく》なになった。父にいくらなだめすかされても、バリナモアに行くことを断固拒否し、しばらくは父の手伝いなどしないと宣言した。父がなぜエンジンの仕組を理解できなかったのか、それなのになぜあんなにむきになって格闘していたのか、私にはいつも不思議でならなかった。その小さなエンジンは全く複雑なものではなかったのである。

　パットはエンジンのことも知っていたし、モロニー父子以外で父と長い間付き合いを続けていた数少ない人間の一人だが、なかなか父の話をしようとはしなかった。彼は話好きだったが、父に関する情報を聞きだすのは、まるで閉じた歯の間から無理矢理何かを引きずり出すようなものだった。

「なぜ巡査部長はエンジンについて覚えられなかったのだと思います？」

「ああ、フランク。フランクね。ああ、あの巡査部長」

「どうしてなんでしょう？　とても頭のいいところもあったのに。どうしてあんなにエンジンに執着していたのだろう」

「自信がなかったのだよ」彼は端的に言った。

「父は自分で覚えられないと思っていた、ということですか？　自信も根気もなかったということですか？」

「まあそんなところだったろうね。要点がすぐつかめなかったのだ」と言って彼は身体を揺すって笑ったが、それ以上を聞き出すのは無理だった。

　この話を聞いたあとで、私は警察署の生活で起きた、さらに奇妙な出来事の一つを新しい光で解釈することができた。父はアスローンのラジオ局でやっていたペダー・オコナーの司会の『工作と修理』という番組を熱心に聴いていた。ペダーの声がとても陰気で、しかも話し方ものろのろしていたので、私たちは面白がって陰でからかっていたものだ。「金槌を持ちましたね、次に釘を持ちましたね、そうしたら釘の先を板の上に置いて下さい。それから金槌で釘の頭を叩いて……」

　同じような教育番組が放送されるという予告を聞くと、父はますます夢中になった。その『聞いて学ぼう』という番組は学校で勉強できなかった人、もっと深く勉強したい人、それに今在学中の人を対象にしたものだった。彼はすぐにその番組のテキストを手紙で注文した。それから箱入りの白や色のついたチョークを買い込み、自作のぴかぴかに塗った小さな黒板を、サイドボードの鏡と流し場の入口の間の壁に掛けた。また生垣から長くて軽いヤナギの枝を伐ってきて、皮を剝いて教鞭を作り、嬉しそうに音を立てて部屋の中で振り下ろしたりした。

　私はテキストが送られてくるとすぐに全部読んでしまい、その番組について行くことは少しも難しくないだろうと思った。ある日の夕方、第一回目の放送のときの家の中の期待感と緊張感はとても大きなものだった。青い制服を着た父は、まるでハレの日のように、ぴかぴかに身支度をしていた。私たちはみなロザリオの祈りのときのように、放送の始まる前からラジオの周りに集まっていた。父は興奮して落ちつかなかったので、いざ放送が始まると、説明されていることになかなか集中できないようだった。放送が終わると、私たちはラジオの前から新しい黒板の方に移動した。それはきれいにしっかり作られていたが、黒く塗られたペンキの種類が違っていた。父はカフスボタンのついた袖を大げさに動かして何か書こうとしたが、チョークは黒板の上を滑ってしまい、見分けのつくような印一つ残らなかった。そこで彼はチョークを持って空中で文字を書きながら私たちに説明し、問題を出すという講義の進め方に変更せざるを得なくなった。テキストの中に聴取者の理解を試すためのいくつかの質問があった。それまで私は父の方があらゆることについて自分よりもたくさんのことを知っているものだとばかり思っていたが、じきにそうではないことが分かり、失望した。父が多くのことについて誤った理解をしていることに気がついたのだ。私は頭を下げて、できるだけ父の注意を惹かないようにやり過ごそうと一生懸命に務めた。しかし妹の一人が正しい答を言っているのに、父がそれは違うと長々と叱責し、ついには彼女の身体に手をかけてゆさぶり始めたので、私はできるだけ恭《うやうや》しく丁寧な調子で「彼女が正しいのです」と言わざるを得なくなった。

父は驚きの目で私を眺めた。「証明してみろ！」誤りというより、父の考え違いはあまりにも基本的なことに関するものだったので、つかえながらではあったが、わりにすんなりと証明して見せた。父はテキストを調べた。父が間違えていたのだ。私たちはみな黙りこんだ。父が次にどう出てくるのか分からなかった。非常にゆっくり私にチョークを渡し、父はテーブルを回って、生徒になったように席に着いた。

「そんなに頭が良いのだから、お前が先頭に立って教えるのだ」

「そんなことできません。ぼくは教えたくなんかありません」

「教えるんだ！」

二三度口ごもってからやっと「ぼくには教えられません」と言った。

「教えるんだ。これがどんなに易しいかってことが分かってるんだろう」

「易しくありません。易しいなんて一言も言ってません。教え方も分からないし」

こんな状況になったときの一番の解決法は、とにかく終わらせることである。しかし私はこのとき、事がどう進み、どのようにして終わったのかはっきりと覚えていない。恐らく父はまびさしのついた帽子を手に取って、全く不幸なことに自分が面倒を見なくてはならない、全く失礼な連中のことについてぶつぶつ文句を言いながら、勿体ぶって執務室に下り、村の巡回に出て行ったのだろう。同じような雰囲気のあとで出かけて行ったある巡回の途中、彼は村から無灯火で自転車で家に戻ろうとしていたジミー・ケリーに出くわし、長々と説教を始めた。「ああ、お願いです、部長さん、このくらいで止めてもらえませんか。あとは召喚状を貰ったときにでもお願いしますよ。とにかくお説教はこれまでにして下さいな」とジミーはそう言ってしまい、本当に召喚状を受け取る羽目になったのだ。

次の放送が始まるまでの間に、父はきちんと塗られた黒板のペンキを剥がし落とし、塗り替えてチョークが乗るようにした。しかし肝心の授業の方はうまく行かなかった。放送期間の終わるずっと前に、講義はまるで大きなシカモアの脇でだらだらと回っている風車と同じように完全に打っちゃられ、ラジオのアンテナも背の高い木の枝の中に吸い込まれて消えてしまったようだった。彼は自分で金を出して買った物を投げ捨てることは決してしなかった。たまたま『聞いて学ぼう』のテキストを手にしたりすると、父は、こんな子供たちに何かを学ばせることができると考えたとは、なんて愚かだったのか、こんなことならどぶに金を捨てた方がましだった、などと私たちに聞こえるような独り言を言っていた。

恥ずかしいことに、殴打、泣き声、叫び声、怒りなどが家の中からはなかなか消えていかなかったが、父が家で好き勝手なことができる時代は終わっていた。父は自分のやっていることが間違っていて、みなの悩みの種だったことに気がついていたのだろうか？　彼は自分のしていることが外聞の悪いことであると分かっていて、決して自分の過去を見せなかったのと同じ鉄の意志で、そういう振舞いを決して外には見せなかった。母方の親戚が、たとえばチャーリー・フリールのようなある地位を持った人間が家にやって来ることをかぎつけると、グロリア泥炭地などの、そのとき私たちを働かせていたどんな場所からでもすぐに家に呼び戻し、身体を洗いきちんとした服を着せ、まるで幸せな大家族であるかのように振舞った。また父は超自然的な本能で、自分がどこまでならやって良いかということが分かっていたようだ。しかし少なくとも三度、その境界を越えて危ないところまで行きそうになったことがある。一度は、ジャガイモ畑で私の頭をシャベルの刃で殴ったとき。二度目はマーガレットを同じようにひどく殴って彼女の身体を硬直させてしまったとき。そのとき、彼女は殴られて外便所の暗闇の中に逃げ込んで行った。私たちが見つけたとき、彼女はそこに黙ってしゃがんでいた。抱えて立ち上がらせたが、彼女は真っ青になってしゃがんだ姿勢のまま固まっていた。私たちは彼女を家の中に運び入れた。前にも殴られて同じようになったことがあり、父はヴェシー先生を電話で呼んだことがある。先生はやって来て注射をしていったが、私たちの知る限り、なぜこんな状態になってしまったのか一度も質問しなかった。しかし今回父がヴェシー先生に電話をしなかったことを考えると、もしかしたら先生は理由が分かっていたのかもしれない。父は私たちに彼女の手足の硬直と血液の循環が元通りになるまでお湯に入れろと言った。彼女が元に戻るまで、父はものも言わずに歩き出し、黙って心配そうに何度も部屋を出たり入ったりしていた。

もう一度はブリージが村から自転車で全速力で帰ってきたときのことだ。彼女が狭い通りに曲がって入ろうとしたときにブレーキが壊れたのだ。彼女はシカモアの間の低い壁に激突し、警察署の庭に投げ出され、そのとき壁の内側の畑でジャガイモを掘っていた父に危うくぶつかりそうになった。立ち上がると、目の前に父がいたので、彼女は「あらら!」と言った。そのとき彼女は恐らくとても動揺していたに違いない。それでなければ彼女が父に向かってそんなぞんざいな口をきくことなど考えられなかったからだ。父は突然の衝突と彼女の登場とに驚き、しかもぞんざいな言葉を浴びせられ、むらむらと怒りを沸き起こした。「無礼者が!」彼は大声を上げた。「あらら、だと」と言うと、警察の建物や道路から丸見えの場所で、彼女をシャベルで打ち始めた。彼女は驚くべきことに自転車の激突では怪我一つしていなかったのに、シャベルで殴られた後しばらく痣《あざ》が残り、足を引きずっていた。父の頭には、激突しても彼女が無事だったのが奇跡のようなものだった、という考えが決して思い浮かばなかったのだ。

これらのこと全ては、夜も昼も一日中警察官がいなくなることなど決してない警察署の中か、あるいはその周辺で起こったことなのである。しかし父は上官であり、下のものは、上司には口を挟めない時代だったのだ。それにしてもひど過ぎるという噂が署内に出、何年かの間に何度か三人の巡査が一団となって父のところへ行き、殴る音や叫び声が止まないのなら、上に告発書を提出し、何らかの行動を起こさざるを得なくなると上申した。そういうことがあると、暴力行為は少しの間止むのだが、またすぐに始まるのだった。父は一度も告発されなかった。

学校や図書館それに川、それらは全て慰めの場所、心のよりどころ、そして避難所になったが、この三箇所よりも強い味方はカトリックの教会だった。小さな村は教会に支配されていた。クートホールの教会はオーガウィランの教会よりも大きく、豪華だった。祭壇の上にはキング・ハーモン家が寄付したステンドグラスの窓もあった。私たちの生活の中で教会は堂々とした存在感を示していた。近くにあったせいもあり、買物や井戸へ水汲みに行く途中に立ち寄ることもできたので、私たちはしょっちゅう出かけて行った。教会は警察や家の延長上にあったが、それとは違う秩序とより大きな権威を持ち、しかも外の世界に向かって開いていた。

父はパイオニア・アソシエーション[1]の長であり、ある信心会の一員であった。私たちは出席する義務のあるものはもちろん、そうでない儀式にも全て参列した。オーガウィランから移ってきて間もない頃、私は教区によって色が違っていたので、新しくあつらえた赤いスータンの上に、古い白いサープリスを羽織って祭壇の上でお勤めをしていた。私たちの教区司祭は年取ったグリン神父だった。彼はボダイジュの長い並木道の奥にある、青と白に塗られた司祭館に、弟のダニーと暮らしていた。

グリン神父は穏やかで年より老けて見えた。彼とダニーは夜になると酒を飲んでいるという噂があった。だから何か用事があって遅くに司祭館に行くと、ダニーが戸口に現れるので、「逃げ帰らなくてはいけない」ということだった。小さな教会の土地のイチイやイトスギの木の間のあちこちに、以前の教区司祭たちの墓があった。月桂樹の生垣が教会の扉へ向かう小道との境になっていて、聖具室の建物までぐるりと続いていた。私たちは神父が聖衣を着ている間にここでミサの準備をした。私たちには、祭壇の蠟燭に火を点したり、小さな祭瓶に葡萄酒と水を注いだり、指を洗うための器と布を用意したりといった、それぞれ違う役割があった。それから二度目の鐘が鳴るのを黙って待った。神父からの合図の最初の一打ちを聞くとすぐに私たちは十字架に礼をして、覆いで包まれた聖杯を捧げ持った神父のあとをついて二人ずつ進み、階段の下で左右に分かれて祭壇に上がって行くのだった。ミサのあと、聖衣を脱ぎながらグリン神父は私たちに機嫌よく話をした。私たちは彼の支度を待ち、彼と一緒に月桂樹の生垣に沿って教会墓地まで歩いて行くのだった。

母が亡くなったあと警察署で最初の冬とそれに続く春を迎えたとき、私は十歳だった。堅信礼を受ける年だった。教義に関することはみな学校で習っていたが、グリン神父はやはり自分でも教会で教義を教えようとした。しかし彼

1――一八九九年にダブリンの教会で創設された団体。主に禁酒を勧める。

の授業は上手くいかなかった。天気の良い日には授業はいつも遅い時間に始まった。私たちは指定された時間に集まり、グリン神父が聖務日課を読みながらボダイジュの並木道を行ったり来たりしているのを眺めるだけで、イトスギと墓石の周りで遊んでいた。マイキー・フラナガンという生徒が私たちのクラスにいた。当時はイギリスに輸出するためのホロホロドリを飼っている農家が多かったが、マイキーはその鳴真似がとても上手だった。彼が門の脇の大きなイトスギの高いところまで登って鳴声を出すと、本物そっくりで、村中のホロホロドリが彼の声にこたえて鳴き出すほどだった。鳴声は甲高いものだったが、年老いた神父のお祈りの邪魔にはならなかった。こういった夕方の授業の期間中に、マイキーは終生彼について回ったホロホロ・フラナガンというあだ名を頂戴したのだった。私はそのクラスの規模が小さかったことや、だだっ広い教会の中で外套を着て授業をした年老いた神父のこと以外、授業の内容は何一つ覚えていないが、ホロホロドリのあの鋭い調子の鳴声は、はっきりと覚えている。

　教区には三つの教会があった。クートホールにあるのが、いわゆる教区教会で、クロスナとドラムボイランにある二つはどちらも司牧司祭[1]によって運営されていた。三つの教会はお互いがおよそ三マイルの間隔にあった。その年の堅信礼はクロスナの教会で開かれることになっていた。新しい青い上下の服を着て父と一緒に自転車でクロスナに向かう時、私は自分と同い年くらいの、青白い顔をした黒髪の少年が母親と一緒にノックヴィカーの郵便局の外にいるのを見かけた。パディー・モラハンという名前の少年だった。母親は二台の自転車の番をしてパディーを郵便局の中にやり、[2]彼が戻ってくると、二人はチョコレートのようなお菓子を分けあって食べていた。私たちと同じように、パディーの堅信礼のためにクロスナに行く途中だったのだ。私は自転車で彼らの前を通り過ぎるとき、羨ましさと悲しみの気持ちに襲われ、具合が悪くなってしまいそうになったが、あとになってその場面を頭に思い浮かべるたびに、人を羨む気持ちというのは本当につまらない目先の感情に過ぎないものだと思ったものだ。というのは、それから一年も経たぬうちにパディーの母親も亡くなったからである。その後、彼とはキャリックの学校で五年間同じクラスで過ごし、それ以来私たちはずっと親友でいる。

　教会の儀式はいつも私を楽しませてくれたので、今でもそれらにあずかりたいものだとよく思う。あの貧しかった時代、秘蹟や神秘の儀式によって初めて私は豪華な装飾品に飾られた室内の美しさに目覚めたのだ。まだ外のどこにも花など咲いていないときに、赤白黄色の祭壇用のチューリップが入った、無地の茶色の厚紙でできた平らな箱を持ったときの手触りは今でも忘れられない。私はヘンリーの店の向かいにあった教会については、クリスマスやイースターのような大きな行事のことではなく、レント期間中の十字架の道行の留の祈りや、聖体祝日[3]のことをよく思い出す。レントの礼拝ではオルガンの近くには、私の父と私たち、子供を連れた教師が一人か二人、警官の妻、その子供たちといった病的なまでの宗教心を持ったほんの一握りの人々しか集まっていなかった。

　私は今でも薄暗く照らされた教会の内部、窓を打ちつける風や雨、外の大きな木々が風に揺れている様子、湿った匂い、一人は十字架を持ち、二人は火の点いた蠟燭を持って、赤と白の服を着た三人の少年が留から留へ進んでいく姿、それぞれの留の名前を唱えながら恭しく跪く神父、その名前がほとんど誰もいない教会の中でこだまする様子や、「主イエズスよ、あなたは私の愛のために十字架を担われ、されこうべと呼ばれる場所まで行き、あなたと共に苦しみ死に行くお恵みを私にお与え下さいました」という祈りの言葉などを心に浮かべることができる。

　聖体祝日は夏の儀式だった。オークポートで伐られたツツジの枝が荷車やトラクターで運ばれ、村を三角形に囲んでいる道端の草地に飾られた。道の両脇の柱に、色のついた横断幕や吹流しがかけられた。ギリガンの店と郵便局、それにマラニー夫人の家の前には白い布の上に十字架と、花で飾られた祭壇が置かれた。教区に住んでいる歩ける者はみな出てきていたし、さまざまな教団がまるで不揃いのローマ軍のように自分たちの旗を持って練り歩いており、いつも大変な人出だった。聖体のパンは聖櫃から出されると、金色の天蓋の下にいた司祭によって運ばれた。そして道端に置かれた三つの祭壇のそれぞれの前で彼らは立ち止まって儀式を行った。郵便局の前での祈りが一番厳《おごそ》かだった。その間ずっと賛美歌が歌われていた。私はこの静かな劇の中で誰かが咳をした音や、ゆっくりと進む足音、最初の聖体拝領のための白いドレスを着た女の子たちがゆっくりと天蓋が進む道にバラの花びらを散らして行ったことなどを覚えている。制服を着た警官が村への三箇所の入口、すなわち橋、ラヴィンの店、キャシディーの十字路のそれぞれに立っていた。一年のうちでこの日のわずか一時間、

1―小教区司祭として信者の救霊を任務とする聖職者、または助任司祭の助手、または代理。
2―郵便局の中に小さな商店が入っていることがある。
3―キリストの最後の晩餐を記念する日。三位一体の祝日のあとの木曜日。

神の化身が聖櫃から出て来て、普段私たちが使っている道を、人間の姿をした神として歩くのだ。

　伝道説教も数多くの人々を惹きつけ、この一週間、教会は毎晩人で一杯になった。数年おきにレデンプトール会会員[1]が旅芸人の小さな一座のように村にやって来て、説教壇から大声で地獄と永遠の断罪について語った。どちらかと言えばカーニヴァルのような雰囲気だった。ロザリオやメダル、スカプラリオ[2]や祈禱書、聖画やさまざまな宗教用品などを売る屋台が、教会の塀の外に立てられた。最後の晩には聖なるものへの祈りがあった。レデンプトール会会員たちが出てきて、恐怖心をあおるやり方で浄化を始めると、みなは恐怖映画を見るように熱心に眺めた。「神はお前の髪の毛を逆立たせるぞ！」つまらない出し物は「水っぽい」と言われていた。地方の司祭の中にはレデンプトールの会員と同調して恐怖をあおる説教をする者もいたが、それもまた人気があった。

　グリン神父が病気で倒れたあと数か月で、代わりの若い神父がやって来た。彼は短く、易しい言葉を使って説教をした。それはキリスト教を人々の生活と結びつけ、人生の神秘について考えることがすなわち祈りであるという教えで、お定まりの内容空疎な説教に比べればはるかに良かった。また彼は名誉毀損や、中傷、暴力、子供に対する殴打、また不正直、偽善などについても言及した。彼は謙遜の気持ち、他人を愛する心、慈悲心がまず必要であると説いた。彼に腹を立てた人は多かった。最前列にいた私の父もいきり立った。彼は重い膝つき台を持ち上げるや、それを敷石に叩きつけて、反対の気持ちを表した。父はそんなことを三度もやった。若い神父はその脅しに動じなかった。彼は言葉を止め、また話を続ける前に父の顔をじっと見つめた。しかし父を支援する者も多くいた。グリン神父が説くことに対する批判が、父のように執拗で口うるさく面倒な形となって現れていたのである。人々はグリン神父が戻ってきたとき、大変喜んだ。人々が望んでいたのは地獄と永遠の断罪の話だったのだ。それなら死のように他の誰彼に当てはめて考えることができたからだ。葬式というのが私たちにとって最も重大な祝祭的行事であり続けているのは偶然ではない、と私は思っている。

　その当時私は、神父が語る真実というものは、人間の操作や力を越えた場所にあるものだと信じていた。私は日曜日ごとに祭壇の上の神父のそばに親しく仕えることや、教会がまるで暗い海に停泊する満艦飾の船のようになるクリスマスのような大きな行事、また灰の水曜日[3]や、レントから華やかなイースター、水辺に出ると危険と言われる祭日である聖霊降臨日[4]、昇天節[5]、そして生者と死者のための万霊節[6]といったものを通して、その言葉を信じてきた。印刷された文字ができる前には教会そのものが貧しき者たちの聖書であった。そして私の最初の書物も教会だった。こういった行事を通して私が聞いてきたキリストの物語は私たちの生活に深い意味を与えていた。生きている間には、苦しみもあれば恍惚感もある。私は祈りや秘蹟、儀式や玄義、恩寵や典礼用品、そして天国においては全ての男女が平等であることなどを教えられ、知るようになった。これらは警察署の中の父が作った規則よりも大きな権威を持ち、父もこれには同意せざるを得なかったのだ。父も教会の教えに反することはできなかったし、毎週日曜日ごとに教会の最前列に坐っている間はその規則の外に出ることはなかった。父の世界は内面の暗闇と暴力へ、嘘と抑圧の方向へと向かっていたが、それに反して学校や図書館、川や教会は、どれも外の世界の知性と協調、自由と喜びに向かって開かれていた。

始まりは私の母だった。母と一緒に生きているのだ、と感じるための唯一の方法が祈りだった。教会に滑り込んで母のために祈りを捧げると、母が生きていた頃の生活の光景が浮かんできて、祈りの言葉を追い出そうとする。私はその光景を心から締め出そうと努力し、意志の力で神の姿を呼び出そうとした。今になってみて分かるのだが、お祈りしているときに頭に思い浮かんだ神には顔がなかった。私は母が天国の神の玉座のそばでマリア様と出会い、天使や聖人たちと神の園を歩いている姿を何度も想像した。母は永遠の一日、雲のない空の下で私が来るのを待っているのだ。しかし、もし母が今天国にいるのなら、お祈りする必要はないはずだ。私はすでに教理問答の詭弁でそのことが分かっていた。祈りが必要なのは私の方であり、私が自分の魂をずっと自由にし続けないなら、天国に行って母と一緒になることなど決してできないのだ。また私は母が煉獄にいるのでは、とちらっと考えたこともあるが、他の人

1―救世主会士。一七三二年に特に貧民の救済と伝道を目的として聖アルフォンサス・リゴオーリによりイタリアのスカラで創設された至聖救世主会の会員。

2―袖なし肩衣《かたぎぬ》。キリストの軛《くびき》の象徴で信心の印として修道士などが身につける。

3―四旬節の第一日目。告解者の頭上に前のシュロの聖日から残っているシュロの聖灰をふりかけることからくる。

4―イースターのあとの七番目の日曜日。聖霊の降臨を祝い、洗礼を受けるのにふさわしい時期の一つ。水辺に出ると危険であることの由来は不明だが、アイルランドの民間信仰によるものか。

5―聖霊降臨日の前の前の木曜日。主が地上から天国へ上られたのを記念する日。

6―十一月二日。信心深かった死者のために祈りと施与を捧げる日。

と違い、母が炎で焼かれるような報いを受けるはずもなく、彼女が焼かれている姿を、ましてや神の身元へいつか行ける日のことを思って煉獄で法悦の表情を浮かべている姿などは想像することもできなかった。

夕方、ランガンの土地から切った泥炭を載せた手押し車を押しているときや、これから掘り出し、踏みつけ、風で乾燥させ、積み重ね、小馬を使って少しずつ道まで牽いて行かねばならない真っ黒な泥炭の畑に向かっているときなど、まるで夢の中でのように母の姿が現れてくることがよくあった。母と私は生垣から枝を伐って集めたり、赤く輝く暖炉の火の前に坐ったり、またブレイディーの池やブレイディーの家の前を過ぎ、年老いたマホン兄弟の住む家のそばを通り、暗くて深い石切り場のそばを通り、鉄橋を越えて丘を登ってマホンの店を過ぎて学校まで向かって行ったりするのだった。全てのことが今となっては至福のときだった。母を失った当初の辛い心の痛みは時が癒してくれた。毎日のように次々と新しい経験をする中で、母を感じる気持ちは薄れて行ったが、いつか私が母のためにミサを挙げる、という約束はまだ心に強く残っていた。その気持ちがなければ、父が私に学校を辞めさせてダブリン近くの町の店に働きに行かせようとしたとき、父に抵抗することもできなかっただろう。あのとき私が学校を辞めていたら、私は神父になるという希望を完全に諦めなくてはならなかったのだ。あの約束を守るためなら、私はどこまでも突き進んで行った。もし父が自分の意見に固執していたら、私は家を出てパットでもマギーでもいい、誰であれ助けてくれる人のところへ向かっていただろう。

この頃父は修道院の洗濯室との契約をうちきられていて、私たちはまたいつもの夏に戻っていた。しかし自分たちの住まいの分の泥炭は確保しなくてはならず、また警察の執務室用の泥炭を供給するという政府との小さな契約も残っていた。しかしその量は洗濯室が必要としていたものとは比べ物にならなかったし、私たちはすでに泥炭仕事には熟練していて、てきぱきと進めることもできたので、時間もかからなかった。やることがなくて私たちが太陽の下で時間を潰しているのを見ることが、父にはいつも辛かったのだと思う。それで時間があれば私たちのために新しい仕事を作り出すのだった。

私は今や警察の舟を使う唯一の人間になり、よく川に出かけて行った。魚釣をしたくないときには、入江まで漕いで行き、葦や沈んでいく葉の間に舟を泊め、本を読んだ。読書から醒めると、ハエのブンブンいう羽音や、魚が突然水面に跳ねる音、オークポートの森の奥から聞こえてくる鋸を挽く高い音、そしてずっと遠くの農場から響いてくる音の中に自分がいるのだ、と気がつくのだった。こういう日々が何日も何か月も続く間に、ある途方もない考えが浮かび、それがだんだんと一つの形になってきた。どうして人は神父や兵士、教師や医者、飛行士といった一つの職業しか選べないのだろうか？　作家ならこれら全部を生き生きと創造することができるのに。作家はこういった人間の一生をまるまる何回も生きることができるのだ。私はそれまで書物というものが、どうやって作られているのかなど、これっぽっちも考えたことがなかったけれど、いまやその夢がはっきりと具体的なものになり、私の頭から離れなくなった。

あっという間に試験が近づいてきた。私はうまくやれると思っていたが、どの程度うまくできるかは分からなかった。もし奨学金を貰えれば、教区の神学校を出ていなくてもメイヌースに行くことができる。いずれにせよ、私はそれほど苦労せずに、将来外国で伝道するための教育を受ける大学に入れるだろうとは思っていた。神父はどこにいても、いつでも神父であることには変わらない。どこで叙階されたかなどは表面的な問題でしかない。神父になったらその生涯毎日ミサを執り行うのだ。ずっと抱いていた神父になりたいという夢の代わりに、作家になりたいという夢を持つことで、私はこの昔からの夢を、新しい理想を身に纏って世の中に出て行こうという実現できそうもない夢と取り替えようとしているのだろうか？　作家になれば私はもはや、死と最後の審判を逃れ、また私の大好きな母との約束を守り続けるために人生を捧げる必要はなくなるのだ。神の司祭となる代わりに、私は小さいけれど生き生きとした世界の主になれるのだ。しかしその夢のことは誰にも話していなかった。というのも、こんな考えは世間の目から見れば突飛で失笑を買うようなものに過ぎないと、薄々感じていたのに違いなかったからだ。しかしそう考えることによってある効果が現れた。すなわち、私は解き放たれたのである。

新しい妻を見つけようと何年も努力したあと、父は今度こそ慎重に結婚に向けての準備を進めていた。アグネス・マクシーラという女性が、ドラムボイランから近所に移り住んで来ていた。ドラムボイランはロスコモンの豊かな草地が、リートリムのイグサだらけの貧しい土地に変わる境界線にある場所だった。彼女の家は大家族で、姉の一人は村の外れにある小さな農場の持主であるラリー・オハラという静かで穏やかな人物に嫁いでいた。残りの二人の姉は尼僧で、一人の妹は看護婦だった。弟のパットが母親と小さな農場で生計を立てていた。もう一人の弟のマイケル・ジョーはダブリンでバスの運転手をしていた。一番年下のトミーは人々から尊敬されている地元の熟練工であり、小規模な建築請負業者でもあった。他にアメリカに行っている兄弟もいた。アグネスは美形揃いの兄弟姉妹の中では一番地味な感じだったが、意志が強く魅力的な女性だった。若い頃、彼女はマンチェスターの株仲買人に雇われ、そこでなくてはならぬ人材となった。休暇には家族を連れてバハマや西インド諸島や南アフリカなどいろいろな国を旅したこともある。彼女は弟のパットを仲買人のマンチェスターの家で庭師として雇って貰ったが、長くは続かなかった。「今日取引所で聞いたが、じきに戦争が始まるそうだ」とその仲買人がパットに開戦の前日の晩に言った。「パット、君はこの戦争に参加して自分の義務を果たすべきだ。庭の方は何とでもなるから心配しなくていい」そして「その晩ぼくはリヴァプールからの船の上さ」とパットは語った。

アグネスは一九五〇年代、休みになると家に戻って過ごしていたが、そういうあるとき父に出会って恋に落ちた。彼女は父より十歳以上若く、上品で控えめな服を着てきれいな印象だった。気質は違っていたが、二人にはどこか共通点があった。どちらも違う風にではあったが頑固であり、教会に強く依存し、自分たちの出身地や、自分たちの周りの世界を見下しているところがあった。父の従兄弟のトム・レディーも、出し抜けにやって来て彼女を家政婦と間違えたとき以上のひどい無作法はさすがにそれ以後犯さなかった。今まで結婚に関して何度も不首尾を重ねたが、今やこの魅力的な女性が父の手の届く場所にいたのである。さしあたり何の障害もなかったので、父は彼女が申し込みをしてくるのが当然と、今度はゆっくりとその機会を待ち始めたのだと思う。この頃のことだが、父は警察の当直の代わりをして執務室に一人でいる私を呼んだ。

「家族みなに関わることで相談したいことがあるのだ」と彼は始めた。

私はすぐに何のことか分かったが、父が話し出すのを待った。

「わしがお前たちのお母さん（今は天国に住んでいますように）の代わりを貰うということになったら、お前はどう思うね？　何か異存があるかな？」

父の言葉と口調は、母が亡くなってすぐに「お前は母さんがいなくなって本当に寂しいのだな」と言ってから、母さんの病気が治っていれば、たとえ歩けなくなったとしても、天気の良い日にはわしが抱いて階段を上り下りして外に出してやって、陽の光を浴びさせてやることもできたのになあ、と続けたときのそらぞらしさを思い起こさせるものだった。

「これはぼくの母さんとは関係ないことです。母さんは死んでしまったのだから」私は怒って言った。

「そんなことを聞いたのではない」まるで天に向かって許しを乞うように言った。「この話に何か異存があるのかと聞いたのだ」

「もちろんありません。ぼくには関係ないことですから」

「お前たちみんなに関係あることなのだ。賛成にせよ反対にせよ、お前はまだこの家の一員だしな。それにお前は一番年上でもある」

「ぼくたちがあの人と結婚するわけじゃないし。お父さんがあの人と結婚するんでしょう、あの人がお父さんと結婚するんでしょう」

「それでも家族全員に関係があるのだ。お前がそういう態度を取るとは全く心外だ。家族の一員として新しい人間を迎えるということは、家族のみんなに変化をもたらすことなのだ。この家はこの先何年もずっとここにあり続け、いやでもみなが戻って来なければならぬ場所なのだ」彼は次第に怒りの表情を見せ始め、声を荒げた。私は何とか怒りを抑えていることができた。

「ブリージとロザリーンはロンドンにいるし、ぼくもあと二か月もすればここから出て行くんだし。マーガレットとモニカだって一二年のうちには出て行くと思う。関係のあるのはお父さんと、あとはディンプナとフランキーくらいですよ」

「ここにいようと離れていようと、誰もが家族の一員であることに変わりはない。だからみんなに関係があるというのだ」

「いいですか」私はもはや怒りを抑えられなくなり身体をおこした。「ぼくには異存がないって言ったじゃないですか。そういう人が見つかってとっても良かったと思ってますよ。その人と結婚なさい。でもぼくを巻き込まないで下さい」私は立ち上がり、出て行った。

私は父がどんな風にこの場面をアグネス・マクシーラに話したのか知らない。もしかしたら何ひとつ話さなかったのかもしれないが、とにかく彼女は最初から私を嫌い、不審の念を抱いていた。次第に私たちはお互いのことを敵視するようになっていった。

二人はスライゴーで婚約した。指輪の交換だけでなく、特別の計らいで二人は神父の前で婚約の誓いの言葉を交わした。そういうことは当時極めて希なことだった。それは何ひとつ効力を持つものではなかったが、結婚の誓いと同じように永久不変のものであった。

その年の夏の終わり頃、プラシッド神父がコックスヒルのジャガイモ畑まで自転車でやってきて、卒業試験の結果を知らせてくれた。神父が請け合っていた通りだった。私は大学に進むことができるのだ。しかし最初の一二年は奨学金だけでは足りず、何らかの経済的援助が必要だった。頼めば父が用意してくれるだろうが、私には誇りもあったし、自分の周りを見ればとてもそんなことは頼めなかった。私には他にもたくさんの選択肢があり、当面その扉は全て開かれていた。それで父は私を面接や口頭試問のためになら、どこへでも連れて行くと強い調子で言った。自分の興味がないことのために外出などしなかった父、母が瀕死の状態でいたときにさえ見舞いにも出ていかなかった父が、このときはどんな時でも外出をいとわなかったのだ。こういう外出のとき、父は普段の無口でむっつりした表情を捨て、また、競技会で優勝したグレーハウンドの飼主が見せるようないつもの強烈な自負と昂《たかぶ》った様子をも引っ込めてしまうことがあった。

　教員養成大学から「合格《コール》」通知が来たとき、私はそこに行くことをすぐに決めた。合格を「コール」という言葉で表現するのは、それがアイルランド教会での「天職《コール》」という言葉と同じ起源を持つことを物語っている。授業料と、寄宿舎の賄《まかな》いは全て州が負担してくれるし、就職難の時代にもかかわらず、ここならば卒業後の就職先も保障されていた。

　私がその話をすると、父は心底安心した。「わしはお前が大学に進むようになったら、できるだけの手助けをしてやるつもりだったし、ミス・マクシーラも蓄えがあってそれを喜んで出しても良いと言っていたのだが。わしはお前が、他人のことをちゃんと考えて、一人でやって行くつもりだということを聞いて、とても嬉しく思っている。わしにはまだ養っていかねばならぬ大きな家族があるし、みなに対しても義務があるしな」と彼は勿体ぶって言った。

　父の言葉を聞いてすぐに私は自分の決定が正しかったことが分かった。もし援助を求めたとしても、何も受けとることはできなかっただろうし、もしできたとしても、しぶしぶと仕方なく出してくれるのが関の山だったろうし、そんなものを受け入れることなど到底できなかっただろう。教員養成大学に進む本当の理由を私は誰にも言わなかった。そこは授業期間は短く、休みが長かった。お金のことを考える必要もなかった。つまりそこは私が自分の夢を追うための手段でしかなかったのだ。神父になって屍《しかばね》のような生活を送り、母のためにミサを挙げるという母との約束を果たさなかったことについて、私が振り返って感じる罪悪感をある程度正当化できたのは、教えるということは母の職業だったわけだし、それに教員は第二の聖職と言って良いものではないかと自らに言い聞かせたからである。こんなことを考えたのは自分が無知であり、混乱していたからだが、それは同時に、今まで長いこと感情を抑圧してきた結果でもあった。しかし、オークポートの暗い森のふもとで、葦や沈んでいく落葉の間をタールを塗った舟に乗っていたときに初めて形になった、ものを書いていこうという考えが、空に輝く唯一の星のようにはっきりとしたものになったことは確かである。一体全体どのようにしたらその夢を実現することができるのかなど、これっぽっちも考えていなかったが、そのときにはそんなことは気にしていなかった。

　一九五三年だった。五〇年代にこの小さな国から五十万人ほどの人間が外に出て行ったが、その行き先はたいていイギリスだった。その数は二十世紀のどの年代よりも多かった。これらの移民はみな若く、あまり教育も受けておらず、ほとんどの場合十分な準備もせずに出て行った人々だった。ホリーヘッドやチェスターそれにクルー[1]といった地名がアイルランド人の頭に強く焼き付けられた。私たちは沈黙の世代であり、みな静かに黙って消えて行った。船との連絡列車は満員で、船も家畜運搬船なみのひどい状態だった。実際リヴァプール行きの船には家畜も一緒に乗せられていた。

「パット、どこまで行くつもりだい？」というのが、切符を持たずに列車に乗り、検札が来るたびに便所に逃げ込まねばならないような人間についての冗談に使われた。

「けつがついていればアメリカまでだ！」

　男たちは自分の身体の強さを金に変え、女たちは長時間労働もいとわなかった。夏に里帰りをすると、男たちは自分たちがそれによって金を得ている、いつまでも続く超過勤務についてパブで大声で話をし、女たちの中にはイギリス人の夫を従えて姿を現す者もいた。イギリス人の義理の息子がアイルランド人の義理の父とパブに飲みに行って「お父さん、乾杯《チアーズ》！」と言うと、「お願いだから、ここで喝采《チアー》などせんでくれ。ここからおっぽり出されてしまうでな」などという冗談もあったくらいだ。こういった移民たちは、アイルランド独立後、教会と深く結びついて豊かな生活を送っていた新興階級の人間たちからは見下されていた。彼らが仕事を探しに不浄なイギリスへ行かざるを得ないのも、身から出た錆だ、と言われた。私がセント・パトリック校に入学した一九五三年には、教員の給料はイギリスよりもこの貧しい国での方が良かったのだ。それは教員という仕事が教会と密接に繋がっていたからに違いない。セント・パトリックにはアイルランドの高い知性の持主が何人か招かれていた。私はイギリス行きの列車や家畜運搬

1―どれもイギリスの地名。アイルランドからの船着場がある。

船に乗らずに済み、自分の国で働くことを許された数少ない特権階級の一人になっていたのだ。

しかしこの国では個人の考えを発言することは認められていなかった。そういう雰囲気は次のような注意を促す言葉の中に垣間見ることが出来る。曰く、「口を閉じていればハエを飲み込むこともない」「言おうとすることを考えても良いが、考えたことを言ってはならない」「発言を控えれば控えるほど、多くの事を聞くことができる」一九五〇年までには、一九一六年の独立宣言の全精神に反して、国は名前はともかく完全な聖職国家になっていた。教会が教育機関、病院、孤児院、少年鑑別所、教区の集会場などのほとんど全てを管理していた。教会と国が手を取り合っていた。既婚男性は充分な公共サービスが受けられたが、女性と独身男性は不充分なものしか受けられなかった。カトリックの教えに従って帝王切開を受けられないばかりに、難産のため骨盤を痛めてしまう事故などがあちこちの病院で起きていた。手術をしない方がより自然であると思われていたからだ。カトリックではない人間も離婚の権利を奪われた。人工的避妊もどんな場合であれ法律違反だった。ゲール語を学ぶことは外国の腐敗した影響を受けずに済む方法と考えられていたが、そのくせ教理問答は英語で教えられていた。

当時人々はアイルランドという国の中ではなく、極めて結びつきの強い小さな共同社会の中に住んでいたのだと言って良いだろう。その社会は数マイル離れただけで、その気風も性格もがらっと変わったものになるのが普通だった。移民にとって辛いのは、自分たちが離れて行ったこの小さな共同社会の方が、自分たちとは違うアクセントの英語を話しながら子供たちが育っている、この自分たちがたまま暮らすことになった場所よりも、自分たちにとってより本当のものであるということだ。故郷を離れていることの辛さを誰もが隠していたが、隠しきれないときもある。

私は一九五四年にロンドンの建築現場でそういったことが口にされるのを聞いたことがある。出稼ぎの多くは家から毎週『ロスコモン・ヘラルド』や『ウェスタン・ピープルズ』などの新聞を送って貰っていた。彼らはそれらをむさぼり読んでは仕事中お互いに話を交換しあった。休憩時間にある男がそういった新聞の記事を声に出して読んでいた。アイルランドでは夏の雨続きのせいで洪水などの災害が起こり、雨が止むことを願う祈りが全土の教会で行われていた。クレアからやって来ていた若い男が私たちの仲間にいた。彼は新聞の朗読が終わると一かけらのユーモアもなく「雨が止みませんように」と言った。「みなが木に登って水を逃れなくてはならなくなりますように。あの糞ったれノアのときよりもたくさんの雨が降りますように！」ある晩私は地下鉄から外に出ると、ホワイトチャペルの上に赤くて丸い月がかかっているのが見えたので驚いた。一瞬、まるでグロリア泥炭地やオークポートや母と牛乳を買いに行ったオラートンさんの家の庭を照らしていた月がロンドンの月と一つになったかのように思えた。「やあ、お月さん」とアイルランド中が洪水になればと願ったクレアの少年が笑って言った。私たち二人はダンスから戻る途中だった。「お月さん、あんたが俺たちの国も照らしてくれているって知ってるぜ」私は夏の終わりには故郷に戻ることになっていたが、彼はそうではなかった。

この共同社会の中では、土地や人々が、国そのものよりも力があって、口にしたことは口先だけでなく実行される。パッツィー・コンボイと彼のダンスホールの成功にそのことが見て取れる。ほとんどの人は何世紀もの間そうだったように無宗教ではあったが良識ある生活を送っており、宗教をドルイド教〔キリスト教に改宗する前のケルト族の宗教〕の時代から自分たちがずっと身につけてきたものと同様、見せかけのものにすぎないと考えていた。一番宗教的であると見せかけていたのは、教会や国と密接に結びついた新興階級で、セント・パトリック教員養成大学は彼らの中心的教育施設の一つであった。

父は私用で警察署を離れることは難しいことではなかったので、車で私を大学の門まで連れて行ってくれた。彼は大学を検分し、学生監や校長に会えればと期待していたのだろうと思うが、私にとって好都合だったことに、それは許されなかった。学校はヴィンセンシオ会[1]によって運営されていて、当時の形式ばったアイルランドを反映した、かなり変わった施設だった。私たちは、別の大学を卒業後ここに入学してきた数名を別にすれば、全員が十七から二十歳までの年齢だった。ゲール語使用地区に住むゲール語を母国語とする者のための枠も設けられていた。彼らは全ての教科がゲール語で教えられていた学校からこの大学に入学してきていた。私たちのように普通の試験を受けて入学してきたほぼ全員が、当時ほとんどの州では二種類の奨学金しか出ていなかったが、それを勝ち得てきていた者たちだった。

三流大学にしては、とても厳しかった。私たちは水曜日と土曜日の午後、それに日曜日には終日校外に出ることが許されていたが、食事と午後の祈りには戻らなければなら

1――十七世紀にヴィンセント・デ・ポールによって創立された宣教会。ラザリスト会とも言い、宣教活動、聖職者養成などを目的とする男子宣教会。

なかったし、十時の門限までには帰っていなくてはいけなかった。その時間に遅れた者は誰であれ校長の住居に行き、もっともらしい言訳をしてからでないと部屋に入れなかった。それが二三度繰り返されると退学処分を受けてしまう。一二年ほど前に、ダンスの帰りに女友達を家まで送ってって門限までに帰れなかったある学生が、校長の住居に寄らず、塀をよじ登って中に入ろうとしたことがあった。有刺鉄線で上等なズボンを破ってしまうような危険を冒したくなくて、ズボンを脱いで塀の中に投げ込んでから自分もよじ登って中に入ったが、学監の懐中電灯の光に捕まってしまった。「ごめんなさい、もう二度としませんから、先生」とズボンを拾いながら、彼は心から後悔して言った。「そうだな、二度とは起こらぬだろうな」と、コウモリというあだ名で知られている意地の悪いジョンストン神父はそう言って、ぞっとするような笑いを浮かべた。次の朝、その学生の姿はなかった。

毎日のミサと午後の祈りは強制だった。校内には歴史や文学、また哲学やゲール語のサークルさえ無かった。ただ宗教的なサークルだけは無数にあった。そのどれか一つにでも参加していないと危険だった。学校はほとんど教育らしいものは何も与えてくれなかったが、ここを出てからの就職のことを考えれば、それはそう悪いことではなかった。「お前たちは戻ってこられない」というのがこの学校の脅し文句であり、実際毎年五六人は戻ってこない学生がいた。キャリック・オン・シャノンでの自由で開放的な生活に慣れていたので、私はここを野蛮な所だと思っていたが、教区の神学校を出てきた学生たちは、それまでと比較すれば至福の場所だと思っていた。

私たちの教育や美的道徳的な発達についてではなく、私たちがどれだけすすんで命令に従うことができているかが、絶えず監視されていた。私たちはここを出ると、教区管理神父付きの神父か、あるいは教育も含む全ての仕事を任されている神父付きの下級役員として派遣され、大きな組織の小さな歯車の一つになるのである。つまり私が秘めたる天職につくためには理想的な場所なのだ。大学が用意した就職先は試験の数週間前になってやっと発表される。試験で九十点以上取らないとその資格は得られない。また四十点以下は卒業できない。ということは九十以上か四十以下では国民学校の先生になることはできないことになる。私は仲間の学生からいろいろな知識を学び取った。本はひそかにまわし読みされ、本についての話もひそかに交わされた。私は楽しみのための読書を続けていた。もっともその楽しみの質は、モロニーさんの家の書斎での最初の読書の冒険から受けたものとは微妙に変わってきてはいたけれど。

一九五四年の聖母マリア年を祝うための信仰の波は、一九三二年の聖体大会〔信徒が聖体感謝のために隔年に開催する世界大会〕の時よりも盛大で、アイルランドのカトリック教会と国家にとっての大事業であると考えられていた。神父や司教の祝福なしには工場も、サッカー場も釣舟さえも作ることができなかった。主要な町に新しくできた建物の真ん中には必ず祭壇や聖母マリアの祈禱の岩屋が作られた。

一九三二年、父との結婚を待っていたとき、私の母はその年の聖体大会の大きな盛り上がりの様子をバリナモアの修道学校のラジオで聴いていた。そして一九五四年の夏に父は再婚した。セント・パトリック校が夏休みに入ったので、私は建築現場の仕事を見つけるため船でイギリスに渡った。神聖なものをあがめる気持ちというものはそう簡単に消え去るものではない。私がホリーヘッドで下船し、待っていたロンドン行きの列車に向かって歩いているとき、今まで読んだり勉強してきたシェイクスピアやミルトンやディケンズのような偉大な英国作家たちのことが頭に浮かび、自分がこれからそれらの作家を生んだ聖なる地に足を踏み入れるのだという畏れを感じたものだ。

コマーシャル・ロードの外れの建築現場で見つけた仕事はきつかったが、給料は良かった。日曜日にはレイトンストーンに行ってロザリーンと会った。父はブリージにイギリスに行くのは自分の結婚式に出席してからにしろと説得を続けていた。訓練看護婦の大部分はアイルランド人だった。ロザリーンはすでにたくさんの友達を見つけ、幸せそうだった。彼女には生まれつきもの覚えの良いところがあって、楽しんで授業を受けていたようだ。私が彼女にどのようにイギリスの生活に慣れていったのかを聞くと、彼女は淋しげに微笑んでこう言った。「あの警察で生活したんだから、何だって大丈夫。あそこに比べればここの生活なんて本当に朝飯前」私たちは人工池のボートを借りて漕いだ。周りにいた他のボートはみんな一生懸命に競争してしぶきをあげていたが、その中で私たちは誰もいない川やオークポートの話をした。父は定期的にロザリーンに手紙を書いて、私の住所を教えるよう頼んでいたようだ。私は彼女に教えないようにと言ったが、次に彼女に会ったとき、見慣れた字体の手紙が私を待っていた。非難や不平が一杯書かれていた。ほとんどは父が私にしてやったことに対する私の忘恩についてであった。そして自分の結婚後、家はそれまでになく家族全員に開かれたものになった、それがアグネスの主な目的の一つだったのだと力説していた。私は父にもアグネスにも、どんなことに関しても不満は何ひとつないと返事をした。私は二人の幸せを願った。私は自分で使える金を稼ぎ、ロザリーンに会うという実際的な目的のためにロンドンに出て来ていたのだ。私は警察署に戻って妹弟たちの顔を見るのが楽しみだった。

ほとんど間隔を空けずに父から何通も手紙がやってきた。あるときは不平が書かれ、また別の手紙では今までなぜ家族の中で誤解が生じたときに、それらのことを真剣に考えてこなかったのかというようなことがそれとなく言及されたりしていた。またその後数年間父がずっと心に抱いたまま決して忘れることのなかったこと、すなわち、離れて一人でいると自分も私も大したことはできないが、二人一緒にいれば相当なことができるだろう、ということが書かれていたりした。それらの手紙のいくつかには丁寧な返事を出したが、実は改めて言いたいことなど何もなかった。

アイルランドに戻ると、私はすぐにセント・パトリック教員養成大学に向かった。その年には四人の学生が戻らず、最後の年を私たちと一緒に過ごすことはなかった。彼らは自分たちの意志で戻ってこなかったのではない。授業や食事や自習の合間に、サッカー場を囲むボダイジュの並木道を歩きながら、私たちはなぜ彼らが学校に戻れなかったのかということばかりを話した。私たちはもう上級生になっていたので、新しくクラスが変わるときの不安と興奮を冷静に眺めることができた。

父とアグネスが次の日曜日ダブリンまで車で私に会いに来る、と書かれた父の手紙が私の元に届いた。二人を見たとき私は幻滅した。二人はまるで私の承諾を待つ嘆願者のようだった。こんなのは茶番だ。私は十九歳で、誰も私の承認など必要ではなかった。父は自分にとって家族がどれほど大きな意味を持つものであるか、また自分が家族のためにいかに苦労してきたかを、アグネスに簡潔に語ってきかせた。アグネスは、自分はみながどこにいても戻って来やすい居心地の良い場所にこの家をしたいのだ、とおずおずと短く言った。とても居心地が悪く、私はじっと坐っていることができないほどだった。私は二人の幸せだけを望んでおり、大学の授業が終わったらすぐに家に戻り、クリスマスの期間はずっと警察署にいる、ということを急いで言って彼女を安心させた。こういう確証を得たのにもかかわらず、父はそれだけでは帰ろうとせず、私がロンドンに行って住所も知らせず、手紙の返事もよこさなかったことでどれほど心配したかという不平を述べ始めた。

「返事は出したじゃありませんか。二度か三度書きましたよ」

「どれほどの手間がかかるというのだ。あんなちっぽけなことしか知らされなくて、それで感謝しろと言うのか」

私はそのとき父を冷ややかな表情で見ていたのだと思う。

「お父さんはとても心配して、寝られなかった晩もあったのよ」とアグネスが言った。

　私はクリスマスに家に戻った。灰色の石橋、三角形の畑、川、オークポートへの航路標識、クートのアーチ道、村人たち、三人の巡査、そして警察の建物へ戻って行ったのだ。新しい物を買い込んだりせず、またそれほど配置換えなどもしないでアグネスは大きな居間の様子を変えていた。全てが以前よりもきちんと、きれいに、また暖かな感じになっていた。所々ちょっと色使いを変えただけで部屋も明るくなっていた。アグネスはこれ以上ないほどの素敵な歓迎をしてくれた。彼女の料理は素晴らしかった。父は相変わらず一人で大きな食器棚の鏡に向かって食事をした。そして彼は威勢が良かった。彼はまるで新しい別の人物を演じているかのようで、ほんの一瞬思いがけず暴力的な傾向を見せることもあったが、本当に愛想が良かった。私たちがオーガウィランにいた昔のように、彼は私の機嫌をとった。あと数か月で私は教員になり、社会的な地位は父と同じだが、もう少し上の階層に入るのだ。父は私が地方の校長になる夢を持っていた。校長になれば私には暇な時間がたくさんできる。父は退職し、二人が手を取り合って一緒に働き、かつてのように金を稼ぐ姿を夢見ていたのだ。私は父の抱いている幻想を膨らませも破りもしなかった。ただ興味はそそられるが信じられない思いで聞いていただけだ。

　父はすでにグレヴィスクのロッキンガム屋敷の外側にある十二エーカーの土地に建つ「ザ・ナーサリーズ」という石造りの美しい屋敷を買っていた。その土地は以前キー湖のほとりに住んでいたナッシュ家の苗木畑《ナーサリー・ガーデン》だった。絶頂期には十四人の園丁が働いていて、その石造りの家は園丁長の住まいだった。大きな木や、インドや中国から運ばれてきた珍しい植物や花が植えられていて、草で覆われた遊歩道もついていた。土地も肥えていた。父はいきあたりばったりではなく、退職後のことも考え、長い交渉の末にここを手に入れたのだ。道の向こう側のロッキンガム屋敷を囲む高い塀には門がついていた。家からは森や牧草地を通ってロッキンガム屋敷まで続いている馬用の道があった。この道を馬に乗ってロッキンガム屋敷のさまざまな女性たちが園丁長と、どの花や木をこの苗木畑から屋敷の庭に移したら良いかしら、などという話をしていたのだろうか。

　私もその場所がきれいなので気に入り、父の畑や庭仕事の手伝いを喜んでやった。「わしらは一人ではだめなのだ」父は倒木を細かく切ったり、数頭いた黒い色の牛に薬を与えたり、果樹園の雑草を刈ったりしながら呪文のように繰り返した。「二人一緒なら相当なことができるんだ」

　アグネスは賢く博学で、一緒にいる誰に対しても公平な心づくしができるという稀有な性質を持っていたので、彼女といると何でもないことでも珍しく面白く感じられ、時間もあっという間に過ぎて行くようだった。こんな雰囲気だったので、みな彼女を信頼し、私の言ったことも全てそのまま父に伝わっていた。しかし同時に私はディンプナとフランキーが落ちつきがなく、あまり嬉しそうにしていないことに気がついた。二人はどちらも顔立ちが良く、賢かったが、特にフランキーは並外れてそうだった。彼はいろいろなことをらくらく理解できるので、すぐに退屈してしまい、時には気難しくもなった。二人は幼なくて、今までは私たちによって家の中の最悪の部分から守られてきていた。また最近は父の勝手気儘な振舞いも少なくなっていたので、普通に自由を楽しんでいた。父はアグネスが新生活に一生懸命になっているのを喜び、彼女の方にしか目が向いていなかったので、ディンプナとフランキーは愛情に飢えていた。アグネスの巧妙な手腕のおかげで、父はかつての支配力を取り戻していたので、以前とはかなり違うやり方ではあったが、家の中は再び父を中心に回り始めていた。アグネスは誉めたりおだてたりしながら、ディンプナとフランキーが父の周りで起こす行動を制御していた。二人がアグネスの思い通りの振舞いをしないときには、彼女は二人の味方をしたり、誉めたりするのを止めた。この二人は以前はブリージとロザリーンによく面倒を見て貰っていて、何年もの間二人が彼らの両親のようなものだったのだが、その双子も今やロンドンに行ってしまっていた。

父の再婚によってもマーガレットとモニカの立場は変わらず、二人ともアグネスと仲良くやってはいたが、そこに至るまでには大変な思いを経験していた。それによって二人は自然と遠慮がちで用心深い性格になった。二人は一生懸命勉強して、早くこの家から出て独立したいと思っていた。

私にはこの家の様子がどうなっているのかが、ぼんやりとではあるが分かってきたが、できることは何もなく、数日してまた養成大学へ戻って行った。私は次のイースターの休みと卒業した夏に警察の建物に戻った。卒業後すぐには勤める学校が決まらなかった。私は国が必要以上の教員を養成するはずはないということが分かっていたので、それほど心配はしていなかった。コウモリは若い教員を必要としている神父たちの膨大なリストを持っていたが、私は相談に行っていなかった。彼は自分のお気に入りの学生に一番良い学校や地位を与えていた。私は彼に良い印象も悪い印象も与えていなかったので、頼めば恐らくどこかの学校を紹介され、この長い休みの間に給料を貰えるようになっていたかもしれなかった。「マクガハン君、学校は決まったのですか」ある時彼が黒いスータンを着て学校の食事室のテーブルの間を歩いているときに私にゲール語で聞いたことがあった。私もゲール語で「まだです、先生」と答えた。話はそこで終わりになる。彼は私のための学校を用意していなかったし、私も彼に頼みもしなかった。もし彼のところへ行けば、彼に提示された学校なら、アイルランド中どこへでも行かなくてはならなくなる。もしそこが小さな教区の学校だったりすれば、自分の生活はいつも外の眼にさらされてしまう。私が監視されずに自分のひそかな生活の中に隠れることができるのはダブリンだけだろう。それに他の理由もあって、私は大学がある町の学校で働きたかった。私はイギリスに戻って行くことさえ考えていた。

結局私は警察署に戻り、アグネスの弟のトミー・マクシーラの手伝いをして、グレヴィスクの石造りの家の屋根を新しいものに替えた。トミーは熟練した職人であり、気持ちの良い、気さくな人間だった。私の父は只で仕事が済んだので喜んでいた。私たちが一緒に住んで一緒に働くようになればよいという強い気持ちが、父の中には深く根を下ろしていた。父は毎日『アイリッシュ・インディペンデント』紙の教員募集の広告を穴の開くほど眺めていた。私に働きに出る気が全くないのではないかと父は思っているようだったが、父だって大騒ぎをするのは家の近くの学校に空きがあったときだけだった。

九月に私はアスボイの町で職を得た。私はそこからじきにドロヘダの学校に移った。それから一年も経たないうちに私はダブリンに行った。

それに続く何年かはゆっくりと充実した日々だったが、困難なこともあった。もっともずっとあとになってその頃のことを振り返ってみると、あっという間に時間が過ぎて行ったように思える。私はその後、トミー・マクシーラとグレヴィスクの家の屋根の張り替えをした夏のように長い間警察の建物で過ごすことはなかったが、それでも規則的に帰っていく習慣は続けていた。その年の夏の末にブリージはイギリスでロザリーンと合流し、二人とも看護婦の資格をとるための勉強を続けた。

ロザリーンが十四歳の時、司祭の家の井戸から水の入った容器を自転車で運ぼうとして家に向かう短い道に入ろうとしたとき、レニハンのトレーラーと衝突事故を起こした。フランク・レニハンはその小道から大通りへ出るところだった。衝突で彼女は空中に投げ出され、腕を折り、ひどい痣を作って、何週間も激しい頭痛に悩まされた。どちらも不注意だったことが分かった。ロザリーンは自転車のスピードを下げていなかったし、小道に曲がる時に手信号も出していなかった。しかし大通りに出る時に一時停止をしなかったというフランク・レニハンの不注意の度合いの方が大きかったので、ロザリーンは当時としては少なからぬ三百五十ポンドという金を受け取ることになった。しかしそれは彼女が二十一になるまで父の信託として預けられた。彼女に受け取る権利が生じたときでも、父からお金を手にするのはかなり骨の折れることになるだろうと思ってはいたが、実際私がそれは当然彼女に支払われるべきものであると言うと、父は私が彼の誠実性を疑っていると言わんばかりに、私を責め始めた。が結局父は金を支払った。ところが六七年の間に付いた利子は自分のものにしてしまった。私は利子について父に問いただすつもりであったが、ロザリーンは自分が手にできたものだけで満足し、そのことで起きるに違いない不快ないざこざを望まなかった。

マーガレットとモニカは易々と公務員試験に受かり、ダブリン市役所に勤めることができた。二人とも教えることが好きだったのだが、どちらも歌が駄目だった。音楽は女性の先生には必須のものだったのだ。バスの運転手をしていたアグネスの弟のマイケル・ジョーはダブリンのサウス・サーキュラー・ロードから少し離れた所にヴィクトリア朝風の家を買っていて、アグネスは二人にダブリンでの仕事が始まったら、彼の家に下宿できるよう手配をしてくれていた。ディンプナが姉たちと同じように公務員になった時にも、彼女のための部屋が同じ家の中に用意された。アグネスは弟の家とは頻繁に交流があり、いろいろな話もすぐ通じていたので、三人の娘がダブリンに引越しても家族と父親の目が届く所にいるので安心だった。その頃クリスマスや夏のある期間などに、三人の娘たちが揃って家に帰ることがあった。彼女たちはみな美しい盛りで魅力的だった。アグネスは彼女たちが家にいることを喜び、まるで自分も娘にかえったような気持ちになった。父もとても機嫌が良かった。もっとも父が楽しんだのは、彼女たちの若さと美しさの光を浴びている自分自身だったのだが。

私は家に帰っても、数日しか泊まらなかったが、アグネスが慎重に作り上げたお父さんが一番という優位性に父がすでに飽きてしまっていることに気付いた。彼女はしょっちゅういらだったり悩んだりしているように見えたが、父の批判は決してこれを受け付けず、ディンプナやフランキーが父と衝突する時には父の味方に付いた。私は当時彼女のことをよく父の飼犬のようだと思っていた。二人の幼ない子供たちは別の家族の一員であるかのように見えた。二人はこれまでは幼なかったせいで父の残忍な部分から守られ、明け広げで疑いを知らず、人生は気楽に進んでいくものだと思っていたが、今や彼らも変化していた。ディンプナも家事や学校、勉強などをするようになると、自分の感情を隠すようになり、自分が今まで持ったことのない怒りの感情をゆっくりと抱き始め鬱積させていた。フランキーは見事なほど天真爛漫で、優しく賢い子供だったが、今では悩みもあり、何か変化があるたびに問題を起こすようになっていた。

ところで父はかつて私を母から引き離そうとして私のご機嫌をとろうとしていた時のように、しつこく私に取り入ろうとしていた。彼は私に規則的に手紙を書いてきた。地元の学校に空きがありそうだとか、売りに出ている家や土地がある、というような知らせをほとんど毎週のようによこした。私がいつかはダブリンの生活に飽きて、家に戻って来るだろうと父が考えていたことは明らかだ。父は私を家に引き戻す力を持つものが何であるかを鋭い嗅覚で見抜いていた。その頃彼が言ってきた不動産の中に、ノックヴィカーの川に架かる橋のそばの、蔦に覆われた美しい家があった。その家には三十五エーカーの草地と林がついていた。家の前の川の流れに架かる木の橋の脇にはツルバラの這う大きな木があった。父は個人貸付と担保を銀行に申し出ていた。しかし私はいざ実際に手続きをするとなると、面倒が起こるに違いないと分かっていた。

お前は恐らくノックヴィカーの土地については適正なものであると思うだろう。どうしてもとは思っていなくても、妥当なものだとは考えているに違いない。提示された金額はそう高くはない。二千ポンドだ。わしは今銀行には半金分しか払えないが、土地の権利証書や抵当証書を担保にすれば、銀行は千ポンド貸してくれるに違いないと考えておるのだ。だからうまくすれば手元の千ポンドで買うことができるかもしれんというわけだ。お前はこれからずっとダブリンで生活をするつもりかもしれん。しかしわしたちは一人では何も成し遂げられないが、一丸となれば恐いものなど何もないということを肝に銘じておいてくれ。わしももうかつてのように若くはないのだ。少し書きすぎてしまったようだ。

私は当たり障りのない返事を書くに留めた。父からのこういった誘いを完全に拒絶すると、攻撃を受け、やり返されることは必至だった。返事だけでもしておけば、ある種の休戦状態に入ることができるだろう。同時に父はアグネスに私のことを、自分が家族のためにしていた努力をいつも誤解して受け取ってきた難しい息子である、と話すことで彼女との間で絶え間なく続いていた争いに、私を利用しようともしていた。ディンプナとフランキーはこういった陰謀においては人質や盾にも値しなかったのだ。

一九五六年にロッキンガム屋敷が焼失した。三百六十あった窓が粉々に割れ、屋根が崩れ落ち、その火事の晩はそこからカールーズの暗い斜面に至るまでの何マイル四方が炎で明るくなった。残ったのは地下道とワインセラー、地下室と、一段低い所にあったテニスコート、それに外壁だけだった。セシル卿とスタッフォード・キング・ハーモン卿夫人は、その週ニューマーケット〔イングランド、サフォーク州の競馬で有名な町〕の一歳馬競売会にいるところを何度か写真に撮られていた。父は放火ではないかと疑い、捜査を始めた。外壁に囲まれた広大な屋敷は土地収用委員会のものとなり、六十五エーカーの農場に分割された。「お前とわしにちょいとでも影響があると思うかね？」と父は皮肉っぽくこの分割による利害関係について書いてきた。

妹たちの中で最も女性的な魅力があって、自信に満ち溢れていたブリージが一番早く結婚した。彼女はロンドンのアイリッシュ・ダンスホールで夫になるコン・オブライエンと知り合った。彼はコーク州のカンタークという町の出身で、父親はそこでパン屋をしていた。十四歳で学校を出ると彼はパン屋の仕事に就いた。男前で、音楽の才能もあり、サックスを吹き、パン屋で働いているときには、小さな町のダンスバンドの歌手もしていた。そのバンドが解散してしまい、彼はイギリス移住の波に乗ったのだった。建築現場で職を得たが、いつかはまたバンドに入ってスターになる夢を持っていた。ブリージは彼の格好のよさや、自信に満ちた態度、流行の服や流行の音楽に関する知識にひどく驚いた。二人は会ったとたんに婚約してしまったといっても良かった。彼の方は彼女の美しさと自信に溢れた態度に魅了されていたが、何よりも彼女が十分に教育を受けた看護婦であり、また警察署長の娘であるということに心を動かされていた。ブリージはコンを家に連れて行ったとき、みなが喜んで受け入れてくれると思っていたのに、手放しで同意を得られなかったことに傷ついた。

物静かで保守的な警察の生活の中では、彼が身につけていた装飾品や、流行の服装などはまるで、パントマイム〔クリスマスのお伽芝居〕の登場人物のような印象を与えたのだ。彼がいくら酒を飲んでも、いくら話に加わっても、その印象は決して消えなかった。父は「奴がお前を騙しているのなら、奴はわしのこともきっと騙すだろうよ」という不満を述べただけだった。その後はお定まりの涙ということになったが、彼女は父親と深い精神的な絆で結びついていたし、自分の感情を表に出さないような才能もあった。ロンドンに戻って数週間たつと、いつの間にか父から承認を得ていたのである。彼女は父に花嫁の父として彼女を夫の元まで連れて行く役をしてもらいたいので、ロンドンでの自分の結婚式にはぜひ出席してくれと頼んだ。彼女は父の結婚式に出るために看護学校の入学を遅らせまでしたのに、父は結婚式の費用の一部にと、小額の小切手を送ってよこしただけだった。

警察の規則では、警察官は地元の女性と結婚した場合一年以内に転勤しなければいけないことになっていた。父は恐らくは自分の年齢、それまでの勤務状態、まだ就学中の子供がいることなどの理屈をつけて嘆願し、この異動を何年もの間引き伸ばしていたのだろう。しかしもはや異動は避けられないものとなり、次の任地として示されたのはリートリム村だった。そこは何年も前に私の連れた白い牡牛が疲労のあまり道の真ん中で横になってしまった場所である。この異動は条件としては悪くはなかったと思う。リートリムはクートホールとは僅か四マイルしか離れていなかったし、住居部分も広々として気持ちが良く、ディンプナもフランキーも転校する必要がなく、父も新しい畑で仕事を続けて、退職してからの新しい家の準備をすることもできるだろう。教区の会堂で行われたお別れパーティーで、父とアグネスは記念品を貰った。しかし異動の数週間前に気持ちが変わり、父は退職を決め、今後ずっとザ・ナーサリーズに住むことにした。しかしそう決めたとたんに父は後悔し、自分の決心について腹をたて始めていた。

この頃までに私は教会と疎遠になっていた。いつの間にかそうなっていたので、私が教会を離れたのか、教会が私を見放したのか、はっきりとは分からない。私は教会の儀式にはまだ出ていたが、ミサにはその題目が政治的なものかどうか、また自分がその気になるかどうかによって、出たり出なかったりした。学校では私は教理問答を教え、子供たちに自分が信じてそうしていたときのように、気楽に毎日の決まった祈りをするよう指導していた。私は自分を育ててくれた教会にまだ愛情と感謝の気持ちを持っていた。教会は幼ない私が畏敬していた聖なる場所で、それに背を向けるということは、自分の人生の深い部分に背を向けるということと同じであるから、簡単にできることではなかった。労働や読書や思索を通して、私は道徳と宗教が別のものであると考えるようになっていた。道徳は自分と他人、それにこの世の創造物との関わりで、宗教は私たちのちっぽけな生を取り囲む全ての環境との関わりであると考えた。私はイエスの生涯の物語を、説明のつかないものを説明しようとする他の聖書の物語と同じものだと考えるようになっていた。私はお祈りをするとなれば、うわべだけ適当にごまかして済ませられるような性格ではなかったので、家に戻ったら毎晩のロザリオの祈りを適当にやり過ごせるかどうか確信がなかった。私は宗教というものを、今や支配の道具と化してしまった空しい見せ掛けであり、もはや自分がついていくことのできない道であると思っていたに違いない。祈りの時間がくると、私は部屋の外に出て行くことで、自分が教会から離れたことをできるだけはっきり家族に分からせようとした。父はそれに対して怒り、特に家の幼ない者たちに悪影響を与えると言って激しく私を叱責した。彼は手紙でもそのことに対して文句を言い続けていたと思う。私はそのやり取りを覚えていないが、それについて書かれた父の手紙が一通残っている。この手紙に対して私は自分の信仰について、あるいは信仰の無いことについてぶっきらぼうな調子で返事を書いたに違いないし、宗教に関して偽善者ぶった態度を取ることについて攻撃したのかもしれない。

グレヴィスク
三位一体の日曜日

親愛なるショーンへ
お前の手紙は全く恥ずべきものだった。返事を書く気もしないが、これだけはお前の心に刻み付けておかねばならん。
お前の宗教観、宗教心の欠如は、全く嘆かわしい。わしがいくら神に願っても、お前は生きている間も死んでからもずっと不幸なままでいることだろう。
親として言っておくが、家族の者にはお前と同じような不幸をもたらさんでくれ。もちろんわしも同じ特権を要求する。そうしてくれれば、他の点では、お前はわしを愛する父親として受け入れてくれてもいいし、放っておいてくれても構わない。

父より

追伸　わしの文章に曖昧でよく分からない所があったら、病めるときでも健康なときでも、いつでも書いてくることを無条件で許す。

父

これ以上自分の意見を押し通そうとすれば、以後私の顔を見ることもできなくなるだろうと考え、意見の相違をそれほど気にしなくなってきていたのか、父は家族のみなが自分の強い宗教心に従うべきだという主張をあっさりと棄ててしまった。そして父は私の宗教心の欠如を、アグネスとの絶え間ない争いの道具に利用した。父が何かにつけてアグネスを傷つけていたのは私のせいだと言って、父に対して徐々に敵意を膨らませていた彼女の同情心を買おうとしたのだ。農地が売りに出されているとか、近くの学校に面白いことにアグネスは父に対する外からのどんな批判に対しても前よりいっそう強く彼を守ってもいた。私はその年のクリスマスに父の畑仕事の手伝いをたくさんしたが、二人の気質の大きな違いが仕事に影響することはなかった。父にしても、作った上辺だけのものであったが、冗談を言ったりして、精一杯友好的にふるまっていたと思う。田舎での自分の生活に私を引き戻そうという計画は諦め、この土地を売って自分たちがダブリンに引越そうと思っていると言った。何か新しい計画を立てるときはいつも、どこであれ今いるところよりも素晴らしい場所であるように言うので、私はふんふんと聞いていたが、一人になって考えてみると、あまりに非現実的な話なので、打っちゃっておいた。父はここに美しくて素晴らしい家を持っているではないか。妻もここの出身だし、彼女の母親や親戚も近くに住んでいる。アグネスは自分も父もよく知らないダブリンなどに引越すことを決して喜ばないだろう。父は自分の計画が実現可能なものになった瞬間にそれを棄ててしまうのが常だったので、今回も口先だけのことと思って安心していた。しかし今回は私が間違っていた。

私がダブリンに戻って二週間もしないうちに、手紙が来た。ノース・ストランド通りの青物商の上にある、古いが広い売家の広告が同封されていた。

空きがあるといったような知らせはもう来なくなった。信仰心が無いのだから、私がそんな地位を求めることもないだろうと彼は思っていたのだ。非正統的な考えはどんな種類のものであっても小さな教区においては認められず、教師は教会の中心をなす一人であることが求められているということを、父は良く理解していたのだ。

私がモニカとマーガレットと一緒に（ブリージは娘が産まれてロンドンにいたし、ロザリーンもロンドンに残っていた）クリスマスに家に戻ったとき、みな最初は喜んで陽気な様子を見せていたが、家の中の雰囲気が悪くなっていることを隠し通すことはできなかった。父の攻撃とアグネスの狡猾な管理の両方から攻められて、ディンプナはむっつりと黙りこみ、時おりわざとらしく不自然に上機嫌な様子を装ったりしていた。フランキーはとても不安定で、敵対心をむき出しにしていた。父から受ける、脅しや叱責、虐待や当てこすりなどの何もかもが、状況をさらに悪くしていた。しかしいくら強いと言っても父の言葉は単なるこけおどしにしか聞こえなくなっていた。一方アグネスは父の言葉を聞き流すことで自分自身を父から守らざるを得なくなっていたので、結果的に彼女の方が強い立場になっていた。彼女は、以前よりも頻繁に訪ねてくるようになっていた自分の親戚をもこの争いに巻き込んでいた。ところが

グレヴィスク
六〇年一月八日

親愛なるショーン

　私はこの間ここに同封した広告をお前に渡してこの物件を見ておくように頼むつもりだったのだが、忘れていた。

　できるだけ早くここを出ることがどうしても必要なのだ。わしがここを出るだけならいくらでも方策があるのだが、これはわし一人のためでなく家族のためなのだ。だからお前はすぐにモニカとマーガレットにこの話をし、ダブリンに家か部屋を探し、わしたちがすぐに移れるようにして欲しい。わしはいろいろな人間（一番最近はトムとだったが）と言い合いをすることに、もううんざりしているのだ。もっともわしは何も彼らと喧嘩しているわけではないし、奴らは元署長であるわしと言い合いをすることを楽しんでいるだけで、議論などにはならないのだが。

　血液が元気良く身体中を廻り、恐ろしい風邪を追い出してくれるように。

敬具
父

警察官として父は必要以上に厳格で、ほんの些細なできごとでも良く問題にしていた。例えば引退する少し前「一九五八年十月十六日」の警察日誌にこんな記事が書かれている。「クートホールの橋を車で通ろうとしたら、パット・ムアが自転車を止めて、マッケイブ夫妻と立ち話をしていた。私は警笛を鳴らしたが、彼は動かなかった。私は車を止めて再度警笛を鳴らすと、やっと彼は道の脇にどいた」

　恐らく他の警官ならば、そういう人間がいたら、手で合図をするか、あるいは少し車を止め彼らの話が終わってから通り過ぎて行くところだろう。彼らが自分たちの場所から動かなかったのは、父が警笛を鳴らしていた理由が分かっていなかったからに違いない。第一、誰にも危険なことなどなかった。一マイルも離れた所から車の音が聞こえてきていただけだった。パット・ムアが父のように形式的な行動を取りたかったなら、自分が向かっていたボイルの方向に自転車の向きを変えさえすれば良いのだった。彼はただそうする方が楽で波風も起こさないと思ったので、動いただけだ。しかし退職した今、父は誰かに命令ができる立場ではなくなっていた。もはや制服の威力に守られてもおらず、他の人たちと同じ普通の人になっていたのだ。

私はその頃には、父のことを他のどんな人間のことよりもよく知っていたが、それでも彼のことが本当に分かっていると感じたことはなかった。非常に気分屋で、ひどく暴力的で、自分のことに没頭しすぎるなど、あまりにも多くの顔を持っていたからだ。私たちは自分が人に見られているように自分のことを自分で見ることはできないから、自分のことを知ることは不可能である、とするならば、自分にとても近い人物、それがたとえ憎んでいる相手だろうと、親しい相手だろうと（いやその愛憎の気持ちが波のように不安定で定まらないものだとしても）、その人物のことを知ることは、同じように不可能であると言えるのかもしれない。私たちには、父の心理などについて膨大な知識と経験の蓄えがあるはずだ。しかし、あまりにも近くにいて、関わりすぎているが為に、何もかもを見ることができないのだ。それに父のことを話そうとすると、彼の性格の中にある何か暗くて危険なものが、私たちの口を重くさせてしまう。それに父も自分がしてきたことの説明など決してしようともしなかった。

「あなたの父親は役者だよ」と人々がそう言うのをずっと聞いてきた。そしてそれが本当らしいという感じもしたが、それを証拠づけるような真実はなかった。

「つまり自分がどういう人物であるかが分からずに、自分の役割を演じているということですか？」

「いやあ、役者なんだよ」誰もそれ以上のことは言わなかった。「誰も自分のことなんか良く分かっちゃいないだろう」

　私は何年か父と離れて暮らしていたので、父に関する知識にも距離が生まれていた。すぐにでもダブリンに移るのだということを書いてきた手紙を読み返してみると、父は役者かもしれないと私がおぼろげに感じてきたことが、その通りであるとはっきり分かってきた。父は芝居を打ちながら人生を渡って行く人物なのだ。そしてほとんどいつもその役割の範囲内で守られながら、それを濫用してきたのだ。彼は才能はあるが、気難しい一人っ子として、母親の激しい折檻にさらされた一方で、過剰に保護され、甘やかされて育てられてきたのだ。

　父が何よりも自分の役割を楽しんだのはＩＲＡにいたときだったのではないかと思う。そこでは彼の暴力的性癖が、冷静な計算と自己保身の鋭い感覚と、うまい具合に結びついていたからだ。彼は最初から献身的なカトリック教徒の一人であり、そうあり続けた。ＩＲＡを離れ、すぐに新しくできた警察組織で働いた。昇進も早く、二十代の始めには田舎の警察署長となり、そのときから最後の手紙を書いた時期まで、我こそが法律だとずっと思っていた。父は怒らせると危険な人物だったが、自分で給料を稼ぐ教員だった母の手に守られたおかげで、村の女性たちの間では何年もずっと男前で魅力的な警察署長という役割を演じることができたのだ。勤務に対する集中力と、記録することへの熱心さは大したもので、退職する時の勤務評価は「模範的」というものだった。母はいつまでも父の「愛する妻スー」だったのに、彼は私が生まれるとすぐに「父さん」になってしまったのだ。母が瀕死の状態だった時、父は見舞いに来ずに、手紙を書くだけだったが、祈りや断食、またノヴィーナの聖体礼拝に母の名前を入れたりして、母の助命を嘆願する「カトリック教会の献身的な一員」ではあったのだ。だが、近寄りがたく威厳のある父という姿を守り通すために、死の床にあったときでさえ、生きている母にやさしく慰めを与えることを拒否し、彼女を批判し叱責したのだった。

警察官という役どころを失ってしまった今、彼には「父さん」としての役割しか残っていなかった。父親という役は彼が一番長く演じてきたものだが、知らぬ間に子供たちはみな独立して行き、彼の力は衰えた。アグネスから信じられないほど大きな援助を受けて、父は未だに私たちを父親の勢力範囲に引き戻そうという試みを止めようとしなかった。

父がダブリンに移って来たいという考えを持ち始めたときから、私はそれを退けてきた。しかし今や父がいかに真剣で、彼の心の中ではその考えがどれほど大きなものになっているかということも分かった。父が計算せずに行動を起こしたことなど今まで一度もなかった。例の予測不能の暴力ですら、自分が守られている環境でしかふるわれたことはなかったのだ。

彼はもはや警察官という立場を利用して自分を守ることができなくなった今、自分が反感を受け多くの敵を作ってしまったこの場所から遠く離れたダブリンに移りたかったのだ。彼がダブリンの不動産を手に入れてしまえば、私たちはまた彼と一緒に暮らさねばならなくなる。ということは今は家主に払っている家賃を父に払うことになるのだ。これがいかに父にとって魅力的な考えであるかということが私には少しずつ分かってきた。この引越しで父は、妻を生まれ故郷から引き離すことで悲しませ、自分は彼女の親戚からも、警察官だった彼に敵意を持っていた人々からも逃れることができ、「ダブリンの父さん」という地位を確立することさえできるのだ。父は恐らく空いた部屋には下宿人を置くだろう。アグネスはそれを嫌がるだろうが、かつて私たちを泥炭地で働かせたように、すぐに彼女を従わせて下宿屋をさせるだろう。

私はマーガレットとモニカを訪ねて行ったが、それは父が目論んでいたような目的のためではなかった。彼女たちが父の手紙を読んだ感想も私と同じだった。父がダブリンで家か部屋を見つけるためにできるだけのお手伝いはするけれど、私たちは自分たちの部屋を離れて彼と一緒に暮らす気はない、という手紙を私が書いて出すことになった。私たちのために父が今住んでいる場所を引き払うのだ、と思わせたくなかったので、まず第一にこのことを言っておかねばならないと思ったのだ。父は自分のためにダブリンに移って来るのであって、それは私たち子供のためではないのだということを、良く言っておかねばならない。私たち三人は手紙に署名をした。

彼はその手紙に返事をよこさなかった。

その少しあとでマーガレットとモニカが父を訪ねて行ったとき、彼は床にふせっており、二人に会うことを拒否した。アグネスは本当に親切だったが、父の部屋は彼女たちが尋ねて行った週末の間ずっと閉じられたままで、父は一度も姿を現さなかった。

「父さんはあなたたちの意見を読んで、もういい、ということなの」とアグネスは彼女たちに楽しげに話した。

一つ攻撃を受けると、父はすぐに別のことを持ち出し、今度はロザリーンに攻撃を始めた。恐らく彼女がレニハンの車と起こした事故の賠償金を、彼女に払わねばならなかったのを恨んでいたのだろう。給料から幾許かの金を毎月自分に送れと要求した。彼女は看護婦の寄宿舎の部屋で賄いつきの暮らしをしていたが、それでも残ったお金だけでは若い女性の必要を満たすのはなかなか難しかった。わしは今までお前たちみんなに、特にお前にはいろいろしてやってきたのに、これっぽっちの感謝もされなかった。今やわしは引退して年金暮らしの身で妻の面倒を見る責任もある。だから妹たちや弟の教育費を出したりして面倒を見るのはお前の義務なのだ。

父の手紙がどんどん高圧的になってきたので、ロザリーンは私に連絡を取ってきた。父の手紙を読むのがあまりにも苦痛だと言い、開封せずにそのまま私の所に送ってくるようになった。私は返事を下書きし、それを彼女が自分で写して投函した。私はこの仕事に喜びを感じ始めていた。他人になりすますことで大きな自由を獲得できた。私は、現在の年金の額、持っている資産、またオーガウィランの母のものだった農地を売って得た金などから、父が死ぬまでに必要な金額をはじき出し、示した。父は私たちにひもじい思いをさせ、暴力をふるい、奴隷のような労働をさせたのだから、恩義など何も感じない。私には書く材料はいくらでもあったし、それを書くことで全てのことを明るみに出すつもりだった。父はロザリーンの筋の通った意見を無視して、彼女に対する攻撃を続けるのは難しかったはずだ。すぐに効果が現れた。

グレヴィスク
六〇年五月二十二日

親愛なるロザリーン

ああ、お前があんな手紙をよこすなんて！

お前は母さん（安らかに眠れ）が亡くなったときに、お前に金を残さなかったとどうやら誤解しているようだが、この件についてはこれで完全に終わりにすることにする。

お前がお前の郵便局の通帳を欲しいと言ってきたときのお前の調子や態度はわしに対してずいぶん無礼だった。その訳がよくよく考えてみても、まだ良く分からないのだが……お前にしても他の誰かにしてもわしを金でどうにかできる人間と思っているのなら、考え直したほうが良い。お前たち二人、いや三人は去年やって来たとき、質問もせず、そしてマーガレットを含む誰とも会わずに戻って行っただろう。わしはもう期待もせんし、落胆もしない。

マリン・ヘッドのヘルズ・ホウルからタラガンというちっぽけな村まで百マイル以上ある。トーリーからセント・ジョンストンまでは九十マイル。ティーリンからバーネス・ギャップまでは九十はあるだろう。そうだろ？

キャノン夫人はパイオニアのダンス場にいる。

父

どんなことにもまともに答えていなかった。最後に突然出てくるわけの分からない文は、意味があるとするならば、明らかにドネゴルで自分が警察官をしていたときの受け持ち地域のことを言っていて、自分がいかに広い範囲で権限を持っていたかということを述べて脅威を与えたつもりなのだろう。こんな調子の手紙のやり取りが何度もあり、ついにアグネスは、父さんが神経衰弱になってしまいそうなので、もう手紙をよこすのは止めてくれとロザリーンに手紙で頼んできた。アグネスはロザリーンが私からとても悪い影響を受けているのではないかと言って彼女を非難した。私はその手紙の返事も下書きし、ロザリーンがそれを写して出し、それで手紙のやり取りは終わった。ほとんどすぐにそれは過去の出来事になった。

このときにはブリージがグレヴィスクの家に戻っていて、三か月も一緒にいたので、父のいらいらは更にひどくなっていたのだろう。一九六〇年にはいろいろなことが慌しく起こったので、いくつかの出来事が同時に起きたように思えたり、一つのことだったようにも感じる。コン・オブライエンはロンドンの一つしか部屋のないアパートで、妻のブリージと赤ん坊、それにもうすぐまた一人産まれてくるという状況で暮らしていたが、歌手になるという夢を追いながら、建築現場の仕事をしなくてはならないという現実に我慢ができなくなっていた。そんなわけで彼はイギリスを出て故郷に戻った。ブリージは父と同じようにお金に関しては細かかったので、家を買う頭金に十分なくらいの金を貯めていたが、コンはその金でヴァンを一台手に入れ、フィッシュアンドチップスを売り歩こうという計画を立てた。サッカーやハーリングの試合、競馬場や市場、それに劇場やダンスホールなど人が集まる場所へならどこへでも出かけて行く。パン屋で修業していたので、簡単な料理ならわけもなく作ることができた。二人は家のための貯金でヴァンを買った。コンは動く金鉱を手に入れたのだと確信していた。ブリージはコンの家族と一緒に、彼のヴァンが町から町へと動いている間、ジャガイモの皮を剝いて薄く切る仕事をした。当時この思いつきは悪いものではなかったし、商才があればかなりの金を稼ぎ、事業を拡大することもできたかもしれなかったが、コンにはその才覚がなかった。大儲けをすると彼はいつでも祝杯をあげた。小さな家にはいつも人があふれ、大騒ぎをしていた。ブリージは皮むきをしていないときには小さな部屋に引きこもっていた。その部屋はコンの家族が自分たちの分を削って夫婦のために提供してくれたものだった。彼女はめったに夫の姿を見なかった。たまに顔を会わせるときの彼はほとんどいつも酔っ払っていた。彼にとってこの仕事は楽しいものだった。フィッシュアンドチップスを売りに出ていないときには、町に住む昔の仲間と遊びまわっていた。ある晩、ハーリングの試合で店の商品を売りつくしたあと、彼は友人たちと祝杯をあげ、家に帰る途中、居眠り運転で事故を起こした。彼は無傷で済んだが、ヴァンが大破した。ブリージはひどく取り乱して父に相談した。父は車ではるばるとカンタークまで出向いた。そういうわけでブリージは娘を義理の両親の元におき、グレヴィスクに来ていたのだった。

父が「わしの家は、家族の誰であれ、出入りしたければいつでも自由に開かれている」と好んで言っていたときには、額面どおりにその言葉が実行されたことは一度もなかった。たまに私たちが短い期間滞在するときには、昔のように父としての役割を自然に演じることで退屈さや、自分がぞんざいに扱われているという気分を和らげていたようだったが、いざ本当に誰かがやって来て面倒を見なくてはならなくなると、父の気持ちは変わってしまった。

ブリージはちょっとした重荷だったのだろう。しかし彼女はずっと父のことを尊敬していたし、こうして自分が受けた傷から回復する間、再び彼の子供になれたことを喜んでいたのかもしれない。彼女が必要としていたのは食事だけで、仕事であれば家の中だろうと外だろうと喜んで何でもやった。彼女が困っているという声に応えて自分で遠くまで車で迎えに行ったくせに、もう彼女を追い払うための心理的な手管を用い始めていた。私たちへの手紙で父は不満たらたら書いている。「私に苦痛を与えることは簡単だ。ブリジッドがいると明らかに何もかもが駄目になってしまう。なぜ彼女はここに三か月もいたいなんて思うのだ？　彼女の状態（妊娠している）を考えると、この問題はわしの手には負えないし、コンにだけは相談しようと思うのだが。とにかく気にくわぬ」

父がコンに何を書いたのか、あるいはブリージにこれ以上居候できないと思わせるような策を使ってそれがうまく行ったのか、とにかく彼は私に満足げな手紙をよこした。「聖霊降臨日には家にたくさんの人が集まった。コンが母親と一緒に車でやってきて、二人はブリジッドを日曜日に家に連れて帰ったのだ！」

ブリージはまたイギリスに戻りたいと望んでいたが、コンはカンタークにそのまま残りたいと思っていたので、彼らはまた議論を始めた。ロザリーンへの手紙で、父は強くコンの立場を擁護した。コンは自分と同じように家長であるのだから、彼の意見は尊重されるべきだというのだ。

さてブリジッドのことだが、お前が彼女が幸せでいると請け負ってくれているので安心している。お前は彼女が（ロンドンに戻りたいという）自分の考えに固執しているのが良いことだと思うかい？　仕事がうまく行っていないということとは切り離して、これについてはコンの望みを実行させるべきだと思う。仕事に関しては、わしはいつも自分が家族のためにしてきたことを思うのだ。つまり家のことは家長であるコンが決めるべきだし、ブリジッドの役割はコンを助けることなのだ。

またこの頃、フランキーが肘を脱臼した。私は父が彼をクルーンの整骨師、マイケル・ドノヒューの所に連れて行くのを止めることができなかった。私はフランキーに、マイケルの所に行ったおかげでブリージの足首がどうなったかということを話して警告し、ダブリンに来るように金を与えた。もし父がレントゲンに反対すれば、ダブリンで撮ってもらうつもりだった。

その同じ週に、マーガレットがダブリンで結核であると診断された。結核治療薬はすでに十年以上前から使用されてはいたが、まだハンセン氏病のように恐ろしい病気だと思われていた。私は警察署で暮らしていた頃、コリンズという大家族の話を聞いたことがある。彼らはみなきれいな顔立ちをしていたが、家族の一人が結核にかかったので、美しい五人の姉妹はダンスに行っても誰からも誘われなかったそうだ。あの娘たちの家には恐ろしい病気がついているという話が駆け巡っていたのだ。マーガレットはアグネスの弟の家にいたが、病院の空きを待っている間に二人の子供たちに病気がうつるのを弟の妻が恐れたので、グレヴィスクの家に戻って行った。

グレヴィスク
（土曜日）

親愛なるショーン
こんなことでお前を煩わせたくはないのだが、家族のことなのでお前の理解と協力を望みたい。

フランキーの腕のレントゲンは撮ってもらったぞ。あいつに関してはもういい加減にしてくれないか。他にどうしようもないのだ。さて夕べ整骨師のところから帰ってみると、マーガレットがいたので驚いた。マーガレットはまた仕事に戻る気でいるらしいのだが、この手紙は彼女のことについてなのだ。なぜ彼女はサナトリウムに行って結核を治してもらおうとしないのだ？　お前には何の責任もないのは良く分かっているし、もちろんお前もそういう風に思いたいだろうが、細かいいろいろ考えてみれば、お前は彼女に随分影響を与えているし、わしはお前の影響力を使って彼女をサナトリウムに行かせて貰いたいのだ。すぐにでもそうしてくれないと、わしたちは神経衰弱になるくらいでは済まないかもしれん。

ショーン、前に言ったように、わしはフランキーの腕のレントゲンを撮ってやった。ところが何でもなかったのだ。そんなことぐらいわしには良く分かっていたのだがね。結局わしの財布が軽くなってしまっただけだ。

お前がマーガレットに対して持っている影響力を何でもいいから使ってくれ。マーガレット自身のためでもあるが、彼女がここにいるとディンプナにもうつる恐れがあるのでな。

早々
父

追伸　もしわしが間違っていたなら許してくれるよう願う。

私は父のことはもうよく分かっていたので、その手紙を一目見ただけで言わんとすることを理解した。ディンプナのことを書いたのは、父自身がうつされるかも知れないと感じ、彼と彼の家に結核という烙印が押されるかもしれないという恐れからである。私はマギーに連絡をとった。マギーとパットはグレヴィスクに車で出かけ、マーガレットをバリナモアに連れて行った。彼女はブランチャーズタウン病院で治療してもらうため、空き部屋が用意されるまで、廃線になった鉄道線路と駅の向かいにあった彼らの店で楽しく過ごした。彼女がバリナモアで待っている間、父はたかだか一時間もかからない距離なのに、一度も見舞いに行かなかった。彼女はブランチャーズタウン病院に半年入院して、完全に治って退院した。彼女が入院している間も、やはり父は一度も見舞いに行かなかった。

マーガレットが病院にいた間、父と弟との衝突が頭をもたげてきた。ある朝私が学校に教えに行くと、コンクリートの庭で遊んでいる生徒たちの間にフランキーが立っているのが見えた。彼は前の晩から早朝にかけてヒッチハイクをしてダブリンに来たのだが、私の住まいを見つけられなかったのだ。職員室に連れて行くと、彼はお茶とサンドイッチを振舞われた。それから私は私の下宿への行き方を教えた。私が家に戻ると、彼は下宿の女主人とすっかり打ちとけて、くつろいでいた。

父が弟を攻撃し、弟は反撃した。もみ合いの最中、弟は父を床に倒した。アグネスが叫び声を上げてブラシで弟の頭を叩いたが、その間も彼は父の腕を離さなかった。弟はその騒動にほとんど動揺しておらず、アグネスがブラシを持って格闘する様子や、父のうめき声や叫び声を真似しながら高らかに笑った。そこまでは私の家ではお馴染みのつまらぬ茶番劇だった。そのあと父が陰険な脅しのそぶりを見せたとき、弟は初めて恐ろしくなったのだ。

弟は二日間私の所にいたが、金曜日の午後私は彼を家に連れ戻した。彼は十一月に十七歳になる所で、もうほとんど大人と言ってよかった。私たちはもう一度家と学校のことをきちんとやってみるという取り決めを交わした。彼は知識を吸収することにかけては、私が彼の年齢だった頃よりずっと素早かった。試験だって何の苦もなくやり遂げられるだろうということも分かっていたし、卒業試験まであと一年もなかったのだ。「ぼくはずっと前からイギリスに行こうと思っているんだ」と彼は言った。

「イギリスへなんていつだって行けるじゃないか。卒業試験を受けてからの方がいい給料で働けることくらい分かるだろ。まず受けてみるんだな。それほど先のことじゃないし」と私は言ったが、一年と少しというのが彼にはとてつもなく長い時間に思えるに違いないということも分かっていた。

父は、私が弟を家に連れ帰った時に大騒ぎを演じた。アグネスも冷たかった。「フランキーのせいで私たちはみな大変な思いをさせられたのよ」と彼女は言った。「あの子には鼻をへし折られることではなく、励まされ誉められることが必要なんです」と私は言ったが、外国語を喋っているようなものだった。父は部屋から歩いて出て行った。私はそれほど大きな期待はしていなかったが、それでも父がこの問題をうまく処理し、弟の卒業までくらいはなんとかしてくれるのではないかと思っていた。数週間後、驚くべき申し出が届いた。父は弟を懲らしめる手伝いを私に求めてきたのだ。

グレヴィスク
十六日

親愛なるショーン
例の「放浪者」は金曜日までは学校に行っていた。奴はその日帰ってくると、もう学校には行かないとみなに宣言した。聞いてみると、「歯痛」ということで、その日も十一時になってやっと学校に行ったらしいということが分かった。プラシッド神父に見つかって、平手打ちを八回食らったそうだ。奴はプラシッド神父に口汚く文句を言ったのではないかと思う。

わしにはあの放浪紳士との対処の仕方は分かっているのだが、娘たちがみな反対をする。少なくともお前だけは、わしが思うようにしても良いという承諾をしてくれねばならぬ。年齢と体重のせいで、下手をするとわしが倒れてしまうかもしれんので、実を言えばお前にその場にいて貰いたいのだが。このままでは奴に一年かそこらぶらぶらさせることを許してしまうことになるかもしれん。逃げ出すにしても、学校に戻るにしても奴は自分で決めると言うのだろうが、そんなことを許したくないのだ。

わしはこのところいつも心配ばかりしているので、本当に神経衰弱になりそうだ。精神病院に行くことも考えている。実際今の状況を考えれば、病院が一番かも知れない。

愛を
父

私はすぐに出かけて行った。家の中は恐ろしい雰囲気になっていた。特にかわいそうだったのはディンプナが自分の殻に閉じこもっていじけていたことだ。父以外の全員が何か波風が立つのを恐れていた。父は父で重苦しく、むすっとした感じだった。父と二人きりになったとき、私は「誰かを殴るのはとってもまずい、ということは分かっているよね？」と言った。すると彼は「つまりわしには自分を守る権利もないということなのか？」と言い返した。私は自己防衛のために父と殴り合いをしたが、父はかえって闘志を燃やしたのではなかったか。私はそう言おうとしたが、そんなことをしても無駄に自己表現をするのと同じだ、ということが分かった。「ぼくたちはあの子を学校に行かせるようにしないといけませんよ」と私は言った。「お前はその気になればわしよりうまくできるだろうが、お前の背中が見えなくなれば、奴はまた学校には行かなくなるだろうな。そうしたらこの老いぼれがまた責任を取らねばならぬのだ。もちろん構いやしないがね。構わないとも。あぁ、全く構わないとも」

「あの子には励ましがいるんです」私ははっきりと言った。

私は修道院に行き、プラシッド神父を呼び出して貰った。例の口がきけない娘は、私の記憶どおり相変わらず美しかった。彼女は壁の上に置かれた平らな真鍮の銅鑼を一回叩いた。長い時間が経って、プラシッド神父が、白いハンカチで眼鏡を拭きながら、幅の広い階段をゆっくりと下りてきた。一瞬、自分が昔からずっとこの地にいて、ひと時もここから離れたことなどなかったかのような感じがした。

私の顔を見ると彼の曇りのない顔に一瞬驚きの表情が浮かび、そのあと喜びに変わった。私たちはお互いに好意を持っていた。私たちは大きな食堂で坐って話をした。神父はフランキーを何度も罰せねばならなかったのだ、と私に言った。フランキーは何日も無断で学校を休んだが、それ以上に困ったのは、彼が学校の中で問題行動を起こすようになり、それが年下や、また力の弱い生徒に悪影響を与えているということだった。タバコも酒もやっていた。当然、彼はそれら全てを私には隠していた。「残念なのは、あの子にはいろいろな才能があるのに、どこかがうまく行かなかったり、何かが足りなかったりするということなんだよ」とプラシッド神父は言った。

「家ではそれ程ひどくはないのですが」

「ところで、警部さんはお元気かな？」光る眼鏡の奥で、目を輝かせながら、聞いた。

「相変わらずです。父はちっとも変わりませんよ」

フランキーが学校に戻ったら、一から出直して、ずっとその気持ちでいなくてはならない、という点で神父と私は話が一致し、私は修道院を出た。

私は知り得たことを全てフランキーに話した。彼は従順だったが、喧嘩腰になるときもあった。「ぼくが心配しているのは、これからお前が学校に戻ってちゃんとやって行けるかどうかということだけだ」私はぴしゃりと言ってやった。彼は次の日に学校に戻ることをしぶしぶながら約束した。父に弟との取り決めのことを話すと、父は私を愚か者とののしった。弟はどうせどうにもならないし、お前は学校の時間もお前自身の時間も無駄にしただけだ。お前が次にここにやって来るときには、精神病院にいるわしの姿を見ることだろう、と言うのだった。

私が仲裁したことで、穏やかな時間が増えたわけではなかった。弟は家の中では父と相変わらず対立し、学校でもまた問題を起こし、何とか退学だけは逃れているという状態だった。ある日の朝彼は学校に向かって家を出て、またダブリンまでずっとヒッチハイクしながらやって来た。町に着いたときには夕方になっていて、彼は真っ直ぐモニカとマーガレットの住む場所へ行った。彼はロザリーンにはすでに自分はロンドンに行くと決めているという手紙を書いていた。妹たちは私に連絡をしてきた。私は弟と二人で住める部屋を借りて、そこから彼をダブリンの学校に通わせるという提案をした。「休日など無いと思え。もしお前が勉強していないと分かったら、たちどころに放り出すからな」と私は警告した。彼は一瞬この申し出を真面目に考えているような様子で私を見て、それからわっと泣き出した。「ぼくは学校や勉強にはうんざりなんだ。もうこれ以上耐えられないよ。ロンドンに行くんだ」彼は悩みに悩み、不安で一杯だったので、私であろうと他の誰であろうと、保護観察の元で身を落ち着けることなどできないのだということが私には分かった。私たちはロザリーンに電話をした。彼女は弟の手紙を受け取っていて、すでに彼の部屋も用意してあるし、ロンドンのユーストン駅で朝早く着く列車を待つということだった。マーガレットとモニカそして私は次の日の朝、弟をダン・レアリー[1]の船着場まで連れて行った。彼に船の切符を買ってやると、妹たちは泣いた。私は船までずっと話しながら歩き、親切そうな中年の船室係を見つけ、弟は故郷から外に出たことがないのでよろしく頼むと言った。彼はこれ以上ないくらい親切で、自分の部屋の隣にある小さな船室を弟に与え、船がホリーヘッドに着いたらロンドン行きの列車に乗るまで見守ってくれると約束した。ロザリーンがユーストン駅で弟を迎えていた。

1――ダブリン郊外の港町。イギリスへの船の発着所がある。

到着してから一週間もたたないうちに、弟は町の大きなビルの中に入った事務所で仕事を見つけた。

弟は背の高さも力も大人顔まけで、当意即妙な受け答えもできれば、生まれつき明るく人懐っこいところもあって、その気になりさえすればとても魅力的な人間になれたのだが、一方で不安定で、怒りっぽい所があった。彼は今まで誉められたり、才能を伸ばしてもらうことがほとんどなかった。多くの点で彼はまだ子供だったといえる。

ロンドンE十
レイトン
キング・エドワード・ロード六番

親愛なるショーンへ

手紙もよこさないであの馬鹿な弟は一体どうなってしまったのか、さぞかし兄さんも心配しているに違いないと思う。しかし兄さんは、ぼくの気まぐれな性格を知っているから、分かってくれるよね。ぼくはここでの仕事の他に何かアルバイトでもしようかと思ったけど、ここの収入だけで何とかつましくやって行けることが分かったので、その考えは捨てたよ。というのは、ぼくの手取りが月に十九ポンド十八シリング十ペンスで、その中から食費が二ポンド、バス代などが二ポンド二シリング、服を買ったりちょっとした楽しみのためには四ポンド十六シリング十ペンスしか使えない。ああ全くうんざりさ！　九月から夜学に行くために勉強を始めようかと思っているんだ。中等教育修了試験を受ければ、卒業検定試験と同じ評価がされるからね。夜学ではゲール語の講座があるのを見つけて、それを取れば、故郷に帰ったときに（もちろんずっと後の話だけどね）随分役に立つだろうと思う。仕事はとても楽しくやっているよ。ただ最初の週は何か月分も溜まっていた受領証を整理するので気が狂いそうになったけどね。それまでの分はもうきちんと整理したから、今は二週間に一度何時間か整理するだけでいいんだ。先週から、株主に配当金を支払ったり、株主や株券数などの表を作成したりという、今までより面白い仕事を始めている。風変わりな名前に出くわしたりすると、とても楽しい気分になるよ。一緒に働いている仲間はぼくを根は陽気な、見かけとは少し違う人間だと思っているに違いない。ぼくのことを何度やってもミスタ・マクガハンという風にうまく発音できないので、仲間は「マック」とぼくのことを呼ぶことにしている。今では支配人さえぼくのことをその名前で覚えているくらいさ。とても広い事務所で、その中でぼくは、一人二人の用務員を除けばただ一人のアイルランド人なんだ。みんな良い人たちで、ぼくの国籍の事なんか気にしないし、誰も「パディー」[1]なんて呼ばないよ。「しゃれ者アレック」という男が二日目の昼食の時、ぼくの金の遣い方を見てパディーと呼んでぼくを笑い者にしようとしたけれど、他のみんなから軽蔑のまなざしを受けて、完全に無視されてしまっていたよ。今日オールドゲイトからキングズウェイまで確認だか何かのために必要な書類を運ぶ仕事で出かけたんだ。素晴らしい旅だったよ。もちろん急いで戻る必要もなかったから、帰る前にのんびりとコーヒーを一杯飲んだんだ。食堂では一シリング三ペンスで美味しい夕食とデザートが食べられる。これはかなり納得の行く値段だ。今のところこれくらいしか書くことが思いつかない。なんだか文法も脈絡もおかしいし、第一ひどい字だからお兄さんは文句を言うだろうね。自分で読み直すこともできないくらいだ。ロザリーンもじきに兄さんに手紙をよこすと思う。七月に兄さんに会えるのを楽しみにしている。時間があれば、知らせてよ。そうそう、この間の手紙のお礼を言うのを忘れる所だった。それにぼくにくれたお金のお礼も。兄さんが船室を出て帰って行ったあとで、ぼくがどたばた歩いていると、マーチン・カーシーと彼の奥さんの甥に会ったんだ。彼はぼくと同い年だったので、ユーストンまでずっと一緒で楽しかったよ。兄さん、時間があったら返事下さい、待ってるよ。

それではお元気で

フランキー

実際のところ内心では不安だっただろうし、手紙に書いてあるようには生活は楽に運んでいるとは思えなかった。夜学に入るまで彼はロンドン周辺で数年間厳しい生活を送った。父は彼の将来に希望を抱いたり、彼を励ましたりなどしなかった。「フランシスがクリスマスの休暇あたりにやって来るらしい。学校で卒業検定試験を受けるためらしいが、わしはそんなことは全く怪しい話だと思っている。奴も十八歳だし、軍隊にだって入れる年齢だ。わしは奴が成功するところを見ることもできんのだ。哀れな奴め。わしは自分の考えが間違っていたなら、そして間違っていればと願っている」

父は間違っていた。フランキーはその後夜学に通い、試

1—アイルランドの守護聖人セント・パトリックから、アイルランド人をこう呼ぶ。

験に通って中等教育修了の資格を得、会計業務の資格を取るための試験にも簡単に合格した。彼には生まれつき数学的才能があり、難しい資格を次々と取っていった。預金係から経営管理に移り、ロンドン周辺のたくさんの工場や小さな会社の指導をし、ＢＢＣ放送の会計監査にまでなった。

フランキーが家を出て行ってからディンプナは惨めだった。彼女は顔立ちが父に一番似ていたが、他の誰よりも父とぎくしゃくしていた。彼女は何をされても無抵抗主義だったので、さすがに父も肉体的に彼女を攻撃するのは難しかった。また実際ある程度見張られていたせいもあって、あからさまな攻撃は控えていたが、彼女をいらつかせることなら何でもやり、困らせていた。こんな状況から逃れようと一年前ディンプナは大した期待もせずに公務員試験を受けていた。父の反応は予想通りだった。「ディンプナはダブリンで火曜日から試験を受ける。ロザリーンと一緒に（ロンドンに）逃げ出そうとしているのだろう。しかし悲しいかな、「やる気満々」（ディンプナのこと）には試験に受かってもその仕事には向いていないということがわしにはよく分かっている」

彼女はその試験で高得点を取ることはできなかったが、幸いにもその年は、その点数でも合格でき、卒業試験を待たずにダブリンへ向かった。彼女は役所の仕事に喜びを見出せず、フランキーと同じように夜学に行って、結局レディングの大学に入り、そこで学位を取って、ロンドンのブリージとロザリーンが仕事をし、住まいを持っていた場所の近くで教え始めた。

私たちみなが家を出たので、父は私たち全員を追い払ったことになるが、すると今度は全員を自分のそばに引き戻すための熱心な画策を始めるのだった。しかしそれはどちらにしても私たちのところまで届いては来なかった。父が出席した唯一の結婚式はモニカのものだった。彼女は住んでいたダブリンのアグネスの弟の家から嫁いで行き、アグネスは出席すると決めたので、父は従わざるを得なかったのだ。自分には出席する責任があるし、出るとなると大きな負担がかかるのだということを大げさに言って、不本意な気持ちを表した。ブリージとコンはロンドンに戻って、またどん底生活を始めていた。今や二人の娘がいて、担保にしていた家も失っていた。ロザリーンも結婚していたが、フランキーにもそうしたように、ブリージたちにもたくさんの援助をした。父はブリージの結婚式に出るのも断っていたので、ロザリーンの式に出るのも断った。私たちはみなロザリーンの結婚式に出席した。私が父親代わりになった。お祝いの日は一日中楽しく、うきうきとしたものだった。父が来るかと思って一生懸命準備をしたのに、父に全くその気がなかったので、ロザリーンはさぞやがっかりしたと思う。

その頃のダブリンでの私の生活は、たいていの若者の生活とさして違ってはいなかったと思う。よく働いた。ダンスホールや映画館や劇場にも、クローク・パークでのハーリングやサッカーの大きな試合にも、フェニックス・パークやボルドイルそれにレパーズタウンでの競馬にも行った。バーに行ってはお喋りをし、酒を飲み、議論をした。暑い夏にはダブリンの近くの海で泳ぎ、ダブリンの山に遠足に出かけた。ダンスホールで知り合った娘たちを、家の戸口や裏道でくどき、デートで映画に連れて行ったり、ホース岬のような海辺に一緒に行ったりした。当時は牡蠣《かき》も、パセリを乗せた新鮮なエビ料理も安かった。海辺の小さなバーではそんな料理が、レモンの薄切りや、バターを塗った黒パン、それに黒ビールと共に出された。娘たちは黒ビールやビールは飲まなかった。ちょっと勇敢な女の子たちはワインやジントニック、中にはブランデーを飲むのもいたが、ほとんどの娘たちはアルコールを飲まなかった。

幼稚で、抑圧され、しかも視野の狭いアイルランド国民に向かって、国と教会が一緒になっていろいろな法律を作ってきたが、その語り口はみな同じようなものだった。人々、とりわけ若い者たちはその馬鹿げた文章に書かれたことから外れたことをしようとしたが、それは難しく、かえって欲望を刺激されるばかりだった。わき道を見つけられなかった多くの者は傷つき、あるいはひどい生活に追いやられていった。

読んだり書いたり考えたりすることに関心を持つ若者たちの世界では、教会や国が押しつけようとする厳しい態度はどちらも陰で笑い者にされていた。私は依然として自分がもの書きになりたいという夢を持っていた。その夢が今やかつての神への忠誠に取って代わってはいたが、世の中へ出てからいくらか実社会の経験を積んでみると、その覚悟は神父になるという昔の覚悟と同じで、まだ確固たるものではなかった。同じ夢を持つ男性や女性がたくさんいたに違いないが、実現できる可能性がきわめて低いということを誰も分かっていなかったし、気にもしていなかった。私は今や楽しみのためだけでなく、好奇心からも本を読んでいた。いろいろな本を選んで読んでいくうちに、楽しみも変わってきた。物語は変わらず大事ではあったが、たくさんの物語を読んできて、私には真実の物語というものは、それらの物語が一つ一つ違っていても、結局同じことを語っているのであるということが分かってきた。つまり人間というものは、みな違っていると同時に、また誰も同じなのだ。私は鏡のような役割をしている本を見つけては読んだ。それらが写しているものは、もちろんそれぞれ個性的で違ってはいるものの、恐ろしいほど私自身の生活と、私が育ってきた社会に近いものだった。

特に埠頭の近くには良い古本屋がたくさんあったがヘンリー・ストリートの角にあった、荷台に本を並べた店は格別だった。この荷台に乗せられていた本のほとんどは、今なら現代の古典と呼ばれる類のものだったと思う。ケリー氏がどうやってこれらのあまり見かけない本を集めてきたのかを聞いたことはない。私たちは彼が盗んできたのだろうと決めてかかっていた。荷台の周りでいろいろな本について話をしたり議論をしたりした。知的な女性の姿を見ることもあったが、彼女たちと性的な関係を持つことを一番狙っていたのは他ならぬケリー氏だった。彼は郊外の家で妻とたくさんの子供と暮らしていた。熱心なカトリック教徒で共和制支持者、人種差別主義者でもあったが、ひとたび何かに関心や興味を抱くと、自分の主義と全く矛盾した行動を取ってしまうのだった。ある週末に、頭には三角帽、足はゲートル巻きという完璧な共和国軍の格好をして、「アイルランド義勇軍」の若者陣営のためにバーで金集めをした。結局ＩＲＡに捕まって、衣服を剝がされ、身体にタールを塗られ、その上を鳥の羽根で覆われて、トラクターに括り付けられ、南ダブリンの郊外の畑に放り出された。この事件は当時全ての新聞に載せられた。病院から解放され、ヘンリー・ストリートの古本荷台に戻ってきたとき、本当に逮捕されたのかとか、すぐに起訴手続きをとるのか、などと聞かれても、「この件は極秘事項なのだ」ときっぱりと言うだけだった。彼は自分を捕まえた者たちが、自分の身体に羽根を貼り付けるのに本物のタールではなく、車のエンジンオイルを使ったことを、悲しむべき情けない行為であると考えていた。

本を読むのにもっとふさわしい環境である国立図書館の座席を確保するのも易しかった。館員たちは親切で、頼めば貴重な本でも運んできてくれた。またゲート・シアターの後列の席は安かったし、小さな劇場もたくさんあった。特にジョージ王朝様式の建物の地下などに行くとたくさんあった。ダン・レアリーの外れにはガス会社の劇場があり、ガス調理器の展示部屋を抜ければ、ピランデッロやチェーホフ、ロルカやテネシー・ウィリアムズなどの劇を見ることができた。町には映画館もたくさんあった。私は大入り満員のメトロポリス座で、ジョン・ギールグッドとマーロン・ブランドが出た『ジュリアス・シーザー』を見たのを覚えている。週末には映画の券が闇で売られていた。私の知っていた、ある可愛い女の子のダフ屋が雨の降った日曜の夜、私に山のような売れ残りの券を見せ、「これをみんな売っちまわなきゃ、大損だよ。売れ残ったら、あたし今晩自分のズロースを下げなきゃいけなくなっちまう」と言った。埠頭の近くにはアスター座という小さな映画館があって、そこで私は『肉体の冠』や『ゲームの規則』、『天上桟敷の人々』などを初めて見た。モロニーさんの家の図書室で初めて感じることのできた愉しみの質が深まり、その種類も多種多様なものに広がって行った。

私が勤務していた学校は居心地が良かった。教員同士の付き合いもうまく行っていたし、ほとんどの生徒は、教育に理解のある家から通って来ていた。教えることはいつでも大変な仕事だ。動物のような子供たちの本能を導いて、言葉や、数字の組み合わせや、歴史などに無理やり興味を持たせなくてはならないのだ。しかしそこにはまた、教えたことを生徒がしっかりと吸収したり、自信のない生徒が励まされることで希望を持ったり、あらゆる生徒が一人一人個性を持った者になって行くのを見たりする楽しみもあった。私は自分が教えていた八歳の生徒たちが好きだったし、彼らのほとんどが私のことを信頼し好きになってくれたと信じている。午後二時十五分に生徒たちが学校から帰ってしまえば、残りの時間は私の自由になった。

勤め出してから二年間、私はユニヴァーシティー・カレッジの夜間のクラスに通って学位を取り、ほんの少しだが給料も上がった。私と一緒にそういったクラスに通っていた教員の中には、さらに学問を深め、別の仕事に就いた人もいたが、私は大学という場所は私の望むものを与えてくれないだろうと思っていた。グラフトン・ストリートあたりの芸術家くずれの集まるバーも、やはり私が望むものを与えてはくれなかった。そんなバーでの暴力や、誇大妄想的な話、それに暗さといったものは、父の周りに漂っていた雰囲気と似て私にはお馴染みのものだったので、一度マックデイド・バーに行っただけで、それまで一か月も私に取り付いていた文学仲間が欲しいという欲望は消えてしまった。閉鎖的で自己保身で一杯のグループがみなそうであるように、重要なことは自分たちの仲間の中でのみ起こるものとみな信じていたのだ。しかし一方で彼らはそれが矛盾だということにも気づかずに、外の世界を眺め続けてもいた。しかしこの頃には、私も町で自分と同じような考えを持っている友人が何人かできた。私たちは会えばいつも楽しく話をしたが、会わない時間が続いても困るようなことはなかった。

そういった友人の中に、スウィフト兄弟がいた。彼らは男ばかりの七人兄弟で、一人を除いては、広告の看板や版下の仕事を一緒にやっていた。私は最初、スウィフト家の一番年下のトニーと、あるダンスホールの中にあるバーで知り合った。彼は美術大学を出た才能豊かな画家だった。彼を通して他の兄弟たちとも知り合った。パトリック・スウィフトは、すでにロンドンで画家としてその地位を確立していた。その上のジミー・スウィフトは静かで賢く、また読書家だった。七人の兄弟たち全員がとても魅力的だった。私は時々コノリー駅の近くにあった彼らの工房が閉まる頃に訪ねて行き、彼らに時間があれば一緒に飲みに行ったものだ。

この時期私はずっと書くことを続けていた。書いたもののほとんどは破棄してしまっていたが、それでも小説として形にできるくらいの原稿が残っていた。私は最初の小説をジミー・スウィフトに見せに行った。彼はそれを気に入ってくれ、ロンドンにいる兄のパトリックに送ってくれた。彼はデヴィッド・ライトと一緒に『X』という、絵画や小説の雑誌を編集していた。デヴィッド・ライトもこれを気に入ってくれ、一九六〇年の春に、その抜粋を印刷して出してくれた。それが多くの出版社の目に留まった。またしても、私は自分が大きな運を摑んだのだと確信した。文学が商売になるのかどうか、そこにどんな駆け引きがあるのかなど何も知らずに、まだ駆け出しの私は、普通なら原稿をつき返されるといった試練もなしに、ほとんどあっという間に世間に出られたのである。

私に接触してきた出版社の中にフェイバー・アンド・フェイバー社があった。私は自分の小説が欠点だらけなので、見せるのを断り、二作目なら喜んで書くという手紙を書いた。しかし第一章の内容を見て、フェイバー社は『警察署』の出版契約を結んでくれた。そしてまだ原稿の段階で、ある大きな文学賞に応募してみろと私を説得した。私は賞を貰える希望などとてもないと思っていたが、私は候補になり、賞を貰った。そのせいで、長く秘密にしていた読書と執筆の生活が明るみに出ることになった。学校の教員たちは、喜んでくれた。中には私がもう教員仲間ではなくなったかのように、私や私の授業を疑いの目で見る教員もいたが、それも毎日同じように教えているうちに、消えて行った。ほとんどの新聞に私の顔写真が載り、記事もいくつか出た。マギーは自分もジミーもパットもどんなに喜んだか、近所の誰もが記事や写真を見たがったことを手紙で書いて来た。父の反応は少なからず複雑であった。

先週クートホールではお前の話題でもちきりだった。しかしわしの見るところ、彼らが好んで話題にしていたのは、お前がこの教区で生まれたことや、この教区と関わりがあるということだったようだ。ヘンリー夫人が『アイリッシュ・プレス』に載ったお前の写真を見て、寝ていたジムの所に持って行ったそうだ。彼女は名前の部分を隠して見せた。あれはひどい写真だったからな。ジムは自分が賞を取ったように喜んでいる。わしもいくつかお祝いの言葉を貰ったが、別に特別なことではないので、舞い上がってなどいない。プラシッド神父はどうやらこれを安っぽい宣伝に使いたがっているようだ。

わしは風邪をぶり返しそうだ。そうならないことを願っているがね。わしが言いたいのは、ショーン、もしこれが不幸なことであったなら、わしも同じように不幸になったということだ。そうでなかったことを喜んでいる。

愛を
父

プラシッド神父へのあてつけは、私が昔奨学金を貰った時に、学校の宣伝として私の写真を地方の新聞に載せたときにまで遡るものだ。父はプラシッド神父を嫌っていて、あんなことをしたのは彼の自己満足に過ぎなかったのだと思っていたのである。

私は『警察署』の見本版を一部父に送った。父が読むとは思えなかったし、まして気に入るなどとも思わなかったが、マギーやパットやジミーに送るつもりだったので、自分だけ除《の》け者にされたと僻《ひが》まれたりするのも、また隠し事をするのも嫌だったのでそうしたのだ。警察署での生活の背景や仕事の手順などは小説にそのまま描かれているが、登場人物は全て架空のものである。小説の中の警察署長は私の父とほとんど似ていない。性格は父に比べれば単純で、またはるかに魅力的である。小説は子供たちがランプに火を点けるという儀式で始まり、同じ儀式で終わっている。父は最初の一ページは読んだようだった。「ショーンへ。ありがとう、本を受け取った。年をとった警察官は暗闇の中に坐って、ランプの光が点ることを、少なくともちらちらとでも点ってくれればと願っておる。父」父は二度とその本に関して話をしなかった。小説は一九六三年に出版され、かなり評判となった。父が購読している『アイリッシュ・インディペンデント』紙の書評で、ジョン・D・シェリダンがこの本を誉めた。シェリダンの諧謔味のある記事は父のお気に入りだった。私が物を書いているのを父が初めて知ったとき、ジョン・D・シェリダンの文を真似するのが良いと父なりの好意的な助言をしてくれたこともある。しかし「警察署内の古典的な悲劇」と題する彼の書評を読んでからは、ジョン・D・シェリダンの名前が家の中で口にされることはなくなった。

小さいながらも全体としては賞賛の波があったにもかかわらず、バリナモアの図書館委員会はこの小説は一般の閲覧には適さないという理由で、図書館の書棚から本をひきあげるように命じた。神父たちは人々の健康や教育を管理するのと同様、こういった委員会の管理もしていたのだ。図書館員のヴェラ・マッカーシーは当時としては進んだ女性だった。その本を本棚から抜き取らねばならなくなったとき、彼女はカウンターの下に隠し置いて、尋ねられれば誰にでも貸し出すという方法を使って委員会の決定をなし崩しにした。これは法を犯すことにはならなかっただろうが、神父たちの激しい怒りを受けたに違いない。マギーもやはり恐いもの知らずだった。彼女は『警察署』が図書館の棚から撤去されたことを聞いて激怒した。彼女の店に良く買物に来ていた若くて頑固な神父などは、その本があるべき場所に収まるまでは、どこか別の場所で買物をして頂戴と言われた。

マギーは私の母の命を奪ったのと同じ癌になり、ダブリンの聖ルカ病院で治療を受けた。私はマギーが大好きだったので、何度も見舞いに行った。父は彼女に対して昔から恨みを持ち続けていて、彼女が不治の病気であることを知るや、自分が持っている中で最も陰気な服を着て、はるばるダブリンまで行き、彼女の病院のベッドの足元に立ち「マーガレット、わしの意思《おもい》ではなく、あんたの意思が叶うように〔新約「ルカによる福音書」22章42節〕」と言った。私が病室に行ったとき父はすでに帰ったあとだった。彼女は明らかに取り乱していた。彼女が落ち着きを取り戻し、あったことを話せるようになるまでしばらく時間がかかった。

彼女は言った。「あんたのお父さんはどうかしているわ。まるで神父さんか葬儀屋のような格好でベッドの足元に立って、『マーガレット、わしの意思ではなく、あんたの意思が叶うように』なんて言ったのよ。私はあの人に、さっさと出て行け、みたいなことを言うべきだった（神様お許しください）のに、その前にあの人はくるりと向きをかえて出て行ったのよ」

自分でもそうは思っていなかったが、私は彼女に「死にはしないよ」と言って彼女を安心させねばならなかった。私は彼女が落ち着いて、笑顔を見せることができるようになるまでそこにいた。私たちは昔よく二人でしたように父の真似をし始めた。「ああ何てこと、何てこと、何てこと。わしはこんな奴らの中に生まれてくるような悪いことを何かしたのでしょうか」ここ数年間、マーガレットの周りの生活は信じられぬほど快適なものになってきていた。「マーガレット、わしの意思ではなく、あんたの意思が叶うように」などという言葉は彼女に最も必要ないものであった。

自分の妻が危篤のときにも見舞いに行かず、子供たちの結婚式にも出席せず、私の妹のマーガレットがブランチャーズタウンに何か月も住んでいた時にさえ訪れもしなかった父が、身なりを整えて、はるばるダブリンまでこんな毒を盛るためにやって来たのだ。

私はとても腹がたったので、直接父のところへ行き、思っていることを乱暴に激しい口調で述べた。しかし無駄だった。父は、私がいつも自分に反対して母方の親戚の肩を持つのは、私の忘恩と、自分に対する尊敬の気持ちがないことの表れだと言った。

マギーは退院したあとわずかの間しか生きられず、店の二階で亡くなった。彼女が亡くなったという知らせが届いたとき、私は車を呼んでマーガレットとディンプナと一緒にバリナモアへ向かった。彼女の亡骸が家から教会に運ばれて行く間、父は私が母方の親戚と一緒に町に留まったりせず、自分たちと一緒にグレヴィスクへ戻るべきだという ことしか考えていなかったようだ。父は妹たちや義母を通して私に圧力をかけてきた。私は町に留まりたかったが、妹たちを喜ばせるためにグレヴィスクへ戻った。

私はまだ父がマギーの病院に行ったことについて怒っていた。だからマギーの家で顔を合わせたときも、教会での葬式の間も、父に対して丁寧な態度を取ったのは上辺だけのことにすぎなかった。グレヴィスクの家に戻ると父はすぐに、私に対して、マギーに対して、私たちみなに対して長々と激しい非難を始めた。自分こそが犠牲者だと言うのだ。父が持っている暴力的な部分に再び火がついて、際限なく人を傷つける力が増して行っているのが、父が喋っているのを聞いていると分かった。しかし、もうそんなことには慣れっこになっていたので、あるいは慣れっこになっていると思っていたので、もういい加減十分、という気だった。「黙れ」と私は父に向かって激しい口調で言った。

「え、お前、犬にでも向かって口をきいているつもりか?」

「まさか」私も譲らずに言った。

アグネスが彼をなだめに行ったが、父は彼女を脇に追いやって自分の部屋に入った。彼が行ってしまうと、彼女はすぐに、もっと聞き分けよくして頂戴、お父さんはああいう人で、別段危害を加えようというわけでもなかったし、何もなかったようにしていればいいの、あなたは少しでもお父さんの気持ちを変えられるとでも思ったの、と私に文句を言い始めた。私は黙っていれば良かったと思った。

父とアグネスはどちらも人からの誉め言葉を素直に受け入れることができないという共通の性質を持っていた。アグネス自身はこの上ないお世辞屋だったが、誉められると、たとえそれが本心からのものであっても、更なる誉め言葉を返してそれを否定し、取り合おうとせず、せっかくの誉め言葉も萎れた花びらや価値のない貨幣のように意味のないものになってしまうのだった。また二人とも何とも言えない暗さというものを持っていた。一度私はアグネスがタバコを吸いながらさりげなく「あなただって、人はどうせ死ぬのだということが分かれば、誰のことだって我慢できると思うわ」と言ったのを聞いたことがある。

その晩私は、ある意地悪な情熱を抱いた。私はつまらないことで彼女にお世辞を言ったのだ。私が彼女が同じように私のことを誉めようとするのを遮ったので、結局彼女は父の部屋に入って行った。妹のマーガレットはアグネスが出て行くとすぐに「片付けをしましょう」と言った。朝になると父はとても機嫌が良く、周りのみなを楽しませていた。前の晩のことなどどこかに消え去っていた。

それからの数年間、私の評判が上がり、人々がグレヴィスクの家にやって来るようになった。新聞記者や、単なる好奇心だけの人々、中には作家までいたが、誰ひとりとして歓迎されなかった。

親愛なるショーン

グレヴィスク

キリーという男（著名な作家で批評家のベネディクト・キーリーのこと）が先週ひょっこりやって来た。随分大騒ぎをしておったようだ。もし奴に会うことがあれば、わしは奴をもっと上品だと思っていたと、それから奴の葬式があると分かれば出席したい、と言っておいてくれ。

敬具

父

キーリーは確かに話し好きである。父は彼の話にいらいらさせられたのに違いない。私があとで調べて手にすることができたわずかばかりの材料から判断すると、どうやら彼は話を止めて出て行かなければ、草刈り鎌やスコップといった家の周りにある道具でけちらすぞと父に脅かされたようである。

昔のゲール人たちの人種的な記憶がまだ残っていて実際にそれが機能しているということが証明されたような出来事もあった。ドラムシャンボーからある肉屋が私の助けを求めに家にやってきた。彼の話によれば、町には仕事の邪魔をして彼の店を潰してしまおうとする輩《やから》がいる。彼の家に来て何か月でもいいから一緒に生活してくれれば、私に多額の金を払うし、自分を苦しめている者たちについての情報を与える。私はその情報を使って一編の小説を書くことができるだろう。それが発表されれば奴らは世間に顔向けができなくなるだろう、というのだ。父はそんな話には全く興味がなかったが、男は父に自分と一緒に町まで車で来てくれないか、それからダブリンの私のところへこの話を持って行ってくれないかと頼んだ。父は彼を追い払うのに大変な苦労をしたようだ。草刈り鎌やスコップで撃退することもできなかったのだ。

同じような訪問客が『青い夕闇』の出版後にもすぐ現れた。その段階で本は発禁になり、私は職を解かれていたが、一方で家庭内暴力の詩人としてひそかな評価を得てもいた。この本の題材はもしかしたらあまりに自分の家庭に近すぎたのかもしれない。父の文章の調子はいつになく回りくどい。

アイルランド
ロスコモン
ボイル
グレヴィスク

親愛なるショーン

人々がわしに対して礼儀正しくふるまわぬとき、自分が悪いのか、あるいは彼らの礼儀の概念がわしのそれとは違うのか、というようなことを、（残念ながら）しばしば思い知らされている。実際、次から次へといろいろな奴がやって来て何だかんだ言うので、わしもアグネスも、奴らの言うことに一々相手をするのが馬鹿らしくなる。

この間パットを訪ねて行ったが、そのときの奴がした最初の質問が、わしがパディー・ヘスリンに会ったかというものだった。わしが会っておらんと言うと、パディーはわしに会いに出て行ったと言うじゃないか。家に戻るとアグネスは笑いながら、パディーがわしに対する無礼な話をしていったと話してくれた。わしもそれを聞いて笑い、それは普段のパディーらしくないことだから、奴はきっと恐ろしく緊張していたのに違いないと言ってやった。

簡潔に言えば、奴はとても興奮し失敬な態度で午後八時にまたやって来た。奴はひどくお前に会いたがっている。なにしろお前のところへ飛んで行って本を書いてもらいたいと言うのだ。どう思うね、お前？

ドネゴルに住む奴の妹の旦那は政治家なのだが、愛人と一人の「かわいい隠し子」がいることが分かったそうだ。奴の妹は八歳の子供の母親で、亭主に辱められたり、暴行を受けたり、いろいろあるらしい。奴はお前がその話を書くべきだと言うのだ。とにかくいろんな言訳をして、最後にはわしが書くからと言って、やっと奴を追い払ったのだ。わしは最近テレビのシリーズものでモンタギューやプランケットなどを見ているのだから、もちろんお前がダブリンにいることを奴は知っているのだから、お前に期待はしていないだろうが。奴はマクメイナスと親戚関係があると主張している。なんともはや！

ブリジッドが足の靭帯を切ってしまい、ギプスをして松葉杖で歩いている。

もちろんアグネスも、お前によろしくということだ。彼女は今日の午後パットが発作を起こしたので叔母（モリー）の所へ出かけて行った。わしにも同じようなことが夕べ起こった。アードカーン（地元の墓地）を一区画買おうと思っている。家族はみな誰でも自分の人生で一番の道を決めることができるからな。

可愛そうにシェップは毎日腹を減らしているようだ。猫というのは自分たちの種を絶やさないことしか考えていないようで、わしが数えた所では最近五六匹の猫が近所をうろついている。

愛を込めて

父

一九六三年から六四年にかけての冬の間に私はダブリンで『青い夕闇』を書いた。書くのを急ぎすぎたかもしれないが、とにかく私はその作品でマコーリー賞を得、賞金千ポンドを貰った。それに加え受賞者には一年間の海外旅行も約束されていた。当時千ポンドあればダブリンに小さな家が買えたくらいだったから、それは大変な金額だった。その夏パリで私はフィンランド人の舞台監督アンニッキ・ラークシに出会った。その年の十月に私はマコーリー賞の特典を生かすために一年間無給の休暇を学校から貰った。私はヘルシンキに行き、その年の終わりにアンニッキ・ラークシと結婚した。フィンランドは自分が一生住む国ではないと感じたので、クリスマスのあと私たちはロンドンに移り、その後スペインに行き、アルメリアの海辺の家を借りることになった。

一九六五年の五月、私たちがアルメリアにいた間にロンドンで『青い夕闇』が出版されたが、審議の結果アイルランドでは発売禁止の処分を受けた。これについて激しい論争が起こったが、私はスペインにいたので幸いにもその騒動に巻き込まれなかった。ダブリンにいた頃、私たちは検閲委員会のことをよく冗談の種にしたものだ。発禁処分を受けた本のほとんどは読む価値などなく、読む価値のあるものだったら、そのうち簡単に読めるようになる。私はいずれにせよ、自分や自分の生活にそんなことが関わりを持つようになるなどと考えたこともなかった。しかしいざ自分がその真っ只中に放り込まれてみると、それがいかに下らない不愉快なものであるかを思い知らされた。そしてこの私の属する独立国が、そんなことでまた価値を落としているのかと思うと少し恥ずかしくなった。私自身は、この小説を書くのにもっと時間をかけて、もっと注意を払っていれば、検閲に引っかかることはなかっただろうと思った。私は発禁処分に対して抗議することを拒否した。そんなことをしたらその情けない検閲行為に、ある名誉を与えてしまうことになるからだ。ロンドンに戻った私は、一年間の休暇が終わったら学校の仕事に復帰するつもりであるという手紙を書いた。校長は私が学校に戻るのは難しいだろうという返事をよこした。彼は私にロンドンで何か職を見つけることを勧め、そのための照会状ならば喜んで書くとも言った。私はこの検閲の騒ぎに関わりたくないと思っていた一方で、学校は私の職場であったし、何年もそれで生計を立てていたところでもあったので、黙って引き下がることはすまいと心に決めた。始末に困るこうしたアイルランドの状況下では、いわゆるまともなことをしたり、静かに去って行ったりすると、かえって大きな圧力がかけられるのだ。私は黙って去っていくつもりはなかった。

私はダブリンに渡り、当初予定していた日に学校に戻った。誰にも言っていなかったので、学校に記者たちの姿はなかった。職員たちはみなピリピリしていたが、とても好意的に迎えてくれた。授業開始の鐘が鳴ると、校長のケラハー氏がとても困った様子で、理事からの、私が教室に入ることまかりならぬ、という法的な効力を持つ手紙を読み上げた。彼は廊下に立ち、私がかつて教えていた教室の扉を背にしてこれを読み上げた。クロンターフの教区司祭であり、この学校の理事であるカートン神父は、面倒を避けるために休みを取ってどこかへ出かけてしまっていたのだ。私はその日ずっと学校にいた。嫌なことが済んだので、校長は私が楽にしていられるようにできる限りのことをしてくれた。新聞でも読むようにと渡してくれたりした。「あなたのことが新聞に出ていなかった日はほとんどなかったくらいですよ、先生」と彼は哀れむように言った。私は数え切れないほど何杯もお茶を飲んだ。昔の仲間と楽しく昼食をともにし、二時十五分に学校が終わると、いつものように連れだって学校を出た。

私には休暇から戻ってきた理事に会うという仕事がまだ残っていた。カートン神父はしぶしぶ私に面会した。彼は遠まわしに、私の解雇命令は大司教から出されたものであり、自分の命令ではない、と私に言った。「君は自分で身の破滅を招いてしまったのだ」と年老いた神父は言った。「おかげで私の生活は散々だ。ここのところずっと家から顔を出すこともできない。うるさい新聞記者たちにつきまとわれているのだよ」教員組合から私の解雇の理由について追及されたとき、彼は書面で「マクガハン氏自身解雇の理由については十分理解している」と回答していた。

私はその日の午後遅い時間に、教員組合の全役員に会った。彼らは慎重でしかも冷淡だった。私との会見の前に、心の準備をするためと言ってウイスキーを飲んでいた者もいた。私がフィンランド人の女性と結婚し、戸籍窓口に届けを出したという話が新聞を通して流れていた。やはりケラハーという名前の組合の書記長もウイスキーをひっかけてから会見に臨んだのだが、それまで何とか抑えようとしていた気持ちを爆発させ、私にいらだちをぶちまけた。「あれが昔のことを書いた本だというだけなら、私たちも何か助けることができたかもしれません。でも、あの外国人と結婚したことで、ご自分を完全に絶望的な状況に追い詰めてしまったのですよ」と彼は言った。「何万人ものアイルランドの女性が、夫を欲しがっているのに、一体どういうわけで外国人と結婚しようなんて考えが浮かんだんでしょうかね」と付け加えた。私に気がある女性などほとんどいなかったので、特にこの言葉が印象に残っている。

父はずっと私に手紙を出し続け、それは決して止むことがなかった。私は父とアグネスに会いにグレヴィスクへ行った。今や私は職を失っていたので、父は私の味方になり、私のために他人を攻撃したがっていた。父のような味方がいたならば、私は敵など持つこともなかっただろう。

新聞には私への賛否両論の投書が載り、テレビやラジオでは相変わらず討論会が行われているという状態だったので、ロンドンに戻ってやっとほっとできた。私の解雇に反対してくれた中で一番心に残ったのは、教え子の保護者たちからのものだった。それ以外については特にどうということもなかった。下院労働党の党首ブレンダン・コリッシュが「マクガハン事件」についての詳細を文部大臣に質問した。質問はさらに続いた。教員養成や、人件費、それに学校の運営費などを払っているのは州なのに、事が教員の雇用や解雇ということになると口を出せず、彼らの市民としての権利を無視することになるのはどうしてか。又、最近のマクガハン氏の解雇について満足の行く理由を議会に説明することができるのか。これらの質問は入念に作成されていた。発禁処分を受けた本を売ることは法律上の罪であるが、そういう本を書いたことは罪にならないのではないか。それらの質問に対して大臣は「教会がある行動を起こすと決めた時、それには普通正当な理由があるのです」と答えただけだった。私の事件など全く特別のものではなかったというわけだ。BBCのテレビ番組のあと、私は私と同じようにセント・パトリック校で教育を受け、今はイギリスのバーミンガムやグラスゴー、あるいはニューキャッスルなどの学校で教えている人たちから手紙を貰った。それによれば彼らは、司教や神父を非難したから、またカトリックの教義に反したことをしたから、などという理由で解雇され、他に頼るすべもなく黙ってイギリスに渡ることを余儀なくされたというのだ。まさに例の「お前たちは戻ってこられない」の典型的な一例だった。

次の年の夏に私はアンニッキと一緒に帰郷した。彼女は、アイルランドの家族主義、二枚舌、聖職者支配をすぐに見て取り反感を抱いた。とりわけ女性の地位について激しくいきどおった。私は全てが彼女の考える通りであるとは思ってはいなかったが、仮に私がアイルランドで仕事を続けることができても、彼女はここに住みたくはないだろうということは分かっていた。そんな状態では、私の失職問題などどうでもよいことだった。彼女は私の父のことも嫌い、父の家に一晩以上泊まることを拒否した。父も彼女を嫌ったが、彼女が自分を全く怖がっていないことが分かると、彼女が外国人であるということと、彼女の美しさに興味を抱き始めた。しかしそのときにはもうすでに遅かったのだ。

私たち二人にくれた手紙の中で、父はバラの花について驚くべきことを書いているが、それは彼女の目を意識したものに違いなかった。「わしは昔ある人にたくさんのバラの花を贈ったことがある。わしはバラの花が大好きだ。バラは実によく人生を表している。ちくちくと刺さる棘があるが、辛抱していれば、美しい花が次から次へと咲いてくるのだ」私がそれまで一緒に暮らしていた間、父がバラの花を好んでいたなどということには一度として気が付いたことはない。「実に良く人生をあらわしている……もし辛抱すれば」全く滑稽極まる文章だ。

私たちは家が見つかるまで、ブリージとロザリーンがそれぞれの夫や娘たちと一緒に暮らしているロンドンの大きな家に厄介になった。状況が逆転したのだ。今や私が妹たちの助けを求めている。私は簡単に補助教員の口を見つけることができた。ロザリーンと私はよく一緒に朝食を摂った。彼女が夜勤から帰って来たあと、私が学校に出かけるのだった。「夕べは何人も亡くなったわ」緊急手術室の仕事を終えて帰って来た朝、そんな話をしたこともあった。手術室が暇な時には本を読むこともできたが、忙しい時には夜の時間があっという間に過ぎて行く。ロザリーンにはなかなか鋭くて面白い表現をする才能があって、話をしていると二人ともとても盛りあがるのだが、私はバスで学校へ行かねばならないし、彼女は寝なくてはならないので、仕方なく朝食を切りあげるのだった。アンニッキは妹たちのことを気に入り、家では楽しく過ごしていたが、一生ここで暮らすわけにはいかないのだ。週末になると私たちは一緒に「三羽のツグミ」というパブに飲みに行った。

一月後、私たちはノッティング・ヒルにフラットを借り、その後、ベスナル・グリーンのヴィクトリア・パークを見下ろすアパートに移った。ロンドンにいた数年間、妹たちや弟とは互いに行き来をして定期的に会っていた。市場の中の店で会うこともあったし、バーでちょっと一杯ということもあった。私が学校で働いている間、アンニッキはオストロフスキー[1]の戯曲を翻訳していた。彼女は昔ロシアに住んで仕事をしていたことがあったので、ロシア語を流暢に話すことができた。週末になると私たちは、ロンドンやオックスフォード、それにイギリスの田園地方で開かれるパーティーに招待された。そんな集まりには作家やジャーナリスト、編集者や学界の人たちに混ざって演劇界の人々もいた。彼らはアンニッキを見つけ、彼女のことを賞賛することもあったが、彼女は別に喜んでもいなかった。アンニッキは何か国語も喋ることができ、英語もかなり流暢になっていたが、自分がイギリスに属しているとは決して思っていなかった。違った意味で私も同様だった。しかし属していようといまいと、そんなことは関係がないと気にしてもいなかった。私が外国語を知らないのが残念だ、と言うと、彼女は決まって「母国語で十分表現できるのに、なぜ母国語以上の表現などできっこない外国語を学ばなくてはいけないの」と言ったものだ。夏になると彼女はフィンランド放送局の仕事をしにヘルシンキに戻り、私はその間に、ロンドンに留まるという形ができた。ヘルシンキにいる間に、彼女は次の年の夏にテレビの仕事をしてみないかという申し出を受けていた。その年の冬に私たちはフィンランドの作家ヴェイヨ・メリの小説『マニラ麻のロープ』をアメリカにおける私の本の出版元であるクノップフ社のために共訳した。彼女がフィンランド語からざっと英語に訳し、それを私が添削しアイルランド英語にした。そのあと二人で一緒にフィンランド語の原文とつき合わせて最終稿を作ったのだ。

彼女はロシア語からの翻訳を続けた。私は学校の仕事に就いたり離れたりだった。夜は小説を書いていたが、なかなか面白い作品に纏まりそうもなかった。私はここ何年かのダブリンでの仕事に疲れ果ててしまったようで、書きたい気持ちが自然に戻ってくるまで待とうと思った。しかしこのように何もしていないときにも、オークポートの暗い森の近くの葦の繁みに隠したタールを塗った舟の中で初めて私の中に浮かんできた、もの書きになりたいという気持ちは疑いもなく続いていた。さしあたり私たちは若い夫婦としてロンドンで普通の生活ができていた。私たちは映画や劇場や画廊、レストランやバー、そして広大なロンドンの公園などに出かけて行った。

次の年の初夏、アンニッキがテレビの仕事のためにヘルシンキへ向かった。私は学校が終わると彼女と合流した。私はヘルシンキの町の海の美しさや、長い白夜《びゃくや》、私たちがここでできた友人たちとの再会などを楽しんだ。しかしロンドンに戻る頃になると、私は以前にも増して、自分にはフィンランドでずっと暮らすことはとうてい無理だろうという気持ちになった。彼女はテレビの仕事で多額の金を得、とても満足していた。私たちの間には、言葉にはできなかったが、ある深い不安感があった。フィンランドでは彼女は有名で私は彼女の添物であり、ロンドンでは、それほどはっきりしたものでなくても、状況が逆転した。彼女にはそれがだんだん重荷になっていた。彼女がヘルシンキから戻って来る頃には、私は新しい作品を書き始めていてそれに没頭していた。状況は今やさらに複雑になっていた。彼女もテレビの仕事をずっと続けないかと持ちかけられていたし、さらに以前から望んでいたフリーの舞台監督の仕事もできる可能性があった。そうすればロンドンで二人で稼ぐよりも多くを得られるだろう。彼女は私に一緒にヘルシンキに戻って欲しいと言った。町の真ん中に海を見下ろす心地よいアパートを手に入れ、私も働かずに小説を書くことに専念できるだろう。

私は、自分はそうすることはできないが、もし彼女がどうしても仕事がしたいならそうすべきだし、そうなったらまた何とかうまくやっていく方法を考えようと言った。彼女は今のような状態が続くなら結婚生活は大きな負担になるし、もしかしたら続けられないかもしれない、と言った。彼女はテレビの仕事の申し出を断り、冬の間ロンドンで暮らしたが、ずっと鬱々としていた。次の年の初夏に、私たちは辛い気持ちで別れた。別れようと思ったらすぐに結婚を終わらせることができると思っている人は、離婚というものを全く理解していないと言っていい。離婚は一種の死である。死は永遠の終わりを意味するが、私たちのように愛し合っている人間が別れるとなると、それで終わりということにはならず、大きな失敗を後悔しながら死の縁《ふち》に立

1―アレクサンドル・オストロフスキー。一八二三年―一八八六年。ロシアの劇作家。『雷雨』など多くの戯曲がロシアの国民劇と呼ばれている。

ったまま生きて行かねばならないのだ。アンニッキには欲しいものは何でもアパートから持って帰るよう言ったが、彼女はほんの僅かしか持っていかなかったので、私は残ったもののほとんどを処分した。アパートの中ががらんとしてしまうと、私は母が危篤状態のとき、オーガウィランの部屋から運び出された家具がニワトリの入れられた箱と一緒に赤いトラックに載せられている間、バラが植わったちっぽけな庭で過ごした時間のことがありありと思い出され、暑い夏だというのに身体が震えてくるのだった。

私のロンドンでの補助教員としての日々も終わった。私はレディング大学の特別研究員という職を与えられた。何時間か講義をするという条件はあったが、実際には私には書く時間が自由に与えられているようだった。私はその仕事を受けてから「自分は何を教えればいいのでしょうか？」と優れた英語の教授であるドナルド・ゴードンに聞いた。彼はジントニックのお代わりを注ぎながら陽気に言ってくれた。「何でも好きなことを教えて下さればいいですよ。私はここで二十八年教えているけれど、学生は私が教えたことの一つだって覚えちゃいませんよ。いいですか、実際問題、学生は君が教えることだって一つも理解しないだろうね。だから何でも好きなことを教えてくれればいいんですよ」

私はマデリン・グリーンという女性と知り合い、一緒に暮らし始めるようになっていた。次の年の春、アメリカのある大学に客員教授として呼ばれたので、私たちは一緒に出かけて行った。アメリカから戻って、私たちはパリで生活することにした。彼女がアパートを持っていたのだ。最初の短編集『ナイトラインズ』が出版された。その本は大変に評判が良く、かなり物質的に潤った。ここ何年かで初めて、私はまとまった金を得た。ある晩パリで、マデリンに一年間アイルランドで暮らす気はないかどうか聞いた。行ってみて気に入らなければすぐに戻ればいい。ある友人を通して私たちはクリフデン近くの海のそばに貸家を見つけた。友達もでき、近所の人々とバーに飲みに出かけたり、自転車や徒歩でどこへでも行った。車に乗せてもらうことも簡単にできた。たまには遠出を試み、バスに乗ってゴールウェイまで行ったりもした。私は舟を使うこともできるようになり、海釣を始めた。

ある晩ピア・バーに行くと、人々がいつになく興奮して私たちを迎えた。みながダブリンで出された新聞を読んでいた。その「マクガハン氏コネマラに居を構える」という見出しを見たとたんに私はがっくりした。土地の人々は、ここの美しさや近所に住む有名人たちのことが書かれているので大変に喜んでいた。

「みんなが君を探しにやって来るのを恐れているのかね？」と、小さな郵便局を持ち、自分でも配達をし、また農業もしていたパトリック・オマーリーが、おどけた調子でこう言ったので、私は目が覚める思いがした。彼はユーモアを良く解し、とても鋭い人間だった。私たちは夕方よく一緒に船釣をするような良き友人だった。

「いや、違うんだ。そんなことはそれほど厄介なことじゃない。だけどこんなことを書かれたら本当にまずいんだ」と私はパトリックに語った。「私たちは誰にも言わずにここに来たんだ。妹たちや父親にも黙ってね。誰にも言わずに、だ。みんなは私がアイルランドに戻ったことを新聞で初めて知ることになるんだ」

「で、あんたは窮地に立たされるというわけだ」状況を完全に理解したパトリックはにやりと笑った。

「とてもね、でも何とかしなければ」

　私は妹たちに手紙を書いて自分たちがなぜ誰にも告げずにアイルランドに戻ったかを説明し、彼女たちに訪ねて来るように言った。私は父にも自分が戻って来たこと、自分たちが彼を訪ねて行くつもりであることを書いた。父は私のアンニッキとの結婚生活が終わったことを知っていたが、マデリンのことは知らなかっただろうと思う。父がこの新しい状況を詮索し始めることは分かっていたが、気にしないことにした。いつもの儀式のようなものとして受け流せば良い。

　イニシュボフィンにとても美しい歌声をしたある若い神父がいた。私たちは夜遅くレンヴィル・ホテルで飲んでいるときに知り合った。パトリック・オマーリーと私は、新鮮なサバがたくさん取れたときには、レンヴィル・ホテルに卸《おろ》すという小さな契約を結んでいた。金のやり取りはなかったが、その代わり私たちはホテルのレストランやバーを自由に使うことができた。私は神父とかなり親しくなっていたので、今度ロスコモンの父親の家まで彼の車に乗せて行って貰えないかと頼んでみた。彼は時間をたっぷり提供し喜んで私たちを車で送ってくれると言ってくれた。そのギボンズという名の若い神父は普段はくだけた格好をしていたので、そのときにはカラーの付いた黒服で来てくれと頼んでおいた。

　父親は私たちの車の音を聞きつけると、いつも開いている玄関の戸口に出てきたが、私たちが近づくと、玄関の暗闇の中に姿を消してしまった。扉に向かって進むと、父が暗い中に立っているのが見えた。父が姿を出さなければ、私は扉をノックしなくてはいけなかっただろう。私はマデリンと神父を紹介した。家の中で父親が黙りこくっているので、アグネスがその代わりとばかりに途切れなく話をした。彼女は私の妹たちや弟、そして彼らの子供たちについてあらゆることを話してくれた。彼女はお茶を淹れ、ビスケットや焼いたばかりのパンの皿を回した。父は大きな椅子にじっと坐ったきりだったが、お茶を飲みながら神父に質問を始めた。ギボンズ神父はどの質問にも臆せずはっきりと答えた。私たちが来てから父は私にもマデリンにも一言も話しかけていなかった。お茶が終わると、私はマデリンを家に置いたまま、神父とアグネスを連れて外でぶらついている方が良いだろうと思った。父は洗面所に消えていたが、部屋に戻って来るとマデリンをじろじろ見つめた。彼女は何のとっかかりもなく無防備なまま、ただ父の家の客としてじっと坐っているしかなかった。彼は歓迎の言葉一つかけるでもなく、彼女をじろじろ眺めているだけだ。内心腹が立っていたが、尻に根が生えてしまったように椅子から立ちあがれなかった。彼女もずっと無愛想なままでいた。しかしそこが父のひねくれたところなのだが、自分がぶすっとしているせいで怒っている彼女の姿に魅了され、急に紳士的になった。彼女は父のこの態度の急変に冷ややかに反応した。その反応が更に父の興味を惹いた。私たちが帰るとき、父は門までずっと歩いてついて来てくれた。それはこの地方では非常に丁寧なもてなしの仕方であり、父がそんなことをしたことなどめったになかった。「マデリンはいつでも好きな時にわしたちを訪ねに来ていいぞ」と彼は言った。「このごろつきは自分の都合のいいときにだけ来るんだろうがな。それと神父さん、あんたは司教になるまでは来ん方がいいな」

私はアグネスに礼を言い、父にも礼を言った。「息子が父親に礼を言わねばならんとは、今日は全く情けない日だ」と彼は勢いよく言った。

「みんなありがとう」それから私たちは帰って行った。

その後何日かして、私たちは車を雇って伯父たちを訪ねて行った。パットはまだガレージの隣の家に一人で住んでいた。マギーの店は今では小さな何でも屋になっていて、昔鉄道の駅舎だった建物の周りには新しくて大きな中学校ができていた。ジミーも町の外れにある、良い畑が二枚ついた家に一人で住んでいた。優しい妻だったブライディー・キーガンはマギーの亡くなる数年前に亡くなっていた。三人の子供たちはみなイギリスに行っていた。彼は年金暮らしで、一人で山の中で暮らすには年をとりすぎたと感じたので、自分の蜂を全部町に持ってきて、新しい畑の端に白い巣箱の列を作って並べていた。彼は小さな牝牛も飼っていた。パットの家が心地よいけれど今にも壊れそうだったのに比べ、ジミーの家は驚くほどきちんとしていて無駄がなかった。まるで完璧に装備された小さな船のようで、役に立たないものは何ひとつなかった。彼は最初マデリンを疑り深い目で見ていたが、だんだん打ち解けてきた。一旦そうなれば彼の気持ちは決して変わらないのだ。彼はなかなかのしまり屋で、私たちの車に一緒に乗って山へ向かった。

私たちは母が大好きだった狭い小道を歩いて、私たちのかつての家まで行った。草葺き屋根の上には雑草が伸びていたが、抜け落ちている箇所はなかった。白い漆喰で塗られた壁は黒ずんでいた。バラ園の入口にはまだサンザシのアーチが残っていたけれど、庭そのものはすっかり荒れ果てていた。畑も荒地のようだった。「そう長くは持たないだろうな」とジミーはその様子を見ながら悲しそうに言った。「パディー（彼の息子）ならここでだって何でもできるかもしれんがね。ここにもう人が住めるとは思えんな。随分時間が経って土地も痩せてしまったし」私たちはその晩パットの家に泊まり、次の日彼は私たちを町の近くの田園地方の小旅行に案内してくれた。マデリンはこの土地と、出会った人々が気に入った。

その年の夏、海沿いのクレガンの村は乾燥して暑かった。浜から離れた所では軍隊が訓練用のテントを設営していた。私たちは丸々一週間、村の真ん中に作られた大天幕の中でダンスをした。パトリック・オマーリーと私は釣糸はもちろん、釣用の籠や網も持っていた。私たちはロブスターやエビ、たくさんのカニ、それにいつものタラやサバ、ボラ、メバル、他にサケやマスなどを捕った。パトリックはサケは売ったが、マスは取っておいた。マデリンはパトリックと私が釣に行くときにはめったに一緒に来なかったが、私一人で籠を据えたり、引きあげるときにはいつも一緒について来た。イニシュボフィンまでは私たちだけで行くことも、他の人を乗せて行くこともあった。天気が良くないときに私たちだけで行くのは危険だった。エンジンが焼けてしまうと、舟は止まってしまい、それが冷めるまで波の上を漂っていなくてはならなかったからだ。

その日の書き物を終えると、私は泥炭地でパトリックの手伝いを良くした。パトリックは賢く、誇り高く、手際が良く、そして寛大な人間だったが、とても競争心に溢れていた。私が素早く泥炭を集めるのを見ると、彼は私がずるをしているのではないかと疑った。私が今までグロリア泥炭地で、泥炭をばらしたり、足で踏んだり、並べて乾燥させたり、重ねたりして、父が「修道院のばあさん」に売るための燃料の山を作る手伝いにどれほどの時間を使ってきたかなど、彼には全く想像もできなかったに違いない。並んで仕事をしているときでさえ、ときに疑り深い目で私を見たりした。ある日の午後、こうした仕事をしながら、自分たちがアイルランドに土地を買って住み着こうと思っているのだ、という話を彼にした。すぐに彼は賛成した。好奇心が旺盛だったので、彼は数マイル以内の土地のことなら何でも知っていた。彼は村の近くにあった、海沿いの二十エーカーの土地と家をすぐに見つけてきた。道に面して立つ家はスレート葺きのしっかりした造りだったが、外観は美しくなかった。家の裏の部分が道路に向いていて、正面が海の入江に向かっていたのだ。多分設計図を誤って解釈して建てられてしまったのだろう。パトリックは事務弁護士に会って、その敷地が四千ポンドで買えるということを聞いてきた。こんないい買物はないぞ。何らかの理由で、それは競売されることはないという。マデリンはその家が気に入らなかった。パトリックはとても熱心に勧めるし、私もこの家にしようと決めかかっていたので、彼女は困惑した。パトリックは今にも事務弁護士の所に行って、契約をまとめてこようという勢いだった。「この家は岩のように頑丈だ。正面が道路に面していたら、こんな金じゃ買えないよ。全く馬鹿げたことさ。ちょいと手を入れれば、随分見場も良くなる。で、もし気に入らなかったら、通りがかりのどこかの間抜けに売っ払って、その金で自分で家を作ればいいんだ。いくつか候補はあるぞ。土地だけだって値段以上の価値がある。泥炭地もついているしな」彼はマデリンが泥炭地での仕事を嫌っているのを知っているくせに、笑って言った。私が良く話し合って明日結論を出す、と言うと、彼は視線を落とした。

マデリンはあの家には別に悪い所はない、簡単な手入れをすればすぐに住めるようになるだろうし、建っている場所も、海沿いの畑も気に入ってはいるけれど、あそこには住む気がしないということだった。彼女はそこがこれから人気が出て、時流に乗り、流行の場所になるのではないかと恐れ、私が育ってきたような内陸の田園地方により惹かれていたのだった。もし彼女がクレガンを気に入ったなら、私は喜んでここに移り住み、自分の仕事を進めただろう。かつて川やオークポートに惹かれたように、私は海にも魅力を感じていたが、彼女の選択の方がいろいろな意味で私には重要だと思った。私が育ってきた土地の人々やその言葉や風景は、呼吸のようにそこにあるのが当たり前のものだった。新しい土地でそれらのことが当たり前に思えるようになるまでには随分年月がかかるだろう。

この家と土地はやはり買わないことにしたよ、とパトリックに話をしても、彼は驚いた様子は見せなかった。「彼女の顔を見れば分かったよ」と彼は言った。彼はすでに私たちのために別の場所を考えていた。大事なのは家ではなくて場所なのだ、ということを彼には言えなかった。彼はクレガンの村が世界中で一番望ましい場所だと思っていたのだ。何年も経ってリートリムに私たちを訪ねてきたとき、パトリックは海に、そしていつも面白いことがある自分の住む場所に早く戻りたくてじっとしていられないほどだった。

私たちは車でリートリムに行き、売りに出ている小さな農場をたくさん回り、結局「蔦の葉ダンスホール」の裏の低い丘の上に、背が高く分厚い生垣のついた小さな農場を見つけた。石造りの小屋も修理されていた。農場で育てるための牛を数頭買い、私はそこから始めることにした。初めに思っていたほど難しくはなく何とかこの仕事で暮らして行くことができそうだった。私たちは好きで行くのは別にして、イギリスやアメリカに行って姿を隠す必要もなくなった。というわけで、私たちはもう何年も外国に出て行ったことはない。

以上が私の幼少期の教育、私を育ててくれた人たち、両親や周りの人たちの時代や風景についての話である。私だけの生活、もちろん誰の生活もその人だけのものであるという限りにおいてではあるが、それについては、どのようにこの風景の中から外に出て行き、また再びこの小道や小さな農場、生垣やアイアン山地のふもとの湖に戻って来ることになったのかを説明するに留めた。

ジミーは私たちが故郷に戻る少し前に亡くなったが、パットは元気でいて、私たちは戻ってからもしばしば彼に会いに行った。私たちの周りにいる人々は元気が良く、自主的で、親切であり、愉快な気質の持主だった。彼らは私たちを助けてくれ、また私たちも彼らの助けをした。みな毎週日曜日にはミサに出たし、選挙にも出かけて投票もしてはいたが、せいぜいそんなところで、宗教や政治にはそれ以上の関心はないようだった。パッツィー・コンボイは飛びぬけて独立心が旺盛だったが、そういう人物をも彼らは認め、彼のダンスホールや屋外冷水プール、オートバイの走行場などの商売が順調に進むよう手助けをしてきた。男も女もみなしっかりとした自分を持っていて、自分たちが畑仕事で生活ができなくなっても、教会や政府は助けの手を差し伸べてはくれないだろうと思っていた。「そうやってものを書く仕事でたくさんの金が稼げるのかね?」と私は良く聞かれた。「たくさんではないが、十分だ」と言うと彼らは安心し、分かったという感じでうなずくのだった。ものを書く仕事も他の仕事と何ら変わらない。

長い間にわたる教会の強権的な影響で、人々が話す言葉の中には、聖なるものであれ、冒瀆的なものであれ、宗教的な表現が数多く見受けられた。例えば祭壇の手摺の前で聖体《レシーヴ》を拝領したあとベッドの中で相手の身体を受け入れる《レシーヴ》などがそうだ。みな学校でカトリックの教義や教理を強制的に教えられてきた基礎があった。日曜のミサのあと、人々は整骨師のウッズのところに集まって四方山《よもやま》談義をした。マイキー・ウッズは、どうやら父の友人であったクルーン出身のドノヒュー整骨師と同じ理由でアメリカに逃げていたことがあるという話だったが、ドノヒューとは違い、馬などの家畜の整骨専門だった。「二本足の生き物」は治療中に大声を上げるので、診るのを止めたということだ。「動物ほど良く教育されているものはおらんよ。奴らは言われなくてもやるべきことが分かっているからな」とよく言っていた。マイキーはこの集まりの座長だった。男たちの多くはかつてイギリスで働いていたことがあった。誰かが促されて何か喋りだすと、そこから議論が始まる。話題はほとんど冗談に近いようなものだったが、中にはこんなことをしたら宗教上の咎めを受けるのではないかといつもビクビクしていた、どもる癖のあるジョン・ローガンのような単純な男もいた。

「わしが、は、拝領してもらおうと、祭壇の、て、手摺に向かう時に、ふ、太ったご婦人に、ぶ、ぶつかってよ、む、む、息子がおっ立っちまったんだ。マイキー、お、おっ立てたままで、は、拝領を受けるのは、つ、つ、罪だろうかね」

「拝領を受けたのか？」

「う、う、受けたんだよ、マイキー」

「諸君、どう思うかね」とマイキーは大声でみなに言った。「罪だろうか、それとも健康である印だろうか？」

仕事においては、普通男女の役割は分かれていた。女たちは家を切り盛りし、子供の世話をする。男たちは畑で働いたり、取引をしたり、バーに行って互いに話をする。土曜日の夜には家族全員、男も女も子供も、山程の買物をしに町に出かける。しかし町へ行ったら行ったで、また別行動だ。女たちは自分たちの買物に行き、男たちは男たちでやはり自分たちの買物をする。町には、人々が出会って挨拶を交わしたり、とても和やかでうきうきした雰囲気が溢れていた。買物が終わると、みなバーに集まる。自分たちが出て来た地域によって行くバーも違っていて、そこで一週間のことが話題にされるのだった。話題が余りにも局地的なものになると、みなの興味を惹くものでは無くなるので、そこで話は終わってしまう。少し前までは好奇心一杯でギラギラしていた目も、その話題がある境界線を越えてしまったとたん、どんよりとかすんでしまうのだ。

ここで暮らし始めて最初の数年間、私たちはまだ車を持っていなかった。私たちは町に歩いて行ったり、自転車に乗って行ったり、時にはバスで行き、それらはいつでも楽しい外出だった。平日の夕方や日曜日にはパットが車で家までやって来ることがあった。「ロスコモンのおやじさんの所に顔を出しに車で出かけて行ったらどうだね。おやじさんは君たちがもうずっと姿を見せないと言ってこぼしているぜ」時々そんなことを言った。

だから私たちはパットと一緒に父の家へ出かけて行くこともあった。父はマデリンととても打ち解けていつまでも話を続けたりしていたが、そんな訪問でもいつも緊張し油断することはできなかった。父は相手を支配したり、相手に不意打ちを食らわせるためにだけ、話をしたり考えたりするのだということを私は長い間にわたって見てきて分かっていた。だから私は父の策略にかからないように注意をした。強みを見せられなくなると、父はあからさまに私を攻撃してきた。父はテレビで見た作家たちの事を持ち出して、彼らを高く評価した。

私はそれを聞いて、腹を立てたり面白がったりした。そんな話をして父が何を目論んでいるかが分かるので私は腹を立て、そうは言っても父はその作家たちの本など決して読んでもいないし、知りもしないのだということも分かっていたので、面白がったのである。

「奴らはお前よりずっと良い仕事をしているようだな」

「そんなことは別にどうでもいいことだよ」

「お前は他の奴らに遅れていてもいいというのか？」

「遅れているとは思っていないよ。自分の仕事をやって、それで得られたものを手に入れよ、さ」

「みなに忘れ去られてしまうぞ」

「ぼくたちはいずれみんな忘れ去られるのさ、早く忘れられるのも遅いのもいるけどね。どっちにしろ成功なんて目標じゃないんだ」

「お前の目標は何なのだ？」自分の方が有利であると思い、まるで法廷で反対尋問をするように父はゆっくりとした口調で聞いた。

もうここまでで十分だ。「うまく書くこと。お父さんみたいな人の真実を上手に書くこと」と私は答えた。

「そうか、フランク、それじゃあお前は用心しなければな。まず自分自身によく注意することだ」読み書きの出来なかったパットはそう言って身体を揺すって笑い出した。

「今のは不公平だわ、ショーン。お父さんのことは放っておくべきじゃない」父がパットと一緒に外に出て行ってからアグネスが言った。

「ぼくには戦争みたいなものだったんだ、アグネス。時々、本当に残念だけどそうだった。どうしようもないんだ。目には目を、しかないんだ」

アグネスはマデリン相手に、私の妹たちの家族の出来事を余すところなく伝えようとするかのような勢いでひっきりなしに話をし、そんなときにはとても機嫌が良かったが、次第にマデリンも訪問が重荷となり、私がパットと一緒に出かけて行くときも家に残るようになった。

パットは気さくでユーモアに溢れ、大らかな性格の持主だったので、その底にある頑固さという性格の一面はなかなか見えてこなかった。彼と父とは何年にもわたってエンジンや仕事のことで言い争いを続けていた。このことに関して父は折に触れてパットを攻撃するのを止めなかった。こうなると二人の間には巨大な壁が立ち塞がってしまう。パットは一歩も譲らなかった。すると父は怒って外に出て、私の伯父の物分かりの悪さや、不幸にも自分の子供たちがみな受け継いでしまったマクメイナス家の頑固さ、それによって嫌でも自分が一生苦しめられたことなどについて文句を言い出すのだった。

父はアグネスを捨てて、娘たちと暮らすのだと言って何年もずっと彼女を脅していた。次第に彼女にはその脅しがはったりに過ぎないと分かってきた。父のはったりに対抗して、彼女は自分の居場所をしっかりと確立し、能面をかぶったように機械的で能率を第一に家の中を支配し始めた。そうしておいてから、彼女の支配の範囲内でなら、父が自分を攻撃したり傷つけたりすることを許し、結果的に以前に比べ父の攻撃から自分を守ることができた。それでも彼女は父が彼女の相続権を剥奪するつもりでいたことは知らなかったのだろう。しかし彼のような男が妻の相続権を剥奪するのを防ぐための法律はあったのだ。

ショーンへ
いろいろなことがあって返事が遅くなった。
とても良い手紙だったが、ところどころ耳障りで喧嘩腰のところがあった。あれはひど過ぎるぞ。わしは喧嘩などしたいとは思っていない。
わしがこの土地を買ったとき、ここは相続人を限定できる資産であると言われたし、そう承知していた。わしはお前を悲しませたいとは思っていない。わしは遺言状を書いた。わしの責任において一九六四年の遺言は効力を持つ。しかし昨年わしの遺言が無効になるような法律ができ、わしが死んだら、わしの全財産はただ一人の人物（アグネス）に遺されることになる。かなりの物が年金という形ですでにその人物には与えられているのだ。わしはこれからの残された日々を、わしよりもはるかに金持ちであるはずの人物から離れて過ごしたいものだ……

もし彼が自分のやり方を通していたならば、彼はアグネスが歳をとっても、彼女に家を残すことはなかったであろう。父が私からそっけなくアグネスが全てを与えられるのが当然だと言われたとき、父は遺産つきでマクガハンの名前を弟に残したいのだと言って弟に接近し、うまく話をまとめた。父は私をこの遺言の管理者にしたが、これが彼の死後大きな問題を引き起こすことになった。

パットと一緒に父に会いに行ったある日のこと、父は私にお前はめったに家に尋ねてこないし、マデリンときたら全く来もしなくなったと不平を漏らし始めた。「ぼくはもう何度も来てますよ。そろそろ父さんがアグネスと一緒にぼくたちのところへ来る頃じゃないですか」「わしらは最近ほとんど外出はせんのだ」「でもパットの所へは良く行くでしょう。うちとはほんの数マイルしか離れていませんよ。お父さんとアグネスに会えれば、マデリンもきっと喜ぶと思うな」

かつてパット・ムアの自転車が間違った方向を向いていると言って父が警笛を鳴らして話を止めさせたことがあったその細い橋を渡って、二人の小さな車はクートホールへ入り、それからリートリム村からケッシュキャリガンへ向かった。それはかつて私がオーガウィランの農場との最後の縁が切れ、ロバと白い牡牛を連れてクートホールまでの長い道のりの後半を歩いたのと同じ道筋だった。ケッシュキャリガンで背の高い土手とサンザシに囲まれた小道に入ると、イグサで覆われた小さな丘が現れる。その丘から、二つの湖にはさまれたもうひとつの小高い丘の上にあるわが家まで道が続いていた。

アグネスが運転してきた。父は軽い卒中の発作の回復期だったが、回復訓練の結果、以前の動きをほぼ取り戻しつつあり、字を書く練習も自分でしていた。今まで自分が病気であると思い込んでは騒いでいたのが、本当に病気になり不自由な思いをして、少しほっとしているようにも見えた。

二人は車を道端に停めて湖の周りをぐるりと歩いて家に向かってきた。私たちの家を訪れる人は誰でも戸口まで車で来ていたが、二人はこの道がでこぼこ過ぎると思っていたようだった。その日は夏には珍しい暗い雨模様で、ひどい風も吹いていた。湖の岸に波が打ちつけ、小道のあちこちに水が泡になって飛んでいた。頭の上には雨で重くなった背の高い生垣のヤナギやトネリコ、ブナやナナカマド、セイヨウミザクラやハンノキ、サンザシの葉などが垂れ下がっていた。父はマデリンのためにパワーズの小瓶を持って来て、実に優美な物腰で彼女に手渡した。

「風邪の時にはこいつをお湯で割って砂糖とレモンを入れてからクローヴを一振りして飲めば良く効く」と彼は言った。

マデリンは二人に礼を言い、もてなした。私は今日は自分が主人なのでいつにも増して注意深く行動した。アグネスは緊張し、私が気楽にさせようとしても駄目だった。アグネスは、私たちの家に一歩足を踏み入れただけでこの訪問が完結し、あとは機を見てできるだけ早く帰ろうということしか考えていないようだった。反対に私の父は白い揺り椅子にくつろいで坐り、この訪問をいつまでも楽しんでいた。父はほとんどの時間をマデリンと話をして過ごした。お茶が淹れられ、バターを塗ったパンやケーキやビスケットの皿が回された。

「お父さん、そろそろおいとましましょう。暗くなってしまうわ」アグネスが何度もそう言うので、仕方なく父は彼女を鋭い目つきで睨みながら立ち上がった。

私たちは上着を着て、車を駐めた場所まで歩いて二人を送った。マデリンの前を歩いて行くアグネスの姿は、猟犬が歩いているというよりも、鳥が逃げているように見えた。私は父がゆっくりと、時々立ち止まりながら歩くのに合わせて後ろをついて行った。風も雨も弱まる兆《きざ》しはなかった。時々塀に打ちつけてくる波の飛沫《しぶき》が私たちにかかってきた。

「ここのことどう思う?」私は愚かにもこんなことを聞いてしまった。今までの長い経験からして、そんな質問をすべきでないことくらい良く分かっていたはずなのに、もしかしたら、予想に反して父が賛成してくれるのではないかという期待があって、つい口に出してしまったのだ。

「アグネスとわしのように頭を休ませる必要のある年取った夫婦には良いだろうな」と人生の半ばを過ぎた夫婦のための場所などどこにもないという意味で、父はそっけなく言った。

アグネスは私たちが道に出るときにはすでに、車を帰る方向に向け直し、エンジンをかけたまま、下げた窓越しにマデリンと陽気に喋っていた。父がガソリンの無駄使いをするなと叫ぶと、彼女はエンジンを切った。父は長々とマデリンに別れの挨拶をしてからやっと車に乗り込んだ。アグネスはまたエンジンをかけようとしたが、なかなかかからなかった。しばらくしてエンジンがかかると、彼女はおぼつかない感じで車を運転して去って行った。

そのあと車が故障した。ケッシュキャリガンの近くでエンジンが止まったのだ。私には父が「ああなんてこと、なんてこと、なんてことだ。おいお前、何か一つでもまともにできることがあるのか、あったらわしに言ってみろ」と叫んでいる声が聞こえてくるようだ。彼はボンネットを開け、エンジンを直そうと長い時間をかけた。彼女に何度もエンジンをかけさせたが、何度やってもエンジンは黙ったままだった。そんなことをしているうちに雨足が更に激しくなり、彼は激しく怒りながら車に戻り、座席に坐った。

運が良いというか悪いというか、ちょうどそのとき私たちの従兄弟リーアム・ケリーがトラクターでそこを通りかかった。彼はメイヌースの学生で、長い夏の休みの間実家の農場で働いていた間に玄関からクロンビー製のコートが盗まれたこの父が母に甘い言葉を囁いていたのだった。私の父が母に甘い言葉を囁

とがあったが、リーアムはその家の孫息子である。家族はオーガウィランの農地を近所の貧しい人たちに分け与えたその見返りとして、国土委員会からケッシュキャリガンの近くに更に広い土地を与えられていた。リーアム・ケリーは困っている人がいれば誰であっても立ち止まって助け舟を出すような人間だったに違いない。しかも困っている人間は私の父だったのだ。

「何かお手伝いしましょうか?」

「バリナモアのパット・マクメイナスに電話して、奴にここに来て貰うか、ビリー・キリガンを来させるか頼んでくれ」父はかっかとしてそう命令した。

「私がちょっと見てみましょう」リーアムは父親の農場でトラクターや機械の修理をするのに慣れていた。

「わしがずっと調べてみたのだが、動かんのだ。見ても無駄だ」

「ちょっとだけ見てみます」リーアムは言った。

「わしがずっと調べたのに、動かんのだと言っただろうが。何度言わせるつもりだ。パット・マクメイナスに電話しろ」

父の反対をよそに、リーアムはボンネットを開き、エンジンの点検を始めた。ディストリビューターのキャップがゆるんでいて、正しい位置についていなかった。彼は元通りにしてから、アグネスにエンジンをかけてみてと言った。

「もう何度も動かんのだと言っているだろうが。頼むからパット・マクメイナスに電話をかけに行ってくれ」父は今度は車から下りてリーアムと一緒にエンジンに屈みこんでわめくように言った。

エンジンが動き始めたときに、リーアムは一つ単純な不具合を見つけた。空気を吸い込むパイプの接続部分が詰まっていたのだ。彼はパイプを緩めて、ちょっと調節をして、アグネスにもう一度エンジンをかけるように頼んだ。エンジンはすぐにかかった。それを見て父はボンネットを拳で叩いた。リーアムは、そのとき父が運転席に坐っていたら、

自分に向けて車を走らせに来ただろうと思った。怒りが収まると父は車に乗り込み、ものも言わずにドアをばたんと閉め、まるで駄々をこねてどうにもおさまらない子供のような目つきで外を睨みつけた。アグネスはリーアムに丁寧に心からお礼を言って、車を動かした。父は一言も口をきかなかった。

リートリムの家から十マイル以内のところなら私たちはどこも良く知っていた。バリナモア、町の外れの鍛冶屋のそばの小屋、リサカーンとリサカーンに向かう道、ビーモアとクルーンの泥炭地の上にある荒涼とした家、オーガウィランとオーガウィランの畑。その先にあるスワンリンバーの北の方角に、家の手伝いをしてくれていた、私たちとオーガウィランの畑とを繋ぐ最後の一人である、ケイティー・マクメイナスが住んでいた。彼女の夫はパットの修理工場の客で、ケイティーがまた私に会いたがっているという話をした。十年ほど前、まだ私がダブリンで教えていた頃、父がこんな手紙をくれた。

ケイティー・マクメイナスに会いに行ってきた。わしは彼らはアメリカに行ってしまったのだとばかり思っていた。彼らの息子は八十四ポンドの奨学金を貰って、今はセント・パトリックに通っている。あの学校は、昔も今も、あまり良くないところだ。今年卒業試験を受けるそうだ。ケイティーは彼のことを心配している。お前は彼女のことを覚えているか？　彼女にはあとまだ下は八九歳、上は十六歳くらいの娘が二人に息子が一人いる。旦那は道路工事人夫頭で、たいした財産とは言えないだろうが、なかなか結構な家も持っている。わしは上の子がまだ赤ん坊だった頃に彼女に会ったきりだから、二十年ぶりくらいだった。

父はそれがどんなに険悪なものであっても、人との関係を自ら打ち切ることは決してしなかった。この点で、父はどんな人間のことも追いやったりしない、穏やかな田舎の気風に助けられていた。母の親戚の中ではジミーだけが父とは全く何の関係も持っていなかったが、ばったり出会えば、礼儀正しく振舞うこともできた。

私は父がケイティーを嫌っていることを知っていたので、この手紙の客観性を疑い、何か事実が歪曲されているのではないかと思った。彼女の息子は州の奨学金を勝ち得るほど賢いに違いない。セント・パトリックはキャヴァンにある古くからの教区学校である。父がモインにある中学校に通っていた時、金持ちの家の、将来教区司教や法律家、医者や教師や商売人になるような子供たちは皆セント・パトリックに通っていた。モインの学校を出た神学生たちはアメリカやアフリカに向けて出て行った。父はこのことを長いこと不愉快に思っていたのだろう。それに父は自分の忠告を聞いて貰えるかもしれないから、悩んでいる人を見るのが好きだった。

私はある日曜日に、チョコレートとウイスキーを持って彼女に会いに行った。彼女の家は通りから長い小道を行った奥にある、庭には野菜が植えられ、花が咲き、果物の木がありニワトリもいるという、伝統的な漆喰塗りの家だった。建増しされた部屋があり、屋根はスレート葺きだった。家は私たちの家と同じく小さな畑の中に建っていた。少し離れた場所にある家畜小屋も、母屋と同じ漆喰塗りで、良く手入れがされていた。二人は私がチョコレートとウイスキーを持ってきたのを叱ったが、それもまた伝統的な応対の仕方だった。ケイティーの夫は六フィート以上もあり、とても見栄えが良く強そうで、ゆっくりとではあるが無駄のない動きをしていた。彼は力の強さはともかく、自分の見栄えの良さなどには無頓着な世代の男だった。

ケイティーにはブリッジー・マクガヴァンのような娘が持っていた軽快さがなかったから、彼女には見栄えの良い男をひきつける何か別の要素があったに違いない。ケイティーは小柄で白い髪の毛の、気持ちの良いはつらつとした娘だった。恋に悩んだり、笑ったりするときにだけ顔に皺ができた。私が訪ねたときには下の息子だけが一緒にいた。彼と父親とで家畜の世話をしているのだという。また、よそに土地も買っていて、そこは人に貸していた。部屋の白い壁には二人の結婚の写真と一緒に、二人が子供たちの卒業式に出たときの写真もかけられていた。

奨学金を得た息子は大学を出て、今はダブリンで技術方面だか法律方面だかの仕事をしていた。上の娘は教師をしていた。一番下の娘はまだ学校だった。ケイティーには三人の孫がいた。彼女の夫は私にウイスキーを一杯やろうと強く勧めた。息子は飲まなかった。そのあとお茶を飲みサンドイッチを食べた。

「何年か前にあなたのお父さんが急にやって来てね」とケイティーが言った。

「知ってます。話してくれましたから。どうですか、父はすっかり変わりました?」

「年をとって、動きがゆっくりになっていたわ」ケイティーは言った。「でも署長さんのような人はそうそう変わるもんじゃないと思うわ。まだ素敵だったわよ」

私たちはどちらもその話を続けようとしなかった。ケイティーは私の弟や妹たちの事を知りたがった。

「ジュードは結局父と同じフランクという名前になったん

だ」

「よかったわ。あんな名前を子供につけるなんてねえ」

「あいつは最初はきかん気でね、親父と喧嘩してイギリスに出て行ってしまったんだ。そこでもしばらくは出鱈目をやってたけど、早く結婚してね、また学校に入りなおして会計士の資格を取って、経営の方に行って、今では会社への送り迎えはお抱え運転手だよ。あいつと奥さんは森の外れの大きな家に四人の子供と暮らしているよ」

「ベビーベッドに寝ていたあの子が、そんな風になるなんて思いもしなかったわね」ケイティーが言った。

ケイティーの夫はこういった昔話に興味を持ったようだったが、息子は立ち上がって部屋を出て行った。

「双子の妹はまだ、自分たちが研修を受けたウィップス・クロスで看護婦をしているよ。ブリージは病棟看護婦で、コーク出身の男と結婚した。二人の娘がいる。ロザリーンはドネゴルの男と結婚して三人の娘がいる。彼女は解剖室の管理をしていて夜勤もある。でもあの二人は決して離れたりしないんだ。病院の近くの大きな古い家で、二人の夫、五人の娘と暮らしているというわけさ」

「みんなあの二人を見分けられないだろうって言うけど、私は絶対そんなことはなかったわ。あの二人は随分違うでしょ」ケイティーは言った。

「もしそうでなければ、旦那が間違えてしまうからね」私は言った。

「そんなことになったら大変だ」ケイティーの夫は笑って言った。

「マーガレットは結婚しないでダブリンの保険局でかなり重要な役職についている。モニカは教師と結婚して市役所勤めをして、子供たちと一緒にドロヘダで暮らしている」

「あのちっちゃなディンプナは？」ケイティーは聞いた。

「市役所に入った。背が高くて、外見は父さんみたいだよ。でも一番やりたかったのは市役所の仕事じゃなかったんで、結局イギリスに渡って大学に入ったんだ。ロンドンで先生をして双子の妹たちのそばで暮らしている。まだ結婚はしていない」

私が結婚して離婚し、再婚したという話を聞いてもケイティーは驚かなかったようだった。「私はあなたは絶対に神父さんになると思っていたわ。何はともあれそれだけは絶対だと思っていたのに」ケイティーが言った。

「世の中の魅力が大き過ぎてね」私は言った。「ぼくはいつも川のそばにいたいと思っていたんだ」

「いつかみんなうまく行く時が来るのかしらね」ケイティーが言った。

「来ているじゃないか」私たちはみなで同意した。

私が帰る前、彼女は私の母のことを大きな愛情をこめて語り、今まであれほどにまるで自分のことはかえりみず、人のことをたくさん思ってくれた人に会ったことがないと言い、話はオーガウィランの畑の真ん中の、あのはかないような家のことに戻るのだった。

「今じゃ、あの家の石一つ残ってはいないよ」ケイティーの夫が言った。「時々あそこら辺の道路工事をすることがあるんだ。畑しか残ってないなんて思ってもいなかっただろうけど」

父の死の知らせが届いたとき、強烈な悲しみや喪失感と共に安心感という矛盾した感情が不意に私を襲ってきた。私はこの反応は、父も私もどちらも望んでいなかったのにずっと二人がもつれた関係にあった長い年月のあと、誰もが避けられない死と向かいあったばかりだったので、当たり前のことだと思った。彼はひたすら要求し、ほとんど何も与えず、いつでも支配的であらねばならなかった。自分の過去を厳しく封印してしまった人生というのは、暗闇の人生にならざるを得ない。私は他の人に比べれば父について多くのことを知っているし、また一緒に生活したという意味では経験豊富なのかもしれないが、完全に父を理解できているとは思えないのだ。だから父を早く神の御許へやってしまおう。さもないと、いろいろな言葉で真実や幻想を語ったり、また、彼の生涯に意味を持たせたり、そこから慰めを得たりしたくなる気持ちが起きてしまうだろうから。

父が、嫌がる母を人間の限度を越えた場所に無理やり連れて行こうとしたときに、彼女がいつも頼みの綱にしていたのは神である。「神が私たちを導いて下さいます。神は全てを知っておられます。どんなこともおできになります。私は神を信じます。そして子供たちを。それ以上の何を言えば良いのでしょう？　私はただ神に彼らがもっと良い子になるようにお願いをするだけです。そして子供たちが神を畏れ、神を愛するよう育てる力を頂きたく思っています。私は一生懸命に祈ります、それがここにいる間に私にできることの全てです。私の病気を子供たちのせいにするのはいけないことです。私は他の母親が子供にしてあげられるのと同じことをあの子たちにもしたまでです。そしてそうしている間はとても幸せでした。にもかかわらず、私は自分と子供たちの生き方を正す努力を続けなければなりません。神様、私たちみなをお助けください」

母は決して私たちを見捨てたりはしなかった。あの最悪の年月、母と過ごした一風変わった生活や、見えない力ではあったがいつもそばにあった彼女の愛情なしでは、私たちは壊れてしまっていたに違いない。

母が部屋が三つしかない山の家から出て、マリスト女子修道学校で尼僧や裕福な家の娘たちと、またトリニティ・カレッジの教員養成学校で過ごした年月は、彼女にとっては見知らぬ世界へ向かう長い旅だったに違いない。その間に母は自分の兄や姉たちにはまだ十分残っていた土臭さを失って行った。しかし彼女はユーモアの感覚を失ってはいなかった。土臭さに取って代わったものは神への深い信頼だった。カトリックのたどって来た激しい歴史を通して、教会は二つの相反する要素を持つようになった。命令と脅威、それに罰で守られた砦のように堅固な教会と、愛と光の世界へ向かう尖塔と輝く窓を持つ教会である。「神は私に四十年間ほぼ完全な健康を与えて下さいました。そして今神は私の信仰を試されるため、ある深遠な理由で私の健康を奪い去ってしまいました。神の中で、神によって、神のために、私は生き、私の信仰を委ねます。そして神は私を無事に御許に連れて行って下さることが分かっているからこそ、私は神にだけ祈りを捧げます」

いつか母さんのためにミサを挙げるという約束をしていなかったら、父が学校から私を追い出したがった時に、私はそれに抵抗することができたかどうか疑わしい。結局私は母が私に望んでいたのとは違う職業に就くことになり、ずっとそれを続けている。私が不意に窮地に陥っても、深い安らぎの気持ちを持って落ち着くことができたことを思い起こしてみると、意識的にせよ無意識的にせよ、母がいつでも私と一緒にいてくれるのだということをはっきりと感じる。

もし私たちがまた夏の日のあの「人に魔法をかけてうっとりさせる」ような野生の花が咲き乱れる土手沿いの小道を一緒に歩くことができたら、話したい事はたくさんあるのに、きっと二人とも何も話をすることもできなくなってしまうだろう。

小道をぬけて、湖の間の厚い生垣の下のカワウソが踏みつけて作ったけもの道を通って母を連れて行こう。湖のほとりで私は母に、カワウソが子供たちに食べさせたり捕まえ方を教えたりしたあとのザリガニの殻や魚の骨が散らばっている緑の芝生を見せよう。カワウソはオスを求めて合図をしながら水に潜って行き、オスが仕事を終えるとまた水の中を追いかけて行く。カワウソたちの動きは、可愛らしい白鳥たちが並んで湖面を動き、交替で葦の繁みの中の高い所に作った巣に入って行くときの動きとは随分違っている。湖の上の大きな空をたどっていくと、母の一生が始まったあの低い山並が見えてくる。

　私は母の歓びと神に対する深い信頼の上に陰が落ちることを望まない。母はもう誰からも誤った非難を受けることはない。私たちが道を引き返して行く途中、私は母のために野生のランと野生のアネモネを摘もう。

あとがき

本書の翻訳を進めていた二〇〇六年三月の終わりに、マクガハンが亡くなったというニュースが飛び込んできた。癌の疑いでダブリンのメイター病院（彼の母もやはり同じ病院にかかっていた）に入院していたが、三月三十日の午後になって容態が急変し、七十一歳の生涯を終えたということである。二〇〇四年の秋には東京で行われた「ＥＵ文学祭・西と東の出会い」という催しのために初来日し、元気な姿を見せてくれていたので、まさかこんなに早く訃報を聞くことになるとは思ってもいなかった。その後母親の眠るオーガウィラン教会の墓地に埋葬されたと聞いて、彼の生涯の大きな輪が閉じ、本書の本当の終わりを読んだ、という感じに襲われた。

マクガハンを追悼して、アイルランドのメアリー・マカリース大統領は「われわれアイルランド国民が、自己を理解するための助けとなる大きな貢献をしてくれました」と述べ、続けて「彼はアイルランドとそこに住む人々に対する大きな愛情を持ち、誠実で魅力的な文章でそれを語ったのです」と述べた。またバーティー・アハーン首相は「彼は作家としてその使命を誠実に果たしました。彼の文学的な才能は現存のどの作家にも似ていない独特のもので、何十年にも亘り、アイルランドでこれまでに書かれた最も素晴らしい文章の数々を、ゆっくりと、実に入念に、美しく仕上げてきたのです」と語った。

不幸にして日本ではまだまだ良く知られているとは言えないマクガハンであるが、欧米での評価は非常に高い。訳者が最近目にした彼の作品について書かれたものを少し紹介しておこう。

二〇〇六年にイギリスの『ザ・ガーディアン』誌が、過去二十五年の最良のイギリス小説についてアンケートを行い、そのベストテンが『英語青年』二〇〇七年二月号に載せられているが、その中にマクガハンの作品 ***Amongst Women*** と ***That They May Face the Rising Sun*** の二作が同点八位に選ばれている。他に十作品の中で二作選ばれているのはカズオ・イシグロだけである（ちなみに第一位はＪ・Ｍ・クッツェーの『恥辱』）。

また『ニューヨーカー』誌二〇〇六年六月十九日号にジェイムズ・ジョイスの孫スティーヴン・ジョイスへのインタヴューを元にしたＤ・Ｔ・マックスという評論家によって書かれた記事が掲載されているが、その中でスティーヴンはウィリアム・スタイロンの小説やパトリック・カヴァナーの詩などを褒め称えたあとで「この二十年の間に出版された本の中で読む価値のあるのはマクガハンの本だけ」とまで言っている。

さて、本書であるが、二〇〇五年夏にフェーバー・アンド・フェーバー社より刊行された ***Memoir*** の全訳である。母と過ごしたアイルランドの田舎での生活、離れて暮らす専制的な父親との葛藤などを中心に、長じて作家になってからの生活などを描いたものである。とはいえ中心になるのは少年時代の回想である。そこに描かれたさまざまなエピソードは、まるで短篇小説のような興趣に富んでいる。実際彼の短篇小説や長篇小説の題材になったと思われる事件、人物も数多く登場し、そういう意味でも興味深いものである。

最後になるが、文中の疑問点について多くの方々から貴重なご意見、またたくさんの教えを受けた。一々お名前を挙げることは控えるが、ここで感謝をしたい。どうもありがとうございました。

二〇〇七年四月

東川正彦

ジョン・マクガハン著作リスト

長篇小説

The Barracks　1963　本書では仮に『警察署』とした。
The Dark　1965　翻訳『青い夕闇』（東川正彦訳、国書刊行会、二〇〇五）。
The Leavetaking　1974（改訂版が一九八四年に出版）
The Pornographer　1979
Amongst Women　1990　アイリッシュ・タイムズ賞受賞、ブッカー賞候補。一九九八年イギリス・ＢＢＣによって四回完結のテレビドラマ化。
That They May Face the Rising Sun（アメリカ版は *By the Lake*）　2002

短篇小説集

Nightlines　1970　十二篇収録。本書では仮に『ナイトラインズ』とした。このうちMy Love, My Umbrellaが柴田元幸訳で『月刊カドカワ』一九九六年六月号、後に同氏訳編の翻訳アンソロジー『僕の恋、僕の傘』（角川書店、一九九九）の表題作として収録。ここでは作者名がマッギャハンとなっている。
Getting Through　1978　十篇収録。
High Ground　1985　十篇収録。

The Collected Stories 1992 三十四篇収録。上記三冊の短篇集の作品三十二篇に、二つの新しい短篇を加えたもの。多くの作品が改稿されている。この中から十五篇が『男の事情 女の事情』（奥原宇・清水重夫・戸田勉編、国書刊行会、二〇〇四）として翻訳されている。

Creatures of the Earth 2006 二十九篇収録。*The Collected Stories* から二十七篇を選び、更に新作二篇と序文を加えたもの。没後出版だが、マクガハン自身が編集し、序文も寄せている。

戯曲

The Power of Darkness 1991

回想録

Memoir（アメリカ版は *All Will Be Well*） 2005 本書。

ほとんどの作品が Faber and Faber, Knopf, Penguin Books, Vintage などの版で現在も入手できる。

ジョン・マクガハン　John McGahern

一九三四年アイルランドのダブリンに、警察官の父と小学校教諭の母との間に生まれる。大学を卒業後、小学校教員となる。一九六三年 *The Barracks* で作家としてデビュー。一九六五年の第二作『青い夕闇』が発禁処分を受け、教員の職を失い、ロンドンに出て、臨時教員や建築現場の労働者として働く。スペイン、アメリカなどを転々としたすえ、一九七〇年にアイルランドに帰国、再び小説の執筆を始める。*Amongst Women*（一九九〇）でアイリッシュ・タイムズ賞などを受賞、またイギリスのブッカー賞の候補作にもなった。現代アイルランドを代表する作家の一人である。二〇〇六年三月死去。

東川正彦　ひがしかわまさひこ

一九四六年東京都生まれ。早稲田大学第一文学部卒業。小説に『虹』（『群像』一九七〇）、翻訳にマクガハンの短篇集『男の事情 女の事情』（国書刊行会、二〇〇四）の中の「ラヴィン」、マクガハンの長篇『青い夕闇』（国書刊行会、二〇〇五）がある。

小《こ》道《みち》をぬけて

二〇〇七年五月十四日初版第一刷印刷
二〇〇七年五月二十一日初版第一刷発行

著者　ジョン・マクガハン
訳者　東川正彦
発行者　佐藤今朝夫
発行所　株式会社国書刊行会
東京都板橋区志村一―十三―十五　〒一七四―〇〇五六
電話〇三―五九七〇―七四二一
ファクシミリ〇三―五九七〇―七四二七
URL : http://www.kokusho.co.jp
E-mail : info@kokusho.co.jp
印刷所　山口北州印刷株式会社＋株式会社シーフォース
製本所　株式会社ブックアート
ISBN978-4-336-04847-9 C0098

聖母の贈り物

ウィリアム・トレヴァー／栩木伸明訳

四六判変型／四一六頁／定価二五二〇円

〝孤独を求めなさい〟——聖母の言葉を信じてアイルランド全土を彷徨する男を描く表題作他、圧倒的な描写力と抑制された語り口で、運命にあらがえない人々の姿を鮮やかに映し出す珠玉の短篇全十二篇。

ハードライフ

フラン・オブライエン／大澤正佳訳

四六判変型／二四〇頁／定価二一〇〇円

綱渡り上達法やインチキ特効薬、孤児の兄弟が次々に考案する珍妙ないかさま商売の顛末は……。軽快な会話と不思議なユーモア、アイルランド文学の奇才フラン・オブライエンの「真面目なファルス」小説。

青い夕闇

ジョン・マクガハン／東川正彦訳

四六判／二四八頁／定価二三一〇円

アイルランドの小さな村を舞台に、専制的な父親の元で、自分の将来についてさまざまに思い悩んで成長していく一人の若者の姿を、実験的手法を用いて赤裸々に描き、刊行当時発禁処分まで受けた青春小説の傑作。

男の事情　女の事情

ジョン・マクガハン／奥原宇＋清水重夫＋戸田勉編

四六判／二五二頁／定価二四一五円

雨。このダブリンのいつもの天気が僕の恋と傘を結びつけた。一夜限りの情事、少年の性の目覚め。アイルランドの世相を、哀しく、エロティックな筆致で描いた、現代アイルランド第一の作家の傑作短篇集。

定価は改定することがあります。